Kinderseele mit Zweitwohnung

*Wie innere Spielwelten
helfen zu überleben*

Norbert Berndt

Erzählung

Für meine Söhne Daniel und Steffen
und meine Enkelinnen und Enkel
Felice, Lina, Tom und Moritz

Vorbemerkungen

Nach dem Zweiten Weltkrieg strömten Millionen Flüchtlinge und Vertriebene in den westlichen Teil Deutschlands.

Thomas, 1950 geboren, ging aus der Verbindung von zwei Arbeiterfamilien hervor, die sich nach der Zeit in den Auffanglagern in Westdeutschland in einem kleinen Dorf in Westfalen zufällig trafen. Die eine Familie, vertrieben aus Schlesien, bestand aus Nazi-Mitläufern, die andere Familie, vertrieben und geflüchtet aus Danzig, kämpfte als aktive Parteimitglieder der SPD gegen die Naziideologie.

Sie hatten alles verloren, besaßen nur die Sachen, die sie am Körper trugen. Erschöpft und von den menschlichen Verlusten tief gezeichnet, begegneten sie sich. Die vom Krieg heimgekehrten traumatisierten Großväter fanden rasch Arbeit. Abweisend und misstrauisch von der einheimischen, ländlichen Bevölkerung beäugt, begannen sie ihr Leben neu zu organisieren.

Niemand begehrte während der Zeit des Nationalsozialismus gegen das Unrecht auf, das die mit Macht ausgestatteten Nazischergen einem Bürger des Dorfes zufügten. Sie veranlassten eine Zwangssterilisation, zerstörten eine Familie und sorgten zwangsweise für die Einweisung des Sohnes in eines der destruktiv geführten Kinderheime am östlichen Rand des Ruhrgebietes.

Die verlogene Moral, der teilweise glühenden dörflichen Anhänger der Nazis wird in den ausgelassenen Festlichkeiten Ende der Vierzigerjahre deutlich sichtbar.

Ab 1949 wird durchgängig Thomas Lebensgeschichte in der Umgebung einer bildungsfernen Arbeiterschicht erzählt. Einen wichtigen Teil nimmt der Einfluss der seit Jahrhunderten überlieferten und durchgereichten Erziehungsmethoden auf die Persönlichkeitsentwicklung von Thomas ein. Die Zwänge, unter denen seine Eltern standen, zeigen das soziale Milieu und das mangelnde Wissen über die Bedürfnisse von Kindern gnadenlos auf. Die brutale, demütigende »Erziehungssprache« und die allgegenwärtige, jederzeit ausgeübte und unberechenbare Gewalt bis in die Sechzigerjahre hinein, nehmen einen weiten Teil des Buches ein. Die noch heute gängige Aussage: »*So ein Klaps oder einen hinter die Ohren hat noch niemandem geschadet!*«, zeugt vom gedankenlosen Umgang mit den Auswirkungen körperlicher Züchtigung auf die Seele eines Kindes. Schläge, Androhungen zur Abschiebung in ein Erziehungsheim, Beschimpfungen, Demütigungen und Lieblosigkeit bis zur Ignoranz seiner Persönlichkeit bestimmten Thomas Alltag.

Um zu überleben, baute er im Kopf eine zweite Welt, eine »Zweitwohnung« auf, in die er sich, mit reichlich Fantasie und Kreativität ausgestattet, in einen schützenden Kokon von Gedanken zurückzog. Er entwickelte grandiose Spieltechniken zur Verarbeitung der seelischen und körperlichen Misshandlungen und somit auch Methoden zur Beschäftigung seines Geistes.

Mutter richtete seine Erziehung darauf aus, ihn an ihre soziale Schicht zu binden, in der sie selbst aufwuchs und auskannte. Thomas Vereinsamung spürte sie nicht. Er zog sich als Einzelgänger immer mehr in seine »innere Welt« zurück. Die sozialen Fähigkeiten entwickelten sich nicht altersgerecht, die Kontaktangst anderen Kindern und Erwachsenen gegenüber beeinflusste negativ sein Leben. Über die Jugendzeit hinaus behinderten die Spätfolgen seine Lebensfähigkeit als Erwachsener.

Rechtlicher Hinweis:

Das Buch und Teile davon sind urheberrechtlich geschützt. Jede Nutzung in anderen als den gesetzlichen zugelassenen Fällen bedarf der vorherigen schriftlichen Einwilligung des Verlages bzw. Verfassers. Hinweis zu §53a.UrbG. Weder der Inhalt des Buches noch Teile davon dürfen ohne eine solche Einwilligung eingescannt und in ein Netzwerk eingestellt werden. Dies gilt auch für Intranets von Schulen und sonstigen Bildungseinrichtungen.

© Norbert Berndt

Herstellung und Verlag: BoD / Books on Demand, Norderstedt

ISBN   978-3-7431-0115-9

Bibliografische Information der Deutschen Nationalbibliothek

Die Deutsche Nationalbibliothek verzeichnet diese Publikation in der Deutschen Nationalbibliothek; detaillierte bibliografische Daten sind im Internet über <http://dnb.d-nb.de> abrufbar.

In meinem Kopf ist ein zweites Zuhause,
in dem ich immer eine Lösung finde!

Felice, 7 Jahre

Kinderseele mit Zweitwohnung

Inhaltsverzeichnis

Vorbemerkungen 3
Der Abschied vom Vater 9
Flüchtlinge, Vertriebene, Geburt, Dorfbewohner 19
Nazi-Vergangenheit und kollektives Unrecht der
Dorfbewohner 39
Kinder in den Fünfzigerjahren 47
   Kinder - dumme und empfindungslose Wesen! 48
Thomas Bezugspersonen 54
   Thomas Mutter 55
   Thomas Vater 64
   Opa Gustav - demütig, friedlich und gütig 72
   Oma Emma - kämpferische Familienchefin 76
   Oma Helene - unterwürfig, angepasst und verschwiegen ... 90
   Thomas kleiner Kosmos 95
Erinnerungen 103
   Thomas erste Erinnerungen 104
   Die innere »Zweitwohnung« 112
   Der Trauerzug 115
   Die Kinder des Dorfes 120
   Mutter formte Thomas nach ihren Vorstellungen 125
   Spiele in der »inneren Zweitwohnung« 134
Eine Mutter ohne Liebe -   »Tod der Eltern« 142
   Der Teddybär brennt! 143
   Die Angst um das tägliche Essen 149
   Mutters Interesse und Leidenschaft 154
   Der Tod der Eltern 155

Prügel, spontane Schläge und Misshandlungen - »Bitte, bitte hör auf!«, das misshandelte Kind!................ 163
Verspielen der Realität in der »inneren Welt«.............. 174
Es folgte das Zählen 187
Appelkamp und Kinderlandverschickung 193
   Thomas Cousinen... 194
   Glückliches Spiel im Appelkamp............................ 206
   Der Umzug in die Siedlung................................... 209
   Die Kinderlandverschickung.................................. 216
   Eine »kleine« Überraschung!................................. 225
Herkunft, Bildung, Schule, Lehre................................ 229
   Soziale Herkunft und Bildung................................ 230
   Die Volksschule - das Lernfenster öffnet sich........... 232
   Zurück in die Vergangenheit................................. 242
   Die Suche nach einer Lehrausbildung.................... 247
   Der Alltag eines Lehrlings 253
Abendgymnasium, Tuberkulose, Abitur....................... 274
   Musik - ein neues Lebensgefühl........................... 275
   Das Abendgymnasium 282
   Die Tuberkulose 283
   Die Mottenburg 291
Abschied, Neuanfang, Therapie 297
   Die Zeit nach der Tuberkulose - wie geht es weiter?.... 298
   Das Sonderabitur.. 306
   Die Psychotherapie 307
   Epilog 315
Anmerkungen zum Aufbau der Erzählung 316

Der Abschied vom Vater

Die Frühlingssonne strahlte wärmend und freundlich an diesem denkwürdigen Tag Anfang März. An den Bäumen und Sträuchern zeigten sich die ersten Knospen, die Weidenkätzchen blühten bereits.

Vor einem Monat feierten sie seinen achtzigsten Geburtstag. Mit aller ihm noch zur Verfügung stehenden Energie wünschte sich Thomas Vater, den runden Ehrentag mit der Familie zu feiern. Er wusste um die Unabänderlichkeit seines Zustandes. Der vom Krebs gezeichnete Körper baute von Tag zu Tag immer mehr ab.

Thomas besuchte an diesem Märztag Vater im Krankenzimmer der Wohnung seiner Eltern. Als er die leicht geöffnete Tür vorsichtig aufschob, sah er ihn schläfrig im Krankenbett liegen. Bedächtig trat er in das Zimmer hinein, wollte nicht stören, nicht erschrecken, auf keinen Fall Lärm verursachen. Die Situation geriet auf eine seltsame Art surreal, dabei unglaublich intensiv und unwirklich wie von einer anderen Welt.

Sechzig Jahre hatte Thomas neben seinem Vater gelebt, ohne dass sie sich auch nur im Ansatz näher gekommen wären. Zwischen ihnen bestand kein nennenswerter Kontakt, geschweige denn eine Hingezogenheit zueinander, was eine emotionale Beziehung zwischen Vater und Sohn normalerweise geprägt hätte. Vater konnte keine Nähe ertragen. Es gab keine vertraute Körperlichkeit, kein in den Arm nehmen, keine zärtliche Berührungen, die sich in vielfältigen Ausdrucksweisen im Umgang miteinander wie selbstverständlich ergeben. Vater tarierte Begegnungen berührungslos aus.

Thomas beabsichtigte, automatisch Nähe suchend, sich vorsichtig auf die rechte Kante des Krankenbettes zu setzen, um etwas näher bei ihm zu sein, änderte dann aber aus einem atmosphärischen Gefühl heraus seine Absicht. Die körperliche und emotionale Distanz, die noch vom dahindösenden Vater und von ihm selbst ausging, spürte er überdeutlich, sodass er sich selber vor dem Annäherungsversuch erschreckte. Nach wenigen Sekunden trat er zurück und stellte sich an das

Fußende. Diese Distanz zwischen ihnen ertrug Thomas so eben noch.

Der Krebs hatte in seinem todkranken Körper bereits das finale Stadium erreicht. Er lag halb aufgerichtet mit rasselndem Atem im Krankenhausbett, dass mit seitlichen Gittern, verstellbarem Fuß- und Kopfteil ausgestattet war. Eine Handschlaufe, die über ihm wie ein Galgen hing und mit deren Hilfe er sich mühsam hochziehen und halbwegs aufrichten konnte, baumelte griffbereit über ihm. Zwei zur Hälfte geleerte Beutel mit klaren Flüssigkeiten hingen an einem neben dem Bett stehenden chromfarbigem Gestell. Diverse Schläuche ragten aus Arm und Hand unter der dünnen Bettdecke hervor. In tröpfelnden Rinnsalen liefen die Medikamente in den ausgelaugten Körper hinein, getrübt wieder hinaus. Dazwischen löste sich sein Körper, sein Geist, sein Leben auf.

Der Raum verströmte einen intensiven Krankenhausgeruch nach sterilisierenden Hygienemitteln, knappem Sauerstoff, Urin, Fäkalien, sich auflösendem Körper, abgestandenem Körpergeruch, Körperpflegeartikeln, Desinfektionsmitteln und Medizin aus.

Das Zimmer, vor vielen Jahrzehnten Thomas Kinderzimmer, hatte sich in einen Pflegeraum verwandelt. Die ursprünglichen Möbel standen pragmatisch eng an den Wänden verteilt, ein unkomplizierter Rückbau nach seinem Tod war von Mutter bereits berücksichtigt. Neben zwei halbhohen Schränken beherrschte das cremefarbige Krankenbett am Fenster vor der Heizung und der zu einem Pflegeartikel- und Medikamentenlager umfunktionierte Esstisch den Raum.

Großpackungen von Medikamenten, Verbandsmaterialien und Hygieneartikeln stapelten sich aufgereiht wie in einem Apothekenregal. Die jeweilige Beschriftung mit den lateinisch basierten Namen der Verpackungen deuteten auf eine deprimierende, gefährliche Situation hin. Die Schachteln und Packungen waren pedantisch nach Wichtigkeit geordnet. Davor lagen Rezepte, Listen, das Protokollblatt der Pflegerin. Die durchsichtigen Sortierkästen quollen randvoll mit unterschiedlich farbigen Tabletten für die Einnahme an einem

Tag über. In manchen Fächern befanden sich übergroße Tablettenkapseln, bei denen allein das Hinunterschlucken problematisch schien. Aber auch die scheinbar den Kampf gegen den Krebs aufnehmende Phalanx der Medizin konnte nicht darüber hinwegtäuschen, dass sein Ende auf dieser Welt unabwendbar näher rückte.

Die hervorstehenden Wangenknochen überdeckte eine papierne, fleckige Haut. Die Konturen des bis auf die Knochen abgemagerten Körpers zeichneten sich nur schemenhaft unter der Decke ab. Als Thomas ihn forschend betrachtete, wachte Vater aus seinem Dämmerzustand auf. Er spürte atmosphärisch, dass sich außer Mutter zusätzlich jemand im Zimmer aufhielt. Als er Thomas erkannte, veränderte sich sein Gesichtsausdruck merklich. Seine Augen flackerten und ein letztes Feuer blitzte in ihnen auf. Er fixierte Thomas, die Augen verengten sich zu Schlitzen. Dieses Blitzen in den Augen hatte Thomas noch nie in einer derartigen Ausdrucksstärke gesehen. Es wurde hasserfüllt und nahm eine unheimliche, erschreckende Intensität an. Vater versuchte, sich an der Handschlaufe hochzuziehen, Mutter sprang beherzt mit einem Kissen herbei und stopfte es hinter seinen Rücken. Auf den gehässigen Blick reagierte Thomas verstört, ungläubig, erschrocken. Schlagartig durchflutete ihn eine tief verstörende Erkenntnis, im Moment mehr ahnend als bereits konkret formulierbar. Ein Gedankenfeuer elektrifizierte sein Gehirn. Erkenntnisse vollziehen sich nicht gleichmäßig im Leben, sondern meistens blitzartig oder zeitversetzt, in treppenartigen Sprüngen. Solch einen Erkenntnissprung durchflutete ihn in diesem Augenblick.

Hochkonzentriert und betroffen sog er die Realität ein, die Vater ausströmte. Mutter schaute Vater angespannt an. Thomas spürte die jetzt unheimliche Atmosphäre des Raumes, in dem er während seiner Kinderzeit alle Ecken und Flächen vermessen und verspielt hatte. Jeder Meter Fußleiste, alle Schalter und Steckdosen erinnerte er noch nach über 50 Jahren ungemein vertraut. Es hatte sich so gut wie nichts verändert. Ohne es beeinflussen zu können, begab er sich auf die paradoxe Fantasiereise zu den verstörenden Erlebnissen in diesem Zimmer, in dem Vater sterbend lag. In der linken Ecke hatte er ihn mit dem Teppichklopfer geschlagen, bis Thomas weinend winselte, er möge doch bitte, bitte aufhören, während Mutter aus der Küche keifte: »*Gib's ihm ordentlich, der hat es verdient, der verfluchte Bengel!*«. In der anderen Ecke stapelte Thomas seine Spielzeugkästen, unter dem Fenster baute er die Spiellandschaften auf. Alles erwachte wieder vor seinem geistigen Auge.

Angesichts der wie in Zeitlupe erlebten Situation flachte Thomas Atem ab, er spürte seinen Herzschlag nicht mehr. Ungeordnete Gedanken schwirrten wie Puzzlesteine im Kopf herum, versuchten, sich zu sortieren, zu ordnen, zu formieren, einen Sinn zu entdecken. Scheinbar bislang fest gebackene Puzzleteile platzten auseinander, ordneten sich wie vom Blitz getroffen, mit einer veränderten Bedeutung wieder zusammen. Emotionale Gedankenfetzen stiegen aus dem Sumpf der verdrängten Erinnerungen hervor und verknüpften sich mit seinen alten Erfahrungen. Mit explosiver Kraft lösten sich festgezurrte und verdrehte Gedankenknoten auf, die bisher ohne greifbaren Anfang und Endpunkt umher waberten. Thomas Verstand arrangierte die wie auf einen Haufen geworfenen Gedankenfragmente, wie aus einem Reißwolf gezogen, zu einer die Bedeutung verändernden, scheinbar logischen Reihenfolge zusammen. Viele Situationen und Erlebnisse sah er noch nie mit einer solchen Klarheit und Deutlichkeit.

Thomas erschrak, als Fragen hochstiegen, die er bislang nicht zu denken wagte, geschweige denn, dass er sich getraut hätte, sie auszusprechen. Bedeuteten diese intensiv erlebten, urplötzlich hoch geschwemmten, emotionalen und hasserfüllten Ausbrüche seines Vaters die endgültige Trennung zwischen ihnen? Bekam Thomas durch den bevorstehenden Tod seines Vaters die Chance eines Neubeginns? Warum ausgerechnet schoß der Begriff »Neubeginn« blitzartig in seinen Kopf? Profitierte er von seinem Tod? Er schämte sich für sein Denken. Gleichzeitig durchströmte ihn paradoxerweise eine innere Befreiung, die ihn wie eine Welle erfasste, Körper und Geist durchschüttelte. Thomas erinnerte, mit welchen üblen Flüchen und Schimpfwörtern er seinen Vater heimlich bezichtigt hatte, wie er ihm seinen Hass liebend gern in sein gleichgültiges

Gesicht geschleudert hätte. Schläge, Misshandlungen, verbale Demütigungen, fehlende Wahrnehmung, Gleichgültigkeit, Lieblosigkeit - für Thomas, normale Tagesordnung!

Sah Vater in Thomas den Verantwortlichen für sein eigenes ungelebtes, liebloses Leben? Für die erzwungene Heirat in fast noch jugendlichem Alter, die schwierige Beziehung zu seiner Frau? Welche Rolle hatte sie gespielt? Hatte sie, geschickt wie immer, die Schuldumlenkung von ihr selbst hin zu Thomas in all den Jahren so weit getrieben, bis Vater die verdrehte Wahrheit respektierte? Sie agierte stets als Meisterin des Indoktrinierens. Nicht sprachlich geschickt, aber beharrlich. Wie ging sie mit ihren eigenen Eheproblemen um, dem Einfluss des Alkohols, den Schlägen, die Vater auf sie niederprasseln ließ, die in eine regelrechte Schlägerei ausartete? Wie begründete sie seine gehässige Sprache, die konstante Lieblosigkeit, die fehlende Körperlichkeit und die Gefühlskälte ihr gegenüber?

Alle diese Fragen gingen Thomas in diesem extremen Augenblick durch den Kopf. Die Intensität des gegen ihn gerichteten Hasses geriet zur Initialzündung, die dazu führte, dass bereits intuitiv Erahntes zur Gewissheit wurde, Mutters Rolle in dem Beziehungsgeflecht außerordentlich bedenklich erscheinen ließ. Mit einer derartigen Entwicklung zu diesem Zeitpunkt hatte Thomas in keiner Weise gerechnet. Hatten Mutter und Vater sich arrangiert, hatten sie Thomas als Hauptschuldigen für alle Zeiten gebrandmarkt?

So langsam begriff er die Tragweite seiner Erkenntnis, die ihn durchflutete und vieles verständlich machte, was wie unsortierte Puzzleteile abgespeichert in seinem Kopf herumlag. Erst jetzt gruppierten sich die Teile zu einem erkennbaren logischen Ganzen zusammen. Das letzte Puzzlestück fügte sich ein. Es fiel ihm wie Schuppen von den Augen, was Jahrzehnte verborgen lag. Zusammenhänge, die er nicht erkannt hatte und die sein Unterbewusstsein aus Selbstschutzgründen blockiert hatte. Thomas musste erst sechs Jahrzehnte alt werden, bis alle Blockaden und Barrikaden in sich zusammenfielen, die sorgfältig verdrängten Emotionen sich ihren Weg ins

Bewusstsein erkämpften. Hätte er Tränen verflossen, dann nur über sein eigenes Schicksal. Er fühlte sich als elternlos und weit entfernt von dem, was als Elternliebe für Kinder elementar wichtig ist. Sie betrogen ihn um Liebe, Zuneigung und Vertrauen. Das diffus Schreckliche, das Thomas in all den Jahren intuitiv gefühlt hatte, war es letztendlich Realität? Thomas nahm die Atmosphäre des Sterbezimmers nicht mehr wahr. Warum musste all dies hier eigentlich im früheren Kinderzimmer geschehen? Er schaute mit verschleiertem Blick konzentriert auf Vater. In diesem Hasszustand, in dem er wahrhaftig wirkte, beobachtete Thomas eine deutliche Veränderung seiner Körperspannung. Unter enormen Anstrengungen griff er erneut nach der Schlaufe des Galgens, straffte nochmals den Körper. Ein sprungbereites, aggressives Verhalten ging von ihm aus. Der Ausdruck seiner Augen geriet kalt und abweisend. Noch einmal raffte er alle Energie zusammen und schleuderte Thomas seinen jahrzehntelang aufgestauten, abgrundtiefen Hass entgegen. Jetzt leuchtete es Thomas ein, Vater betrachtete ihn tatsächlich als den Verursacher seines Zustandes! Er versuchte, sich aufzubäumen, als könne er jeden Augenblick aus dem Bett springen, Thomas an die Gurgel gehen und seinem Hass Ausdruck verleihen. Da er sich noch ein wenig weiter aufrichtete, drückte Mutter das Kissen zur Unterstützung seines Rückens tiefer hinter ihm herunter. Thomas schoss es in den Sinn, dass Mutter ihn in eine besondere Körperstellung setzen wollte, um alles das, was sie ebenfalls dachte, sich aber nicht zu sagen traute, von Vater ausdrücken zu lassen!

Thomas registrierte, dass Vater Augenkontakt zu ihm aufnahm. Etwas, was er normalerweise nie getan hatte, er schaute ihn nie an, wenn er mit ihm sprach bzw. einen seiner Einwortbefehle herausblaffte. Nur wenn er ihn schlug, fixierte er die Schlagregion, die er möglichst schmerzhaft treffen wollte. Meistens senkte er seinen Blick, schaute zur Seite, stammelte und stotterte teils unverständliche Worte und beendete rasch das für ihn lästige Gespräch. Auf Thomas Fragen reagierte er ansonsten nicht, stammelte nur meist abgehackt etwas Unverständliches heraus. Nie sprachen sie miteinander, er gab keine Erklärungen ab, beruhigte oder tröstete nie. Am Ende seines Lebens brauchte er seinen Hass nicht mehr zu unterdrücken. Die Aggressivität hatte sich derart in ihm aufgestaut, dass er sie wie ein letztes ultimatives Vermächtnis herauspressen wollte. Die Atmosphäre geriet bitter, gallig, vergiftet, wie sein Körper und sein Geist.

Thomas hatte ihn noch nie so erlebt. Warum offenbarte er jetzt, in diesem erbärmlichen Zustand, seine spürbare gehässige Meinung so extrem? Thomas stand wie festgewurzelt am Fußende des Bettes und hielt sich mit beiden Händen krampfhaft am Rahmen fest, bis aus seinen Knöcheln alle Farbe wich.

Erschüttert erfasste er die Szene, in der sich die Distanz zwischen ihnen weiter vergrößerte. Sicher, er hätte einen Teil dazu beitragen können, eine freundlichere Atmosphäre im Raum zu schaffen. Wenn nicht verbal, so doch körperlich, in dem er mit einer Handbewegung Vaters Fuß gestreichelt hätte, der zerfurcht und von vielen Altersflecken übersät vor ihm lag. Mit der rechten Hand winkte Vater Thomas ab, machte unmissverständlich klar, dass er keine Nähe zu ihm erlaubte. Wut stieg in Thomas hoch, er hatte sich immer vor seinem Körper, seiner Haut, den fleckigen Lippen, seinem sabbernden Mund geekelt. Wenn Vater keinen Frieden machen wollte, dann fand auch er keine Bereitschaft mehr, auf ihn zuzugehen.

Nach einiger Zeit, als Thomas Zorn angesichts des Häuflein Elends, dass da vor ihm lag, etwas verrauchte, überwand er seine innere Distanz und sprach ihn leise an:»Hallo Vater!", (Thomas durfte ihn immer nur mit Vater ansprechen, kein Kosewort wie z.B. Papa oder Papi, dann explodierte er sofort vor Ärger und Scham!). Und jetzt? Keine Reaktion, nur dieser Blick, dieser dämonische fürchterliche Blick. Sein unverständliches sprachliches Geblubbere überforderte selbst Thomas Mutter, die im Alltag als Dolmetscherin fungierte und meistens verstand, was er aussprechen wollte. Sie übersetzte, was Vater an sprachlichen Wortfragmenten von sich gab, auch vorausahnend und ihn unterbrechend, wenn es wieder peinlich wurde. Erst später wurde Thomas klar, dass sich Mutter anders als normal verhalten hatte. Sie hatte es vorausgesehen, es bewusst zugelassen, wie Vater auf Thomas reagieren würde.

Thomas fielen keine weiteren Worte ein, sie blieben ihm im Halse stecken. Die Frage: *»Wie geht es Dir? Hallo Vater, ich komme gerade von ... und wollte reinschauen, wie es Dir geht!«*, empfand Thomas angesichts des Beziehungselends als paradox und unpassend. Ihm fiel überhaupt nichts Gescheites mehr ein, was sollte er daher noch sagen?

Vater hatte sein ganzes Leben seine eigene, nur schwer verständliche Sprache gesprochen. Er fand keine Bereitschaft, versöhnliche Worte und Frieden zu finden und Thomas als seinen Sohn zu akzeptieren. Thomas registrierte, dass sich eine jener skurrilen Situationen auf der Leinwand des Lebens abspielte, die nur schwer zu erklären sind, weil sie wie unter dem Einfluss von Drogen ablaufen.

Thomas verließ mit Mutter den Raum. Nachdem sie die Tür bis auf einen Spalt zugezogen hatte, sagte sie, den Blick traurig, fast resignierend zu Boden gesenkt, dabei langsam ins Wohnzimmer gehend: *»Ich kann jetzt auch nicht mehr!«*.Nach einer kurzen Pause fügte sie hinzu: *»Dann soll ihn der Liebe Gott doch holen. Ich muss jetzt auch an mich denken ...!«*.

Vater starb am Nachmittag des gleichen Tages. Thomas stand wieder an seinem Bett, sah ihn dort in seiner letzten Körperhaltung mit offenen Augen halb aufgerichtet liegen. Als hätte er seine Körperhaltung nach Thomas Verabschiedung nicht mehr verändert. Thomas nahm sich diesmal einen Stuhl, stellte ihn seitlich an das Krankenbett. Angefüllt mit zwiespältigen Gefühlen betrachtete er Vaters von bläulich grau unterlaufenen Adern durchzogenes Gesicht. Die erloschenen, starren Augen, den völlig abgemagerten Körper, die von Altersflecken übersäten Hände und das immer noch relativ volle, dünne weiße Haar. Thomas durfte ihn nie intensiv ansehen. *»Was glotzt du so, is was?«*. In diesen Stunden war er ihm ausgeliefert, ohne dass er ihn dafür beschimpfen konnte. Die Situation geriet zu einer intensiven Phase ihres an Liebe und Zuneigung so armseligen Zusammenlebens.

Die Schläuche ragten, noch mit den Beuteln verbunden aus dem Körper heraus. Die trüben Flüssigkeiten trübten sich noch mehr ein und erkalteten mit gelblichem Schaum bedeckt. Zum Abschluss hatte sich sein äußerst kontroverses, schwieriges Leben noch einmal sinnlos aufgebäumt. Thomas konnte die Gefühle, die bei ihm in dieser finalen Situation hochstiegen, nicht richtig greifen und einordnen. Er konnte keine Trauer orten, Tränen stiegen nicht auf, nur ein grenzenloses Bedauern über ein vergeudetes Leben zwischen Vater und Sohn.

Thomas erhielt vor Jahrzehnten die Chance, in einer Psychoanalyse die Beziehung, Abnabelung und letztlich Trennung von Vater und Mutter zu bearbeiten. Thomas erinnerte sich an den Ablauf etlicher Therapiestunden, an die Tränen, die er dort vergossen hatte, die seinen Körper mit Weinkrämpfen erschütterten, die von der bloßen Erwähnung des Wortes »Vater« ausgelöst wurden. Nur durch die jahrelange Aufarbeitung in der Therapie durchstand er die jetzige Situation mit innerem Abstand.

Thomas verließ öfters das Sterbezimmer, ging nach einiger Zeit wieder hinein um ihm lautlos Fragen zu stellen, auf die es nie mehr eine Antwort gab. Er berührte vorsichtig mit den Fingerspitzen Hände und Gesicht, überwand seinen Ekel. Tränen verspürte er nicht, aber sein Körper zitterte, er begann zu frieren. Er fragte sich erschrocken, ob er seine Gefühle verloren hätte, ob mit ihm selbst noch alles im Kopf in Ordnung sei? Immerhin lag dort sein Vater, dessen genetische Bausteine auch ihn erschaffen hatten. Thomas fühlte sich angespannt, tief irritiert über seine Empfindungen und Gedanken.

Sein verstorbener Vater lag mit gebrochenen, offenen Augen und halb geöffnetem Mund in seinem Bett. Vier Stunden blieben Thomas und der inzwischen eingetroffenen Familie, um Abschied von ihm zu nehmen, bis die Hausärztin endlich nach ihren Hausbesuchen bei den Lebenden Zeit fand, den Totenschein auszustellen. Sie zog alle Zugänge und Schläuche aus ihm heraus und steckte sie in einen dunklen Müllsack. Die wenig später eingetroffenen Männer des Beerdigungsinstitutes hoben ihn in einen schwarzen, gummierten Leichensack, zogen den kräftigen Reißverschluss zu und trugen ihn 3 Stockwerke hinunter. Dabei bogen und krümmten sie den Sack mit seiner Leiche fast unanständig in den Treppenkehren. Thomas schaute über die Brüstung gelehnt hinunter, bis er im schwach beleuchteten Treppenhaus nichts mehr erkennen konnte. Die Männer murmelten sich in einem professionellen gedämpften Ton Anweisungen zu, ihre Schritte verhallten plötzlich, die Haustür fiel deutlich hörbar zu.

In den vier Stunden, in denen Thomas an seinem Bett saß und jede Falte, jede Kontur seines Gesichtes immer wieder nach etwas vertrautem und liebevollem durchforstete, rauschte sein eigenes Leben wie im Zeitraffer an ihm vorbei.

Thomas sah seinen Vater noch einmal aufgebahrt im Abschiedsraum vor der Bestattung. Ein letztes Mal hatte er Gelegenheit, ihm in sein Antlitz zu sagen, was ihn innerlich tief berührte. Er stellte zornige, aber auch mild formulierte Fragen: Warum er ihn nicht lieben konnte, warum er sich selbst nie eine Chance gegeben hatte, liebevoll mit Thomas umzugehen. Thomas hätte ihn sehr gebraucht, bestimmt hätte er Freude an seinem Sohn empfinden können.

Als Thomas einige Wochen später seine sterbende Lieblingskatze in den Armen hielt, trübten Tränen seine Augen. Die Widersprüchlichkeit der Situationen war nur schwer für ihn zu ertragen.

Flüchtlinge, Vertriebene, Geburt, Dorfbewohner

Stichworte zum Kapitel:

Zwei kriegsbedingt aus ihrer Heimat vertriebene und geflüchtete Familienstränge fanden nach mehreren Stationen in einem Dorf in Westfalen Unterkunft und Arbeit. Skeptisch von den alteingesessenen Dorfbewohnern beäugt, bezogen sie Zimmer in einem alten heruntergekommenen Fachwerkhaus, das zum Getto der dörflichen Umgebung auserkoren wurde.

Den behinderten Hausbesitzer verfolgten die von den Rassegesetzen verblendeten Dorfnazis bis zur körperlichen Misshandlung. Nach dem Krieg überzog das Dorf eine schweigende Scham.

Thomas wurde in zwei völlig unterschiedliche Familien geboren. Nazimitläufer trafen auf Nazigegner.

In den dörflichen Festen offenbarte sich die verklemmte Moral der Dorfbewohner. Sie diskriminierten die Flüchtlinge aus dem Osten und schotteten sich ihnen gegenüber ab.

Die Flucht aus Danzig

Die gemeinsamen Erlebnisse von Armut, Mangelernährung, Tod vieler Familienmitglieder, Kriegseinwirkungen, Einmarsch der russischen Truppen, Misshandlungen, Vergewaltigungen und ihre Flucht aus Danzig schweißten Gerda, die Thomas Mutter werden sollte, ihre Schwester Hildegard und deren gemeinsame Mutter eng zusammen.

Viele Menschen flohen noch vor dem Einmarsch der russischen Soldaten, die überwiegend aus den weit östlich gelegenen asiatischen Gebieten Russlands abkommandiert an vorderster Front in Danzig einmarschierten. Diese Soldaten besaßen eine niedrige moralische Hemmschwelle. Sie waren für ihre Brutalität und Gräueltaten berüchtigt. Mit Vergewaltigungen, Folterungen und willkürlichen Ermordungen an der Zivilbevölkerung verbreiteten sie Angst und Terror. Ein grausamer Ruf eilte ihnen voraus und sorgte für eine gewaltige Fluchtwelle aus Danzig. Aus diesem Grund setzte man diese Soldaten auch für die erste Welle der Besetzung ein. Sie sollten jeglichen Widerstand der Bevölkerung brechen.

Die Schwestern und ihre Mutter verblieben bis zum Spätherbst 1945 in Danzig. Die Frauen lebten mit der ständigen Angst, ebenfalls vergewaltigt oder bei geringstem Widerstand erschossen zu werden. Um den Soldaten Übergriffe zu erschweren, zogen sie als Vorsichtsmaßnahme und zur Abwehr von sexuellen Attacken, mehrere Kleidungsstücke übereinander an. Den Abschluss bildete eine dicke Hose ihres Vaters, die sie allerdings auch nicht schützen konnte. Mit vorgehaltener Pistole auf der Stirn blieb ihnen nichts Anderes übrig, als die demütigenden, traumatisierenden Vergewaltigungen zuzulassen, ansonsten hätte es ihren Tod bedeutet. Mit ihrer Mutter sprachen sie in der neuen Heimat oft, fast mit therapeutischem Hintergrund, über ihre grausamen Erlebnisse. Die größte Sorge galt einer ungewollten Schwangerschaft.

Nachdem sich die Situation in Danzig immer mehr zuspitzte, die Vertreibungen systematisch an Heftigkeit zunahmen, entschlossen sich die Frauen zur Flucht. Eigentlich warteten sie auf ein Zeichen ihres Vaters, den sie in französischer Gefangenschaft wähnten, jede weitere Verzögerung steigerte allerdings die Gefahr, selbst umgebracht zu werden. Die Aussichtslosigkeit, doch noch unbehelligt in Danzig unter den russischen Besatzungstruppen leben zu können, wurde immer unwahrscheinlicher. Letztendlich überwog die Angst. Kurz entschlossen packten sie im Spätherbst 1945 ihre wenigen Habseligkeiten und marschierten bei Nacht und Nebel, abseits der von den russischen Truppen kontrollierten Straßen, in den Norden, bis fast an die Ostseeküste, wo noch auf deutschem Gebiet Transportzüge die Reste der Flüchtlinge aufnahmen und bis nach Schleswig-Holstein in Viehwagen transportierten. Nach einem kurzen Aufenthalt bot sich die Möglichkeit, in einem Transportzug bis zum Sammellager Barsinghausen in die Nähe von Hannover mitzufahren. Sie hofften, in dieser Anlaufstelle ein Lebenszeichen ihres Vaters zu finden. Nach erfolgloser Durchsicht aller Aushänge und Informationen entschlossen sie sich, initiativ selbst weiter in den Westen zu gehen. Als Anlaufstelle hatten sie ein kleines Dorf in Westfalen bei einer Tante verabredet. Auf dem Weg dorthin übernachteten sie bei Bauern und schliefen in Scheunen. Wenn der Bauer über genügend Mitleid verfügte, erhielten sie einige Lebensmittel. Diese wohltätigen Gaben hielten sie am Leben, zum Tauschen besaßen sie nichts mehr.

Erschöpft und hungrig trafen sie bei der Tante ein. Sie lebten zusammen in einem Zimmer, geschützt von einem trockenen Dach und schliefen teilweise zu dritt in einem warmen Bett. Sofort begannen sie auszuschwärmen, um bei den Bauern der Umgebung nach Arbeit zu fragen. Ihre Hoffnung richteten sie sehnsuchtsvoll auf die Rückkehr ihres Vaters. Sie schlugen sich bis zum Sommer 1946 durch und eines Tages stand ihr Vater Gustav wahrhaftig vor der Tür. Mit tief eingefallenen Augen, die das erlebte Grauen widerspiegelten, kam er abgemagert, ausgemergelt und mit zerlumpter Kleidung am Körper als seelisches Wrack aus der Kriegsgefangenschaft zurück. Nach einer kurzen Erholungsphase nahm er jede Arbeit als Tagelöhner, Knecht oder Arbeiter an, die Geld ins Haus brachte. Emma und Gustav lebten weitere fast fünfzehn Jahre in der auf 3 Räume im gesamten Haus verteilten Wohnung.

Bis auf Emma, Gustav, Gerda und Hildegard verloren alle anderen Kinder und fast alle Verwandten in diesem sinnlosen und unvorstellbar grausamen Krieg ihr Leben.

Die Kriegserlebnisse verarbeitete in der Familie jeder auf seine Art und Weise. Emma und Gustav suchten Trost für ihre verletzten traumatischen Seelen im Alkohol, dem sie täglich zusprachen. Oft saßen sie mit zusammengefallenen Schultern nebeneinander auf einer Bank im Garten und versuchten, das Unbegreifliche in Worte zu kleiden. Meistens hörten sie mitten in der Unterhaltung einfach auf zu sprechen. Tränen liefen über ihre zerfurchten Gesichter - ein stilles, unendlich trauriges Weinen. Der Alkohol diente dem Vergessen, holte sie aus der tiefen Verzweiflung ein wenig heraus und gab ihnen Kraft für den nächsten Tag.

Gerda fand Arbeit auf einem Bauernhof im Nachbardorf. Sie erhielt die Stelle als Ersatz für eine mittlerweile in ihre Heimat zurückgekehrte Zwangsarbeiterin und zog in deren Dachzimmer ein. Ihre Schwester arbeitete ca. 5 km entfernt im gleichen Dorf, in dem auch die Großeltern wohnten und arbeiteten.

Gerda suchte Abwechslung, besuchte die ersten vergnüglichen Veranstaltungen im Dorf und trachtete danach, ihr Trauma durch Ablenkung und ein wenig Freude abzuschütteln. Es sprach sich herum, dass Gerda noch einige Zeit nach der Besetzung in Danzig verblieb. Jeder wusste, was fast allen Frauen dort geschah. Hinter ihrem Rücken wurde eifrig getuschelt und gemutmaßt, was ihr dort zugestoßen sein könnte. Gerda tanzte gern und begann wieder das Leben zu genießen. Sie schäkerte mit den jungen Männern des Dorfes, was zu einem lockeren Image ihrerseits führte und dadurch ihre Beziehung zu ihrem Ehemann Walter später nachhaltig stören sollte.

Ihre Schwester Hildegard war von ihren Absichten und Einstellungen her wesentlich schwieriger einzuschätzen als Gerda. Sie verfügte über ein Pokerface, das sie perfekt beherrschte. Sie gab körpersprachlich nur wenige Informationen preis. Neutrale Personen hätten sie als »freundlich« bezeichnet, sie verfügte über eine starke Tarnung ihrer wahren Absichten, Meinungen und Handlungen. Dadurch war sie schwer angreifbar. Ihrer Schwester Gerda fehlte diese Geschmeidigkeit des allgemeinen Verhaltens. Sie handelte eher plump, oft unüberlegt und impulsiv. Im Gegensatz zu Gerda agierte Hildegard sprachlich gewandter und deutlich ausdrucksstärker. Aus diesem Grund geriet sie ins Hintertreffen, wenn es in Gesprächen um die selbstbewusste Verteidigung ihrer Position und Ansprüche ging. Diese von ihr »gefühlte« Unterlegenheit ihrer Schwester gegenüber mag mutmaßlich auch der Grund dafür sein, dass sie nach der frühen Schwangerschaft ihrer Schwester nicht wieder hintenanstehen wollte. Die Sprachschwierigkeiten und die allgemeine, linkisch anzusehende Unsicherheit von Walter, schreckten sie nicht ab, ihn zu heiraten.

Hildegard wurde 1948 schwanger, gebar drei Jahre später ein weiteres Mädchen. Gerdas Sohn Thomas kam 1950 auf die Welt.

Die Jahre *nach dem Krieg*

Nach dem Ende des Krieges, in den auslaufenden vierziger Jahren, zog halbwegs wieder Normalität in den Alltag der Menschen ein. In der Gaststätte des Dorfes fanden an jedem Wochenende im Festsaal diverse Veranstaltungen statt. Nach den grausamen Ereignissen des Zweiten Weltkrieges, den unzähligen menschlichen Verlusten, die fast alle Familien erlitten, erwachte der Wunsch nach Vergessen, Abwechslung, Zerstreuung allgegenwärtig.

Die Kneipe wurde zum Treffpunkt der Dorfbevölkerung. Man traf sich nach Feierabend, am Wochenende, an Festtagen bei einem Exportbier und einem Pinnchen Schnaps. Der Austausch von Informationen, vom neusten Dorfklatsch, von der wirtschaftlichen und politischen Entwicklung allgemein und im speziellen der Themen, welche die Arbeiter der Zeche und die Bauern als wichtig erachteten, wurde bei Bier, Korn, Wacholder und Kräuterschnaps diskutiert und palavert. Zum Verzehr standen unter Glasglocken abgedeckt auf der Theke Frikadellen, panierte Schnitzel und geräucherte Mettenden. Dazu gab es Kartoffelsalat mit einer warmen Bockwurst, eingelegte Gewürz- bzw. Salzgurken oder Soleier aus großen dekorativen Gläsern, welche die Kneipenbesucher appetitanregend anlachten. Alles war hausgemacht, frisch hergestellt bzw. eingelegt. Diverse Düsseldorfer Senfsorten, von mild bis extra scharf standen zum Würzen parat.

Es wurde gequalmt, bis ein allgegenwärtiges Husten einsetzte, bei den Bergleuten die vom Kohlenstaub geschädigten Lungen protestierten. Sie pafften Pfeifen, Zigarren, diverse Stumpen in verschiedenen Qualitäten. Sie rauchten Zigaretten mit oder ohne Filter. Den Tabak krümelten Sie aus einem Beutel in das speziell gefaltete Papier mit der aufgedruckten Pyramide darauf, leckten mit der Zungenspitze den Klebestreifen an und drückten ihn zu. Mit einem Feuerzeug zündeten sie den Glimmstängel an und zogen genussvoll den ersten tiefen Zug in die Lunge und schauten gedankenversunken dem aufsteigenden Rauch nach. Kunstvoll bliesen einige Rauchkringel in die Luft. Die Kneipengäste schauten interessiert und verzückt den sich rasch auflösenden Kringeln hinterher, die zur vergilbten Decke strebten. Bei diversen Veranstaltungen traten Laienschauspieler, allerlei Künstler, Zauberer und Artisten auf. Vortragsreisende und Experten hielten Vorträge über moderne Methoden der Landwirtschaft, dem Umgang mit Einweck-Gläsern und allgemein der Haltbarmachung von Lebensmitteln. Sie führten wassergetriebene halbautomatische Kolbenwaschmaschinen von Miele vor und priesen deren Arbeitserleichterung für die Hausfrau. Maschinenhersteller warben für die neusten Traktoren und Erntemaschinen, zählten die Vorteile auf, stellten die angeblich immensen Kostenersparnisse in den Vordergrund. Sie machten den Bauern den Umstieg auf einen Deutz- oder Hanomag-Traktor schmackhaft. Die Finanzierung brachten sie gleich mit. Viele Pferde nahmen sie nach zäher Verhandlung in Zahlung. Sie gingen direkt auf einen unbestimmten Weg, meistens jedoch auf den Schlachthof. Anfang der Fünfzigerjahre arbeiteten die überwiegenden Höfe noch mit schweren Zugpferden, die nach und nach leistungsfähige Maschinen verdrängten.

Nach der demagogischen Rhetorik und den Heilsversprechen der Nationalsozialisten, dem die überwiegende Landbevölkerung verfallen war, konzentrierte sich selbige nach dem Zusammenbruch ausschließlich wieder auf die eigene Scholle. Vielen geriet ihr Engagement in der Nazizeit peinlich, sie wollten an die braunen Zeiten, mit dem ganzen Irrsinn, den das Hirn verkleisternden Parolen und Reden nicht mehr erinnert werden. Alle bemühten sich um unverdächtiges Verhalten. Es wurde über Gott und die Welt und den neusten Klatsch und Tratsch im Dorf mal leiser mal lauter schwadroniert.

Von den Untaten der braunen Vergangenheit distanzierten sie sich konsequent, denn niemand hatte bekanntlich aktiv mitgewirkt. Man hatte sich den Nazis vom Grunde her ja immer skeptisch gegenüber verhalten. Und übrigens hätte man sich bekanntermaßen eh aus allem rausgehalten! An den Fenstern und Haustüren waren allerdings die Halter für die Fähnchen und Fahnen mit Hakenkreuz noch nicht abmontiert worden, somit jederzeit wieder für die Aufnahme von politischen »Feierlappen« einsatzbereit. Wer konnte schon wissen, wohin die Zukunft tendierte! Vor jedem Bauernhof stand zudem ein hoher Fahnenmast, je reicher der Bauer, umso höher, aus Statusgründen mit gleichzeitiger Demonstration der Nazizugehörigkeit, ragte er in den Himmel. Seile und Rollen klackerten wie bei einem Segelboot betriebsbereit an den metallenen Mast. Mit einiger Pflege, einem neuen Seil und einem Tröpfchen Öl war einer erneuten feierlichen Nutzung des Mastes rasch ihre Funktion zurückgegeben. Die braunen Balken der Fachwerkhäuser malten sie flink auf Schwarz um. Neben der mannshohen Persil- und Maggiwerbung an den Häuserfassaden, prangten noch etliche glorifizierende Nazisprüche in Übergröße von den Wänden. Sinnvollerweise übermalten sie die Wandflächen sukzessive mit unschuldiger weißer Farbe. Ihr Häuschen und ihre Gesinnung versuchten sie, mit aller zur Gebote stehenden Intensität, wieder in einen neutralen Zustand zu versetzen. Bald darauf verschwanden Werbung und Heilsversprechen der Nationalsozialisten im gesamten Ort. Die Geschmeidigkeit der politischen Kehrtwende schafften sie in bewundernswerter Manier. Eine ausführliche Reflexion des Geschehens und ein daraus abgeleitetes, nachhaltiges, inneres, glaubhaftes Umdenken, hätte konsequenterweise eine wünschenswerte innere Kehrtwende dargestellt. Die Fähigkeit zur Einsicht hatte sich allerdings noch nicht in allen Gehirnen etabliert. So ging man einfach allen verminten Themen aus dem Weg, wandte sich dem Alltäglichen zu.

Zu jeder Jahreszeit und bei vielen Gelegenheiten traten Musikanten und Kapellen im Festsaal auf. Eine Blaskapelle spielte flotte, fröhlich stimmende zünftige Musik auf, die Bevölkerung tanzte und zechte ausgelassen bis in die frühen Morgenstunden. Die Zuwanderung von Vertriebenen und Flüchtlingen sorgte, bei aller Skepsis ihnen gegenüber, für frisches Blut im Dorf, auch bei den Festivitäten.

Die Vereine des Dorfes organisierten ihre Veranstaltungen. Auf der Festwiese standen Fahrgeschäfte. Kirmesstände verkauften allerlei Süßigkeiten, gebrannte Mandeln, Maronen und

Zuckerwatte. Ein weit ausschwingendes Kettenkarussell drehte sich, auch eine fast bis zum Überschlag pendelnde Schiffschaukel und ein gemächlich um sich drehendes Kinderkarussell mit hüpfenden Autos, Ponys, Motorrädern, Polizei- und Feuerwehrautos. Das freudige Gekreische der Fahrgäste erfüllte wohltuend die Umgebung.

Der größte Verein des Dorfes, der Schützenverein, hob jedes Jahr durch ein Wettschießen einen Schützenkönig auf den Thron. Die Jäger hielten ihre Vereinstreffen ab und präsentierten ihre Treffsicherheit. Auf ihren grünen Uniformen schmückten diverse, bedeutungsvoll und wichtig aussehende Orden und Spangen die Vereinsjacken. Auszeichnungen aus der Nazizeit landeten in einem geheimen Kästchen unter Verschluss in der Bettkommode. Die früheren Einstichstellen auf den Jacken bügelten die Ehefrauen heraus oder überdeckten sie mit dem Rest des unverdächtigen Ansteckzeug.

Die Landfrauen luden zum Kaffeekränzchen, die Bauernfamilie zum fünfundsechzigsten Geburtstag des Großbauern. Dorfjugend, Seniorinnen und Senioren schwangen das Tanzbein. In Ermangelung männlicher Tanzpartner schwebten Frauenpärchen miteinander über das Parkett, was zugegeben etwas kurios aussah. Etliche Männer hätten die vielen Drehungen bei ihrem stetig ansteigenden Alkoholpegel nicht ohne Unheil anzurichten überstanden.

Die Feuerwehr des Dorfes präsentierte ihr frisch poliertes Magirus Löschfahrzeug, in dem Geräte, Schläuche und ihr Vorzeigegerät, die Wasserspritze, ordentlich eingeräumt einsatzbereit besichtigt werden konnten. Zudem stellten sie diverse Leitern, Schlauchkarren, Schutzkleidung, spezielle Äxte, Brechwerkzeuge, Helme und diverse Maschinen dekorativ vor dem Feuerwehrauto aus. Die herauskurbelbare Leiter ragte zur Hälfte in den Himmel. Den interessierten Bürgern signalisierte die Feuerwehr: Hier sind Fachmänner am Werk, wir meistern jede Situation, von der Katzenrettung bis zum Scheunenbrand. Ihr Motto: »Löschen - Retten - Bergen«!

Ein gewaltig aufgetürmter Holzhaufen, der alle Eventualitäten einer Feuerwehrtätigkeit darstellen sollte, wurde in den frühen

Abendstunden entzündet. Als wäre die Macht des entbrannten Feuers völlig überraschend entfesselt worden, schrien die Bürger erst ängstlich, dann enthusiastisch auf. Die derart motivierte Feuerwehrmannschaft begann sofort mit den Gegenmaßnahmen, dem völlig unerwarteten und spontan erforderlichen Einsatz, um dem Feuer den Garaus zu machen. Hektik ergriff die Männer. Der Feuerwehrhauptmann schrie strenge Befehle in die Runde. Seine untergeordneten Löschkameraden kramten im Löschfahrzeug nach Schläuchen und der mächtigen Spritze. Sie zogen die sorgfältig aufgerollten Schläuche über die Wiese, kuppelten sie aneinander und schlossen sie am Wassertank an. Um die Schwierigkeit des Arbeitseinsatzes zu demonstrieren, hielten gleich zwei Löschkameraden die Spritze. Ein Dritter öffnete den Hahn und das Wasser schoss mit Druck mitten in den inzwischen voll entbrannten Holzhaufen, dessen Feuerzunge weit hoch in den Himmel ragte. Der Feuerwehrhauptmann rannte aufgeregt um das Feuer herum und schrie seine Befehle in die nächtliche Szene. Die Feuerwehrmänner mit Führungsaufgaben gaben den Druck an die Unterfeuerwehrmänner weiter, die keine Führungsqualitäten besaßen. Wie immer im Leben, machten diese allerdings die dreckige und nasse Arbeit. Ehrgeizig dienten sie sich ihrem Vorgesetzten für eine Beförderung zur Feuerwehrführungskraft an, steigerten ihren Eifer umso mehr, wenn sie sich beobachtet fühlten. Der Holzhaufen zischte und qualmte nach der Dauerberegnung und kippte abschließend in sich zusammen. Das Vertrauen der Bevölkerung in die Fähigkeit der Feuerwehr hatte sich bestätigt und reichte bis zur Übung im nächsten Jahr. Eine »Katzenrettungsübung« auf einem Baum durchzuführen kam gottseidank nach der anstrengenden und erfolgreichen Löschaktion niemandem in den Sinn. Mit dem mittlerweile beträchtlichen Alkoholpegel im Blut wäre es auch zu gefährlich geworden.

So ein riesiges Feuergelösche mit der ganzen Rumschreierei führte natürlich zu Erschöpfungszuständen und trockenen Kehlen. Sie verlagerten schulterklopfend das spezielle Löschen an die Theke des Festzeltes bzw. der Kneipe und begossen ihren persönlichen Brand, um sich nach Mitternacht, im vollen

Bewusstsein der heroischen Tat, von der eigenen Frau schlussendlich ebenfalls bergen zu lassen.

Zu allem spielte die Musikkapelle politisch unauffällige Lieder, vorzugsweise aus dem Egerland oder der Mundorgel entliehen. Von Madagaskar über die Bergvagabunden bis zu den bunten wehenden Fahnen und trällerten textsicher viele Liedchen lauthals mit. Militärisch angehauchte heroische Lieder hörten sie sich allerdings lieber in den eigenen vier Wänden an.

Allgemein wurde jedes Fest zu vorgerückter Stunde in überdachte Räume verlagert, die angegärte und versmogte Luft darin konnte man mit einem Messer schneiden. Diese Mischung aus schalem Bierdunst, beißendem Zigarren-, Pfeifen- und Zigarettenrauch, menschlichen Ausrülpsungen und Ausdünstungen ließ eine betörende Geruchsmelange entstehen, bei dem allein schon das Einatmen des Miefes beschwipst machte und das Hirn vernebelte.

Es wurde getanzt, geschäkert und getrunken. Bier, Doppelkorn, einfacher Korn, Steinhäger, Wacholder, Jägermeister, usw., flossen in Strömen aus allen Zapfhähnen und Flaschen.

Nachdem die Kapelle ihr Repertoire abgespielt hatte, trällerte die Musikbox für fünfzig Pfennig muntere Liedchen hintereinander aus dem rachitischen Lautsprecher. Der Plattenwechsel war durch das Glas zu beobachten. Aus einer Reihe von Vinylplatten schnappte sich ein Greifarm die gewählte Platte, legte sie auf den Abspielteller und der Arm mit der Nadel senkte sich kratzend in die Rille. Die Musik ertönte, am Ende wurde die Scheibe wieder einsortiert. Alles mechanisch, ohne ein Fitzelchen Elektronik. Die Hits trällerten so oft, bis die Platte bald auf dem Teller herumhopste, somit baldigst ersetzt werden musste. Hits von Freddy Quinn, Peter Alexander und der einsamen Frau, die jeden Abend an einer großen Laterne auf einem Bein stehend vor einer Kaserne stand und dem jungen Mädchen, das zum Einpacken einer Badehose aufforderte, trällerten unzählige Male herunter. Ständig wählten sie Songs von Fred Bertelmann, Friedel Hensch und den Cyprys, und Hans Albers, dem blonden Hünen mit den wasserblauen Augen. Vor Letzterem fielen die Frauen auf die

Knie, himmelten ersatzweise die Musikbox mit verklärten Augen aufreizend träumerisch an. Die Platten der Stars der Fünfzigerjahre dudelten unaufhörlich am Abend und in der Nacht durch die Kneipe.

Alles lief ab, wie seit ewigen Zeiten bei den häufigen Dorffesten üblich. Die Nazis nutzten einige Jahre zuvor die Feste zur Glorifizierung ihres Führers. Mit steigendem Alkohol im Blut überlegten sie besoffen, was sie noch alles für ihn verzückt anstellen konnten. Selbst Jahre später trocknete dieser geistige Sumpf immer noch nicht aus. Etliche braune Pfützen verweigerten ihre Austrocknung, warteten auf einen erneuten nationalsozialistischen Regen. Der Alkohol heizte die Gemüter auf, die Hormone begannen im Takt der Musik die Körper in Wallung zu bringen. Die Frauen klimperten auffordernd mit den Augen, wackelten mit den Hüften, schoben ihre Brüste nach vorn und die Männer pumpten ihre Brustkörbe und Muskeln kräftig auf.

An der Theke und besonders auf der Tanzfläche wurde es eng. Der Körperkontakt zwischen den Geschlechtern intensivierte sich. Hände wagten sich aus neutraler Stellung in südliche bzw. nördliche Körpergefilde. An die geschlechtlich und hormonell aktivierenden Punkte tasteten sie sich behutsam heran. Fanden die jeweils Beteiligten mit gegenseitiger Duldung die Punkte, wurden diese eindeutig markiert und bearbeitet. Aus der unfreundlichen Bäuerin, der unnahbaren Ladenbesitzerin, der molligen Feuerwehrgattin, dem begierigen weiblichen Nachwuchsvolk, wurde ein anschmiegsames und gemeinsam mit den männlichen Forschern ein zu vielen Schandtaten bereites Völkchen. Während der körperlichen Betätigung auf der Tanzfläche ließen Geschicklichkeitsspiele, wie z.b. das Öffnen eines BH`s durch die Bluse hindurch, das Suchen des Strumpfbandes oder das Flitschen des Schlüpfergummis alle Hemmungen sausen. Dann brauchte man dringend eine Abkühlung! In den umliegenden Scheunen raschelte das Stroh.

Im Laufe eines Jahres veränderten sich zwangsläufig die Familienstrukturen des Dorfes. Ab Herbst bekam der Standesbeamte deutlich mehr zu beurkunden. Ab dem Frühjahr des Folgejahres fuhren Eltern, stolz oder verschämt, etliche Kinderwagen mit weißem Geflecht, Speichenrädern und geschwungenen, verchromten Griffen den Nachwuchs spazieren.

Der neunzehnjährige Walter und die dreiundzwanzigjährige Gerda vergaßen Kondome. Walter traute sich auch nicht, am abgewetzten, eierschalenfarbigen Kondomautomaten mit Sichtfenster und aluminiumfarbigen Schubladen in der Herrentoilette ein Päckchen gefühlsechte Billy Boy`s oder noppige Blausiegel für eine Mark zu ziehen. Das Geräusch des nur mit einigem Kraftaufwand herauszuziehenden Schubfaches schreckte ab, da das Ratschen bis in die Kneipe ertönte. Bei dem Kommen und Gehen auf der Herrentoilette hätten andere Besucher den lautstarken Kondomkauf bemerkt und es in Verbindung mit blöden Witzen herumerzählt. Der verkniffene Walter hätte sich derbe Sprüche, begleitet von einem wissenden Grinsen, anhören müssen.

Walter passte den Zeitpunkt nicht richtig ab, das Testosteron gewann die Oberhand und schon war es passiert. In seiner Unerfahrenheit brachte er sich und seinen Kumpel nicht rechtzeitig aus der Gefahrenzone. Gerda vertrat anschließend die irrtümliche Auffassung, es werde schon gut gehen! In dieser Maiennacht, es könnte auch der Erste Mai, sinnigerweise der Tag der Arbeit, gewesen sein, wurde Thomas gezeugt. Der Standesbeamte beurkundete das eheliche Gelöbnis zwischen Walter und Gerda im September 1949. Thomas wurde im Februar 1950 durch einen Kaiserschnitt geboren.

Die zugewiesene Wohnung

Nach der Heirat bezog das junge Ehepaar im gleichen Haus wie Walters Eltern, zwei Zimmer in einem aus dem vorigen Jahrhundert stammendem Fachwerkhaus, das dringend einer Renovierung bedurfte. Das Haus stand an einer Schotterstraße, abgehend von der breiten Durchgangsstraße, die das Dorf von West nach Ost über eine Strecke von ca. 4 km miteinander verband. Die angrenzenden drei Nachbargrundstücke des Hauses nahmen die Gebäude des Bauernhofes, die Äcker, Viehweiden und der mit vielen unterschiedlichen Obstbäumen bepflanzten uralten Streuobstwiese, von allen »Appelkamp« genannt, ein.

Die Behörden konnten leerstehenden oder erkennbar nicht genutzten Wohnraum beschlagnahmen. Viele Häuser von Dorfbewohnern in der Umgebung verfügten über diverse freie Wohnungen. Nicht einen einzigen Raum beschlagnahmten die Behörden bei diesen Hausbesitzern. Jahrelang traf man keinen Flüchtling oder Vertriebenen im Umkreis dieser Häuser an. Nur in diesem heruntergekommenen einzigen Haus ordneten sie die Einweisung von Flüchtlingen an. Dabei war es keine in sich abgeschlossene Wohnung, sondern bestand aus zwei irgendwo im Haus verteilten Räumen, jeweils nur über Flur und Treppe zu erreichen.

Die Familie von Thomas Vater bestand aus seinen Eltern, namens Oma Helene und Opa Karl, und seinen beiden Geschwistern.

Zu Thomas Mutter gehörten ihre Eltern, Oma Emma und Opa Gustav und die Schwester. Dieser Teil bewohnte in einem Nachbarort drei Zimmer, ebenfalls mit Plumpsklo auf dem hinteren Hof.

Der Vermieter der beiden Zimmer an Thomas Eltern geriet während der Nazizeit aufgrund eines körperlichen Makels in den Focus der Dorfbevölkerung. Die dörfliche Erregung bestand darin, dass der Vermieter Hugo mit einer krankhaften Veränderung der Wirbelsäule, in Form einer umgangssprachlich »Buckel« genannten auffälligen Behinderung gezeichnet war.

Sie kramten alles hervor, was sie über die »Reinerhaltung der deutschen Rasse« bislang gehört hatten. Sie fühlten sich verpflichtet, ihren Anteil an der Reinerhaltung des »Deutschen Blutes« zu leisten, zumal sie in dem behinderten Vermieter ein willfähriges Opfer sichteten. Die Dorfbewohner ereiferten und ergötzten sich in ihrem »Herrenmenschendenken« an Hugos Behinderung in für ihn diffamierender, abscheulicher und letztendlich lebensbedrohender Art und Weise. Sie nutzten seine Schwäche in jeder Beziehung unmenschlich brutal und schamlos aus.

Hugos Frau besaß die verhärmte Ausstrahlung einer vom Leben gezeichneten Frau. In ihrer ganzen Körpersprache zeigten sich deutlich die seelischen Qualen des Umgangs mit ihr und ihrem Mann. Sie verhielt sich stets zurückhaltend, blieb dabei immer freundlich. Kontakte zu ihren Nachbarn gab es nicht. Sie verstand sich gut mit Thomas Oma Helene, beide ähnelten sich im Auftreten und Verhalten. Trafen sie im Haus oder im Garten aufeinander, lächelten sich beide zu und sprachen freundlich einander zugewandt einige Zeit miteinander. Oft begegneten sie sich in der ebenerdigen Waschküche im hinteren Anbau, in der eine mit Wasser angetriebene Miele-Kolbenwaschmaschine unter kräftigem Getöse und Geruckel ihr Werk verrichtete. In einem holzbeheizten runden Ofen, der auf zwei mit Eisenringen zusammengehaltenen Betonringen stand, erhitzten sie einen großen Kupferkessel, in dem sie die Wäsche auskochten. Dampfschwaden hingen in der Luft und der Geruch von Waschmitteln strömte aus den geöffneten Fenstern. Die Waschküche nutzten die Hausbewohner ebenfalls für die Verarbeitung und dem Einkochen von Obst und Gemüse, z.B. beim Hobeln des Weißkohls für Sauerkraut und sonstiger Kohlsorten, auch für das Einlegen von Gurken nutzten sie den Raum intensiv. Begann im Winter die Zeit, in der die Schweine geschlachtet, zerlegt und verarbeitet wurden, fand die gesamte Verarbeitung im Waschkeller statt. Der aufgeheizte, dampfige Geruch von Blut, Brühe, warmen Eingeweiden und gekochtem Fleisch war im weiten Umkreis des Hauses zu riechen.

Der Vermieter hatte um sein Haus einen pragmatisch arrangierten Garten ohne bunte Blumen oder pflanzliche Farbtupfer angelegt. Er züchtete Hühner, Kaninchen und hielt eine Ziege. Meistens wuselte er in seinem kleinen Schuppen herum bzw. kümmerte sich um seine Tiere.

Das Haus bot mittlerweile Wohnstatt für 8 Erwachsene und Thomas. Sanitäre Einrichtungen nach unserem heutigem Verständnis existierten nicht. Badezimmer oder Toiletten hatten die Erbauer des Hauses vor fast einhundertfünfzig Jahren nicht vorgesehen. Das heiße Wasser wurde auf dem Küchenofen erhitzt und in einer verzinkten Wanne mit kaltem Wasser zu einer erträglichen Temperatur gemischt. Toiletten? Für alle Bewohner des Hauses existierte eine tiefe Fäkaliengrube in einer Ecke des Schweinestalls, die mit einem Bretterverhau umschlossen, mit Bank und Aufsitz. In diesen war ein Loch ausgesägt und mit einem Holzdeckel verschlossen. Öffnete man den Deckel, stieg ein erbärmlicher Geruch in die Nase. Das war das Plumpsklo. Änderte sich das Wetter, steigerte sich der Gestank im Verhau bestialisch. Thomas Großeltern hatten einen trockenen und im Winter vor der kalten Witterung geschützten separaten Zugang direkt zum Klo. Da die Großeltern nicht wollten, dass alle restlichen Familienmitglieder stets durch ihre Wohnung zum Klo gingen, erreichten diese es nur durch die vordere Haustür. Bei jedem Wetter um das ganze Haus herum in den Hinterhof, dann durch den Waschkeller in den Schweinestall und dort auf das Plumpsklo. Die Schweine grunzten in ihren Koben und horchten auf, wenn jemand den Stall betrat. Es stank barbarisch, nahm urplötzlich den Atem, zumal im Raum nur ein mickriges Fenster für eine Lüftung sorgte. Im Sommer stürzten sich bereits im Schweinestall Fliegen und Mücken auf jeden unbedeckten Teil des Körpers. Auf dem Klo warteten die Viecher schon gierig auf die nackten Hintern und alle sonstigen nicht bedeckten Körperteile und begannen erbarmungslos mit ihren Attacken. Alte Zeitungen, in mehrere Teile zerschnitten, anschließend mit einem starken Faden zusammengebunden, dienten dazu, den Hintern abzurubbeln. Thomas hob manchmal aus Neugier den Deckel hoch und schaute in die stinkende braune Brühe hinunter, bevor er sich auf das Loch hievte und sein Geschäft verrichtete. Eine Horrorvorstellung befeuerte seine Fantasie, wenn er auf dem

Klo saß, er sah sich durch das Loch in die Tiefe stürzen. Damit dies nicht passierte, hielt er sich immer an dem stabilen Nagel fest, an dem das Klopapier hing. Manche Erwachsene verbrachten gefühlte Stunden auf dem Klo, ohne vom Gestank ohnmächtig vom Loch zu sinken.

Walter und Gerda richteten nach ihrer Heirat zwei Zimmer in besagtem Haus ein. Das Zimmer im Erdgeschoss zur Straße hin maß keine vier Meter im Quadrat. Die Einrichtung bestand aus einem mit Holz-Kohle-Brikett geheizten, massiven Eisenofen mit emaillierten hellen Türen, auf dem eine blank polierte dicke Heizplatte aus massivem Eisen lag. In die Platte eingelassen lagen je Heizfläche mehrere einzelne Ringe. Durch Herausnehmen der Ringe konnten Töpfe oder Pfannen in direktem Kontakt mit der Flamme die Wärme aufnehmen. Hatte Mutter den Ofen kräftig aufgeheizt, stand auf der rechten Seite ein Backofen für die Herstellung von oft angekokelten Obst- und drögen Sandkuchen bereit. Aus der Herdplatte ragte ein dickes schwarzes Rauchabzugsrohr bis fast unter die Decke hinauf, das im Winter eine gemütliche Wärme im Raum verbreitete. In einer Henkelkanne aus Blech, mit geschwungenem Auslauf und Tropfenfänger, stand tagsüber immer warmer Lindes-Malzkaffee, Muckefuck genannt, bereit, um den Durst zu löschen. Mutter verbot strikt, direkt aus dem schwanenhalsähnlichen Ausguss zu trinken. Gelegentlich hielt sich Thomas allein im Zimmer auf - Gelegenheit macht Diebe! Um die Herdplatte herum war ein stabiler chromfarbiger Handlauf montiert, der zum Trocknen von Hand-, Geschirrtüchern, Putzlappen bzw. Windeln diente. Rechts neben dem Ofen war ein Kaltwasseranschluss über einem abgestoßenen emailliertem Becken montiert. Das Wasserrohr verlief sichtbar auf der Wand. Ein Liegesofa mit verstellbarem Kopfteil lud zu Ausruhzeiten ein. Darüber hing an einer Stange ein in Schlaufen hängender, einfacher, grob gewebter, düster wirkender Wandteppich. Motiv: Röhrender Hirsch mit balzendem Birkhahn in von Unwettern zerzauster Moorlandschaft vor ungepflegtem Birkenwald mit im Moor versinkenden Birken, szenisch beleuchtet von einem Vollmond.

Der Tür gegenüber stand ein vom Zigarettenrauch und dem Rauch des Ofens gelblich eingefärbter, ehemals weißer Schrank, mit separatem Oberteil und geschwungenen Türen mit Glasausfachungen. Hinter den Türen hingen geraffte Gardinchen auf dünnen Stangen, die den Blick in die Fächer hinein verengten. Im sichtbaren Teil präsentierten sich dem Betrachter die angesammelten bzw. geschenkten Blumenvasen und die mit kitschigen Motiven und goldfarbigen Rändern verzierten Sammeltassen und Dekorteller. Auf der vorstehende Platte des Unterteils platzierte Mutter die Haushaltsteile, die öfters zum Einsatz kamen. Neben Schüsseln, Kerzenständern, Frühstücksbrettchen, Pfeffer- und Salzstreuer stand die aus Holz gefertigte, handbetriebene, geliebte Kaffeemühle. Zwischen die Oberschenkel gepresst mahlte Mutter die eingefüllten ganzen Bohnen, die frisch gemahlen, ein köstliches Aroma im Raum verbreiteten. Sie zog das kleine, noch wesentlich intensiver duftende kleine Schublädchen heraus und schüttete das Kaffeemehl in den Melittafilter Nr. 102. Das tröpfelnde Geräusch des mit heissem Wasser überbrühten Kaffees versprach den Geschmacksknospen köstlichen Genuss. Die ersten Schlückchen schlürften sie mit geschlossenen Augen eher meditativ als trinkend in den Mund. Kaffee stellte den einzigen Luxus dar, den sich überwiegend die Frauen gönnten, dabei hielten sie ein Schwätzchen.

In der Mitte des Raumes stand ein etwas roh gezimmerter Tisch mit vier Stühlen, auf dem immer eine Plastikdecke lag. Über dem Tisch hing eine Lampe mit Stoffschirm, die ein funzeliges Licht abstrahlte. Die schwache Glühbirne lieferte die einzige elektrische Beleuchtung des Raumes mit gleichzeitigem Anschluss einer Steckdose. Auf den mit vielen Spalten versehenen ochsenblutfarbigen Holzdielen lag in einem Perserteppich nachgemusterter Linoleumboden. Vor dem Ofen hatten sie ein stabiles Blech gegen Verrutschen festgenagelt, damit herausfallende Asche oder Funken nicht das Haus in Brand setzen konnte.

Den Schlafraum erreichte man über das Treppenhaus im ersten Stock. Das Haus verfügte über keine Heizung. In den Jahreszeiten schwankten die Temperaturen im Raum besonders extrem. Im Winter feucht, eiskalt, im Sommer unerträglich, brütend heiß. Die Außenwand des Fachwerkhauses betrug im Schlafzimmer maximal zwölf Zentimeter. Zum Zeitpunkt des Fenstereinbaus funktionierten diese sicherlich einmal dicht und funktionsfähig. Jetzt hingegen konnten sie nur noch mit einigen Tricks vorsichtig geöffnet oder geschlossen werden. Ein Knebelgriff bewegte zwei verlängerte Stangen, an deren Ende sich jeweils eine Kralle befand, die in einen U-förmigen Beschlag einrastete. Mittlerweile alles von Farbe derart unprofessionell voll gekleistert, dass es keine Chance mehr gab, das Fenster zugdicht zu verriegeln. Die mehrfach aufgetragene Farbe hielt das ganze Fensterkonstrukt einigermaßen zusammen. Der Wind pfiff durch die Ritzen. Die untere Fensterbrüstung verfaulte erbärmlich vor sich hin. Jahrelang eintretendes Wasser hatte das Holz derart marode aufgeweicht, dass Thomas mit einem Finger komplette Brocken herauspulen konnte. Bloß nicht anfassen und daran herumspielen! Unter der dicken Farbschicht faulte das Holz beständig vor sich hin. Einfache, dünne und billige Fensterscheiben fachten die Holzrahmen aus. Das unsauber produzierte Glas mit Einschlüssen, Verlaufsspuren und fleckigen, undurchsichtigen Stellen, behinderte eine störungsfreie Durchsicht. Ausgebröckelte, eingetrocknete Fensterkittreste klebten an den Scheiben. Teilweise hielten nur noch die seitlich eingeschlagenen Nägel die Gläser in ihrer Umfassung. An Regentagen klatschte das Wasser an die Fenster und drang durch alle Ritzen und unter dem Fensterbrett in den Raum. Aufgerollte Tücher und Stränge von Hartmannwatte stopfte Thomas Mutter mit dem Rücken eines Küchenmessers in die Ritzen, um das Hineintropfen auf den Fußboden zu verhindern und Zugluft zu reduzieren.

Die den beiden Fenstern gegenüberliegende hintere Wand deckten zwei mächtige dunkelfarbige Kleiderschränke mit gebogenen Türen komplett ab. Auf dem Schrank lagerten bis an die Decke schäbige Koffer und diverse Kartons. Mit knapp einem Meter Abstand von den Schränken spannte sich straff gespannt ein dickes Seil bis unter die Raumdecke, auf dem eine lichtundurchlässige Decke, dick, schwer und kratzig wie eine

Pferdedecke, den Raum abteilte. Im Zwischenraum zwischen Schränken und Deckenvorhang stand eingepfercht Thomas Gitterbett. Kein Licht drang durch den Vorhang. Das Kinderbett stand immer im Dunkeln. Das Bett war so eng im Verschlag eingepfercht, dass man nur schräg mit kurzen seitlichen Schritten zwischen Bett und Schränken hindurchgehen konnte.

Nazi-Vergangenheit und kollektives Unrecht der Dorfbewohner

Hugo, der Vermieter der maroden Zimmer, galt allgemein als etwas zu klein gewachsen. Seine dünne Statur maß nur knapp einenmeterfünfzig vom Scheitel bis zur Sohle. Durch den Buckel, der sich über die gesamte Schulter zog, sah er immer etwas kippelig aus, als drohte er nach hinten oder vornüber zu fallen. Er pendelte durch eine meist vornübergebeugte Körperhaltung seine Stabilität aus, was ihn noch kleiner aussehen ließ und dadurch die Sichtbarkeit des Buckels noch verstärkte. Zudem zog er merklich den rechten Fuß nach, was noch gebrechlicher wirkte. Wie ein Schatten hielt sich der introvertierte scheue Mann, Quasimodo, dem Glöckner von Notre-Dame, nicht unähnlich, in Haus und Garten auf. Selten bekam man ihn zu Gesicht.

Er hatte ein unmenschliches Schicksal erleiden müssen. Die Dorfnazis konnten seine Behinderung nicht mit ihren arischen und germanisch orientierten Rassengesetzen in Einklang bringen. Sie schaukelten sich gegenseitig in diversen Versammlungen und Ausschüssen so lange hoch, bis ihr restlicher Verstand im Alkohol ersoff und ihre gemeinschaftliche Entscheidung feststand: Hugo erfüllte die Nazi-Norm nicht! Von den braunen Gesinnungstypen, die sich dem nationalsozialistischen Staat gegenüber verpflichtet fühlten, an Hugo ein Exempel zu statuierten, gab es in dem Örtchen auf dem Land mehr als genug. Die Amtsärzte konnten sich das übliche Vermessen von Schädel und Extremitäten und die Durchführung von zweifelhaften und wissenschaftlich nicht zu begründenden Tests ersparen. Mit Blick auf den Buckel fällten sie vorauseilend ihr Urteil.

So kam es, dass die braune Dorfmeute alle Anstrengungen unternahm, zur »Reinerhaltung der arischen Rasse« den ihrer Meinung nach »lebensunwerten« Hugo aus der Dorfgemeinschaft zu entfernen, ihn zumindest zwangssterilisieren zu lassen. Seine Gene wollten sie für immer aus dem deutschen Erbgut eliminieren.

Zur Familie Hugos gehörte ihr Sohn Karl. Er lebte nicht bei seinen Eltern, sondern auf Initiative der Dorfnazis in einem Kinderheim in der Nähe von Soest/Paderborn. Karl wurde Ende der Dreizigerjahre geboren und zeigte keinerlei Merkmale einer Behinderung. Physisch und psychisch lagen keine Beeinträchtigungen vor. Aber auch das konnte Hugo nicht als Beweis vorbringen, dass seiner Behinderung keine direkten genetischen Ursachen zugrunde lagen, sondern diese durch eine Erkrankung initiiert wurde.

Die gleichen Ortsbewohner, die wenige Jahre nach dem Krieg wieder überschwänglich miteinander feierten, als hätte es nie eine Vergangenheit gegeben, setzten alle Hebel in Bewegung, um eine Maßnahme, gleich welcher Art, durchzusetzen. Die Dorfbewohner kannten sich untereinander bestens, ihre Verwandtschaftsverhältnisse verwoben sich netzartig im Laufe der Jahrhunderte miteinander.

Hugo gehörte diesem inneren Kreis nie an, agierte stets zurückhaltend, ist nie durch Rechtsbrüche, Streit oder unangenehmes Verhalten aufgefallen. Seine Familie wohnte seit Jahrzehnten in friedlicher Nachbarschaft neben den alteingesessenen Bewohnern. Er arbeitete als Schreiner in einem Betrieb, der Särge und Bauholz herstellte, jahraus, jahrein, ohne irgendwelche Vorkommnisse. Seine Behinderung allerdings machte ihn zunehmend zu einem Außenseiter der Gesellschaft. Den Dorfnazis drängte es, ihren Beitrag für die Gesunderhaltung der arischen Rasse zu leisten. Sie stürzten sich mit zerstörerischer Gier auf den hilflosen Hugo. Bildhaft gesprochen hatten sie eine Sau gefunden, die sie durchs braune Dorf treiben konnten.

Provinzpolitiker, Bauern, Kaufleute, Präsidenten diverser Vereine mit Einfluss, bliesen am Stammtisch in das gleiche Horn und geilten sich an ihrer Macht gegenseitig auf. Die Sitzungen des Gemeinderates bei denen aus der Kreisstadt behördlich eingesetzte »Arier-Sachverständige« aufgeblasene und dümmliche Reden darüber hielten, wie die deutsche Rasse genetisch rein zu erhalten sei, bestätigten die Dörfler in ihrer Absicht. Sie kittete die konspirativ gefährliche Gruppe enger zusammen, befeuerte ihre Motivation, im Fall Hugos harte Kante zu zeigen.

Dabei unterstützte eine spezielle Eigenart der Menschen unangenehm den ganzen Vorgang. Menschen, die in Gruppen oder Organisationen leben und arbeiten, unterliegen fast immer der Tendenz, sich oppurtunistisch dem Gruppenzwang zu unterwerfen. Sie handeln in der Gemeinschaft wesentlich rigoroser und brutaler. Fällt hingegen eine einzelne Person Entscheidungen, fallen sie in aller Regel milder aus.

Derart aufgeheizt wurde der Entschluss verabschiedet, eine Zwangssterilisation bei Hugo als mindeste Maßnahme durchzusetzen. Hugo wurde von »speziell ausgebildeten Ärzten« untersucht, ein Gutachten erstellt und die Einweisung in ein Krankenhaus angeordnet, in dem die staatlich verfügte Sterilisation durchgeführt werden sollte.

Ein Damoklesschwert schwebte als unerträgliche Bedrohung über Hugo´s Kopf: Bei einer Verweigerung des Eingriffs drohten sie mit seiner Verhaftung und der Verschleppung in ein spezielles Heim, eine psychiatrische Klinik oder in ein Konzentrationslager. Da sich niemand für ihn einsetzte, fügte er sich in sein Schicksal. Eine Möglichkeit zur Abwendung bestand nicht.

Zeitzeugen kennen noch die fürchterlichen Karikaturen über geistig und körperlich Behinderte, die auf Plakaten an Litfaßsäulen und Hauswänden ins Auge sprangen. Viele Menschen anderer Kulturen oder die mit einem Handicap versehen waren, wurden der systematischen Vernichtung in speziellen Krankenhäusern oder Lagern zugeführt. Es gab mehr Mengele´s unter den Ärzten, die der verbrämten Naziideologie nacheiferten, als allgemein angenommen. Die Sterilisation, mit der Hugo seiner Ermordung entging, zeigte den einzigen Weg für ihn auf, um zu überleben. Der Eingriff wurde so respektlos, nachlässig und stümperhaft vorgenommen, dass er sein restliches Leben unter Schmerzen litt.

Die Verantwortlichen dieser Exempelstatuierung gaben sich mit diesem Ergebnis allerdings noch nicht zufrieden. Einmal in Rage peilten sie einen weiteren Akt ihrer unwürdigen Taten an. Der Sohn von Hugo geriet ins Visier weiterer Säuberungsaktionen. Die Personen, die für die Zwangssterilisation verantwortlich zeichneten, fassten den Entschluss, dass sein Sohn Karl dauerhaft dem negativen Einfluss seiner Familie zu entziehen sei. So wurde er anhand eines staatlichem Dekrets in ein von der katholischen Kirche geführtes Kinderheim im Raum Paderborn eingewiesen.

Die Pflegekräfte bestanden überwiegend aus Nonnen bzw. aus Pflegepersonal, die sich bedingungslos den nationalsozialistischen Erziehungsmethoden, Stichwort: »Schwarze Pädagogik«, und unter methodischer Anwendung der Erziehungsprinzipien der Nazi-Cheferzieherin »Johanna Haarer«, herzlos, brutal, systematisch misshandelnd und ohne jegliches Gefühl für die Bedürfnisse von Kindern unterworfen hatten.

Diese Kinderheime waren verzweifelte Orte der Traurigkeit, der Zerstörung der empfindsamen Seelen. Die Erziehung der Kinder mit gedankenloser, systematischer Demütigung bei Aberkennung ihrer Würde, entmündigte sie als Menschen vollständig. Physische und psychische Gewalt, auch verbunden mit sexuellen Übergriffen, gerieten zum festen Bestandteil der täglichen Erziehung. Diese unbarmherzigen Praktiken haben viele Heimkinder lebenslang traumatisiert. Bis zum heutigen Tag leiden viele entsetzlich an den ihnen zugefügten Grausamkeiten. Es rührt an, wenn Zeitzeugen ihre Tränen nicht zurückhalten können, berichten sie aus ihrem Leben. Niemand kann unbeteiligt bleiben, wenn verzweifelte Sätze wie: *»Wir konnten doch nichts ändern, ...!. Sie machten mit uns, was sie wollten! Schläge und sexuelle Gewalt waren an der Tagesordnung!"*, emotional tief bewegt mit leiser Stimme erzählt werden. Dabei senken sie vor Trauer, Betroffenheit und Scham den Blick. Sie sammeln die grausamen, erniedrigenden Bilder der Erinnerungen in ihrem Kopf. Die Bilder sind immer noch präsent. Die seelischen Verletzungen und Schmerzen sind nur näherungsweise zu erahnen, die diesen Erzählungen zugrunde liegen.

Hugos Frau durfte ihren Sohn nur auf schriftlichem Antrag mit behördlicher Genehmigung, an wenigen Tagen im Jahr im Kinderheim besuchen. Auch in den Jahren nach dem Krieg, teilweise bis in die Sechzigerjahre hinein, änderte sich im Wesentlichen nichts. Die katholische Kirche mit ihren Pflegehäusern und kirchennahen Organisationen und natürlich auch die zuständigen Behörden haben schweres Unrecht an diesen Kindern und deren Familien begangen. Man stelle sich ein kindliches Leben ohne Liebe, Verständnis und Schutz vor. Ausgeliefert einer Meute von Kinderquälern und Kinderschändern, die fachlich unfähig und emotional so degeneriert waren, dass sie die Qualen der Kinder in deren Augen nicht erkennen und deuten konnten. Wie sind diese Erzieher selbst erzogen worden, dass sie derart gefühllos ohne Mitleid schlugen, demütigten und vergewaltigten? Diese »Erzieher«, und das sollte zu denken geben, spiegelten allerdings nur ihre eigenen Erlebnisse wieder, trieben vielfach ihr Unwesen dort weiter, wo bei ihnen selbst aufgehört wurde.

Der Sohn Karl absolvierte eine Lehre und erhielt erst kurz nach seinem Lehrabschluss wenige Tage Ausgang oder Urlaub, da er zur »Vermeidung des schädlichen Einflusses«, speziell seines Vaters, von seinen Eltern fernzuhalten sei. Sein Fall wurde schlichtweg viele Jahre einfach »vergessen«. Hugo und seine Frau hatten keine Lobby, konnten sich in der Behördenwelt weder artikulieren noch mit Nachdruck Forderungen stellen. Es gab derart viele Fälle, die alle geklärt werden wollten, da konnten die weniger beharrlich auftretenden Angehörigen leicht auf die lange Bank geschoben werden. Es dauerte Jahre, bis die sachlich unsinnigen Entscheidungen, die falschen Eintragungen in seiner Akte geprüft und letztendlich gelöscht wurden. Die Erziehungsanstalten stellten jegliche Informationen nur schleppend zur Verfügung. Zwar lockerten sie die behördlichen Auflagen, denen Karl unterlag, in den Fünfzigerjahren ständig ein wenig, es vergingen trotzdem viele Jahre, bis er wieder in seine Familie zurückkehren konnte. Er zog in die Räume ein, in denen Thomas Familie in den ersten Jahren gewohnt hatte.

Nach der Sterilisation und dem Verlust des Sohnes musste Hugo die Folgen dieser Erlebnisse verarbeiten. Er bemühte sich um körperliche Unsichtbarkeit im Dorf. Nur auf dem Weg zur Arbeitsstätte und wenn es sich nicht vermeiden ließ, setzte er seine Tarnkappe ab. Vernahm er Stimmen im Hof, Rascheln am Grundstück oder Schritte auf der Straße, zog er sich sofort zurück.

Hugo war generell ein introvertierter Typ, der Verlust seiner Würde als Mensch und Mann und sein ihm verwehrtes Recht auf Unversehrtheit führte zu einer nicht mehr zu tilgenden seelischen Demütigung. Er schämte sich davor, als »halber Mann« von allen Dorfbewohnern angesehen zu werden. Der Verlust seiner Fruchtbarkeit, der sichtbare Makel des Buckels, das Hinken des rechten Beins, trugen erheblich zu einer Veränderung seiner Persönlichkeit bei. Hugo war kein besonders intelligenter Mann. Aber er spürte schmerzhaft die Ungerechtigkeit, die ihm im Leben widerfuhr. Die heuchlerische Dorfbevölkerung, die fast alle für den Verlust seiner Würde durch die vorsätzliche Körperverletzung verantwortlich zeichneten, reagierte mit Ignoranz und Gleichgültigkeit.

Hugo lebte wie in einem Schneckenhaus, verhielt sich wie ein Igel im Winter, allerdings ohne die Chance, mit frischem Lebensmut im Frühjahr wieder zu erwachen. Die Chance, die an ihm verübte körperliche und seelische Gewalt juristisch aufarbeiten zu lassen, war unrealistisch. Alle Dorfbewohner wussten, was ihm angetan wurde und wechselten nach Möglichkeit die Straßenseite, wenn er ihnen begegnete. Sie tuschelten über ihn, steckten die Köpfe zusammen und so mancher vertrat immer noch die Meinung, dass die Sterilisation ihn doch entlastete: Im Grunde hatten sie es nur gut mit ihm gemeint! Selbstgefällig spintisierten sie in ihrer verklemmten Fantasie, dass man jetzt mit ihm gefahrlos umgehen könne, zumindest zeugte er jetzt keine »kranken Kinder« mehr. Das wäre doch auch entlastender für seine Frau! Seine Triebe würden nun keinen Schaden mehr anrichten! Und übrigens hätte man es früher nicht besser gewusst, die Ärzte hätten doch wissen müssen, was sie taten!

Motive für eine Rechtfertigung ihrer Taten schlummerten viele latent im Untergrund. Das Gedankengut der braunen Brut lebte in den Köpfen weiter und wartete nur darauf, in dieser oder der nächsten Generation wieder erweckt zu werden.

Die völlig absurde Argumentation, Hugo Triebhaftigkeit zu unterstellen entsprang den Fantasien etlicher dümmlicher Dorfbewohner. Er sprang nicht hinter Büschen hervor und zeigte sich Frauen gegenüber in unzüchtiger Weise. Die prüde Gesellschaft, die sich nicht scheute, in verachtenswerter Weise Menschen zu demütigen und zu zerstören, ergötzte sich hinter vorgehaltener Hand sensationslüstern am Verlust seiner »Männlichkeit«. Die mit Macht ausgestatteten Männer des Dorfes hatten etwas bewirkt und ihre Frauen konnten sich endlich vor dem »unheimlichen Krüppel« sicher fühlen. In der Gemeinschaft lebten sie ihre verlogene Macht aus und brüsteten sich so lange mit ihren Taten, bis sie der Überzeugung verfielen, korrekt gehandelt zu haben.

Hugo und seine Frau wurden nie in die Dorfgemeinschaft integriert, man sah sie auf keinem Dorffest, vor und auch nach dem Krieg nicht. Nie lud sie jemand ein, sie beteiligten sich an keinen Vorbereitungen für die Feste des Schützenvereins, der freiwilligen Feuerwehr und/oder sonstiger dörflicher Festlichkeiten oder Versammlungen.

Etliche Jahre nach Beendigung des Krieges zog Scham auf, die sich über das Dorf wie ein grauer Nebel legte. Nicht nur Hugo, sondern auch einige der damals sein Schicksal bestimmenden Verantwortlichen schämten sich für das Leid, für das sie mitverantwortlich zeichneten. Da es vielen so erging, wurde das Mäntelchen des Vergessens und Verdrängens über die Szene gebreitet. Es wurde geschwiegen, Hugo nur oberflächlich und linkisch gegrüßt. Begegnete man dem Ehepaar, schauten sie in eine andere Richtung. Hugo koppelte an sein Fahrrad einen kleinen Anhänger, in den sie ihre Einkäufe luden. Irgendjemand kannte immer jemand, der den rechten Arm zum strammen Gruß erhoben hatte, und der enthusiastisch gegen Hugo im Sinne der Nazis agierte.

Hugo musste auch für Thomas Eltern zwei Zimmer im vorderen Teil des Hauses, in dem jetzt acht Personen lebten, zur Verfügung stellen. Davon sechs Flüchtlinge bzw. Vertriebene, die alle der gleichen kollektiven Nichtbeachtung und Ignoranz der Dorfbevölkerung unterlagen. Diese »kleine Gettoisierung« sahen die Einheimischen als zweckmäßig an, sie brauchten sich nicht mit weiteren Örtlichkeiten beschäftigen, sondern konnten ihre Gesinnung und Ablehnung auf dieses eine Haus konzentrieren. Hier konnten sie ihren Kontroll- und Beobachtungswahn ausleben. Die biedere Dorfgesellschaft mit ihrer zweifelhaften Moral verdonnerte den misshandelten Außenseiter dazu, den einzigen Flüchtlingen und Vertriebenen im dörflichen Umkreis Unterkunft zu gewähren.

Kinder in den Fünfzigerjahren

Stichworte zum Kapitel:
Thomas Familie gehörte seit Generationen dem sozialen Stand von Forstarbeitern, Tagelöhnern, Landarbeitern, Knechten und Mägden an. Das ärmliche Milieu, die Fixierung auf Nahrungsbeschaffung, die teilweise unmenschlichen Arbeitsbedingungen, mit selbstverständlicher Kinderarbeit, führte dazu, dass die Familien am unteren Ende des Existenzminimums lebten. Sie hatten wenig Chancen, der demütigenden sozialen Situation zu entfliehen.

Bis zu sechzehn Kinder in einer Familie stellten keine Seltenheit dar. Die antiquierte Erziehung in der Familie basierte auf seit Generationen unverändertem Wissen. Harte Bestrafungen der Kinder mit brutalen körperlichen Misshandlungen und verbalen Demütigungen gehörten wie selbstverständlich zur Erziehung. Wer sich nicht fügte, wurde gnadenlos aussortiert.

Thomas Mutter, die zudem auch noch unter dem fatalen Einfluss ihrer Mutter stand, schleifte die alten Erziehungsmethoden ohne zu hinterfragen auf Thomas übertragend weiter durch. Schläge mussten schmerzen, sonst hatten sie keine nachhaltige Wirkung.

Ihrer Meinung nach besaßen Kleinkinder keinen Verstand, merkten dementsprechend nicht, was mit ihnen geschah. Selbst die grausamste Behandlung würden sie schnell wieder vergessen haben.

Kinder - dumme und empfindungslose Wesen!

Beide Familienstränge von Thomas gehörten seit Generationen der bildungsfernen Arbeiterschicht an. Die eine Familie aus dem unmittelbaren Einzugsbereich von Danzig, die andere aus einem kleinen Dorf in der Nähe von Breslau. Sie übten Tätigkeiten als Tagelöhner, Land- und Forstarbeiter, Knechte, Mägde und Haushaltshilfen aus. Bildung konnten sie sich nicht leisten. Nicht nur, dass sie Geld kostete, sie entzog die Kinder auch der täglichen Arbeit, die sie dringend als billige Arbeitskräfte benötigten. Die Ausstattung der Häuser und Wohnungen dieser sozialen Schicht geriet primitiv, ohne fließendes Wasser, Toiletten und Waschmöglichkeit innerhalb des Hauses. Die Geburtenrate brachte Jahr für Jahr neue Erdenbürger hervor, die Sterberate fiel hoch aus. Viele Babys starben direkt nach der Geburt bzw. erreichten nicht einmal das erste Lebensjahr.

Das Einkommen reichte selten aus, eine Wohnung zu bezahlen, die Familie zu kleiden und zu ernähren. Deshalb legten sie einen Garten an, um ein hohes Maß an Selbstversorgung zu erreichen. Sie züchteten Hühner und Kaninchen, fütterten fette Schweine an, die sie im Winter schlachteten. Trotzdem trat in der Familie von Thomas Mutter in fast jedem Winter Mangelernährung auf, wenn die Vorräte an frischen Lebensmittel sich dem Ende neigten. Leerten sich die Tonkrüge mit Sauerkraut, Gurken und Kohl, blieben oft nur Kartoffeln übrig, sodass die Gürtel enger geschnallt werden mussten. Jeden Tag nur Hering aufzutischen, deckte nicht den Bedarf an Vitaminen und Mineralien. Gerda erkrankte lebensbedrohend an Rachitis, andere Geschwister überlebten den Winter nicht. Die Menschen wurden mit unvorstellbar harten Bedingungen konfrontiert, welche die Lebenserwartung von Thomas Vorfahren seit Generationen massiv reduzierte und immer wieder bedrohte. Die Zustände ähnelten denen im Mittelalter. Die ärmliche Lebenssituation: Kalte, feuchte Wohnungen und Häuser, mangelnde Hygiene, den Körper malträtierende Ungeziefer, Klohäuschen hinter den Häusern, verseuchtes Wasser, das aus einem Hofbrunnen mittels Pumpenschwengel gefördert wurde, setzte den Menschen hart zu. Bilder vom Leben wie vor

Jahrhunderten drängen sich auf. Deshalb kann es als abwegig angesehen werden, wenn in diesem alltäglichen Überlebenskampf Bildung überhaupt thematisiert wurde. Kinder erzogen sie nach buchstäblich uralten Methoden. Das Wissen über ihre emotionalen Empfindungen, ihre geistigen Fähigkeiten, über die Informationsaufnahme aus ihrer Umgebung, ab wann ihre Aufnahmefähigkeit einsetzte, was als Erinnerung abgespeichert wurde, entzog sich ihrer Kenntnis. Man sah sie mit Tieren auf einer Stufe stehen. Wie sie Tiere dressieren und strafen konnten, damit kannten sie sich bestens aus, also übertrugen sie, aus ihrem begrenzten Wissen heraus, ihre Methoden auch auf Kinder. Die Erziehungsmethoden richteten sich auf das gefügige Durchsetzen von Gehorsam, Pflichterfüllung, Fleiß, Unterwürfigkeit und Demut gegenüber Autoritäten aus. Ergänzend sorgten Schulen, Kirchen und Behörden für eine stetige, gleichlautende Erinnerung an die aufgeführten Ziele und das daraus abgeleitete geforderte Lebenskonstrukt. Das unvorstellbare Elend nachzuvollziehen, in dem die Kinder der sozialen Unterschicht lebten, ist nur näherungsweise zu erahnen. Wer sich für dieses Leben nicht eignete, wurde aussortiert, aus dem Haus gejagt, in ein Kloster gesteckt, verheiratet oder als Geisteskranker in einem Heim bis zum bewusst herbeigeführten Tod weggesperrt. Unnütze oder eigensinnige Esser konnte man sich nicht leisten! Der Staat und besonders das Militär, benötigte ständig Nachwuchs, um sie als billiges Kanonenfutter in egoistischen, sinnlosen Kriegen verbluten zu lassen.

Was bedeutete da Bildung für den Alltag? Es ging nur um die Arbeitskraft, welche den einzigen Aktivposten der Kinder darstellte. Ansonsten wurde den Kindern kein eigenes und selbstbestimmtes Leben zuerkannt. Das Erziehungsziel von Thomas Mutter entsprach weitgehend diesen Ansichten. Da sie nur die Lebensweise ihrer sozialen Schicht kannte, richtete sie alle Anstrengungen darauf, Thomas in den von ihr zu kontrollierenden sozialen Kreis hineinzubiegen.

In der von Johann Georg Sulzer 1748 verfassten Schrift: »Versuch von der Erziehung und Unterweisung der Kinder«, wird eingehend beschrieben, wie Kinder je nach gesellschaftlicher Schicht anzuleiten, zu behandeln und für welchen Zweck sie zu »gebrauchen« sind. Dort finden sich konkrete Empfehlungen, präzise erläutert, wie hinsichtlich der »Verwendung« von Kindern für Arbeit, Militär, Schulbildung und akademischer Ausbildung zu selektieren sei. Bei Mädchen wurde ab einem gewissen Alter empfohlen, sie schnellstens zu verheiraten. Detailliert wird beschrieben, wie die bereits in frühen Jahren zu sammelnde Aussteuer der jungen Mädchen auszusehen hatte. Von Bettbezügen bis hin zu Kinderwindeln über die Anzahl von Küchentüchern, Unterhosen, Kochtöpfen, Geschirr, usw.. Alle benötigten Haushaltsgegenstände, die für die Gründung einer Familie notwendig erschienen, standen checklistenartig aufgelistet. Der primäre Sinn einer frühen Heirat lag in der Geburt vieler Kinder in eine sich durch die soziale Schicht selbst kontrollierende Familien- und Sozialstruktur hinein. Uneheliche Kinder und deren Mütter verfielen der gesellschaftlichen Ächtung. Für die Obrigkeiten konnte dieser Personenkreis leicht zu renitenten Störenfrieden des von ihnen festgelegten Verhaltenskodexes der Gesellschaft werden. Noch bis in die sechziger Jahre des letzten Jahrhunderts hinein bestanden die Geschenke für Mädchen oft aus Aussteuersachen, die für die Gründung einer Familie als notwendig angesehen wurden. Verbunden mit »guten Ratschlägen« und »Tipps« für den Umgang mit Babys, Hygiene und Erziehung. Das Generationen überdauernde Gedächtnis ist sehr zäh.

Die preußische Erziehung der Nazibonzen knüpfte nahtlos an diese fast 200 Jahre alten Erziehungsprinzipien an. So verwundert es nicht, dass die alten Gesellschaftsstrukturen dafür sorgten, dass wieder ein mehrheitlich knetbares, bildungsfernes Volk für die Ziele der Nazis zur Verfügung stand.

Mitte des 19. Jahrhunderts galt generell für Mädchen, dass jede Bildungsmaßnahme aus ökonomischen Gründen zu unterlassen sei, sie seien ohnehin nur für Geburt und Arbeit geeignet! In Listen wurde aufgeführt, wann Kinder (Mädchen und Jungen gleichermaßen) ab einem empfohlenen Alter mit anstrengenden

Tätigkeiten auf dem Land oder bei Ausbildungen in Handel und Handwerk zu beauftragen sind. Da Kinderarbeit selbstverständlich erschien, arbeiteten Kinder ab ca. sechs Jahren bereits bis zu 14 Stunden am Tag. Es brauchte also keine Regel, ab wann Kinder zur Arbeit einzusetzen sind. Der Not gehorchend mussten sie, Regel hin oder her, jede Arbeit verrichten. Um Leistung zu erreichen gab es einen Bestrafungskatalog, in dem rigorose und brutale Methoden aufgeführt waren. Die Kinder auf dem Land traf es besonders hart, selbst schwerste Kinderarbeit mussten sie auf dem Hof und den Äckern ohne aufzumucken verrichten. Niemand machte sich Gedanken darüber, da es selbstverständlich erschien. Die Sterberate von Kindern nahm man als gottgegeben hin. Geburtenraten von bis zu zwölf oder mehr Kindern in einer Familie galten als normal. Der Tod eines Kindes stimmte kurzfristig traurig. Trauerbewältigung und Betroffenheit füllte, pragmatisch gesehen, nicht den Teller, lenkte im alltäglichen Überlebenskampf nur von der Arbeit ab.

Kinder der unteren sozialen Schicht lernten auf der Volksschule Lesen, Schreiben, Rechnen und bibelbasierte theologische Themen. Zu höheren Schulabschlüssen bestand von vornherein kein Zugang. Sie sollten damit auch gar nicht erst in Berührung kommen. Begehrlichkeiten und Hoffnungen zu wecken, sah man als schädlich an, es lenkte ebenfalls nur von ihrer Arbeitsleistung ab. Arbeit geriet zum Mittel der Disziplinierung, damit keinerlei »Flausen im Kopf« entwickelt werden konnten.

Das von Generationen überlieferte und geprägte Wissen über »Erziehung« steuerte auch das Verhalten der beiden Familienstränge. Thomas wuchs in diesem antiquierten Klima auf. In Ermangelung des Wissens um moderate Erziehungsmethoden vertrat seine Mutter eine harte Gangart. Besonders die Kombination von Schlägen mit gleichzeitigen verbalen Demütigungen geriet zu einer infamen Methode, sodass Thomas sich neben den Schmerzen der Schläge auch durch die verbale Ausdrucksweise wertlos und dumm fühlte. So oft, wie sie diese Methode einsetzte, setzte sich diese Wertlosigkeit, das unausweichliche Ausgeliefertsein in Thomas

51

Seele fest. Die körperlichen Übergriffe führten dazu, dass Thomas jegliche körperliche Rangelei und Berührung vermied. Ob beim Sportunterricht, beim freizeitlichen Ballspielen oder beim seltenen Herumtollen mit anderen Kindern in der Nachbarschaft, er achtete instinktiv auf Flucht-, Ausweichmöglichkeiten bzw. brach das Spiel ab. Bereits die Ahnung einer bevorstehenden körperlichen Berührung jeglicher Art ließ Panik bei ihm hochsteigen und aktivierte sein Fluchtverhalten.

Schon die Ahnung, dass eine von Mutters Attacken bevorstand, löste bei Thomas Angst und Abwehr aus. Viele seiner späteren Verhaltensweisen liegen diesen »Erziehungsmethoden« zugrunde. Genau genommen hatte seine Mutter von kindgerechter Erziehung keine Vorstellung. Ihr Ziel bestand darin, Thomas so weit zu bringen, dass er ihren Vorstellungen entsprach und ohne »aufzumucken« gehorchte. Da sie kein differenziertes Erziehungswerkzeug kannte, setzte sie Prügel und Beschimpfungen ein, bevor sie sich die Zeit nahm, etwas zu erklären. Viele ihrer impulsiven Handlungen lagen keiner logischen Entscheidung zugrunde. Sie setzte losgelöst von der realen Situation ihre Attacken auch als Ventil für ihre eigenen Probleme ein. Ihre mangelnde sprachliche Ausdrucksfähigkeit kompensierte sie durch die Schläge und Demütigungen, mit denen sie bei ihren begrenzten kommunikativen Fähigkeiten situativ schnell ein Ergebnis erreichte. Wem die Worte für die Beschreibung eines Vorganges fehlen, kürzt das Prozedere ab und greift zum Mittel der Gewalt. Das ist geistig weniger anstrengend, führt letztendlich genauso zu einem, allerdings fatalen, Ergebnis. Mit schlimmen Spätfolgen.

Diese oder ähnlich formulierte Sätze prasselten täglich auf Thomas ein:

»*Warte nur, wenn Vater nach Hause kommt, dann kann er dir wieder den Hintern versohlen!*«

»*Ich hau dir gleiche eine um die Ohren, du dämliche Mistkrücke!*«

»*Wirst du wohl gehorchen? (Lauter werdend) Wirst du gehorchen! Bleib stehen! Wenn ich dich erwische, schaller ich dir eine, dass dir hören und sehen vergeht, du verfluchtes Rotzblag!*«

Und wenn Sie urplötzlich, ohne Warnung zuschlug:

»*So, das hast du davon ...!*«

»*Halt endlich deine Klappe du freche Kröte!*«

»*Jetzt scher dich aus dem Haus und komm mir nicht wieder unter die Augen!*«

Thomas Bezugspersonen

Stichworte zum Kapitel:

Thomas Mutter musste von früh an körperlich schwere Arbeiten verrichten. Nach ihrer Flucht und der Ankunft ihrer Familie in Westfalen arbeitete sie auf einem Bauernhof des Dorfes. Um sich im Dorf zu integrieren und der Armut zu entfliehen, ging sie eine frustrierende Beziehung zu dem Sohn eines Bauern ein. Sie lernte ihren späteren Mann kennen und wurde mit Thomas schwanger. Sie heirateten und im nächsten Jahr wurde Thomas geboren.

Die Ehe verlief von Anfang an problematisch. Der Alkohol aktivierte eine negative Seite ihres Mannes.

Thomas Vater agierte emotionslos und Thomas gegenüber ablehnend und gleichgültig. Er machte ihn für die unglücklich verlaufende Beziehung verantwortlich. Er verhielt sich sprachlos, Gefühle zu zeigen lehnte er prinzipiell ab.

Die Großeltern mütterlicherseits engagierten sich auch während der Kriegsjahre aktiv in der SPD. Großmutter Emma kämpfte auch mit Gewalt um die Rechte der Familie. Sie war im ganzen Dorf für ihre kämpferische Art berüchtigt, somit den Nazis ein Dorn im Auge, Großvater Gustav musste bereits im Ersten Weltkrieg in Frankreich in den Schützengräben vor Verdun kämpfen. Dann lag er wieder in den verseuchten Gräben vor Verdun.

Großvater Karl lief der Naziideologie sklavisch hinterher und erzog seinen Sohn mit äußerster Brutalität. Großmutter Helene verfügte über eine zurückhaltende, fast ängstliche Charakterstruktur.

Beide Großelternstränge standen sich spinnefeind gegenüber.

Thomas Mutter

In den ersten Jahren nach der Vertreibung arbeitete sie auf einem Bauernhof des Dorfes. Eine fleißige junge Frau wie sie, fand rasch auf dem Land Arbeit. Man konnte sie als ein richtiges Arbeitstier bezeichnen, dass energisch zupackte, vor harter Arbeit nicht zurückscheute. Sie verliebte sich in den fast gleichaltrigen Bauernsohn des Hofes, ging ein Verhältnis mit ihm ein und machte sich auf eine Legalisierung ihrer Beziehung Hoffnung.

Eines Tages sah sie aus den Augenwinkeln wie der kleine Bruder ihres Liebhabers beim Spielen in die tiefe, stinkende Jauchegrube des Bauernhofes fiel. Gerda sprang beherzt hinterher, zog den bereits in der Jauche versunkenen Jungen an den Haaren heraus und rettete ihm durch ihre blitzschnelle Reaktion das Leben.

Die gesamte Bauernfamilie brachte ihr eine herzliche Dankbarkeit entgegen. Gerdas Hoffnungen auf eine Heirat stiegen. Sie brachte allerdings einiges durcheinander. Zwar bekam sie Dankbarkeit und Zuneigung entgegengebracht, auch manche materiellen Vorteile in Form von Kartoffeln, Fleisch, Gemüse oder Obst für die Versorgung ihrer Familie zugesteckt. Es reichte trotzdem nicht, sich in die Bauernfamilie mit ihren teils lange vorher abgesprochenen Heiraten zu integrieren. Diese Heiratsabsprachen dienten in aller Regel der wirtschaftlichen Absicherung und Vergrößerung der Höfe. Wenn die zu den Höfen gehörenden Gebäude, Ländereien und Tierbestände in unmittelbarer Nachbarschaft beieinanderlagen, betrachtete man dies als günstig und figurierte die Familienverbindungen entsprechend aus.

Die Blutsverwandtschaften des Dorfes blieben normalerweise in einem eng umgrenzten überschaubaren Bereich. Eine Auffrischung des regional abgegrenzten genetischen Materials wäre wünschenswert, vielfach auch eine Blutzufuhr durch die Flüchtlinge und Vertriebenen sinnvoll für die Familien ausgefallen. Die Anzahl der körperlich und geistig behinderten Menschen auf den Höfen erreichte überproportional zur restlichen Bevölkerung ein hohes Niveau. Nicht jedem, der humpelte, hatte ein Pferd den Fuß zu Brei getreten bzw. wurde beim Schlachten der Gänse durch eine übel blutende Verletzung bakteriell infiziert, in Folge geistig behindert. Die oftmals als normal angesehene familiäre Verbindung von Cousin und Cousine bzw. aus Personen des engsten Familienkreises, frischte die aus diesen Verbindungen entsprungenen Nachkommen nicht besonders auf. Ein Dorf bildete in der Vergangenheit vielfach einen genetisch in sich geschlossenen Raum ab. Gleiche Nasen, identische Ohren!

Friedas materielle Ausstattung wies aus, dass sie arm wie eine Kirchenmaus daherkam, mit nichts als den Sachen, die in einen kleinen Koffer passten. Keine besonders guten Voraussetzungen, um von einer Bauernfamilie akzeptiert zu werden. Als Flüchtling wurde sie nie als mögliche Ehefrau eines Jungbauern in den engeren Kreis eingebunden. Ihr niedriger sozialer Stand verbot eine Integration in die teilweise hochnäsige und arrogante Bauernschaft. Die Bauern und deren Söhne vergnügten sich mit den aus ihrer Heimat geflüchteten bzw. vertriebenen jungen Frauen, hauptsächlich aus den ehemaligen Ostgebieten Deutschlands. Eine Liaison wurde geduldet, jede weitere enge Beziehung hatte allerdings wenig Chancen. Thomas Mutter und so manche andere junge Frau verfiel, durchaus mit Hintergedanken, dem rustikalen Charme der Landmänner. Der Kampf ums Überleben machte gefügig.

Die Bauern nutzten die Arbeitkräfte gegen Ende der vierziger Jahre als willkommene Helfer. Die meisten kannten sich mit der Arbeit auf dem Land und dem Umgang mit Tieren gut aus. Die Nachfrage nach Lebensmitteln stieg nach dem Krieg verständlicherweise rapide an und wurde durch die Vertriebenen und Flüchtlinge aus dem Osten in Westdeutschland noch gesteigert. Genügend Lebensmittel zu produzieren, um die Bevölkerung ausreichend und gesund zu ernähren, erforderte viele billige Arbeitskräfte.

Gerda lebte im Geiste das Leben ihrer sozialen heimatlichen Gruppe weiter. Mit ihren Eltern legte sie einen Garten zur Selbstversorgung an. Sie verfügte über einen grünen Daumen in

Bezug auf den Anbau von Gartenfrüchten jeglicher Art. Sie wusste, wann etwas zur Aussaat anstand, wie der Mondkalender mit den einzelnen Gartenfrüchten korrelierte, wie Krankheiten bekämpft, biologische Bekämpfungsmittel hergestellt und Pflanzen von Parasiten befreit werden konnten. Ihre Vorfahren und ihre Mutter hatten dieses Wissen an sie durchgereicht.

Umfangreiche Kenntnisse besaß sie darüber, welche Mittel gegen Schnecken und gefräßige Käfer halfen, wie im richtigen Mix Dung und Kompost zur Düngung an die Pflanzen untergearbeitet wurde, damit ein kraftstrotzendes, gesundes Gemüse und Obst für die Versorgung zur Verfügung stand. Sie kannte sich darin aus, wie die Ernte für den Wintervorrat haltbar gemacht, vorteilhaft gelagert, eingelegt bzw. eingekocht wurde.

Gerda lernte diese Fähigkeiten bereits als junges Mädchen, prägte und speicherte von klein auf in ihren prägenden Jahren die Erfahrungen ab. Sie sind ihr im wahrsten Sinne in Fleisch und Blut übergegangen. Die Mangeljahre und eine sehr bedrohliche Rachitis Erkrankung motivierten sie ihr ganzes Leben lang, stets über genügend abwechslungsreiche Nahrungsmittel zu verfügen, um tatsächliche oder vermeintlich »schlechte Zeiten« überleben zu können. Für sie waren Lebensmittel Mittel zum Leben und damit zum Überleben.

Gerdas Beziehung mit dem Bauernsohn, die sich durch die Rettung seines kleinen Bruders noch intensivierte, machten sie im Dorf bekannt. Ihr Pragmatismus führte dazu, dass sie sich immer gut integrierte, kontaktfähig blieb und am Dorfleben aktiv teilnahm. Nachdem die Beziehung sich dem Ende neigte, da sie zu eng an die Bauernfamilie heranrückte, lernte sie auch andere junge Männer kennen, mit denen sie Kontakte pflegte. Natürlich wurde über sie im Dorf geredet, man betrachtete sie als ein »lebenslustiges« Mädchen. Ihre Motive lagen relativ offen, sie suchte in etlichen Kontakten eine dauerhafte Verbindung. Jedermann wusste dies und hinter ihrem Rücken wurde spöttisch über sie im Dorf getuschelt.

Die frühe Schwangerschaft ihrer jüngeren Schwester führte zu einem sozialen Druck ihrerseits, den sie nur durch eine Heirat mildern konnte. Mit dreiundzwanzig Jahren hatte sie zudem ein Alter erreicht, in dem sie für die Gründung einer eigenen Familie, nach damals gängiger Meinung, überfällig war. In der sozialen Schicht, der sie entstammte, gerieten Heiraten im Alter von unter zwanzig Jahren zur Regel. Die Zeit des »den Eltern auf der Tasche liegen« endete mit spätestens vierzehn Jahren. Es gab nur zwei Möglichkeiten, Arbeit auf dem Land als Magd oder Hilfskraft auf einem Hof anzutreten oder auf einen Ausbildungsplatz zu hoffen, was bei der mangelhaften Bildung zu einem aussichtslosen Unterfangen wurde.

Gerda fiel durch den Krieg mit ihrer eigenen Lebensplanung, ausgelöst durch Vertreibung und Flucht und dem »sich Wiederfinden« nach dem Krieg, zeitlich aus dem normalen, altersgemäßen Rhythmus. Jetzt musste sie schnell nachholen, was sie als erforderlich erachtete. Zumal ihre Schwester bereits schwanger ihrer Heirat zustrebte.

Es entstand eine zwiespältige Situation. Traumatisiert von den allgegenwärtigen Übergriffen der russischen Besatzungstruppen in Danzig, die sie als Zeugin und auch als Betroffene erlebte, suchte sie nach einer Beziehung, die ihr Schutz und ein besseres Leben bot. Ihre häufig wechselnden Freundschaften mit den Bauernsöhnen konnten auch als Sehnsucht nach einem geregelten und gesicherten Leben gewertet werden. Ihr Wille zum Überleben war so ausgeprägt, dass sie immer wieder versuchte, ihre Traumatisierungen in sozialen Kontakten zu verarbeiten. In späteren Jahren lauschte Thomas unter dem Küchentisch einem Gespräch zwischen seiner Mutter, ihrer Schwester und deren gemeinsamer Mutter, auf das er sich zum damaligen Zeitpunkt keinen Reim machen konnte. Später bestätigte sich, dass sich die beiden Schwestern gegen die vielen Vergewaltigungsattacken der russischen Besatzungstruppen nicht immer wehren konnten. Obwohl anzumerken war, dass ihnen das Sprechen über diese Geschehnisse schwerfiel, wärmte es sie doch innerlich ein wenig, wenn sie in diesen verständnisvollen »Therapiegesprächen« eine Aufarbeitung spürten.

Über die Zeit des Krieges wurde in Thomas Familie nicht viel gesprochen. Nur selten schnappte er Wortfetzen auf. Die Frauen sprachen über soziale Themen, über das Essen, die täglichen Gefahren, was alles organisiert werden musste und wie sie den Widrigkeiten trotzten und sich freuten, wenn es etwas »anständiges« zu essen gab. Die Männer verhielten sich schweigsam, zugeknöpft und verschlossen. Auf Fragen von Thomas tätschelten sie seinen Kopf und erwiderten einfühlend: *»Sei froh, dass du das alles nicht erleben musstest!«*. Damit erschöpften sich ihre Auslassungen über die Kriegsjahre. In seltenen Situationen, wenn genug Alkohol im Blut kreiste, redeten sie über die fürchterlichen Zeiten und die Taten, die sie genau wie ihre soldatischen Gegner erlebt und auch begangen hatten. Wobei sie die grausamsten, unmenschlichsten Erlebnisse meistens verschwiegen. Exakt diese aber zerrütteten im Laufe der Jahre ihren Verstand, erzeugten nachts Albträume. Die unmenschlichen Zustände und das Thema »Tod« übte trotz allen Schweigens sowohl Abscheu als auch eine anziehende Faszination auf Thomas aus.

Die Gespräche der Frauen begannen oft mit dem Satz: *„Weißt du noch ...?"*. Nach kurzer Zeit flossen Tränen. Sie sprachen über den Verlust von geliebten Familienmitgliedern, besonders von Gerdas Bruder, der auch Thomas hieß, und wie ihr Vater nach den ersten Schüssen auf der Westernplatte in Danzig auf der Werft seinen sterbenden, achtzehnjährigen Sohn Thomas im Arm hielt und fast den Verstand verlor. Sie redeten über die Zeit nach dem Tod des Sohnes, als die ganze Familie Zeit brauchte, um sich aus dem tiefen emotionalen Loch zu begeben. Sie mussten das Unfassbare realisieren, um wieder halbwegs zum täglichen Alltag übergehen zu können. Schmerzhafte Gespräche, tief berührend, verstörend. Mitten in den Erzählungen hielten die Frauen in einem stillen, verzweifelten Weinen inne, nahmen sich in den Arm und spendeten gegenseitig Trost.

Sie trauerten auch über die verlorene Heimat. Über das Dorf, ihr Gesindehaus, die kleinen Flüsse, die Nachbarn und die Ausflüge im Sommer nach Zoppot an den Strand. Es wurde darüber geschmunzelt, wie ihre Mutter den Essensplan abwechslungsreich gestaltete und Fische und Aale in einem der zahlreichen durch die Felder mäandernden Nebenflüsse der Weichsel in Reusen fing, sie ausnahm und zubereitete. Diese Themen zogen Thomas magisch an. „*Weißt du noch ...?"* So begannen für ihn immer interessante und authentische Themen, die einen Teil seiner eigenen Geschichte erklärten, da lohnte es sich, unter dem Tisch still zu sitzen und den Gesprächen zu lauschen.

Gerda und ihre Schwester versuchten zu verdrängen und sprachen über friedlichere Themen. Sie plauderten über die Stunden am Strand und wie sie von ihrem Dorf aus mit dem Bus nach Danzig fuhren, dort fröhliche Stunden im Zentrum am Krantor und der Altstadt verbrachten.

Obwohl Thomas während dieser Gespräche meistens mucksmäuschenstill unter dem Tisch saß und konzentriert jedes Wort aufsaugte, wurde er als Zuhörer ungern geduldet. *»Das ist nichts für Dich, geh spielen! Du verstehst das sowieso nicht!«*. Thomas störte ihr intimes Beisammensein. Sie zeigten ihre Gefühle ungern einem kleinen Jungen. Thomas kam sich wie ein Spion vor.

Mit den Jahren glorifizierten sie die Heimat immer mehr. Die sozialen Zustände, die familiären Probleme, suchten sie zu verdrängen. Ganz langsam glitten diese Themen tiefer in ihr Unterbewusstsein ab, ohne dass sie dabei die Dramatik ihres Lebens jemals vergaßen. Es musste nur der zuständige Schalter umgedreht werden, sofort zeigten sich die Erlebnisse wieder präsent. Auf ihren Gesichtern zeichnete sich schmerzhaft das harte Leben ab. Sie schlossen die Geschehnisse, die zu ihrem Schicksal geführt hatten, in ihr Herz ein. Klopften sie daran, spielten sich selbst nach vielen Jahrzehnten die Szenen lebendig und intensiv vor ihrem inneren Auge ab.

In besonders emotionalen Phasen wagten sie auch über das Unaussprechbare, dass ihnen an Leib und Seele zugefügt wurde, zaghaft zu sprechen. Sie fanden Verständnis und Trost füreinander. Die Frauen in Thomas Familie redeten zumindest miteinander, die Männer vergruben jede Erinnerung weitgehend unverarbeitet in ihrem Gedächtnis. Eines vereinte Frauen wie

Männer gleichermaßen: Eine gewisse thematische Erschöpfung ließ die Vergangenheit in den Hintergrund treten; es ist so, wie es ist – nicht zu ändern! Sie konzentrierten sich auf das *Heute* und *Morgen*, sprachen über die Themen, die sie alltäglich beschäftigten. Im Untergrund der Erinnerungen allerdings lauerte ein sprungbereiter, teuflischer Dämon. Es brauchte nur eine Initialzündung, um ihn aus seinem Verlies an die Oberfläche des bewussten Denkens aufsteigen zu lassen. Die unmenschlichen Erlebnisse überzogen sich nur mit einer dünnen Decke, unter der die Traumata des Kriegsschicksals jederzeit wieder ausbrechen konnten.

Umgangssprachlich wuchs Gerda mit dem Plattdeutsch der Danziger Gegend auf. Diese regionale Sprache wurde sowohl in der Familie, als auch neben der hochdeutschen Sprache in der Schule gesprochen. Was zur Folge hatte, dass eine Mischung aus Danziger Platt, dem Versuch sich Hochdeutsch auszudrücken, vermischt mit einigen aus anderen Sprachen entlehnten Wörtern und Ausdrucksweisen im Alltag gesprochen wurde. Die polnische und baltische Sprache übte zusätzlich Einfluss auf ihre Ausdrucksweise aus. Eine Mischsprache entstand, in die sich mangels Übung und konstruktiver Korrektur viele sprachliche Sonderheiten einschlichen. Eine Sprache, die mit einem geringen Wortschatz auskam und sich etwas plump anhörte.

Die Volksschule durchlief Gerda unauffällig, ohne gravierende Lernprobleme. Zum Thema Bildung hatte sie, wie auch die restliche Familie, kein ausgeprägtes Bewusstsein entwickelt. Der notwendige Schulbesuch wurde absolviert, andere Aufgaben des Familienalltags allerdings im Laufe der Jahre für eine funktionierende Familienorganisation bedeutsamer.

Neben ihrem Schulunterricht wurde ihr die Aufgabe zuteil, die Geschwister zu beaufsichtigen und zu versorgen, wenn ihre Eltern tagsüber viele Stunden auf dem Hof arbeiteten. Da zeitweise bis zu sieben Kinder versorgt und beaufsichtigt werden mussten, sprach sie überwiegend eine wenige Worte umfassende Befehlssprache, die auf einer Zeigesprache basierte. Sie sprach einen Wortbefehl und zeigte gleichzeitig auf den

Gegenstand bzw. die Arbeit. Z.B. sagte sie »Feuer!«, dabei zeigte sie mit dem Finger auf den Herd. Jeder verstand sofort, dass er sich um das Feuer im Ofen kümmern musste. Ohne Verzögerung setzten die Geschwister die Befehle um, sonst gab es Ärger.

Literatur, gleich welcher Art, existierte nicht im Haus. Regelmäßig eine Tageszeitung zu lesen, dazu fanden sie weder Zeit noch Konzentration. Außerdem musste gespart werden und den regelmäßigen Bezug einer Zeitung sahen sie schlichtweg als zu teuer an. Las im erweiterten Familien- oder Bekanntenkreis doch regelmäßig jemand eine Zeitung, wurde abschätzig über den Leser gelästert: *»Das nützt bei dem sowieso nichts mehr!«.* *«Verplempere nicht deine Zeit mit dem unnützen Zeug!. Hast du eigentlich nichts Besseres zu tun?«.* Niemand sollte sich durch das erworbene Wissen aus einer Tageszeitung schlauer vorkommen, als der Rest der Familie. Zusätzliche Informationen hätten zur Aufmüpfig- oder Hochnäsigkeit führen können und weitere Probleme verursacht. So nivellierte sich die Familie bildungsmäßig selbst, achtete streng darauf, dass niemand aus der Rolle fiel und sich über die anderen Familienmitglieder erhob.

Gerda und ihre Geschwister hatten gelernt, selbstständig den Alltag zu organisieren, den Garten zu bestellen und sich um die Tiere zu kümmern. Keine Situationen, in der sie Ausdrucksweise und Wortschatz erweitern konnten, geschweige denn Gelegenheit dazu hatten, ein gutes Hochdeutsch zu sprechen. Gerda verwechselte permanent »**mir**« und »**mich**«. Sie sagte z.B.: *»Da dachte ich bei **mich** ...!«,* oder: *»Da sagte ich zu **Sie** ...!, da ist **mich** der Kragen geplatzt!«.* Sie sprach ein schlichtweg untrainiertes, unvollständiges Deutsch, das relativ häufig bei Flüchtlingen und Vertriebenen aus bildungsfernen Schichten gesprochen wurde. Das Sprachgemisch, mit dem sie gelebt hatten, übte oftmals einen verwirrenden Einfluss auf ihre Umgebung aus. Verschärfend kam hinzu, dass, im Westen angekommen, eine landsmännische Gettoisierung entstand, in dem die sozialen Kontakte der Menschen, die aus der gleichen Region stammten, genauso wie die Sprache, weiterhin gepflegt wurden. Die

Bildung sprachlicher Insellösungen blieb bestehen. Wenn alle so sprachen, bestand keine Notwendigkeit, den eigenen Sprachausdruck zu ändern.

Durch ihre Heirat mit Walter musste Gerda die Rolle des Sprachrohrs der Familie übernehmen. Da Walter sich extrem sprachunwillig verhielt, entschied sie die alltäglichen Fragen nach ihrer persönlichen Meinung. Zudem stand sie nach wie vor unter dem dominanten Einfluss ihrer Mutter, die ihre bauernschlauen und harten pragmatischen Lebensweisheiten ständig wiederholend auf Gerda eintrommelte. Da es ihr an einem kompetenten Gesprächspartner mangelte, durchdachte sie viele ihrer Entscheidungen nicht folgerichtig und kontrollierte sie somit auch nicht auf ihre Auswirkungen hin. Gerda entschied meistens spontan, aus einer plötzlichen Laune heraus, dem Moment geschuldet, ungeprüft und deshalb oft falsch. Sie handelte so, wie bei der Erziehung der Geschwister. Sie hatte gelernt zu gehorchen und verlangte dies auch von ihrem Sohn Thomas. Walter griff zu keiner Zeit als Regulativ ein. Familiendiskussionen gab es nicht. Gerda bereitete alle Entscheidungen taktisch geschickt vor, sodass Walter nur abnicken brauchte und keinen weiteren Gedanken um die Sinnhaftigkeit verschwenden musste.

In entspannten Situationen, in denen sich Gerdas Laune locker und gelöst in einem ihr bekannten Personenkreis entwickelte, konnte sie fröhlich sein und lachen. Selten in den eigenen vier Wänden, aber fast immer in Gesellschaften. Gerda pflegte Freundschaften mit vielen Frauen ihrer Sozialschicht. Sie kompensierte dadurch die nur gering ausgeprägte Kommunikation ihrer Ehe. Wenn Entscheidungen anstanden, nuschelte er: *»Es wird schon richtig sein, mach mal!"*, und ging seinem stupiden Leben weiter nach.

Thomas Vater

Walter war zeitlebens ein schüchterner, unauffälliger und introvertierter Mann. Er wirkte stets energielos. Aufgrund seines allgemein schweigenden Verhaltens schätzte man ihn stets als desinteressiert ein. Über seine Kindheitsjahre schwieg er beharrlich, wie überhaupt über die schlesische Heimat auffallend wenig gesprochen wurde. Es schien so, als entspränge er der langweiligsten Familie Schlesiens. Um nicht als vierzehnjähriger Schüler in den letzten Kriegswochen für den Krieg eingezogen zu werden, flüchtete Walter mit Mutter, Bruder und Schwester aus der Heimat in den Westen vor den herranrückenden Russen. Der Zusammenbruch des »tausendjährigen Reiches« stand unmittelbar bevor. Im Auffanglager Barsinghausen in der Nähe von Hannover verbrachten sie einige Zeit, bevor sie in das Dorf in Westfalen zu ihrem Vater weiterzogen.

Walters Mutter Helene agierte vordergründig gutmütig und freundlich. Zu ihrem Enkel Thomas entwickelte sie eine herzliche Beziehung. Walter hingegen hatte ein distanziertes und unterwürfiges Verhältnis zu seiner eigenen Mutter. Die Beziehung zu seinem Vater durchströmte eine Eiseskälte und auffällige Achtlosigkeit. In keiner Familie wurde derart emotionslos und ohne erkennbaren Gefühle miteinander umgegangen und gelebt. Walters jüngere Schwester umgab ebenfalls eine unnahbare Aura, Sie lächelte zwar bei vielen Gelegenheiten, ansonsten umkleidete sie eine berührungslose Körperlichkeit. Nicht unfreundlich, aber irgendwie zu engen liebevollen Beziehungen nicht fähig. Man nahm sich in dieser Familie nie in den Arm, tätschelte keine Wange oder legte einen Arm auf die Schulter eines Familienmitgliedes. Jede körperliche Zuwendung empfanden sie als unangenehm, störend und unangebracht. Wenn trotzdem einmal zufällig eine Berührung erfolgte, erschraken sie, zogen sich sofort zurück und erzeugten etwas, was näherungsweise als »schamhaft« beschrieben werden konnte. Mit einem Lächeln drückten sie eine ungemein emotional explodierende Stimmung aus. Was Zuneigung, Liebe und freudige Lebhaftigkeit anging, übersprangen diese Eigenschaften scheinbar komplett diese Familie. Nur bei ihrem Enkel Thomas verließen Oma und Opa ihren schützenden Kokon, konnten Gefühle und körperliche Berührungen zulassen. Thomas stellte in keiner Weise eine Bedrohung für sie dar, bei ihm fanden sie unbewusst die Chance, selbst etwas an Zuneigung zu erhaschen, die ihnen ein wohliges Gefühl vermittelte und auf das sie zeitlebens verzichtet hatten.

Thomas Vater Walter hingegen topte alle, er lehnte jeden körperlichen und emotionalen Kontakt konsequent ab. Nähe und einen vertraulichen Umgang sah er als unmännlich an. Im Gegensatz dazu nahm sein jüngerer Bruder lustvoll am Leben teil. Er verhielt sich bei Weitem nicht so verkniffen wie Walter. Obwohl auch er in der Familie wohnte, lebte er sein eigenes Leben. Er bezahlte sein »Kostgeld«, ansonsten pfiff er auf die verkrustete Struktur der Familie. Als lebenslustiger Revoluzzer schleppte er laufend Mädchen an, mit denen er sich vergnügte. Die Kneipe wurde zu seinem Wohnzimmer, in dem er überschwänglich diskutierte, soff und ganze Nächte durchzechte. Oftmals torkelte er sturzbetrunken mitten in der Nacht nach Hause, kotzte sich auf dem Weg aus und stiefelte dann die Treppe polternd in sein Zimmer, in dem er sich vollständig bekleidet auf sein Bett warf und einschlief. Da auch er auf der Zeche arbeitete, verfügte er über ausreichend Geld. Ohne familiäre Verpflichtungen konnte er sich als Alleinstehender so einiges erlauben. Von seinem Vater ließ er sich nicht einschüchtern, niemand sagte ihm, was er zu tun und lassen hatte. Er stellte das exakte Gegenteil von Thomas Vater dar, witzig, froh gelaunt und meistens guter Stimmung, wenn ihm nicht gerade wieder der Schädel brummte. Ging ihm die stieselige Familie auf den Keks, entschwand er in sein alternatives Wohnzimmer und spülte familiäre Zwistigkeiten mit einem Bierchen hinunter. Für Thomas fand er immer ein nettes Wort, teilweise bedauerte er ihn sogar, wenn er dessen Familiensituation betrachtete. Öfters spendierte er Thomas später eine Sinalco oder ein Malzbier. Im Gegensatz zu seinem Bruder vermochte er sogar ganze Sätze richtig und in logischen Zusammenhängen auszusprechen. Dieser Bruder passte eigentlich nicht in die Familie, er verhielt sich völlig anders. Thomas jedenfalls mochte ihn sehr. Der Rest der Familie betrachtete ihn als Exoten und zerriss sich das Maul über ihn.

Anders Walter: Die Beziehung zu Gerda stellte für Walter anscheinend die erste Erfahrung mit dem anderen Geschlecht dar. Nach dem normalen Gefühlsleben in seiner Familie zu urteilen, musste er sich auf eine völlig veränderte, fast revolutionäre Situation einstellen. Ob er das, was allgemein als »Liebe« bezeichnet wird, realistisch wahrnehmen und fühlen konnte, muss zumindest in den folgenden zwei Jahrzehnten aufgrund seines späteren Umgangs mit Gerda bezweifelt werden. Gerda und Walter schwammen beziehungstechnisch nicht auf einer Welle, noch nicht einmal im gleichen Ozean. Hier die impulsive, lebensbejahende Gerda, dort der schüchterne, mit Pickeln übersäte und fern jeder kommunikativen Fähigkeiten devot agierende Walter. In seinen Ansichten und Absichten vermisste man jegliche Authentizität. Nur schwer zu durchschauen, ließ er niemand hinter seinen inneren Vorhang schauen.

In Thomas Erinnerung sah er seinen Vater mit Schlabberhose und weißem Feinripp-Unterhemd bekleidet, auf seinem Lieblingsmöbelstück, der Couch, liegen oder sitzen. Ständig griff er zur Bierflasche, ploppte den Bügelverschluss mit beiden Daumen nach hinten, legte den Kopf leicht in den Nacken und nahm laut gluckernd einen großen Schluck des Dortmunder Kronen Exportbieres. Er wischte sich mit dem Handrücken den Mund ab, lehnte sich zurück und stieß nach jedem Schluck mehrere stakatoartige Rülpser aus der Tiefe seines Bauches unangenehm und laut vernehmbar vor sich hin. Er rülpste ständig vor sich hin und verbreitete einen saueren Geruch um sich. Hatte er kein Bier zur Hand, schluckte er etwas Luft hinunter, die sich in seinem Bauch blähte und rülpste diese dann eruptiv heraus. Selbst wenn man ihn nicht sah, anhand seiner Rülpser lokalisierte man recht präzise seinen gegenwärtigen Standort. Viel mehr als diese Laute hörte man selten von ihm.

Walter hatte eine extrem unangenehme Eigenart, er sprach nicht gern, er drückte sich unwillig, ungelenk und ungeschickt argumentierend aus. Seine mangelhafte sprachliche Ausdrucksfähigkeit wurde im Alltag zum Problem. Immer mussten irgendwelche Anliegen, Aufgaben oder Entscheidungen besprochen und vereinbart werden. Jegliche Kommunikation mit ihm gestaltete sich schwierig, er redete abgehackt, formulierte wenig zusammenhängende Sätze und sprach meistens nur in »Einwortsätzen«. Er besaß auch, bei aller Toleranz ihm gegenüber, nicht genug Durchsetzungskraft, sich in Gesprächen und Diskussionen mit Energie zu äußern. Er verfügte nur über wenige Begriffe in seinem Verbal-Repertoire, mit dem er sein Leben bestritt. Er konnte und wollte einfach nicht flüssig sprechen, gab sich keine Mühe. Ihm fielen die Wörter nicht zur rechten Zeit ein und so befehligte er vieles nur mit: »*Das da; gib mal*« oder »*Mach*!«. Dabei fuchtelte er mit seiner Hand zu den Dingen hin, die ihm gebracht werden sollten bzw. die er meinte. Er blubberte mehr, als dass er verständlich sprach, stülpte dabei seine Lippen wülstig nach vorn und presste die Wörter in mehreren Anläufen heraus. Bei manchen Begriffen oder Halbsätzen nahm er zwei oder dreimal Anlauf, bis er sie immer noch unverständlich artikuliert hatte. Er sprach wie ein Neandertaler, eine primitive Laut- und Zeigesprache, deren Absicht von Personen seiner Umgebung eher geahnt als verstanden wurde.

Erzählungen, Unterhaltungen, Diskussionen, spaßige Anekdoten, einen Witz zu erzählen oder in gesellschaftlicher Runde einen Beitrag zu einem Thema abzugeben, ging ihm völlig ab. Er klopfte immer nur die gleichen dümmlichen und auswendig gelernten anzüglichen Sprüche, die Thomas in seinen ersten Lebensjahren nicht verstand. Vom Inhalt her tendenziell frauenfeindlich und reichlich ordinär (Alkohol!). Gerda berührte es peinlich, sie entschuldigte sich bzw. spielte es herunter. Für ihn geriet dieses sexuell motivierte Geschwafel zum Männlichkeitsattribut.

Beabsichtigte er etwas mitzuteilen, sammelte er den Speichel im Mund, versuchte zu sprechen und verschluckte sich prompt. Es sabberte und spritzte aus seinem Mund in die Umgebung. Lernten Thomas Eltern neue Leute kennen, registrierten diese mitleidig, dass Vater anscheinend stotterte, einen Sprachfehler hatte. Bald darauf allerdings stellten auch sie fest, dass er sich schlichtweg sprachfaul verhielt, das sensorische Kommunikationsmittel der Sprache nie sinnvoll eingeübt und angewandt hatte. Sich auf das Reden, das logische Hintereinanderstellen von Begriffen zu konzentrieren, um etwas auszudrücken, zu erzählen, zu erklären, blieb in seinem Leben auf der Strecke. Die Sätze gerieten oft zusammenhanglos, er forderte von den Zuhörern viel Geduld und Fantasie. Wie bei einem Ergänzungsspiel mussten sie die Lücken in seinen Sätzen selbst ausfüllen. Das Spiel Scrabel mit ihm zu spielen, hätte schlichtweg nicht funktioniert, er handelte spielunfähig. Ihm fielen Worte nicht rechtzeitig ein, er konnte nicht kombinieren, Ergänzungen bzw. neue interessante Wörter finden. Skat oder »Mensch ärgere dich nicht« hingegen erforderte nur einfache Laute. Da reichte ein Wort, um im Spiel mitzumischen oder seinen emotionalen Zustand zwischen Ärger und Schadenfreude zu beschreiben. Warf er das Püppchen eines Spielers aus der Reihe, haute er gleich das ganze Spiel durcheinander. Viele Jahre später begann er Kreuzworträtsel zu lösen. Sein Geist beschäftigte sich zwar und beflügelte sein Wissen, seine sprachliche Ausdrucksweise verbesserte sich allerdings nicht, sie verschlimmerte sich im Alter gravierend. Die Vermutung, dass Mutter in ihren seichten Frauenzeitschriften gelesen hatte, dass im Alter eine geistige Beschäftigung vor Demenz schützte, ist zu vermuten. Walter erkrankte nicht an Demenz, Mutter versuchte auf allen Sprachebenen eine Erklärung für sein Herumgestotter zu finden.

Er fing Sätze mehrfach an, brach ab, begann von Neuem, vergaß bei seinen ständigen Wortsuchungen, was er ursprünglich sagen wollte. Schlussendlich brummelte er ein unverständliches Zeug vor sich hin und ließ Zuhörer einfach mit unvollständigen Sätzen stehen. Anfänglich warteten sie, ihn fragend ansehend, ob er sein Anliegen nicht doch noch zu Ende brachte. Nachdem sie allerdings seinen Sprachstil zur Genüge kennenlernten, hörten sie schlichtweg nicht mehr zu. Sie akzeptierten ihn nicht als Gesprächspartner. Mutter ärgerte dies ungemein, wurde regelmäßig wütend auf Vater. Genauso ärgerlich reagierte sie allerdings auch auf die sich abwendenden Zuhörer, die ihrer Meinung nach Vater nur mal wieder vorführen wollten.

Vielleicht lag der Ursprung seiner Sprachprobleme auch einfach in der Erziehung durch seinen Vater. Schläge zur Festigung der nationalsozialistischen Ideologie prasselten viele auf Walter seit Kleinkindzeit auf ihn ein. Massive Stock- oder Gürtelschläge bei geringsten Verfehlungen oder um den eigenen Frust abzureagieren, sah man in dieser Familie als normal an. Bei der Wucht der Schläge eines an harte Arbeit gewöhnten Mannes verlor Walter vielleicht seine Sprache. Jeder kleinste Widerspruch spornte zu weiteren, härteren Misshandlungen an. Wenn Walter sich nicht mehr traute zu sprechen, er lieber den Mund hielt, muss es nicht wundern, wenn er den Gebrauch von Sprache in seinem Leben weitgehend ausschloss.

Walter verfügte über keine erkennbaren Interessen oder Hobbys, außer über Fußball und Sport allgemein. Am Wochenende ging er, wie seine Eltern, in die Dorfkneipe und am Sonntagnachmittag auf den Fußballplatz. Er wandelte wie ein Schatten durch die Gegend, entsprechend nahm ihn niemand wahr. Die Schlange der Männer, die ihn einen Freund nannten, sah extrem kurz aus, tendierte fast auf null.

Friedas Schwangerschaft geriet zum zwingenden Grund für ihre Heirat. Walter tat sich schwer, Liebe zu zeigen, geschweige denn, sich liebevoll zu verhalten. Bei ihm überwog die Scham. Er schämte sich, Vater zu werden und einem Kind gegenüber Gefühle zeigen zu müssen, was er nicht konnte, auch nicht gelernt hatte. Seine Scham vor Zuneigung, vor körperlicher Berührung, vor Kommunikation, vor Sprache und vor Spaß, beeinträchtigte negativ sein Leben. Er wiegelte alle Körperlichkeit ab.

Sämtliche Initiativen in ihrer Ehe gingen fast immer von Gerda aus. Sie sagte, welche Arbeit erledigt werden musste, was gekauft wurde bzw. zur Veränderung anstand. Sie suchte seine Kleidung aus, die er widerspruchslos anzog. Sie entschied, wann ein Zimmer mit einer Dekortapete beklebt wurde und welche bedenkliche Farbe das viele Jahre später bestellte Auto haben sollte. Geschmack und ein Auge für Ästhetik besaß

Gerda auch nicht. Ein Hemd war ein Hemd, wie es aussah, interessierte sie erst an zweiter Stelle. Eine eigene Meinung vertrat Vater aus Angst vor einer Blamage bzw. aus Bequemlichkeit nicht. Bei Diskussionen, z.b. über gewerkschaftliche Themen oder über die Arbeit auf der Zeche brummte er nur herum. Er schlug sich mit Bewegungen des Kopfes und kurzen Lauten durch sein verbales Leben. Nie vertrat er eine selbstbewusste Ansicht zu einem Thema. Versuchte er, eine Geschichte zu erzählen, endete es regelmäßig in einem zusammengestoppelten Fiasko.

Eine offen ausgelebte Liebe, ein fröhlicher, neckender Umgang miteinander, sich zu freuen, wenn er seine Frau erblickte, sie zärtlich in den Arm zu nehmen, ihr liebevoll in die Augen zu schauen, ihre Haut zu spüren, den Wunsch zu äußern, viel Zeit mit ihr zu verbringen, ließ er nicht an sich heran. Spaß an gemeinsamen Interessen gab es nicht. Jede Berührung löste ein massives Unbehagen bei ihm aus. Er wurde regelrecht unwirsch, wenn Thomas sich an ihn schmiegen oder auf seinen Schoß klettern wollte. Er knurrte vor sich hin und schubste ihn weg. Bei Annäherungsversuchen anderer Personen, auch von Familienmitgliedern, nahm er eine distanzierte abwehrende Haltung ein. Der Tabellenplatz seines Fußballvereins erzeugte mehr Emotionen bei ihm als der Umgang mit Ehefrau und Sohn.

Der Alkohol, dem er an jedem Wochenende reichlich zusprach, wurde bei Walter, wie auch bei dessen Vater zum wunden Punkt. Im betrunkenen Zustand erwachte eine äußerst unangenehme Seite in ihm. Der Alkohol öffnete für kurze Zeit die Türen seines inneren Käfigs, in dem er sein Leben lang gefangen verbrachte. Der Alkohol machte ihn aggressiv, förderte ein anderes Gesicht von ihm zutage. Diese benebelte Seite ließ ihn lauthals ordinäre Sprüche von sich geben. Zum falschen Zeitpunkt löste Mut seine Befangenheit, ließ ihn gegen Gerda gewalttätig werden. Kam er betrunken nach Hause, scheute er vor körperlicher Gewalt nicht zurück. Walter wusste um das Verhältnis von Gerda mit dem Sohn des Bauern; in dem kleinen Dorf wurde viel getratscht und gerade diese pikanten

Informationen gingen wie der Wind übers Feld. Er hatte gewaltige Probleme, Friedas frühere Techtelmechtel zu tolerieren, zumal überall darüber gelästert wurde. Walter verfluchte ihre Ehe und schleuderte Gerda übelste Hasstiraden entgegen. Vorwürfe prasselten auf sie nieder, alkoholisiert prügelte er auf Gerda ein, die sich wehrte, bis eine regelrechte Schlägerei einsetzte. Trank er unkontrolliert viel Alkohol, wurde er gefährlich. Und sie tranken in den fünfziger und sechziger Jahren viel Alkohol in der Familie. Thomas ging ihm vor Angst sofort aus dem Weg, um nicht ebenfalls Prügel und Gehässigkeiten spüren zu müssen. *»Du verfluchter Bengel, geh mir aus dem Weg!«*, krächzte er holprig in seinem betrunkenen Zustand auf Thomas ein, der den Kopf einzog, um nicht spontan einen gezielten Schlag an eine empfindsame Stelle des Kopfes abzubekommen. Im alkoholisierten Zustand löste sich seine verkrampfte Zurückhaltung und förderte abfällige, ordinäre Attacken hervor. Am nächsten Tag, nachdem er seinen Rausch ausgeschlafen hatte, verhielt er sich so, als hätte das alles nicht stattgefunden.

Die Beziehung von Thomas Eltern entsprach einer emotionalen Achterbahnfahrt. Es gab friedliche Zeiten, dem verletzende, aggressive folgten.

Mutters Sorge, keinen Lebenspartner mehr zu finden und letztendlich ihre Schwangerschaft führten zu ihrer Heirat. Hinzu kam, dass Vater eine sichere Arbeit besaß, faktisch sie und ein Kind ernähren konnte. Ein regelmäßiges Einkommen, pünktlich am Monatsletzten in der Hand zu halten, nach den Erfahrungen in ihrer Familie, ein beruhigendes Gefühl.

Opa Gustav - demütig, friedlich und gütig

Wenn Thomas an Opa Gustav dachte, erinnerte er sich kurioserweise immer zuerst daran, dass er stets das schiere Fett des gekochten Fleisches aß. Er schnitt sich dicke Scheiben ab, biss genussvoll das Stück klein und schluckte es hinunter. Nicht nur Thomas schüttelte sich vor dem für Opa lebensnotwendigen Energielieferanten. Er schwärmte davon, wie lecker dieses fette Fleisch schmeckte und wie viel Kraft es gab. In seiner Heimat, in dem Dorf in der Nähe von Danzig, arbeitete er auf einem Bauerngut als Landarbeiter, Knecht und Pferdepfleger. Er lenkte die kräftigen Pferdegespanne, mähte das Gras, wendete das Heu und fuhr es in die Scheune. Er bereitete den Boden für die Aufnahme von Saatgut vor, erntete die Kartoffeln mit dem Roder, lenkte die Leiterwagen und diverse Streu- und Erntemaschinen. Opa verfügte über eine kräftige Statur, verrichtete problemlos die schweren Arbeiten auf dem Hof. Durch die Mechanisierung der Landwirtschaft wurde sein Arbeitsplatz wegrationalisiert. Die Familie musste gezwungenermaßen das beschauliche Dorf und das kleine Gesindehaus, ihren Garten und die Tiere, Ende der Dreiziger Jahre verlassen. Sie zogen nach Danzig. In der Nähe des Krantores in einer Seitengasse fanden sie eine Wohnung im ersten Stock. Gustav hatte eine Stelle als Möbelträger gefunden. Er schleppte die Möbel und lenkte bald darauf die von Pferden gezogenen Transportwagen.

Von der ursprünglich kinderreichen Familie lebten nur noch seine beiden Töchter und sein Sohn Thomas. Als die ersten Schüsse auf der Werft in der Nähe der Westernplatte in Danzig fielen, arbeitete Opa Gustav als Schweißer, sein Sohn Thomas als Schweißerlehrling, auf der Danziger Werft. Der Krieg hatte noch nicht richtig begonnen, da wurde Thomas bei einem Scharmützel tödlich getroffen und starb in den Armen seines Vaters. Gustav wurde aus Schmerz vor dem Tod seines Sohnes fast wahnsinnig. Den Verlust seines geliebten Sohnes verkraftete er nie. Oft saß er viele Jahre später vornübergebeugt im Garten, eine Flasche Jägermeister neben sich, eine Flasche Bier in der Hand und gedachte mit spürbarer tiefer Trauer der

Zeiten, als die Familie noch beieinander lebte, die Welt für die kleine Familie, trotz wirtschaftlicher Schwierigkeiten, sich scheinbar im Gleichgewicht befand. Ein Trugschluss, am Horizont tauchten Kräfte auf, die Deutschland erneut zerreißen und in den Abgrund stürzen würden.

Bereits im Ersten Weltkrieg musste Gustav in den Schützengräben vor Verdun in den vom Gas und Ratten verseuchten Schützengräben sein Leben einsetzen. Nun kämpfte er wieder in den gleichen Todesgräben inmitten von Blut, abgeschossenen Körperteilen, verzweifelt schreienden, sterbenden und toten Kameraden. Gustav erlebte unvorstellbare Grausamkeiten. Es geriet zum Wunder, dass er beide Kriege überlebte. Er geriet in französische Kriegsgefangenschaft. Im Winter 1945/46 wurde er entlassen. Wenig später stand er vor dem Haus in Westfalen, in dem Emma mit ihren beiden Töchtern kurz vorher aus dem Lager Barsinghausen kommend bei einer Tante unterschlüpfen konnten. Die grenzenlose Freude ist nur schwer nachzuvollziehen, als seine Frau Emma und die beiden Töchter Gerda und Hildegard seine abgemagerte Gestalt erblickten und sich emotional aufgelöst in die Arme fielen. Für einige Stunden zog Freude ein, bevor der Alltag wieder wie eine Krake ihre ganze Aufmerksamkeit forderte.

Opa Gustav schloss die traumatischen Erlebnisse tief in seine Seele ein, sprach nie von den unmenschlichen, unbeschreiblichen Erlebnissen. Wie viele Andere suchte er Trost im Alkohol. Bei aller Brutalität, die er erleben musste, blieb er ein empfindsamer Mann. Gemeinsam mit seiner Frau Emma saß er oft abends am Esstisch und sie sprachen über die alte Heimat. Sie betäubten ihre Sehnsucht nach den verlorenen Kindern und der Heimat mit so mancher Flasche Bier, Schnaps oder Kräuter. Es waren die dünnhäutigen Stunden, in denen jeder mit dem Taschentuch verstohlen die Nase schniefte und dabei Tränen aus den Augenwinkeln wischte.

Opa hatte eine ruhige, konzentrierte und kontemplative Art mit Arbeit umzugehen. Konstant und mit einem beständigen Rhythmus arbeitete er seine Aufgaben ab. Sein Enkel Thomas sah seinen Opa mit der Sense das Gras mähen, dass durchzogen von Gänseblümchen und Löwenzahn als Grünfutter an die Kaninchen verfüttert wurde. Opa schwang in gleichmäßigem Rhythmus die Sense und schnitt das Gras nur so weit ab, dass es schnell wieder nachwachsen konnte. Er unterbrach die Arbeit nur, um das Sensenblatt mit dem Schleifstein sorgfältig nachzuschleifen. Auf seinem Gesicht zeichnete sich tiefe Zufriedenheit ab. Sichtbar genoss er die Arbeit, sie brachte ihm Frieden. Ein krasser Gegensatz zu seinen unmenschlichen Kriegserlebnissen in Frankreichs blutigen Gräben. Opa vergrub sich in diese Arbeit mit stiller, hingebungsvoller Versenkung, als würde er die Grauen der beiden Kriege durch das Mähen des Grases abschneiden und auslöschen können.

Thomas liebte die geschlüpften Küken, die zum Schutz vor Raubvögel in einem Drahtkäfig gemeinsam mit der Henne auf dem Boden wuselig nach Futter pickten. Hühnchen und Kaninchen, züchtete Opa selbst. Letztere bauten ein flauschiges Nest aus Haaren und Heu, versteckten die nackten und blinden Kaninchenbabys warm und sicher scheinbar vor jedem Zugriff. Opa zeigte Thomas dennoch die frisch geborenen Kaninchen. Er nahm dazu die Mutter aus dem Nest heraus, da sie vehement ihre jungen Babys wehrhaft verteidigte. Opa schob vorsichtig das Nest frei und legte Thomas einen Winzling auf dessen Hand. Die Babys wurden unruhig, da sie spürten, dass ihre Mutter sich nicht im Nest aufhielt. Wenige Tage später öffneten die Kaninchenbabys ihre Augen.

Hatten sie nach Monaten genügend Fleisch angesetzt, schlachtete Opa nacheinander die Tiere. Er ging dabei mit großer Sorgfalt, ohne Hektik und mit spürbarer Demut vor. Opa hob das Tier mit beiden Händen aus dem Verschlag, streichelte es ein letztes Mal in seinem Arm um es zu beruhigen. In Thomas breitete sich das Gefühl aus, dass Opa sich für das, was jetzt geschah, bei dem Kaninchen entschuldigte. Schnell fasste er das Tier fest an seinen Ohren, wild zappelnd hing es herunter. Mit einem kurzen, starken Knüppel schlug er kräftig hinter die Ansätze der Ohren. Die Bewegung erstarrte sogleich, Opa nahm zwei kurze Stricke, hängte das Kaninchen an den Hinterläufen am Querrahmen der Stalltür auf, stach mit einem kleinen Messer in die Kehle des Tieres, bis das wenige Blut auf den Boden tropfte. Thomas beeindruckte die ruhige und überlegte Art, wie Opa vorging. Und doch drohte sein Herz jedes Mal zu zerspringen, schaute er dem Tötungsakt zu. Das Abziehen des Fells, das sich wie das Zerreißen eines dicken Stoffes anhörte, jagte Thomas kalte Schauer über den Rücken. Oma Emma briet das Kaninchen in einem schmiedeeisernen ovalen Bräter. Mit einer braunen Soße und Kartoffeln tischte sie es als delikaten Sonntagsbraten auf. Thomas bekam keinen Bissen hinunter. Seine Fantasie spielte verrückt. *»Dann kriegt er eben nichts zu essen! Der weiß nicht, was gut schmeckt. Wir wären in den Kriegsjahren froh gewesen, blah, blah, blah, ...!«*, lamentierte Thomas Mutter lauthals und unsensibel vor der Familie herum und schaufelte sich ein Fleischstück mit Soße und Kartoffeln auf den Teller. Da Thomas nie Mangelzeiten erlebt hatte, konnte er ihre Aussagen nicht nachvollziehen. Er verstand nicht, was Hunger wirklich bedeutete.

Oma Emma - kämpferische Familienchefin

Emma war eine bemerkenswerte, pragmatische und willensstarke Frau. Die Geschichte ihres Lebens spiegelte realitätsnah, wie ein Querschnitt der ersten fünf Jahrzehnte des zwanzigsten Jahrhunderts, das Leben der Arbeiterklasse, deren Sehnsucht nach Frieden und wirtschaftlicher Sicherheit wieder.

Emma verfügte nicht im herkömmlichen Sinn über Bildung. Sie wurde von Erfahrung geschärften Instinkten gesteuert, handelte fast ausschließlich aus dem Bauch heraus. Erst als ihre politischen Ambitionen aufgrund ihrer bisherigen Lebenserfahrungen sie zum Nachdenken bewegten, suchte und fand sie begierig Informationen über die gesellschaftliche und politische Situation und die Veränderungen in Deutschland. Sie beschäftigte sich mit allerlei Schriften und Stellungnahmen von linken Parteipolitikern, Meinungsmachern und Entscheidungsträgern der damaligen Zeit. Ihre Beobachtungsgabe führte sie dazu, die wirtschaftliche Situation ihres Lebens und das ihrer Familie im allgemeinen Weltbild einzuordnen. Emma nahm die politischen Umwälzungen nach dem Ersten Weltkrieg sehr bewusst wahr und begann, hintergründige Fragen nach dem Sinn von Kriegen und deren Auswirkung auf ihr ärmliches Leben generell zu stellen. Zunehmend empfand sie die soziale Situation als extrem ungerecht. Die Erkenntnis wuchs in ihr, dass sich etwas verändern musste. Was sie insgesamt an politischen und ökonomischen Entwicklungen sah und ahnte, entsprach nicht ihren Vorstellungen. Sie stellte fest, dass sie für ihre eigenen Überzeugungen und eine Verbesserung des Lebens ihrer Familie kämpfen musste.

Politisch orientierte sie sich Anfang der Zwanzigerjahre an den Parolen, Inhalten und Zielen der Kommunistischen Partei Deutschlands (KPD). Diese kämpferische Phase ließ sie nach kurzer Zeit hinter sich. Ihre Ansichten fand sie identischer in der Sozialistischen Partei Deutschlands (SPD) vertreten. Bereits nach kurzer Zeit richtete sie sich ausschließlich zur SPD aus. Sie engagierte sich, wie es ihrem Typus entsprach, mit Vehemenz, Beharrlichkeit und Konsequenz. In diversen öffentlichen Veranstaltungen vertrat sie zunehmend ihre radikale Meinung. Und wenn sie etwas begann, dann führte sie es auch bis zum Ende durch. So entsprach es ihrer konsequenten Art, dass Emma sich als Parteimitglied in der SPD einschrieb. Ihr Parteibuch lag immer wie ein Schatz an erster sichtbarer Stelle in ihrem Dokumentenkästchen. Während der Nazizeit trat sie nicht zur NSDAP über, obwohl sie erheblich unter Androhungen von Repressalien unter Druck gesetzt wurde. Mit dem Umzug nach Danzig reduzierte sich das gefährliche Interesse der Nazischergen für ihre Person. Sie blieb bis zu ihrem Tod im Jahr 1972 Mitglied der SPD. Stolz zeigte sie das Parteibuch jedem, den es interessierte. Der Parteivorsitzende und Bundeskanzler Willi Brandt wurde zu ihrem Idol. Sie setzte große Hoffnungen in den Politiker für eine bessere Welt.

Durch ihre Parteiarbeit erreichten sie auch Informationen über die Frauenbewegung in England. Die als »Suffragetten« bezeichneten und aufbegehrenden Frauen, protestierten gegen die Dominanz der Männer und deren kriegstreiberische Handlungsweisen. Sie gerieten ihr in vielerlei Hinsicht zum Vorbild und zur Motivation für ihre eigene politische Arbeit. Wer konnte besser als sie selbst die teilweise entwürdigende und rechtlose Positionierung der Frauen in der Gesellschaft beurteilen.

Sie hielt flammende Reden auf Ortsebene, verschreckte die sogenannten »Honoratioren« des Ortes, die sich aus Bürgermeister, Polizist, Lehrer, Pfarrer, Handwerksmeistern, Kaufleuten, Gutsbesitzern, Vereins- oder Gildemitgliedern zusammensetzten. Dieser Führungsriege, von denen sich die überwiegende Anzahl recht bald der NSDAP (National-Sozialistische-Deutsche-Arbeiterpartei) anschlossen, geriet ihr forsches und engagiertes Auftreten in den Focus. Freunde rieten ihr des Öfteren, sich einige Zeit zu verstecken, um sich dem Zugriff der Polizei zu entziehen. Ihre Familie brauchte sie, die Kinder brauchten sie, sie musste ihre Arbeit erledigen. Sie beherzigte den Rat und suchte für einige Zeit Unterschlupf bei Verwandten im nächsten Ort.

Emma schrak auch vor Gewalt nicht zurück. Als eines ihrer Kinder in der Schule wiederholt vom Lehrer brutal an den Kopf geschlagen und als Folge die Verletzung eines Innenohres festgestellt wurde, stapfte sie schnurstracks zur Schule. Sie stellte den Lehrer zur Rede. Als das Gespräch hitziger wurde, drosch sie auf ihn ein, bis dieser seine Hände schützend um seinen Kopf schlingen musste. Dabei schrie sie ihn wütend mit voller Kraft an: »*Sollten sie noch ein einziges Mal eines meiner Kinder schlagen, komme ich wieder und verabreiche ihnen eine richtige Tracht Prügel!*«. Im Gehen fügte sie hinzu, ... dass sie ihre Kinder selber schlagen würde, er solle es nicht noch einmal wagen! Damit erledigte sich die Angelegenheit im Moment für sie. Der Lehrer vergriff sich nie mehr an einem ihrer Kinder. Die Situation machte im Dorf die Runde und Emma wurde wieder einmal Zurückhaltung empfohlen.

Ihre Funktion innerhalb der Familie besaß den Status der unangefochtenen Chefin. Alle Familienmitglieder bekundeten ihr Respekt. Ihre lockere Hand gebrauchte sie ständig. Widerspruch zu dulden empfahl sich nicht. Sie legte die Regeln des Miteinanderlebens fest, befahl, was zur Erledigung anstand und welche Aufgaben jedes Kind ausführen musste. Sie hasste sinnlose Diskussionen, reagierte auf Widerspruch mit Härte. Genauso sprang sie auch mit ihrem Mann Gustav um. Emma wusste sich durchzusetzen, organisierte und regelte den Alltag. Sie legte die Ziele fest und setzte sie mit Beharrlichkeit nach ihren Vorstellungen um. Emotionen zu zeigen erlaubte sie sich erst an zweiter Stelle. Sie hatte gelernt, dass es sowohl zur Erledigung von Arbeit als auch zur Abwehr von Gefahren mehr Sinn machte, zuerst zu handeln und sich dann im zweiten Schritt um die Gefühlslage zu kümmern. Zuerst mussten die rational erforderlichen Dinge erledigt sein.

Ihre Emotionalität, bezogen auf ihre Kinder, kommt einem »Gunst gewähren« am nächsten. Sie gewährte bei angepasstem und unterwürfigem Verhalten Zuspruch und eine diffuse Liebesbeteuerung. Dabei spielte sie als Führungsmittel die Kinder gegeneinander aus. Wer sich ihr geschmeidig anpasste, die Aufgaben sorgsam und ihren Vorstellungen entsprechend ausführte, wenig Probleme bereitete, vom charakterlichen Typ

zudem ihr besonders lag, den stellte sie unter ihren Schutz und
gewährte Zuneigung. Begriffe wie:»Liebe«,»liebevoll« bzw.
Sätze wie: »*Ich hab dich lieb!*«, benutzte sie nie. Das Leben
hatte ihr den Zauber für dieses Thema geraubt.

Bei ihren beiden Töchtern nutze sie Gunstgewährung als Mittel,
sich selbst in einen begehrenswerten, für sie wenig
anstrengenden Mittelpunkt zu stellen, sie spielte ihre Töchter
ein Leben lang situativ bewusst gegeneinander aus. Damit
befeuerte sie die Bemühungen des Buhlens um ihre Zuneigung.
So entstand eine gefühlsduselige Gemengelage, in der keine
vertrauensvollen und berechenbaren Beziehungen gedeihen
konnten. Dieses taktische Verhalten erinnert an das alte
Kinderspiel, in dem die einzelnen Blütenblätter abgezupft
werden:»Sie liebt mich, sie liebt mich nicht, sie liebt mich, usw
...!«, bis alle Blätter abgezupft sind. Das Ergebnis ist vom
Zufall bestimmt, genauso wie Liebe und Zuneigung, der
Tagesform entsprechend, willfährig ausgerichtet, unberechenbar
und zufällig gerieten.

Eine derartige Beziehung lässt Diskussionen oder kontroversen
Meinungen wenig Raum. Einen konstruktiven Streit innerhalb
der Familie erstickte sie im Keim. Sie machte keinen
Unterschied zwischen ihrer Parteiarbeit und der Führung ihrer
Familie. Bereits Ansätze abweichendem Verhaltens drohten
sowohl durch den Entzug von Liebe und Zuneigung als auch
durch Schläge sanktioniert zu werden. Thomas Mutter wuchs
mit diesem Gefühlskonstrukt auf. Es verursachte ihr erhebliche
Probleme, diese wenig verlässliche unbeständige Sicherheit
sowohl in ihrer Ehe, als auch bei der Erziehung ihres Sohnes ins
Gegenteil zu drehen. In Gerdas Erfahrungen mit ihrer eigenen
Mutter liegt auch ein wesentlicher Grund für ihr
unberechenbares, mit sprunghaftem Verhalten ausgefülltes
Leben begründet.

Für ihre Familie fungierte Emma als Motor für alle Belange des
täglichen Lebens. Auch für die Weitergabe von praktischen
Kenntnissen und erforderlichem Wissen in jedem für den Alltag
maßgeblichen Bereich. Ihre eigenen Erfahrungen speisten sich
aus dem überlieferten, komprimierten Wissen der letzten

Jahrhunderte ihrer vorherigen Generationen. Sie handelte extrem pragmatisch und konzentriert hinsichtlich der Arbeiten, die primär das Überleben sicherten.

Ihre Kinder hatten zu funktionieren. Schon früh mussten sie Arbeiten im Haushalt, Garten und bei der Versorgung der Tiere selbstständig erledigen. Sie erklärte die einzelnen Schritte und ließ sie einige Zeit üben, dann hatte es zu sitzen. Lief es nicht zufriedenstellend ab, verlor sie schnell die Beherrschung und schlug dem Kind mit der Hand meistens direkt an den Kopf. Vor diesen Schlägen mit ihrer von Arbeit gestählten Hand fürchtete sich jedes Kind. Zu ihrem Mann und zur Abschreckung für die anderen Kinder sprach sie nach vollendeter Erziehungsmaßnahme: »*... werde ich schon zeigen, wie's gemacht wird und wo's langgeht! Das fehlt mir noch, sich blöd zu verhalten!*«.

Sie erzog viel durch körperliche Strafe. Moderatere Erziehungsmethoden beschäftigten sie nicht. Mit welchem Wissensgerüst Kinder auf die Welt kamen, welche Informationen genetisch bereits angelegt, bzw. durch Sozialisierung und Erziehung im Laufe der ersten prägenden Jahre Kinder beeinflussten, kannte sie nicht, interessierten sie auch nicht. Sie verschwendete keine Gedanken an diese Thematik.

An diesem Punkt zeigten sich die zwei Seiten von Emma: Auf der politischen Seite die Suche und der Kampf um Veränderungen der sozialen Situation, auf der anderen Seite die niemals infrage gestellten Erziehungsmethoden, die sie ungeprüft an ihre beiden Töchter durchreichte.

Bereits früh musste sie mit männlichen Familienmitgliedern bittere Erfahrungen erleben. Zwei von Emmas älteren Söhnen, zu denen sie jeglichen Kontakt, aus welchen Gründen auch immer, abgebrochen hatte, kümmerten sich wenig um deren eigene Frauen und Kinder. Mit geringer Bildung versehen und ohne eine berufliche Ausbildung führten sie ein Leben als Tagelöhner und Gelegenheitsarbeiter. Sie haderten mit ihrem Leben und ertränkten ihre Frustration in Alkohol. Oft vertranken sie große Teile des Lohnes, wenn die Frauen nicht schnell genug noch während der Auszahlung das Geld konfiszierten. In ihrem persönlichem Elend ertrinkend prügelten sie betrunken auf Frauen und Kinder ein. Sie verbreiteten eine Schreckensherrschaft im eigenen Haus. Emma verschwendete keine Gedanken an eine berufliche Qualifikation ihrer Kinder. Sie sollten so schnell wie möglich Geld verdienen, um ihren Beitrag für die Familie zu leisten. Emma trieb die beiden Söhne früh aus dem Haus, sprach später davon, dass sie einen schändlichen Charakter hätten.

Das Vaterland rekrutierte die Söhne für Kriege, aus denen sie als physisch und psychisch zerstörte Wracks entlassen wurden, wenn sie die Massaker denn überlebten.

Die Kriegszeit hat viele schweigende, innerlich verhärtete, gleichsam einsame und seelisch gebrochene, introvertierte Säufer produziert. Die Frauen leisteten nach dem Krieg einen wichtigen Teil der Aufbauarbeit und schufteten für ein normales Leben. Sie verfluchten die Kriege, die ihnen zu der schweren körperlichen Arbeit nun auch noch die verstörten Männerwracks aufluden.

Das Männerbild Emmas war extrem negativ von den Erfahrungen zwischen Werkstor und Kriegsheimkehr geprägt. Gespeist aus ihren eigenen leidvollen Erlebnissen trichterte sie ihren Töchtern in Bezug auf den Umgang mit Männern und Söhnen vehement ihre persönliche Erkenntnis ein: »*Wehret den Anfängen!*«. Sie vertrat die Meinung, heranwachsenden Jungen einen »harten und kompromisslosen« Gehorsam einzutrichtern. Sie propagierte eine bestrafende Erziehung, bei der auch kleinste Verfehlungen zu ahnden seien.

Sie indoktrinierte besonders Thomas Mutter mit ihren antiquierten, bedenklichen methodischen Erziehungsansätzen. Mutters Schwester gebar zwei Mädchen. Thomas Mutter, die sich als älteste Tochter nie der Zuneigung ihrer Mutter gewiss war, gebar einen Sohn. Gerda bemühte sich intensiv, die Erziehungsprinzipien ihrer Mutter zu erfüllen, ja, sie tendierte sogar dazu, sie überzuerfüllen, um ihren Anteil an Liebe von der eigenen Mutter zu erhaschen.

Emma verlor krankheitsbedingt ihre Eltern bereits im Kleinkindalter. Verwandte adoptierten sie und fortan lebte sie auf einem Bauernhof, auf dem sie alle anfallenden bäuerlichen Arbeiten lernte und ausführte. Bereits als junges Mädchen begann der Kreislauf von Kinderarbeit, Heirat, Kinder gebären, der harten Arbeit auf dem Hof, im Stall, im Haus und das Anlegen und die Pflege eines eigenen Gartens. Emma durchlebte ca. 12 - 16 Schwangerschaften, Jahr für Jahr. Genau wusste sie es später selber nicht mehr. Viele der Neugeborenen kamen als Fehlgeburt oder tot auf die Welt. Überlebten die Babys die Geburt, starben etliche noch im ersten Lebensjahr.

Viele Geburten liefen kompliziert ab, risikovoll begleitet von extremen Schmerzen und unter Lebensgefahr für sie. Eine ärztliche Versorgung wurde aus finanziellen Gründen nur bei besonders schwierigen Geburten in Anspruch genommen. Ansonsten unterstützte sie eine Hebamme ihre Kinder in eine ungewisse Zukunft zu gebähren.

Während eines einfühlsamen Gesprächs über den Verlauf einer besonders dramatischen Schwangerschaft saß Thomas wieder einmal unter dem Tisch und lauschte der Erzählung. Eine gleichwohl erschreckende wie auch Angst erzeugende Geschichte, die sich voller Furcht auf seine Fantasie legte. Ein Baby wuchs derart ungewöhnlich groß und schwer in Emmas Gebärmutter heran, dass eine normale Geburt unmöglich erschien. Als der Zeitpunkt der Geburt näher rückte, Emma mehr tot als lebendig niederlag, diagnostizierte der in diesem Fall herbeigerufene Arzt nach einer Untersuchung Emmas Zustand und stellte eine schicksalhafte Frage an Gustav: *»Wen wollen Sie behalten? Ich kann nur ein Leben retten! Entweder wir retten Emma oder das Kind?«.* Gustav erschrak und zögerte mit einer Antwort. Die Gedanken ob der grausamen Entscheidung, die er allein fällen musste, rasten in seinem Kopf herum. Er überlegte und antwortete mit Blick auf seine kleinen Kinder: *»Wer soll sich denn um die Kinder kümmern, wenn Emma stirbt? Die sind doch noch so klein und ich muss meine Arbeit machen, damit wir was zu essen haben? Ich brauche meine Frau!«.*

Der Arzt sprach die grausame Alternative aus: *»Dann bleibt keine andere Möglichkeit, als das Kind im Mutterleib zu töten und es in Stücken durch den Geburtskanal herauszuholen!«.* Ein Kaiserschnitt kam nicht in Betracht. Emma hätte den Transport in die Stadt nicht überlebt, die Behandlungskosten hätte die Familie in keiner Weise aufbringen können. So kam diese Möglichkeit von vornherein nicht in Betracht. Ob generell eine Krankenversicherung für die Familie bestand, ist nicht mehr nachvollziehbar. Gustav traf seine Entscheidung. Der Arzt tötete mit einer Spritze das Kind im Mutterleib, schnitt Körperteile ab und holte es aus Emmas Gebärmutter heraus. Eine grauenvolle Vorstellung. Es wäre ein Junge geworden. Der Arzt rettete Emmas Leben. Sie erholte sich nur langsam von diesem gefährlichen Eingriff.

Bereits wenige Monate nach ihrer Genesung wurde sie wieder schwanger. Eine aus heutiger Sicht unverständliche paradoxe Situation, Mittel und Methoden zur Verhütung waren damals bereits hinlänglich bekannt, sie kosteten aber Geld, das sie einsparen wollten! Die körperlichen Strapazen des Eingriffes und der lange Gesundungsprozess fanden keine Beachtung.

Die unmenschlich harten Lebensbedingungen führten zu einer hohen Sterberate der Kinder. Der Bauer, bei dem Emma und Gustav arbeiteten, stellten ihnen ein kleines Gesindehaus ohne jeglichen Komfort zur Verfügung. Zusätzlich, als Kompensation für einen Teil des Arbeitslohns, erhielten sie Lebensmittel. Damit erhöhte sich die Chance, eine ausgewogene Ernährung über die Wintermonate mit einer ausgewogenen täglichen Kost halbwegs sicher zu stellen. Ein eigener Garten, das Anfüttern von ein oder zwei fetten Schweinen, die Haltung von Hühnern und Kaninchen und evtl. einer Ziege diente der Sicherstellung mit Nahrungsmitteln. Die Winter gerieten oft bitterkalt und dauerten viele Monate. Zum Ende des Winters wurde die Ernährung einseitiger. Mangelerscheinungen traten auf. Priorität hatte die Versorgung von Gustav und den Kindern. Emma selbst begnügte sich mit den Resten der Mahlzeiten, nagte und lutschte die Knochen bis auf das letzte Fitzelchen Fleisch ab.

Opa Karl - der undurchsichtige Nazimitläufer

Die Persönlichkeit von Walters Vater Karl zeigte sich undurchsichtig, unergründlich, geheimnisvoll und facettenreich. In seinem Charakter tobte ein Dämon, der ihn von Zeit zu Zeit und im Alter verstärkt quälte. Über seine Soldatenzeit im Zweiten Weltkrieg sprach er kein Wort. Erst viele Jahre später hielt er den inneren Druck nicht mehr aus, ließ sich vorsichtig, unter Alkoholeinfluss, zaghaft über seine Wirkungsweise als Soldat aus. Nahe einer mittleren Stadt im östlichen Westfalen stationiert, führte dies zwangsläufig zu Fragen. Während der Kriegsjahre fanden in diesem Landstrich keine Kampfhandlungen statt. Welche Aufgabe oblag ihm?

In seiner Heimat in dem kleinen Dorf in Schlesien arbeitete er als Forstarbeiter und Jagdgehilfe des Försters. Er konnte sich in ländlichen Gegenden sicher orientieren. Er besaß ein instinktives Gefühl für die Gegebenheiten von Natur, Landschaft und dem Verhalten und Aufstöbern von Wildtieren. In den weitflächigen Wäldern, Wiesen, bäuerlich geprägten Landstrichen und Dörfern konnte er sich sicher bewegen. Seine Erfahrungen prädestinierten ihn für eine besondere Aufgabe innerhalb der Wehrmacht. Viele Soldaten, die aus Angst vor dem Krieg und durch die erlebten Gräuel fast den Verstand verloren hatten, flüchteten von der Front. Sie vermochten das Töten, das unmenschliche Elend nicht zu ertragen und versuchten, sich in den Wäldern und Dörfern durchzuschlagen, in der Hoffnung, dem Grauen entfliehen zu können. Das Aufspüren dieser Deserteure unterlag einer mit Sondervollmachten ausgestatteten und gefürchteten Polizeitruppe, dem Feldjägerkommando. Selbst die Waffen-SS hatte sich disziplinarisch diesem Wehrmachtsbereich unterzuordnen. Die Feldjäger durchkämmten die weite Landschaft, Bauernhöfe und Dörfer gezielt und planvoll, um geflüchtete Soldaten aufzuspüren. Nur wenige entgingen ihrer systematischen Suche. Die Feldjäger besaßen richterliche Kompetenzen. Den meisten Verhafteten wurden vor diesem Tribunal umgehend der Prozess gemacht und fast immer fällten sie Todesurteile. Sie erhängten die verzweifelten Soldaten oder erschossen sie standrechtlich. Nicht selten töteten sie die Gestellten noch während der Jagd auf sie oder bei ihrer Verhaftung bei geringstem Widerstand.

Karl entging durch diesen fragwürdigen Einsatz einer Abkommandierung an die russische Front. Aber auch er zahlte einen hohen Preis. Bis zu seinem Tod plagten ihn schwere Albträume, in denen seine Taten aus der Tiefe seines Unterbewusstseins emporstiegen und die unmenschlichen Erinnerungen sein Gewissen immer und immer wieder aufrüttelten. Er sprach im Schlaf, schrie, stöhnte und wälzte sich im Bett herum, bis er schweißgebadet erwachte bzw. von seiner Frau Helene geweckt wurde, wenn er besonders intensiv von einem Albtraum geplagt wurde, aus dem er keinen Ausweg fand. Durch viele Äußerungen Karls verdichtete sich bei Helene die Erkenntnis, wie seine Aufgabe bei der Wehmacht ausgesehen hatte. Sie verstand, was ihr Mann sich hatte zuschulden kommen lassen, dass ihn derartig heftige Träume heimsuchten. Ihre Ahnung trog sie nicht.

Karl nahm zu jeder Tageszeit Tabletten in erheblichen Mengen gegen die psychischen und physischen massiven Beschwerden ein. Das Gewissen allerdings ließ sich mit diesen Tabletten nicht beruhigen. Psychopharmaka standen erst etliche Jahre später für die Behandlung von »posttraumatischen Belastungsstörungen« zur Verfügung. Dieses Krankheitsbild wurde in den letzten Jahrzehnten relativ gut erforscht. Soldaten, die aus Krieggebieten wieder in die Heimat entlassen werden, leiden oft lebensbehindernd unter den Erlebnissen, die sie grauenhaft und verstörend erleben mussten.

Opa Karl flüchtete nach Kriegsende aus der Gegend seiner fragwürdigen Wehrmachtstätigkeit, so weit wie es ging, in das südliche Westfalen. Unterschlupf fand er in dem kleinen Dorf, in dem er wenige Monate später seine Familie wieder in die Arme schloss. Im Auffanglager Barsinghausen, nahe bei Hannover, warteten Helene und ihre drei Kinder auf ein Lebenszeichen von ihm. Zwar glaubte er, der räumliche Abstand könnte alle Hinweise, die sich auf seinen Einsatz bezogen, löschen, für eine Beruhigung seines Gewissens reichte keine Entfernung aus. Die Vergangenheit ließ sich weder abschütteln noch in Alkohol oder Tabletten ertränken.

Direkt nach seiner Ankunft im besagten Dorf lebte er einige Zeit bei einer Frau, mit der er ein Verhältnis begann. Er wurde unvorsichtig, Helene kam ihm nach ihrer Ankunft auf die Spur und verzieh ihm dies nie. Bereits in Schlesien hatte er mehrere Affären, er ließ wahrlich nichts anbrennen.

Karl schluckte die Tabletten nicht mit Wasser, sondern meistens mit hochprozentigem Alkohol hinunter. Tabletten und Schnaps, eine gefährliche, sich selbst beschleunigende katastrophale Mischung zur Zerstörung von Geist und Körper. Seine inneren Qualen versuchte er konstant mit Alkohol zu betäuben. Er geriet förmlich in Panik, wenn sein Flachmann leer wurde. Seinen Enkel Thomas schickte er, mit einer Mark und einen leeren Flachmann in der Hand ausgestattet, in die Gaststätte.

Thomas klopfte mit der Münze an das in Blei gefasste, undurchsichtige kleine Fensterchen im Vorraum, hievte sich zum Fenster hoch und sagte brav zum Gastwirt: *«Bitte einen Wacholder für Opa!«*. Der Wirt füllte den Flachmann aus einer Literflasche auf und Thomas machte sich auf den Rückweg, wo ihn sein Opa sehnsüchtig erwartete. Jedermann warnte Karl vor dem hohen Alkoholkonsum in Verbindung mit den vielen Tabletten. Karl verbrachte etliche Stunden im Sprechzimmer des Hausarztes, da sich die organischen Beschwerden permanent verschlimmerten. Er wurde kurzatmig, da seine Lunge und die Bronchien, gepeinigt von den vielen filterlosen Zigaretten und dem eingeatmeten Steinstaub unter Tage, ihre Funktionsfähigkeit immer mehr verloren.

Der Bedarf an Arbeitskräften im Bergbau stieg ständig. Karl fand direkt nach seiner Ankunft im Dorf eine Arbeit im Kohleabbau vor Ort im Streb der Zeche. Ausgerüstet mit einem Luftdruckhammer ratterte er die Kohle in den niedrigen Stollen aus dem Berg heraus und schaufelte sie auf das Transportband bzw. in eine Kohlenlore. Die harten, körperlich extrem belastenden und engen Arbeitsbedingungen verursachen klaustrophobische Angstanfälle, er fühlte sich eingesperrt und träumte von herabstürzendem Gestein, dass ihn verschüttete.

Nur mit einem funzeligen Laternenlicht ausgestattet, düster, eng, staubig und mehr kriechend als aufrecht stehend, brach er die Kohle. Karls Gelenke und sein Bewegungsapparat verschlissen in wenigen Jahren. Im Landstrich zwischen Ruhr und Lippe lagerten ergiebige Kohlevorhaben unter der fruchtbaren Erde. Die Kohle wurde als Energielieferant für die Haushalte, die wieder aufstrebenden Gewerbe und von der Industrie dringend nachgefragt.

Die Bevölkerungsstruktur wandelte sich, die Flüchtlinge und Vertriebenen fanden Arbeit in den umliegenden Bergwerken. Wohnsiedlungen entstanden, die steigenden Einwohnerzahlen benötigten Schulen, Geschäfte, eine funktionierende Verwaltung und kirchliche Einrichtungen. Das Handwerk als Zulieferer expandierte. Die Parteienlandschaft veränderte sich. Nach wie vor besaßen die christlichen Parteien maßgeblichen Einfluss. Die SPD, die sich als Interessenvertreter der Arbeiter verstand, gewann ständig Stimmen hinzu und verbuchte bald in den Orten, Kreisen und Großstädten die Mehrheit in den Gemeinde- und Kreisräten des Ruhrgebietes. Landwirtschaftliche Betriebe rationalisierten die Betriebsabläufe, spezialisierten sich auf einen bestimmten Produktionsbereich. Auf den Höfen brachen durch die stetige Fortschreitung der Mechanisierung die Arbeitsplätze weg. Die Bauern verloren als bestimmende politische Kraft des Dorfes immer mehr an Einfluss.

Die Wochenenden verbrachte die Familie meistens in der Gaststätte um die Ecke. Neben der einheimischen Bevölkerung und den Bauern suchten immer mehr Arbeiter der Zeche, Flüchtlinge und Vertriebene die Gaststätte auf. Karl und seine Söhne ließen sich regelmäßig volllaufen und torkelten nachts den kurzen Weg nach Hause. Oma Helene half oft am Freitag und Samstag mit großer Übersicht hinter der Theke aus, zapfte Bier, goss Schnaps in Pinnchen und beschickte die Getränketabletts, welche die Kellnerin voll beladen zu den Tischen trug.

Der feine Kohlenstaub, der sich in Karls Lunge festsetzte, führte zu massiven Beschwerden des gesamten

Atmungskomplexes, letztendlich zur Frühverrentung und zum frühen Tod im Alter von 68 Jahren. In Zeiten, in denen seine Krankheit besondere Probleme bereitete, wurde die Einweisung in ein Krankenhaus unausweichlich. Trotzdem trank er weiterhin Alkohol in unkontrollierbaren Mengen. Als sein Enkel Thomas ihn zum letzten Mal im Krankenhaus besuchte, füllten sich Großvaters Augen bei seinem Anblick mit Tränen, er ahnte sein Ende. Er verbarg den Fluss seiner Tränen, indem er sich mühsam auf die Seite zur Wand drehte und vernehmlich schluchzend weinte. Er konnte niemandem mehr in die Augen sehen. Wenige Tage später verstarb er.

Eine Erinnerung an seinen Opa Karl blieb Thomas verstörend im Gedächtnis haften. Im Garten seiner Eltern gruben sich Kaninchen ein Loch unter dem Zaun hindurch und hoben mittendrin einen Bau aus, in dem sie ihre Jungen aufzogen. Sie fraßen das junge Gemüse und richteten erheblichen Schaden an. Sie lebten wie im Paradies. Opa Karl bot sich an, das Nest auszuheben. In seiner Unbekümmertheit begleitete Thomas ihn. Wenn er auch nur geahnt hätte, was ihn bei der Aktion erwartete, er wäre sicherlich nicht mitgegangen. Weder Mutter noch Vater hielten ihn davon ab. Sie dachten nicht darüber nach, welches belastende Erlebnis dort auf ihn wartete, obwohl sie es hätten wissen müssen. Opa hob mit der Schaufel den sandigen Boden direkt um den Eingang des Nestes aus, bis die Kaninchen sich nicht weiter in ihren Bau zurückziehen konnten und voller Panik aus dem Bau stürmten. Nach Thomas Wissensstand sollten sie nur vertrieben werden. Stattdessen schlug Opa wie besessen mit der flachen Seite der Schaufel auf die herausstürmenden Tiere mit explodierender Gewalt ein, erschlug Tier um Tier. Fatalerweise verfingen sich die Kaninchen bei ihrer Flucht im Zaun und Opa schlug wie ein Irrer auf die gegen den Zaun stürmenden Tiere ein, immer und immer wieder. Er entwickelte eine Behändigkeit, die Thomas ihm nie zugetraut hätte. Er steigerte sich in einen Rausch, gerade so als wollte er seinen eigenen inneren Schweinehund erschlagen.

Wie passte das eigentlich alles zusammen? Zu ihm hatte er sich immer nett, freundlich und emotional wohlwollend verhalten.

Jetzt dieser Ausbruch, wie musste er in der Wehrmacht gewütet haben, in seiner Familie, zu seinen Kindern, zu seiner Frau? Opa »Gnadenlos« hatte zugeschlagen. Thomas konnte es nicht fassen. Opa sammelte die erschlagenen Kaninchen ein, zappelte noch eins, erschlug er es jetzt. Er schaufelte den Bau weiter aus, schmiss die toten niedlichen Babykaninchen und die ausgewachsenen Tiere in das Loch, schaufelte Erde darüber, trat sie fest und schloss das Loch im Zaun. Ohne ein Wort zu sagen, griff er sich die Schaufel und stapfte strammen Schrittes nach Hause. Thomas brauchte Tage, bis er den verstörenden Eindruck halbwegs verarbeitete. Den Vorgang vergaß er nie, seinen Opa sah er fortan in einem etwas anderen Licht.

Oma Helene - unterwürfig, angepasst und verschwiegen

Thomas Oma Helene nahm eine besondere Vertrauensstellung für ihn ein. Auch wenn hinter vielen ihrer Verhaltensweisen, wie auch bezüglich ihrer Vertrauenswürdigkeit, ein dickes Fragezeichen angebracht erschien. Oma Helene nahm trotzdem die Funktion als Thomas Rückzugsgebiet ein. Wurde die Situation bei Mutter wieder einmal besonders unerträglich, flitzte Thomas schnell durch den Flur zu ihr in die Wohnküche. In diesem Fall scheute Mutter den spontanen, direkten Konflikt, ging Thomas lieber im Moment nicht an den Kragen. Oma besaß eine körperlich starke Figur. Thomas erinnerte sich an einen respektvollen andächtigen Umgang von ihr mit jedem Brotlaib: Sie drückte das Brot zwischen ihre Brüste und bekreuzigte es dreifach auf der glatten Rückseite mit dem Messer. Erst dann schnitt sie auf einem Holzbrett das Brot in gleichmäßige Scheiben. Sie schnitt die Brotscheiben derart perfekt, dass sie wie von einer Maschine geschnitten aussahen. Er schaute ihr stets fasziniert bei diesem Ritual zu. Ihre schweren, weichen und warmen Brüste weckten ein geborgenes, zufriedenes Gefühl in Thomas. Gern hievte er sich auf den Schoß seiner Oma, schmiegte sich an sie und legte seinen Kopf auf ihre Geborgenheit vermittelnden Brüste.

Oma Helene kochte vorzüglich. Sie verstand es, einfache aber schmackhafte Gerichte mit der richtigen Würze zuzubereiten. Besonders lecker briet sie knusprige Bratkartoffeln. Ihre Hefeknödel mit Blaubeersuppe schmeckten vorzüglich. Die schlesischen Klöße, die sie meisterlich herzustellen vermochte, mit einer braunen Soße übergossen - deliziös. Obstkuchen buk sie mit einer köstlichen Raffinesse. Der Streuselkuchen, besonders der Streusel, krachte göttlich im Mund. Ein Gaumenschmaus. Auf so ein Essen freute sich Thomas.

Es kam oft vor, dass Thomas Tagesablauf wie folgt verlief: Zuerst aß Thomas bei seiner Mutter zu Mittag, ein meistens Kohl- und Kartoffel basiertes Essen ohne Raffinesse, es fehlte Salz, Pfeffer, Kräuter und sonstige Gewürze - die Pampe schmeckte schlichtweg nicht. Thomas konnte es nicht abwarten, ließ sich daher nur wenig Essen auf den Teller schaufeln. Erst wenn er den Teller leer aß, durfte er den Tisch verlassen. Dann sauste er sofort zu seiner Oma, die immer noch etwas von ihrem Mittagsessen zur Seite gestellt hatte und aß mit großem Genuss ihr Gericht auf. Mutter bekam dies selbstverständlich spitz und schnauzte Thomas an, der sich aber in diesem Fall Omas Unterstützung gewiss war.

Oma Helene litt seit vielen Jahren unter einer sehr belastenden und schmerzhaften Krankheit. Ihre Unterschenkel zwischen Knie und Füße überzogen offene Wunden. Sie klagte selten über die Schmerzen, die sie ertragen musste. Beim Anblick ihrer Beine ahnte man die Qualen. Ungeschützte, tiefrote Haut mit nässenden Wunden, sich ablösenden Hautstreifen und blutigen Stellen zeigten sich nach der Entfernung der Binden. Zur Vermeidung von Infektionen wechselte Oma den Verband zwei mal pro Tag, strich vorher großflächig die Beine mit einer Creme ein. Die Mullbinden kochte sie separat in einem speziellen Topf auf dem Herd aus und hing sie anschließend zum trocknen auf. Nach einigen Stunden konnten die verdrehten und zusammengeschrumpelten Binden wieder aufgewickelt werden. Thomas half seiner Oma gern. Sie saß in ihrem Sessel neben dem Radiotisch, Thomas hockte im Schneidersitz auf dem Boden vor ihr. Er dröselte die Binden mit den beiden Daumen und den Zeigefingern auseinander, sodass sie wieder eine gleichförmige, flächige Struktur einnahmen. Die glatten Binden rollte Oma dann ordentlich zu einer wiederverwendbaren Binde auf.

Viele Stunden verbrachten sie mit dieser Beschäftigung, unterhielten sich dabei, hörten im Radio heimatliche schlesische Blasmusik, auch andere Volksmusik und die von den Nazis umgedeuteten und missbrauchten Liedern der Mundorgel. Die Texte vermochte Thomas bald alle auswendig mitzusingen. Die Situation geriet stets heimelig, gemütlich, vertraut. Eine wohltuende Wärme durchzog den Raum. Thomas freute sich dementsprechend auf den nächsten Tag bei seiner Oma. Im Winter spendete der Eisenofen mit der polierten Herdplatte mit dem zur Zimmerdecke aufragenden schwarzen Abzugsrohr eine wohlige Wärme. Ging die Sonne unter, hörten sie Musik im Radio, zwischendurch Nachrichten bzw. Wortbeiträge, im

Hintergrund knisterte leise das Feuer im Ofen. Mit einer Tasse Muckefuck wärmten sie sich auch von innen auf. Diese Stunden entwickelten sich für Thomas zum Inbegriff eines gemütlichen, liebevollen Beisammenseins. In diesen Zeiten liegt der Ursprung für die unzerrüttbare Beziehung zwischen Oma Helene und Thomas begründet, trotz allem, was sich abspielte.

Im Grunde ihres Herzens war Helene eine gütige Frau, die sich aber auch recht gut anderen Menschen gegenüber abgrenzen konnte. Ihre Ehe verlief aufgrund der Affären ihres Mannes angespannt. Eine körperliche Zuneigung zwischen Beiden konnte man nicht feststellen. Schon in Schlesien musste die Beziehung sehr schwierig verlaufen sein. Ihre Ehe wurde zu einer Zweckgemeinschaft. Helene zog sich innerlich resigniert aus der Beziehung zurück. Sie sprach nie groß über ihren Mann, sie arrangierten sich, pragmatisch orientiert, im Laufe der Jahre.

Helenes Lebenserfahrungen führten dazu, sich weitgehend aus allen kritischen Situationen herauszuhalten, so weit diese Möglichkeit bestand. Auch bei Ungerechtigkeiten griff sie nicht ein. Sie mischte sich auch nie bei kontroversen Gesprächen ein. Das Verhältnis zwischen Thomas Mutter und Oma Helene gestaltete sich entsprechend zwiespältig. Zwar half Oma bei allen Maßnahmen, die sich gegen Thomas richteten, wagte es aber nicht, bei erkennbarer negativer Zuspitzung Position für ihn zu ergreifen.

Ihr despotischer Mann, der als Nazi-Mitläufer deren Weltanschauung nachhing, führte die Familie mit strengem Regiment. Thomas Vater traf die »Nationalsozialistische Überzeugungsarbeit« besonders. Er übernahm hinsichtlich einer strengen Erziehung der Kinder Helene das Heft aus der Hand und bestimmte die Methoden, um aus seinen Söhnen ebenfalls stramme Nazimitläufer zu formen. Er übte körperliche Gewalt an seinem Sohn Walter aus und prügelte ihm bis in die Seele irreparable Schäden ein.

Kinder wurden oft hart und brutal von ihren Eltern gezüchtigt. In Bestrafungsaktionen verlangte der Schlagende, wenn er sein Kind fürchterlich mit dem Gürtel schlug, oft auch mit dem Schnallenende, dass es keinen Laut von sich geben durfte. Jedes

Wort des Erklärungsversuches wurde quittiert mit: »*Was, du wagst es, noch Widerworte zu geben?*«. Dabei prasselten die Schläge weiter auf das Kind ein. Bei jedem Versuch eines Protestes oder wenn der Schmerz so groß wurde, dass das Kind flehte, er möge doch mit dem Schlagen aufhören: »*Du gibst ja immer noch freche Widerworte, dir werd ich es austreiben, du verdammtes Blag!*«.

Sprache wird zum sinnlosen Werkzeug des Kindes. Väter prügelten so lange weiter, bis sie sich verausgabten und jeglichen Widerstand gebrochen hatten. Diese Kinder konnten keine Liebe für ihre Väter entwickeln. Mütter zettelten die Prügel oft an, gingen aus dem Zimmer und verhielten sich danach, als wäre nichts geschehen. Kinder flüchteten irrtümlich in die Arme ihrer Mutter, zumindest bei einem Elternteil suchten sie Schutz und Verständnis und das Gefühl »wahrgenommen« zu werden. Nur selten durchschauten sie die Vorgänge. Auch Mütter können gnadenlose Härte zeigen.

Thomas Vater Walter, zur Reflexion nicht fähig, schleifte diese Erziehungspraktiken gedankenlos in seiner eigenen Familie weiter durch. Unbedarft plapperte er seine Meinung hinaus: »*So eine ordentliche Tracht und eine Ohrfeige hat noch niemandem geschadet!*«. Er merkte nicht, dass er die an ihm begangene Gewalt rationalisierte, er erkannte das Unrecht nicht bzw. er verdrängte es. Man hatte es immer so gemacht, warum sollte ausgerechnet er es ändern! Er sah Bestrafungen als einen selbstverständlichen Bestandteil von Erziehung an. Strafen mussten sein, es musste körperlich so lange wie möglich spürbar schmerzen. Blaue Flecken und die Spuren von Strafe zeigten den Erfolg einer Maßnahme an. Erziehung lief primär über körperliche Misshandlung ab. Dass bei jeder Gewaltmaßnahme gleichzeitig auch die Seele in Mitleidenschaft gezogen wird, sich Demütigungen manifestieren, fand niemals Zugang zu seinem Verständnis. Karl verprügelte seinen Sohn Walter, also prügelte dieser auch er seinen Sohn Thomas. Durchgereichtes generationales Verhalten! Die Hintergründe eines Fehlverhaltens zu erfahren und die Strafmaßnahme entsprechend darauf abzustellen, interessierte ihn nicht. Erklärungen bzw. Diskussionen hätten Sprachaustausch

erfordert, an dem er aus erklärbaren Gründen kein Interesse besaß.
Bildung stand ebenfalls nicht im Focus von Oma Helene. Es ist schon seltsam, niemand in beiden Familiensträngen beschäftigte sich mit dieser Thematik. Der Wunsch, Wissen zu erlangen, kompetent mitzureden, gute Gespräche zu führen, existierte nicht. Anscheinend verursachte es Angst, bildungsmäßig etwas für sich selbst zu tun, vielleicht ahnten sie, dass sie unter Umständen Türen aufstießen, die besser verschlossen blieben, da die Öffnung nur neues Leid mit sich brachte. Der Gruppenzwang nivellierte sie in ihrem Bildungsbestreben. Niemand sollte von oben herab mit ihnen kommunizieren. Alle Fähigkeiten, die sie für ihr Leben brauchte, lernten sie durch Überlieferung und Nachahmung. Durch das tägliche Studium der örtlichen Zeitung und der Nachrichten im Radio informierten sie sich, sodass sie überall oberflächlich mit dem erlernten Wortschatz in der ihnen gegebenen Sprachfähigkeit mitreden konnten. Auch Oma las die Zeitschriften, in denen alles, sogar das Schlüpfrige, über Adel und Prominente berichtet wurde. Allerding las sie diese Gazetten nie so ausgeprägt wie Thomas Mutter.

Thomas kleiner Kosmos

Sein Leben spielte sich im Dreieck von Wohnhaus, Appelkamp und Bauernhof ab. Seine ganzen Erfahrungen und Erlebnisse sammelte er in diesem relativ eng umgrenzten räumlichen Bereich. Viele Stunden stromerte er allein in diesem Einzugsbereich herum, der sich auf die benachbarten Felder und wenige umliegende Bauernhöfe des Dorfes ausdehnte. Gemeinsame Spielstunden mit den Nachbarkindern ergaben sich nur selten. Viele Eltern schotteten ihre Kinder bewusst gegen den Kontakt mit Thomas ab. Aus ihrer Abneigung gegen das Gettohaus des Krüppels und der zahlreichen Flüchtlinge aus dem Osten machten sie keinen Hehl. Das Verderben hätte ja ihre Kinder überfallen können. Wie im Mittelalter, als herumziehende und bettelnde »Zigeuner« vagabundierend übers Land zogen. ihnen unterstellten die ansässigen Bürger so manches Verschwinden von Kindern oder viele Diebstähle. Im ersten Augenblick erschien es unsinnig, die Durchgangsstraßen mit jahreszeitlich abwechselnd reifenden Obstbäumen zu bepflanzen, bei genauerem Hinsehen machte es Sinn. Hofften sie doch, die Bettelei zu begrenzen und die ihnen unheimlich und fremdartig erscheinenden durchziehenden Menschen von ihren Höfen und Häusern fern zu halten. Sie boten ihnen aus der Distanz etwas zu Essen an. Viele negative Legenden rangten sich um diese Volksgruppen. Sie erzeugten Angst und eine tiefe Abneigung. Mit dem Ende des Krieges zogen viele Heimatlose durch die Dörfer. Die seit Jahrhunderten von negativen Erfahrungen gespeiste Meinung spukte immer noch lebendig in den Köpfen der Menschen herum. Nun strömten wieder fremde Menschen in die Dörfer, die auch in ihrer alten Heimat als Tagelöhner und Landarbeiter arbeiteten. Ihre ärmliche Herkunft zeigte sich in allen äußeren Merkmalen, von der Kleidung bis zu ihrem Verhalten und den Essensgewohnheiten. In ihren verhärmten Gesichtern, den teils ausdruckslosen Augen und der von harter Arbeit gebeugten Köperhaltung zeigten sich die Strapazen ihres Lebens.

Auf der anderen Straßenseite des maroden »Ghettohauses« standen etliche Häuser, in deren Garten rege Geschäftigkeit herrschte. Die Bewohner schauten nur kurz auf, ging eine Person des ausgegrenzten Hauses an ihrem Garten vorbei. Gegrüßt wurde nicht, da war man sich mit den anderen Dorfbewohnern kollektiv einig. Erst nach Jahren deutete das kurze Nicken mit dem Kopf eine ungemein freundliche Geste an. Einzig der Bauer und Gastwirt, dessen Gebäude und Ländereien direkt durch den Schweine- und Appelkamp an das Wohnhaus grenzte, verhielt sich freundlich und aufgeschlossen. Immerhin verbrachte Thomas Familie viel Zeit in der Gaststätte und gab dort einen beträchtlichen Teil ihres Lohnes aus. Er beschäftigte sowohl in der Gaststätte, als auch auf Hof und Feld zeitweise Thomas Familienmitglieder.

Die Eltern der Nachbarkinder versuchten, diese so seit wie möglich von Thomas fernzuhalten, den sie als allein herumstreifendes Kind natürlich beobachteten. Da war es wieder, das tiefe Misstrauen gegenüber Fremden. Sie kontrollierten sicherheitshalber noch einmal ihre Zäune und ließen ihren Hund frei umherlaufen.

Thomas kam ihnen sowieso in seinem Spielverhalten verdächtig und merkwürdig vor. Diese Einstellung der Eltern mit ihrem begrenzten Horizont hatte Konsequenzen für Thomas. Sein täglicher Kontakt bestand fast ausschließlich aus Erwachsenen, die ihrer Arbeit nachgingen und tief verstrickt mit ihren eigenen Problemen haderten. Sie übersahen Thomas schlichtweg. Die Lust auf Beschäftigung mit einem Kind ging ihnen völlig ab. So lebte Thomas ein nichtbeachtetes Schattendasein. Stromerte er in der unmittelbaren Gegend herum und gelangte zu den anderen Höfen, scheuchten ihn die Bauern mit wüsten Beschimpfungen und offenen Drohungen, den Hofhund aus dem Käfig auf ihn zu hetzen, von ihren Höfen und titulierten ihn als »Vertriebenenblag oder dreckigen Zigeuner«. Sie schwenkten Thomas gewaltandrohend ihre Knüppel entgegen, mit denen sie ständig durch die Gegend staksten und ihre Tiere von Weide zu Weide trieben.

Irgendwann fiel Thomas ein halb verrostetes, unscharfes Messer in die Hand. Er zog sich aus dem Feld eine Zuckerrübe heraus, schälte mühsam mit dem stumpfen Messer die harte

Schale und schob die süßen Scheiben genüsslich in den Mund. Ein richtiges Messer, ein wertvoller Schatz. Er verbrachte die meiste Zeit damit, sich Waffen zu schnitzten. Dabei füllte er die Zeit mit Gedankenspielen aus, in denen viele seiner inneren Geschichten ihren Ursprung fanden.

Die Gaststätte, den Bauernhof und die angrenzenden Gebäude tangierte die mäßig frequentierte Hauptstraße des Dorfes, ein alter Handelsweg. Von Ost nach West handelten und transportierten Kaufleute seit Jahrhunderten in einem regen Austausch Rohstoffe und Waren, aus den entfernten östlichen Regionen bis in den rheinischen Raum. Das Haupthaus der Hofanlage bestand aus einem imposanten, dreigeschossigem braunen Backsteingebäude. Nach drei Stufen erreichte man den zweiflügligen Eingang der Gaststätte. Die Türen schmückten bunte Glasmosaiken aus. Die dahinterliegende innere Eingangstür als auch die Fenster der Galträume waren ebenfalls mit in bleiverglasten, fast undurchsichtigen, mit farbigen ländlichen Motiven wie Pferdeköpfen, Getreidehalmen oder Wappen versehenen Scheiben ausgefacht. Die Gäste an den Tischen und vor der Theke zeichneten sich, von außen betrachtet, scherenschnittartig und schemenhaft ab. Ein mit grober, schwarzer Hochofenasche bedeckter Parkplatz bot Platz für viele Autos und Busse. Thomas hatte großen Respekt vor der Asche, es war kein Vergnügen, auf ihr zu stolpern und sich Knie und Beine blutig aufzuschlagen. Ein normalerweise unbedeutender Sturz verursachte tiefe Abschürfungen. Kleine Jungen fallen öfters vor lauter Eile auf die Nase. Die Kanten der hart gebrannten Asche waren scharf wie Glassplitter. Die Wunden schmerzten, entzündeten sich leicht, heilten nur langsam ab und hinterließen lange Zeit fiese Narben.

Mittags standen schicke, schwarze Limousinen, Lastwagen und Busse auf dem Parkplatz. Viele Reisende nutzten die Möglichkeit, eine Pause einzulegen. Aus einer Speisekarte suchten sich die Gäste ein gut bürgerliches Menü aus. In der angrenzenden Küche bereitete die Frau des Gastwirtes die bestellten Menüs frisch zu. Fast alle Zutaten für die Gerichte, wie Kartoffeln, Gemüse, Obst und Fleisch stammten aus eigener Hofproduktion. Die leeren Teller spülte die Magd des

Hofes per Hand in einem einer Badewanne ähnlichen Edelstahlbecken. Die Essensreste wanderten in einen Bottich und landeten am Ende des Tages in den Trögen der Schweine.

Jedermann kannte die Gaststätte als Veranstaltungsort für Hochzeiten, Geburtstage, Versammlungen aber auch für ihre würdigen Beerdigungsfeiern. Zumal der Weg zum Friedhof direkt an der Gaststätte vorbei führte. Als die Frau des Gastwirtes verstarb, bahrten sie den offenen Sarg auf einem Holzgestell in einem Nebenraum auf. Thomas durfte den Raum nicht betreten, er schlich so lange an der geöffneten Tür vorbei, bis er doch einen Blick auf die Verstorbene erhaschte. Seine herumschleichende Neugierde sahen viele als befremdlich an. Es bestätigte sie in ihrer Meinung, dass der Junge sich merkwürdig verhielt. Offene Särge zogen Thomas magisch an. Er versuchte immer, einen Blick auf die tote Person zu werfen. Ein gruseliges Gefühl durchströmte ihn. Die Konfrontation mit dem Tod wühlte ihn stets auf und erzeugte Angst vor diesem unheimlichen Geschehen. Thomas fragte sich oft, ob der Tod rückgängig gemacht werden konnte und beispielsweise die stets freundliche Frau des Bauern wieder zum Leben zu erwecken sei. Andere hatten seiner Meinung nach den Tod viel eher verdient! Die Bedeutung und Sinnhaftigkeit des Todes zu erkennen und zu akzeptieren fiel ihm ungemein schwer.

Das Gesicht der Toten sah friedlich aus. Ihre gefalteten Hände lagen übereinander auf dem Bauch. Die Trauernden konnten diskret Abschied nehmen, die Verstorbene noch einmal betrachten und ein letztes Mal Zwiesprache halten. Erst wenn alle sich verabschiedet hatten, wurde der Sarg verschlossen, bevor es im Trauerzug zur letzten Fahrt auf den Friedhof ging. Vor der Trauerprozession marschierte die ausgeliehene Bergbaukapelle und spielte ein Repertoire an tragenden Melodien ab. Auf der mit dunklen Tüchern bedeckten Plattform des von zwei Kaltblütern gezogenen Wagens umrahmten viele Blumen und Kränze den dunklen Eichensarg. Weiße Liliengebinde, imposante, aus jahreszeitlich aktuellen Blumen bestehende Gestecke und mit einem letzten Gruß bedruckte Schleifen an diversen Kränzen bekundeten die letzte Ehrerbietung für die beliebte Gastwirtin. Thomas Mutter mochte keine Lilien, die ihr zu offensichtlich auf den Tod hinwiesen. Deshalb verschenkte sie ein Alpenveilchen, die der Gärtner preiswert anbot. Anscheinend dachten viele so, der Wagen quoll über vor Alpenveilchen. Nach der Beisetzung lud der Ehemann die Trauergäste in die Gaststätte zum Leichenschmaus ein. Je nach Saison tischten sie quadratmeterweise Butter-, Streusel- oder Obstkuchen auf. Dazu wurde »guter Bohnenkaffee« (wie es auch nur »gute Butter« gab) genüsslich schlürfend getrunken. Natürlich wurde der Kaffee von der Magd frisch in einer großen Mühle gemahlen, das verstand sich von selbst. Sie verzehrten genussvoll und reichlich Kuchen mit Sahne, vergaßen aber nicht, der verstorbenen Person mal mehr, mal weniger andächtig zu gedenken. Viele Geschichten, lustige Episoden und Dönekens lockerten die traurige Stimmung auf. Das Likörchen oder Schnäpschen hintendrauf gekippt, gehörte wie selbstverständlich dazu und markierte das Ende des Beisammenseins. So ist es eben, wenn der Herrgott jemand zu sich gerufen hatte, musste jeder sich damit abfinden, das Leben nahm seinen Lauf. Die Familie des Verstorbenen durfte sich nicht lumpen lassen. Hauptsache, sie richteten eine würdige Feier aus. Zum Abschluss der Veranstaltung wandelte sich die traurige Stimmung in eine losgelöste Atmosphäre, alle konnten zufrieden nach Hause gehen. Sie hatten die Tote geehrt, konnten sie jetzt loslassen. Mit dem Aufbruch wurde das Signal zur Normalität und zur Rückkehr in den Alltag gegeben.

Die Einrichtung der gesamten Gaststätte gestaltete sich zweckmäßig und gemütlich. Pflegeleichte, braunbeige Fliesen bedeckten den Boden. Vor den Fenstern hingen zur Seite geraffte, karierte Stores, auf den Fensterbänken prangten »springende Pferde«, Siegespokale von örtlichen Reitveranstaltungen, aus gehämmertem Kupfer gefertigte Kannen und bunte Topfblumen - meistens Alpenveilchen. Das komplette Inventar nebst Wandverkleidungen, standfesten Bänken und Stühlen, war solide für den rustikalen Einsatz in einer Kneipe gezimmert. Die Tische bedeckten massive, schwere pflegeleichte Resopalplatten. Gehäkelte Stoffdeckchen, auf denen kleine Blumenvasen mit frisch geschnittenen Blumen der Saison standen und ausladende Aschenbecher zierten mittig die Tische. An den Wänden hingen Bilder von preisgekrönten Pferden, erfolgreichen Fußballmannschaften, den Mitgliedern des Schützenvereins, diverse Plakate oder auf Blech gedruckte Werbung von allerlei Getränken und Zigarettenmarken. Vor dem Tresen bot ein blank polierter, messingfarbiger Handlauf torkelnden Zechern festen Halt. Von der blank polierten Theke, dem Spülbecken und den vier Zapfhähnen aus Messing wischte der Wirt oft gedankenversunken mit einem Tuch die Bier- und Wassertupfer ab. Peinlich sauber musste alles für die Augen der Gäste aussehen. Im Regal hinter der Theke standen ordentlich aufgereiht Pilsgläser, schwere Steinkrüge und unterschiedlich große Stiefel aus Glas, die literweise mit Gerstensaft befüllt ganze Runden beglückten. Das Bier wurde durch Leitungen hochgepumpt, die vom Keller aus in den Zapfhähnen mündeten. In den ersten Jahren bestanden die Fässer aus Holz, später aus Aluminium. So oft wie nötig lieferte ein LKW schwere Eisblöcke an, um die Fässer im Keller zu kühlen. Selbst im heißesten Sommer flossen die Getränke gut temperiert und erfrischend in die Gläser. Thomas liebte es, wenn sein Malzbier ebenfalls gut gekühlt mit einer Schaumkrone eingeschenkt wurde, wie beim normalen Pils. Er fühlte sich, mit dem dunklen Bier vor sich stehend, akzeptiert und halbwegs erwachsen.

Und sein Malzbier liebte Thomas. Er gierte förmlich darauf, dass ihm ein Glas davon spendiert wurde. An zweiter Stelle seiner persönlichen Genussliste stand Sinalco, das perlende und süße Orangengetränk. Auch den von den aromatischen Äpfeln des Appelkamps hergestellten naturtrüben Apfelsaft liebte Thomas. Zu Hause stand nur Muckefuck auf dem Ofen. Er brauchte nur etwas Geduld, die Erwachsenen mussten selbst erst einige Bierchen intus haben, dann steigerte sich ihre Spendierfreudigkeit. Wahrscheinlich ging Thomas ihnen aufgrund seiner Beharrlichkeit auch geflissentlich auf den Wecker.

Thomas liebte diese Atmosphäre. Diesen speziellen Kneipengeruch konnte er, wann immer er wollte, erinnerungsstabil abrufen. Die damit verknüpften Bilder des Kneipengeschehens liefen lebendig vor seiner inneren

Leinwand ab. Die Musik aus der Musikbox und das laute Stimmengewirr schoben sich synchron in die Erinnerungen hinein. Die ausgelassene Stimmung und die Gesten und Gesichter der Gäste rundeten sein inneres Bild ab.

Neben der Kneipe gab es einen Gesellschafts- und Versammlungsraum, in dem bereits Mitte der Fünfzigerjahre ein Schwarzweiß-Fernseher auf einem Regal hoch über den Köpfen der Gäste montiert war. Zu den beliebtesten Sendungen, die das Interesse der Dorfbewohner fanden, zählten die Übertragungen der Spring- und Dressurveranstaltungen. Zum Höhepunkt jeder Saison übertrug das Fernsehen die CHIO-Reiterveranstaltungen aus Aachen, in der Sörs. Voll konzentriert saßen Bauern und Landvolk am Samstag und Sonntag vor dem Bildschirm. Jeder fühlte sich als Experte und schwadronierte über Pferde und Reiter, schwärmte vom Wunderpferd Halla und seinem Reiter Hans Günter Winkler. Sie litten bei jedem kleinen Fehler, lobten die bravourösen Leistungen und tranken sich ihr Bierchen mit dem dazu gehörigen »Kurzen«. Der Fernsehschirm hatte die Größe eines DIN A3 Blattes. Nach der Übertragung torkelten sie nach Hause und gönnten sich ein Stündchen auf dem Sofa.

Obwohl Traktoren und sonstige Maschinen die schwere Arbeit auf den Höfen verrichteten, hielten viele Bauern nach wie vor an ihren Pferden fest. Es machte Spaß, diese massigen und kräftig gebauten Kaltblütern, wie auch die schlankeren Warmblüter bei ihrem Herumtollen auf der Weide zu beobachten. Auf jedem Bauernhof im Umkreis existierte auf einer abgezäunten Wiese ein Springparcour mit rot-weiß angemalten Stangen, Springböcken, Barren, Wassergräben und Hecken in unterschiedlichen Höhen und Breiten. Die Bauernsöhne traten bei vielen Dorf- oder Kreisturnieren in Wettbewerben vor einem fachkundigen Publikum an.

In diesem Gesellschaftsraum stand auch das einzige, in Notfällen erreichbare Telefon. Thomas schaute stets ehrfurchtsvoll auf das schwarze Gerät mit der drehbaren Wählscheibe und dem mit unbekannter Funktion versehenen weißen Knopf.

Vom Frühling bis in den Spätherbst hinein verbrachte Thomas die meiste Zeit des Tages in seinem Appelkamp. Mit der Vielzahl der blühenden Obstbäume erwachte in ihm die Vorfreude, welche leckeren Früchte zum Verzehr heranwuchsen. Sein Spielparadies lag nur wenige Meter von seinem Zuhause entfernt. Im Sommer tollten die quirligen, heranwachsenden Ferkel im Kamp ihre Rangeleien aus. Im Garten reiften die schwarzen, roten und gelben Johannisbeeren und die aromatischen Stachelbeeren heran. Der Rhabarberstrauch neben dem Komposthaufen schoß in die Höhe. Die Stangen, in Zucker getaucht, erzeugten mit der säuerlichen Grundnote des Rhabarbers, eine Geschmacksexplosion. Im Mund zogen sich durch die Säure die Zunge und die seitlichen Schleimhäute fast schmerzhaft zusammen, wie beim herzhaften Biss in eine saure Zitrone und lähmte kurzfristig die Geschmacksempfindung, um nach wenigen Sekunden den köstlichen Genuss nachhaltig freizugeben.

Am Rande des Gartens stand ein seit Jahren nicht mehr benutzter alter Hühnerschuppen. Thomas besetzte ihn, räumte ihn auf und nutzte ihn für seine Spiele. Er fegte den Hühnerdreck auf und säuberte die Stangen und Wände. Ein Gitterdraht sperrte den Schuppen nach vorne ab. Es gab zwar eine mittlerweile ziemlich festgerostete Eisentür, Thomas allerdings schlüpfte durch den Einlass der Hühner in die Behausung. Seine Waffen und sonstiges Spielzeug fanden nun ein Versteck, in dem er vor Mutter diese für ihn wertvollen Teile sicher verstecken konnte.

Seine Selbstgespräche, die er ständig mit imaginären Kameraden, Freunden und Feinden abhielt, entwickelten sich zur einzigen Kommunikation für viele Stunden des Tages. Da sich die Erwachsenen sprachunwillig verhielten, füllte er die Zeit mit eigenen Dialogen, Befehlen und Beschreibungen aus, die sein intensives Spielen begleiteten.

Erinnerungen

Stichworte zum Kapitel:

Die bedrückende und einfache Lebenssituation zwang der Familie ein bescheidenes Leben auf. Thomas »Dunkelhaft« in seiner abgesperrten Schlafecke im Schlafraum der Eltern und die Erziehungsmethoden seiner Mutter führten zu traumatischen Erlebnissen.

Die diskriminierende Reaktion der Nachbarn auf Thomas und seine Familie klassifizierte sie zu Menschen zweiter Klasse. Als Ausweg entwickelte er ein immenses Repertoire an »inneren Spielen« mit grandiosen Spielwelten, in denen er die verstörenden Alltagserlebnisse zu verarbeiten suchte. Thomas wurde zum Einzelgänger, zu einer menschlichen Insellösung, umgeben von desinteressierten Erwachsenen.

Thomas Mutter trauerte ihrem getöteten Bruder nach und versuchte, ihren Sohn Thomas in dessen Fußstapfen zu zwängen. Mit Gewalt und erniedrigenden Mitteln verletzte sie ihn tief in seiner Seele. Mutter schlug, verletzte und demütigte ihn durch verbale Beschimpfungen und eine verächtliche Körpersprache.

Thomas schottete sich immer mehr ab, erschuf eine «imaginäre Zweitwohnung», in die er sich zurückziehen konnte und zu der niemand einen Zutritt hatte. Viele Riegel verschlossen die Tür. Auf die Wände projizierte er seine Geschichten und Spiellandschaften. Durch die intensive Versenkung in seine Erlebniswelten entwickelte er seine ganz persönliche Art, um emotional zu überleben.

Thomas erste Erinnerungen

Seine ersten abrufbaren Erlebnisse erinnerte Thomas bereits in frühster Kleinkindzeit. Wie hinter einer alles verschleiernden Nebelwand verborgen, traten erste Konturen von Erinnerungsfetzen in sein Bewusstsein. Erinnerungen bei Kleinkindern sind durchaus kritisch zu betrachten. Ab welchem Alter setzen sie nachvollziehbar ein, wie wahrhaftig sind sie zu beurteilen und vor allem, welche emotionalen Voraussetzungen müssen gegeben sein. Da viele Erinnerungen einer negativen emotionalen Aktivierung entsprangen, prägten sie sich ab ungefähr seinem zweiten Lebensjahr schmerzhaft und relativ erinnerungsstabil ein. Thomas lebte immerhin sieben Jahre im dunklen Schlafverschlag. Da baute sich einiges an schlimmen Phasen seines nächtlichen Lebens auf. Thomas Mutter bestätigte durch ihre permanente Herumplapperei die Situation, indem sie die Art und Weise ihres Umgangs mit Thomas als Baby detailliert und naiv unbedarft herausplauderte. Selbst noch viele Jahre später prahlte sie förmlich damit, wie sie auf sein angstvolles Aufbegehren reagiert hatte. Gern gab sie ihre »Erziehungstipps« an jüngere Mütter weiter.

Oma Helene stellte die einzige Person dar, die Thomas in späteren Jahren eine Rückmeldung über die Geschehnisse während seiner ersten Lebensjahre gab. Thomas besprach den Ablauf vieler Situationen mit ihr, erfuhr dadurch ergänzend etliche wichtige Details seiner Kindheit. Vieles was er bisher gespürt hatte, bestätigte seine Oma. Als aufmerksame Beobachterin wusste sie stets mehr, als sie jemals erzählte. Zu ihr pflegte er ein besonderes Vertrauensverhältnis, dass, wie bereits geschildert, trotz aller Widersprüchlichkeiten, konstant über die Jahre hielt. Obwohl sie durch ihr Schweigen und Wegsehen die seelischen Verletzungen und körperlichen Züchtigungen durch Mutter und Vater nicht verhinderte, sah er sie als einzige Vertraute an, die Wissenslücken wertvoll auffüllte.

Zuerst schemenhaft, dann immer konkreter, spürte Thomas, was mit ihm geschah, wie seine Eltern ihn betrachteten und vor allem, wie sie ihn behandelten. Die Unbarmherzigkeit, die er erlebte, sensibilisierte bereits früh seine Wahrnehmungsfähigkeit. Thomas sah sich deutlich an den Gittern seines Bettes klammernd angsterfüllt weinen und nach seiner Mutter laut verzweifelt rufen. Die dunklen Flächen des Schlafverschlages bildeten die Projektionsfläche seiner Angst. Überall sah er sich von Geistern, Gespenstern und ihn verschlingenden Dämonen umgeben. Die schiere Angst kroch in ihm hoch und übernahm die Regie über seine Gedanken. Thomas schrie, tobte - und wurde nicht erhört. Mutter ließ ihn so lange weinend klagen, bis tiefe Verzweiflung ihn übermannte, er schluchzend in seinem Gitterbett zusammenklappte. Tag für Tag, immer und immer wieder!

Mutter legte die Schlafenszeiten fest, wich nie davon ab. Thomas Angst vor dem dunklen Raum und dem stundenlangen Wachsein entsprach nicht seinem tatsächlichen Schlafbedarf. Er wurde abgeschoben. Die Stunden seiner Traurigkeit zogen sich endlos hin. Die Hoffnung, dass Mutter sich erbarmte, ihn vorübergehend aus dem Schlafverschlag erlöste, erfüllte sich nicht.

»*Sorg dafür, dass das verdammte Blag endlich seine Klappe hält!*«, blaffte Vater Mutter an.

»**Das** *wird sich schon beruhigen,* **das** *muss es lernen (mit* »*das*« *meinte sie das Blag, das Kleinkind)!*«, keifte Mutter in ihrer schludrigen Ausdrucksweise zurück: »*Ich weiß auch nicht, was ich noch machen soll, der regt mich auf! Nichts als Ärger mit dem Jaust!*«, jammerte sie melodramatisch.

Anfänglich schrie Thomas so zornig und laut, dass Mutter nach einiger Zeit wutentbrannt die Treppe hoch polterte. Sie öffnete die Tür derart laut, ruckartig und wütend, dass dies allein als Warnsignal ihrer gegenwärtigen Stimmung zu werten war. Sie stürmte fluchend ins Zimmer und stapfte zu seinem Bett. Sie hielt ihn an den Armen fest und schüttelte ihn, bis er sich aus lauter Angst vor dem harten körperlichen Umgang verzweifelt schluchzend, mit tränenverschmiertem Gesicht, Rotz an Nase und Mund, ins Bett fallen ließ. Am meisten fürchtete er ihre Gehässigkeit, die sich in ihrem Gesicht widerspiegelte. Ihre Augen verengten sich zu kleinen, blitzenden gefährlichen

Punkten. Die verletzenden und herabwürdigenden Worte, die sie ausstieß, verschlimmerte sie durch die Drohungen, welche Strafen sie anwenden würde, wenn er nicht endlich Ruhe gäbe. Nach einiger Zeit reagierte sie auf Thomas Schreien nicht mehr. Stieg Mutter ausnahmsweise noch einmal die Treppe polternd hoch, schimpfte sie bereits, bevor sie die erste Stufe erklommen hatte, mit verhaltenem Zorn: *»Ich werd dir schon beibringen, dass das nichts nützt!. Hör bloß mit dem Geplärre auf!«*. Schluchzend und mit verrotztem Gesicht, stand er tränenüberströmt in seinem Bett, streckte seine Arme aus, die Mutter nie ergriff. Er wollte von ihr auf den Arm genommen, getröstet und mit in den Wohnraum genommen werden. Sie übersah seine ausgestreckten Ärmchen. Griff stattdessen fest mit ihren Händen unter seine Arme, hob ihn etwas hoch, bis er den Bodenkontakt verlor, schwang Thomas etwas hin und her, bis er seine Beine nicht mehr präzise aufsetzen konnte. Hatte sie ihn aus seiner Balance geschaukelt, drückte sie ihn ruckartig auf die Unterlage und legte ihn hart und mit einer Hand niederpressend auf das Bettchen. Dabei zischte sie: *»Jetzt ist aber Schluss, du bleibst jetzt hier liegen, verdammt noch mal, da kannst du schreien, so lange du willst, hast Du mich verstanden? Jetzt ist endgültig vorbei mit deinem Geplärre!«*. Sie zischte gehässig die Worte zwischen ihren Zahnlücken hindurch, verzog gleichzeitig ihr Gesicht zu einer diabolischen Fratze. Und immer diese lieblosen kalten Augen!

»Dem werd ich`s schon zeigen ...!«, sagte sie wütend in der Wohnküche angekommen zu Vater, um ihm deutlich zu machen, wie konsequent sie ihren Sohn erziehen konnte. *»Den Bengel werde ich schon gefügig machen! Der muss parieren dieser Satan, das fehlt mir noch, dass er mir auf dem Kopf herumtanzt, das ist doch ein dummes Blag, der kriegt doch sowieso nichts mit!«*.

Thomas schluchzte in seinem Bettchen. Er besaß einen Teddybären, sein kuscheliger Vertrauter, der sich langsam auflöste. Vom intensiven Schmusen und seinen vielen Tränen hatte sich sein Fell bereits abgewetzt, die Nähte lösten sich und die Holzwolle quoll etwas hervor. Thomas drückte ihn fest an seine Wange und nuckelte wie verrückt an seinem Daumen bis er in seinem dunklen Verschlag einschlief.

Oma Emma stand fatalerweise mit »antiquierten Erziehungsregeln« ihrer Tochter als Erziehungsberaterin ständig zur Seite: *»Lass ihn schreien, es stärkt seine Lunge und macht ihn kräftig! Du must ihm beibringen, dass er fügsam sein muss!«.* Durch den umfangreichen Erfahrungsschatz ihres Lebens geprägt, schob sie zum Schluss ihrer Auslassungen ihr bekanntes: *»Man muss die Mädchen schützen und stark machen, damit sie später von den Männern nicht verprügelt und untergebuttert werden! Mach ihm das klar!«.* Thomas Mutter bemühte sich »Aufopfernd«, ihren »Jaust« mit verbalen Drohungen und Schlägen gefügig zu machen, sodass sie mit ihrem vermeintlichen Erziehungserfolg parlieren konnte.

Mutter setzte die Empfehlungen als artige, anpassungswillige Tochter brav in die Tat um. Durch den geschmeidigen Gehorsam ihrer Mutter gegenüber hoffte sie, doch noch ein wenig Zuneigung und Liebe von ihr zu bekommen.

Thomas Mutter war nicht die liebevolle, beschützende und Sicherheit vermittelnde Mutter. Selbst eine unsichere, wankelmütige Persönlichkeit, heischte sie ihrerseits nach Anerkennung und Zustimmung ihrer Mutter und Schwester, getrieben von ihren eigenen Ängsten und dem Gefühl von Minderwertigkeit. Dass sie gegen Windmühlen kämpfte, den Kampf niemals gewinnen konnte, realisierte sie nicht. Ihre Handlungen steuerte sie vom Instinkt her. Sie litt darunter, dass Ihre Schwester zeitlebens von der Mutter bevorzugt wurde. Ihre Schwester konnte besser taktieren, agierte nicht so plump und direkt wie Thomas Mutter. Als die Schwester dann auch noch 2 Mädchen hintereinander gebar, wuchs der Zuspruch ihrer eigenen Mutter beträchtlich. Die gemeinsamen Erlebnisse als Erzieherinnen von Mädchen verbanden sie. Thomas Mutter hingegen hatte nichts als einen vermeintlich »störrischen« Sohn vorzuweisen.

Die uralten Erziehungsprinzipien, das Fehlen jeglichen Wissens über die Entwicklung und Bedürfnisse eines Kindes, zeigten noch immer ihre hässliche Fratze, waren präsent wie eh und je.

Kinder in den ersten Jahren »fühlten und merken nichts«. Diesen Irrsinn glaubten sie wirklich und verhielten sich entsprechend. Man konnte mit Kindern anstellen, was man wollte, sie vergaßen es schnell wieder. Gerade Jungen brauchten Härte, damit sie später keine »Dummheiten« anstellten.

Thomas Mutter achtete immer aufs Äußerste darauf, dass Thomas funktionierte, keine »Schande« verursachte oder ihr »Ansehen« schmälerte. Ihre Bekannten durften auf keinen Fall schlecht über sie reden.

Nach der Schlafsituation in seinem Verschlag begann die nächste belastende Phase für Thomas zu der Zeit, als ihr das Auskochen der Stoffwindeln zu viel wurde. Eine Gelegenheit öffnete sich, in die sie vom Instinkt getrieben hineingrätschte. Endlich konnte sie beweisen, was für eine gute Mutter sie abgab. Sie wollte mit fatalem Ehrgeiz beweisen, dass sie Thomas so schnell wie möglich »trocken« bekam. Gerda prahlte mit ihrer Leistung. Sie geriet oft aus der Fassung und Thomas schrie sich die Stimmbänder heiser. Also saß Thomas so lange unter Drohungen und Kopfschubsern auf dem Töpfchen, bis irgendetwas herauskam. Sie wollte bei ihrer Mutter positiv punkten und ging einen sinnlosen Wettstreit mit ihrer Schwester ein.

Immer, wenn Thomas Schließmuskeln versagten und sich sein Geschäft in der Windel verteilte, erhob sie nicht nur ihren Zeigefinger, auch mit ihrer Hand machte sie unmissverständlich klar, dass sie dies nicht »durchgehen« ließ. Da sie zu gehässigen Attacken neigte, drückte sich dies in Schimpftiraden, unterstützt von einer lieblosen Körpersprache aus. Wenn etwas nicht so lief, wie sie es wollte, scheute sie nicht davor zurück, Thomas Körper hart herumzuschleudern. Nach ihrem Wissensstand vergaß Thomas sowieso jede noch so schlimme Behandlung rasch wieder und würde sich später nicht mehr daran erinnern können. Sie schaffte es, Thomas mit knapp einem Jahr auf »trocken und sauber« zu trimmen. Was für eine Glanzleistung! Wenn trotzdem einmal etwas in die Hose ging, gab es ein Donnerwetter.

Sie plapperte auch Jahre später noch im Kreis der Frauen stolz in ihrem simplen Deutsch daher: *„Ich hab das nicht mitgemacht. Meiner brauchte mit einem Jahr keine Windeln mehr – dem hab ich's gezeigt! Der saß so lange auf dem Topf, bis er es kapierte!«.* Wenigstens auf dem Gebiet von Kacke und Pisse wollte sie gewinnen und einen Achtungserfolg einheimsen. Thomas wurde sensationell früh »trocken«!

Vater interessierte dies alles nicht. Er kam niemals nach oben, wenn Thomas schrie. Er nahm ihn nie auf den Arm, sprach nie ein liebes Wort, tröstete nie. Vater plapperte nur unsicher ein unverständliches Zeug aus abgehackten Wörtern und Satzfragmenten hervor und ließ dabei keine emotionale Regung erkennen. Wenn Mutter Thomas schlug, zerrte, schubste oder ihm gehässig drohte, nahm er dies teilnahmslos zur Kenntnis. Er holte sich eine Flasche Bier aus dem Keller, drückte mit beiden Daumen den schmatzenden Bügelverschluss auf, setzte die Flasche an den Mund und schluckte mit einem lauten Kehlkopfgeräusch gluckernd die Flüssigkeit hinunter. Ständig lief er in der Wohnung in einer alten Schlabberhose und einem Unterhemd herum, in dem er prollig aussah.

Thomas freute sich Jahre später, wenn Vater »Mittagsschicht« hatte, bzw. am Wochenende arbeitete. Die Tage wurden erst einigermaßen erträglich, verweilte er nicht zu Hause. Die Atmosphäre entspannte sich deutlich, wenn er weder zu hören, noch in seiner energielosen Art herumschlurfte. Thomas verzog sich in seine Spielecke und achtete darauf, nicht bei seiner Mutter aufzufallen.

In Thomas bedrückendem Gefühl der Ausweglosigkeit liegt der Ursprung für viele traumatische Situationen seines Lebens. Er wehrte sich immer bis zu einem gewissen Grad gegen das ihm zugefügte Unrecht. Es lief stets auf einen Kulminationspunkt zu, ab dem sich seine Widerstandskraft erschöpfte. Er spürte es in seinem Herzen und in seinen Gedanken, ein verzweifeltes Gefühl nahm Besitz von ihm, es riss sein Herz fast auseinander. Das Blut wich aus seinem Körper, jegliche Spannkraft löste sich auf. Er sank in sich zusammen, wurde empfindungslos, unempfindlich gegen Beschimpfungen und Schläge. Er gab einfach auf. Niemals spürte Mutter, dass sie ab einem gewissen Punkt die Grenze, seelische Qualen und Beschädigungen dauerhaft zu implantieren, erreicht hatte, bzw. überschritt und ab wann es sich verbot, ihre Forderungen um jeden Preis durchzusetzen. Sie sprach bzw. erklärte oder diskutierte nie mit Thomas über unklare Situationen, bzw. über korrektive Alternativen seines Verhaltens. Thomas kapitulierte in vielen Situationen mit dem Empfinden, dass sie sich Macht anmaßte, ihn ungerecht zu behandeln, wie es ihr in den Kopf stieg. In besonders depressiven Situationen klappte er derart in sich zusammen, dass sie ihn hätte totschlagen, abstechen, ersäufen und auf den Misthaufen werfen können, in seiner Willenlosigkeit hätte er sich nicht gewehrt.

In diesem düstern Schlafverschlag, dunkel wie ein fensterloser Stall, begann er, seine Erlebnisse des Tages zu erinnern. In seinem Gedächtnis sammelten sich alle Eindrücke, die er in Ermangelung jeglicher Abwechslung während seiner langen Wachphasen im Gitterbett intensiv erinnerte und auf seine innere Projektionswand übertrug. Wie in einer Dauerschleife liefen die immer gleichen Erlebnisse an ihm vorbei. Daraus ergaben sich zwei Möglichkeiten, entweder mit der Zeit stumpfsinnig zu werden, zu verblöden, an Hospitalismus zu erkranken, den Gebrauch seines Gehirns erst gar nicht zu erlernen, oder, auf der anderen Seite Fantasie und Kreativität zum Werkzeug gegen die Verzweiflung zu entwickeln. Die Ereignisse, die Thomas tagsüber erlebte, verarbeitete er unbewusst, formte den Schmerz der Unabänderlichkeit in ein erträglicheres Drehbuch um. Er selektierte seine Gedanken und konzentrierte sich auf etwas Positiveres.

Mit der Zeit entwickelte sich aus kleinen Anfängen heraus eine intensive, fantasievolle Möglichkeit, durch die Thomas in eine Subwelt gleiten konnte. In dieser Welt, einer neuen inneren »Wohnung«, veränderten sich die Prioritäten. Nicht nur seine alltäglichen, teils schmerzhaft auf ihn einprasselnden Erlebnisse spielte er in seinem Kopf durch. Er lernte auch, neue Geschichten zu entwickeln. Das veränderte seine Sichtweise. Er wurde unabhängiger von der ihn umgebenden alltäglichen Realität. Die Konstruktionen seiner eigenen Vorstellungswelt, zu der niemand Zugriff hatte, nahmen an Grandiosität permanent zu. Nach einiger Zeit lernte Thomas immer perfekter, alle belastenden Themen auszublenden. Er saugte alle Anreize für seine inneren Erlebnislandschaften aus allen verfügbaren Informationen seiner direkten Umwelt auf. Zu seiner Innenwelt, seiner »Zweitwohnung«, besaß niemand Zutritt, nur er verfügte über den Schlüssel. Seine Welt wurde geheimnisvoll und grenzenlos. Er schwenkte, ohne dass er es bereits konkret planen konnte, von der Familiensituation, von Mutter, Vater, den Omas, Opas und sonstigen Personen, mit denen er täglich in Kontakt stand, hin zu seinen selbst entworfenen inneren Geschichten um. Niemand ahnte etwas von seiner Beschäftigung mit seinen eigenen inneren Themen. Die Ausgrenzung der Familie empfand er als wohltuend. Er besaß endlich etwas, das ihm niemand ausreden oder mit Prügel bzw. verbaler Demütigung austreiben konnte. Sie wussten ja nichts davon. Das Schloss seiner »Zweitwohnung«, in der sich Gedanken, Fantasie und Kreativität austobten, konnten sie nicht knacken. Mit der Zeit ergriff ihn ein starkes Gefühl, sie ahnten noch nicht einmal im Ansatz, was in seinem Kopf im Moment vor sich ging. In seinen Geschichten stellte sich Thomas selbst in den Mittelpunkt, während er sonst nur als herumgeschubste Randfigur wie ein Schatten im Familienkreis lebte. Im Laufe der Jahre wurde diese Art des Umgangs mit seinen Erlebnissen und Erfahrungen zu einem festen, ihm schützendem Verhaltensprogramm.

Es sollte noch viele Gründe für seine tägliche Erlebnisflucht geben, in der er kreativ seine eigene Drehbuchversion entwarf. Wie bei der Einübung eines Theaterstücks, übte er die optimale Fassung seiner Geschichten in Wiederholungen und Rücksprüngen so lange durch, bis ihn das Spielergebnis zufriedenstellte.

Die innere »Zweitwohnung«

Nachts schlief Thomas in seinem düsteren Verschlag. »Dunkelhaft« hätte den furchteinflößenden Schlafverschlag präziser beschrieben. Die Projektionsflächen der dunklen Flächen um ihn herum animierten Thomas dazu, seine Erlebnisse und Vorstellungen intensiv auf seiner inneren Leinwand widerzuspiegeln. Die bösen Geister, die sich immer dann zeigten, wenn er sich nicht mit konkreten Geschichten beschäftigte, ließen sich so unter Kontrolle bringen. Verpasste er den Zeitpunkt des Einschaltens einer Geschichte aus dem Repertoire seiner »inneren Welt«, benötigte er einige Zeit, um von den trüben und beängstigenden Gedanken wieder in seine imaginäre Fantasiewelt umzuschalten. Den dunklen Gedanken durfte er keine Chance bieten, sich aus dem Untergrund hervorsteigend in seinem Geist auszubreiten. Positive Erlebnisse konnte er wiederholend freudig durchspielen, negative hingegen in ihrer Handlung umdrehen und Alternativen konstruieren, Auswege ersinnen und durchaus auch Rachegedanken entwickeln und Machtstrategien ausleben. Erst sporadisch, dann immer konstanter, nutzte und festigte sich seine Fähigkeit der Versenkung in diese Spielszenen. Die Ablenkung von der Angst als allabendlichen Begleiter seines Einschlafens versuchte er, immer präziser zu perfektionieren. Da Widerstand ohnehin zwecklos war, er sich den negativen Gefühlen hilflos ausgeliefert fühlte, suchte er einen Anfangsfaden in seinem Gedankenkonstrukt, sobald er im Bett lag und mit seinen Teddy im Arm schmuste. Oftmals überlegte er sich bereits vor dem Schlafengehen, welche Fantasiewelt er heute in seinem Geist bespielen möchte.

Seine Erlebniswelt bestand erst einmal faktisch aus dem, was er in der Umgebung des Wohnhauses und des Bauernhofes sah: Den alten Hühnerstall, den stinkenden Schweinestall, die Kühe und Kälber, die Scheunen und die schweren Pferde für die Feldarbeit, den Schweinekamp und den Hundekäfig mit dem bissigen und stets angriffsbereiten Schäferhund, der wie wild gegen sein Gitter anstürmte. Personen klammerte Thomas aus, sie erzeugten keine Freude in ihm.

Er durchlebte die Situationen in seiner „inneren Welt" immer wieder und formte sie so um, dass er sich inmitten der Geschehnisse im Laufe der Zeit selbst integrierte. Er stellte sich in den Mittelpunkt, nahm eine aktive, beeinflussende und durchaus machtvolle Position ein.

Zwar nahm Thomas unterschiedliche Rollen ein, dies allerdings nicht im körperlichen Sinn, diese Differenzierung konnte er noch nicht vollziehen. Er blieb körperlich der kleine Junge, der er war. Lediglich die Tätigkeit der jeweiligen Person versuchte er nachzuahmen. Einmal schlüpfte er in die Tätigkeit des Bauern, der mit seinem friedlichen Schäferhund die Felder kontrollierte. Ein anderes Mal spielte er den Knecht des Hofes, der sich um die Fütterungen kümmerte, die Rüben häckselte, in riesigen Bottichen Futterkartoffeln kochte und für die Schweine mit Wasser zermatscht in die Futtertröge füllte. Thomas schaute in Gedanken der Magd über die Schulter, wie sie auf einem Dreibein saß und die Kühe molk und die Kälber separat tränkte. Er perfektionierte Ställe, Absperrungen, Gitter, alle Gegenstände, welche die Haltung der Tiere in geeigneten Gattern und Ställen ermöglichte. Dann trug er einen weiten Bottich vor dem Bauch, aus dem er das Hühnerfutter für die Hühner mit einem leichten Schwung der Hand auf den Boden streute. Die Hühner liefen aufgeregt hin und her, pickten in hektischen Kopfbewegungen die Körner auf. Thomas entschied, welches Huhn mehr Körner bekam und welchem er weniger Futter zukommen ließ. In seiner „inneren Welt" konnte er über die Hühner, einfach über alles Bestimmen! Thomas traf ohne Fremdbestimmung die Entscheidungen, er hatte in seiner inneren Vorstellung alle Macht seiner Welt. Er brauchte keine Rücksicht auf Anweisungen seiner Mutter oder von anderen Erwachsenen zu nehmen und zu gehorchen. Er spürte, dass es so etwas wie Freiheit und eine gute Welt gab, für die es sich lohnte, »innere Welten« zu entwerfen.

Thomas schuf eine Möglichkeit, der tristen Familiensituation etwas Substanzielles entgegenzustellen. Ohne dass er es forcierte, trainierte er ständig seine Vorstellungskraft und entwickelte neue Drehbücher und Spielwelten, die sich im Moment noch an den real erlebten Ereignissen orientierten. Ein weiterer, wichtiger Vorteil ergab sich dadurch, dass er alle Personen aus seiner Welt ausklammern konnte, die ihn drangsalierten, auf die er Wut empfand und die ihm unheimlich erschienen.

Stellte er sich die Frage, in welche Fantasiewelt er heute einzutauchen gedachte, entwickelte er ein gedankliches Grundgerüst, wie bei einer Gliederung für einen Aufsatz in der Schule. Dann sortierte er sein Wissen und die gesammelten Erfahrungen, über die er bereits verfügte und projizierte sie aus seinem Gedächtnis heraus auf die innere Leinwand. Er fügte zu den vorhandenen Szenen neue Komponenten, Ideen und ihm gewogene Personen hinzu. Im nächsten Schritt spielte er die Erweiterungen und Ergänzungen durch, verband die einzelnen Gedankenschnipsel immer mehr zu einer interessanten Spielszene und speicherte die Szene erinnerungsstabil ab.

Dieses aus der inneren Not geborene »innere Spielverhalten« führte zu einer kontemplativen Versenkung in die Spielszenen. Um »innere Spiele« spielen zu können, wollte und durfte er nicht abgelenkt werden. Das führte dazu, dass er auch tagsüber die Plätze aufsuchte, an denen seine »inneren Spiele« stattfanden. Seine Beobachtungsgabe zeigte ihm, was er bisher übersehen hatte, sich für eine interessantere Gestaltung einbauen ließ. Thomas wurde zum Tagträumer, der stets seine Geschichten im Kopf verarbeitend durch den Tag streifte.

Dieses Verhalten hatte leider auch negativen Seiten. Für seine Mutter wurde er zum Sonderling, der während seiner inneren Spielphasen möglichst nicht angesprochen werden wollte. Alles was ihn ablenken konnte, versuchte er zu eliminieren. Besuche bei Verwandten, oder, wenn Thomas Eltern Gegenbesuche erwarteten, empfand er als nutzlose und lästige Zeitverschwendungen. Er verpuppte sich immer intensiver in seine »innere Welt«, wie eine Larve, aus der ein Schmetterling in Gestalt einer inneren Geschichte schlüpfte.

Der Trauerzug

Durch die Straße, in der Thomas Familie wohnte, zog der Trauerzug zum etwas außerhalb gelegenen Friedhof des Ortes. Starb ein Dorfbewohner oder verunglückte ein Bergmann tödlich auf der Zeche, was leider in den damaligen Jahren des Öfteren vorkam, zog die Trauergemeinde an Thomas Haus vorbei. In gleichmäßigen, getragenen Schritten marschierte die Bergbaukapelle mit einem Tambourmajor vornweg. Er gab die Marschgeschwindigkeit und den Takt vor und schwenkte im Rhythmus der Musik seinen mit goldenfarbigen Bommeln verzierten Stab. Die Musiker trugen dunkle Uniformjacken und Hosen mit seitlichen Streifen. Den Kopf bedeckten schwarze Hüte mit den sich kreuzenden Motiven des Bergbaus. Thomas Fantasie begann sich angstvoll im Kreis zu drehen, erinnerte die Szene mit den dunklen Gestalten doch an die Gespenster und Dämonen, die ihn in seinem Schlafverschlag jede Nacht heimsuchten. Der Sarg stand auf einem mit schwarzen Tüchern bedeckten Wagen, der von Pferden gezogen wurde, einige Zeit später fuhr ein zum Beerdigungsfahrzeug umgerüsteter PKW den Sarg zum Friedhof. Blumengestecke und Kränze schmückten würdig den Sarg. Die in dunkle Kleidung und mit Hüten ausstaffierte Trauergemeinde, begleitete getragenen Schrittes den Verstorbenen auf seinem letzten Weg zum Friedhof. Die düstere Musik und das ganze Drumherum befeuerte Thomas inneres Inferno der Dämonen und Geister. Das Ritual und die Zeremonie des Todes ängstigte ihn. Neue Fragen stiegen hoch: Was war das mit dem Tod? Was lief da ab? Wohin ging der Tote? Sie töteten doch auch Tiere, wo gingen die eigentlich hin? Konnten sie das auch mit Menschen machen? Fragen, die alle unbeantwortet blieben.

Hörte er von Weitem die Trauermusik, lief er schnell ins Haus in den ersten Stock ins Schlafzimmer und versteckte sich unter dem Fenster. In einem Gefühlsmischmasch aus gleichermaßen Neugier, Abscheu und Angst wagte er einen verstohlenen Blick über die Fensterkante hinunter auf den Trauerzug zu werfen. Ein gruseliges Gefühl durchströmte ihn dabei. Stundenlang ließ ihn dieses Erlebnis nicht los.

Ein kurzer Besuch im Kindergarten

Der Besuch des Kindergartens wurde zur Horrorveranstaltung, da in seinem bisherigen Leben nennenswerte Kontakte zu anderen Kindern nicht vorkamen. Die vielen lärmenden und wuseligen gleichaltrigen Kinder versetzten ihn in einen Schockzustand. Wie sollte er sich ihnen gegenüber verhalten? Sie lärmten, sprangen herum, lachten, spielten zu Mehreren über ein gemeinsames Spiel gebeugt. Sie hopsten und rannten umeinander, stießen sich um, hielten sich fest. Alles geschah wie selbstverständlich, keiner regte sich über die Unruhe, das Chaos auf. Manchmal wurde ein Kind so arg geschubst, dass es weinte. Als sich niemand darum kümmerte, rieb es sich die Augen, stand auf und spielte, als wäre nichts geschehen, wieder mit. Öfters liefen die Kinder klagend zur Kindergärtnerin, die sie in den Arm nahm und tröstete. Die getrockneten Tränen und die roten Apfelbäckchen konnten alle sehen, es machte aber niemandem etwas aus, es kümmerte sich auch bald keiner mehr darum. Keine schamdurchsetzten oder verletzende Bemerkungen schwirrten im Raum herum. Thomas hätte es sich nie getraut, bei der Kindergärtnerin zu klagen und sich von ihr trösten zu lassen. Anfangs hatten sich die Kindergärtnerinnen intensiv um den scheuen Thomas gekümmert, er konnte die innere Schwelle aber nicht überschreiten, in dem Gewusel mitzumischen. Thomas wusste mit der Situation überhaupt nichts anzufangen. Was sollte er hier? Alles wurde unübersichtlich und bedrohlich. Er stand an einer Wand, Kinder gingen vorbei und sagten zur Kindergärtnerin: *»Der da heult!«*. *»Was hat der?«*. Thomas fand keinen Kontakt. Niemand kümmerte sich um ihn. Er verzog sich in eine Ecke, weinte und wollte nur nach Hause. Nach einigen Tagen, alle Kinder tollen im Außenbereich herum, und spielten miteinander Fangen und Verstecken, stand er wieder unglücklich im Abseits, als seine Oma Emma auf ihrem Fahrrad vorbeifuhr und ihn in seiner verstörten Verfassung erspähte.

Sie erlöste ihn vom Kindergarten, setzte ihn auf den Rücksitz und fuhr mit ihm nach Hause. Dort sagte sie energisch zu Thomas Mutter: *»Der geht nicht mehr in den Kindergarten, der* *heult ja nur rum, kümmere dich gefälligst selbst um den Bengel!«.* Thomas sah nie wieder einen Kindergarten von innen. Er konnte zwar wieder in seiner vertrauten Umgebung herumstreifen, spürte aber auch seine Einsamkeit. Bei all seinem Geheule hatte er schon registriert, wie ausgelassen und fröhlich die Kinder miteinander umgingen. Sehnsüchtig dachte er daran, wie schön es wäre, auch Teil einer Gruppe zu sein. Nur auf sich gestellt, stellte sich auch keine Zufriedenheit ein. Er spürte das Defizit und um es zu verarbeiten, stürzte er sich in das nächste »innere Spiel«. Er hatte das Geschehen im Kindergarten in den wenigen Stunden, trotz seiner Traurigkeit, recht genau beobachtet und er erinnerte die gelöste Stimmung der Kindergruppe. Der Abbruch des Kindergartens war seiner Sozialisierung nicht förderlich. Im Gegenteil, es festigte seine soziale Isolation.

Thomas setzte den Umgang mit Kindern dem mit Erwachsenen gleich. Er verhielt sich ihnen gegenüber genauso, wie es ihm seine Mutter im Verhalten zu anderen Personen aufoktroyiert hatte. Kinder können grausam sein, Schwächen nutzen sie gnadenlos aus. Kinder mit körperlicher Stärke und robustem Charakter fällt es leichter, sich durchzusetzen. Der Intellekt ist in diesem Alter nicht entscheidend. Thomas übernahm automatisch die Opferrolle, falls er es nicht schaffte, durch besondere Aktivitäten und Ideen die Kinder, zumindest andeutungsweise, abzulenken oder vom Gegenteil zu überzeugen. Im fröhlichen Spiel in der Gruppe störte sie dieser schüchterne und devote Junge. Sie machten sich eher lustig über ihn, als dass sie ihn zum Spielen einluden. Auch Thomas versuchte sein Spieltalent in die Beziehungssituation einzubringen und zu punkten. Nur in seltenen Situationen, immer dann, wenn er das Spiel mit seinen Einfällen interessant beeinflusste, horchten sie auf, schauten ihn an und integrierten ihn neugierig in ihr Spiel. Thomas zeigte seine Emotionen stets im Gesichtsausdruck, für jedermann leicht zu erkennen, auch für Kinder. Sich zu verstellen, zu taktieren, konnte er bei seiner sprunghaften Mutter nicht lernen. Es reichte schon, dass es sich schwierig gestaltete, ihre Stimmung und die Reaktion auf ihn einzuschätzen. Eine unheilvolle Allianz verband die Beiden.

Sein Verhaltensrepertoire besaß wenig kommunikative Werkzeuge, um locker und innerlich gelöst auf Kinder zuzugehen. Die zittrigen Verkrampfungen in Sprache, Ausdrucksweise und Körperausdruck spürten die Kinder atmosphärisch. Ihre Einschätzung lief intuitiv auf ein ängstliches, zögerliches und uninteressantes Kind hinaus. Sie konnten ihn leicht in die Tasche stecken. Nur mit einem einzigen Kind konnte er konzentriert in Kontakt treten und auch nur dann, wenn sich dieses ausschließlich auf ihr gemeinsames Spiel ablenkungsfrei einließ. Thomas nahm Spielen viel zu ernst. Das oberflächliche Aufeinanderstapeln von Bauklötzen oder im Sandkasten Förmchen mit Sand füllen verstand er nicht, empfand er als langweilig und unproduktiv. Es musste doch etwas Sinnvolles beim Spiel herauskommen! Dass ein unkoordiniertes und sich mehr an Zufälligkeiten orientiertes Spiel zur Schulung des Sozialverhaltens wichtig ist und dem sozialen Umgang miteinander und dem Training des sensorischen Einsatzes aller Kommunikationsinstrumente diente, hatte Thomas bislang nicht kennengelernt und auch nicht trainieren können. Er stand vor völlig neuen Anforderungen, die erhebliche Probleme verursachten. Seine geringe Frustrationstoleranz führte dazu, dass er sich vorsichtig und scheu agierend, ein Kind zum Spielen aus einer Gruppe suchte. Dann allerdings erwartete er, dass etwas sinnvolles im konstruktiven Bereich entstand. Mit Störungen durch andere Kinder konnte er nicht umgehen. Das Aushandeln von Kompromissen, Diskussionen über die Art und Weise des Spielablaufs zu führen und durchzustehen, andere Lösungen auszuprobieren und zu akzeptieren, existierte in seinem Verhalten nicht. In seinen »inneren Spielen« behandelte er ein Thema bis in die Breite und Tiefe des Geschehens. Alles musste seiner unvollkommenen Auffassung nach ineinandergreifen, funktionieren und einen erzählerischen Sinn ergeben. Bei seiner Art des Spielens verloren andere Kinder schnell die Lust an der Thematik, sie verstanden sein Ansinnen und seine Intension nicht. Der Misserfolg eines Kontaktes folgte automatisch und vorprogrammiert. Die Kinder wandten sich von ihm ab und liefen lieber zur Gruppe hinüber, um sich an deren unkomplizierteren strukturell anderen Spielen zu beteiligen und lustig herumzutollen.

Da alle Kontakte so oder ähnlich abliefen, geriet Thomas in eine ständige Isolation. Bislang brauchte er in seinem »inneren Reich« keine Rücksichten auf andere Kinder zu nehmen und auch keine sozialen Plänkeleien austragen. Bereits zuhause musste er erleben, dass jegliche Öffnung und Offenbarung seiner Spiele geringschätzig belächelt und man ihn mit dem Nimbus eines Spinners, der wirr im Kopf agierte, einschätzte. Eine eindeutige Verlierersituation, die dazu führte, dass er sich noch mehr einkapselte. In seinen Kopf hatte sich eingraviert, dass er bei jeder gedanklichen Öffnung sowieso immer verlor, klein beigeben musste, bis zur Selbstaufgabe. Thomas verhielt sich grandios in der Ausführung eines Spiels, einer Tätigkeit, eines Auftrages. Drifteten Personen mit ins Geschehen, verlor er aufgrund seines nicht erlernten Durchsetzungsvermögens und seiner untrainierten Kooperationsbereitschaft schnell den Spaß und - wichtig - auch den Mut. Es machte keinen Sinn, zu rebellieren und den Versuch zu wagen, sich auch nur im Ansatz argumentativ zu behaupten. Gegen seine Mutter besaß er auch nie eine Chance, da konnte er noch so viel bitten, betteln und sich ihr gegenüber angepasst verhalten. Kein noch so charmanter Versuch ihre Meinung zu beeinflussen war von Erfolg gekrönt.

Die Kinder des Dorfes

In der Weitläufigkeit der nachbarschaftlichen Häuser des Dorfes lebten drei fast gleichaltrige Jungen, die im Umkreis von fünfhundert Metern wohnten. Auf den beachtlich großen Grundstücken der Nachbarn standen braune Backsteinhäuser, in denen im Verhältnis zur Anzahl der Zimmer nur wenige Personen lebten. Jeder der Nachbarn zog Kleinvieh auf und pflegte Jahr für Jahr einen Gemüsegarten. Alte, von Hecken umgebene, gepflegte Obstbäume quollen im Sommer vor Früchten über. Der Vater eines Jungen wurde zum Chef der örtlichen Feuerwehr gewählt, die an einem mit grünen Wasserlinsen zugewachsenen Teich zwei etwas heruntergekommene Garagen für das imposante Magirus-Feuerwehrauto und das diverse Zubehör benutzten. Auf dem Teich tummelten sich schnatternd die Enten des benachbarten Hofes. Alte Trauerweiden, deren dünne Äste bis ins Wasser wedelten, rahmten den Teich und die Garagen ein. Im Winter fror der Teich komplett zu und die Dorfkinder liefen mit Begeisterung Schlittschuhe bis zum Einbruch der Dunkelheit. Thomas schloss sich den Nachbarjungen an. Da er keine Schlittschuhe besaß, schlinderte er so weit er konnte über den bald spiegelglatten Teich. Etliche Kinder spielten mit aus Knüppelholz hergestellten Schlägern Einhockey. In dem Gewusel wandelte Thomas wie ein Schatten umher, den niemand besonders beachtete. Trotzdem ging er so oft wie möglich zum Teich und beobachtete das emsige Spiel der Kinder. Der Weg zum Teich führte an mehreren Bauernhöfen vorbei. Aus den einigen offenen Hoftoren konnten jederzeit scharfe und extrem bissige Schäferhunde herausstürmen. Sie stellten eine große körperliche Gefahr dar. Überall in der Umgebung hielten sich die grantigen Bauern scharfe Hunde, die sie für ihr Ego benötigten. Die Hunde gaben ihnen Macht, sie nutzten sie wie eine scharfe Waffe. Für Thomas war es kein unbekümmerter Weg zum Teich, ständig hielt er Ausschau nach Flucht- oder Versteckmöglichkeiten.

Er mühte sich ab, den anderen Kindern zu gefallen, das Stigma des Flüchtlingskindes zumindest für eine kurze Zeit abzustreifen. Sie beachteten ihn dennoch nicht. Thomas lebte ständig in einem Wechselbad der Gefühle. Ein beglückender Kontakt zu anderen Nachbarkindern ging kurz darauf wieder in die ihm vertraute Phase des Alleinseins über. Nie fragten Kinder nach ihm, luden ihn zum Spielen ein. Das Gefühl, für irgendjemand wichtig zu sein, lernte er nie kennen. Nicht nur Thomas, auch seine Familie wurde durch ihren Flüchtlingsstatus, selbst nach Jahren noch, von einem normalen nachbarschaftlichen Kontakt weitgehend ausgeschlossen. Das abfällige Misstrauen der Dorfbewohner und Nachbarn ihnen gegenüber, die Gleichsetzung mit den Zwangsarbeitern/-innen während der Kriegszeit und mit den vagabundierenden Personengruppen nach dem Krieg hielt sich wenig veränderungsbereit in ihren Köpfen. Thomas Familie fand sich an der untersten Sprosse ihrer dörflichen Sozialleiter wieder.

Das Fachwerkhaus, in dem Thomas Eltern, Großeltern und die erwachsenen Geschwister seines Vaters wohnten, stand ständig im Focus des Beobachtungswahns der dörflichen Bevölkerung. Zumal der Besitzer Hugo bereits während der Nazizeit ihrer gefährlichen verbrämten Engstirnigkeit zum Opfer fiel. Im krassen Gegensatz zu den mit wenigen Personen bewohnten Häusern, platzte das Flüchtlingshaus aus allen Nähten. Die sanitäre Ausstattung der Nachbarhäuser mit hygienischen Toiletten und Badezimmern stellte den völligen Gegensatz zum Plumpskloniveau des Fachwerkhauses dar.

Spielkameraden wohnten nur drei fast gleichaltrige Jungen in Thomas Umgebung. Deren Eltern beobachteten argwöhnisch das Geschehen, die Art der Spiele und an welchen Orten gespielt wurde, wenn ihre Söhne mit dem Flüchtlingskind herumstreiften. Versuchte Thomas, über den Zaun Kontakt zu einem Nachbarjungen herzustellen, um ihn zu fragen, ob er zum Spielen komme, trat ihm oft ein Elternteil gerade so weit entgegen, dass er ihm barsch zurufen konnte, dass ihr Sohn keine Zeit habe. Basta! Mit den restlichen zwei Spielkameraden verhielt es sich identisch. Die zwiespältige Einstellung der Nachbarn, über die sie natürlich auch mit ihren Kindern sprachen, zeigte ihre Wirkung. Die Tage, an denen sie mit Thomas gemeinsam ihre Zeit verbrachten, waren eher

Zufallstreffen, unregelmäßig, weder verabredet noch geplant. Die anderen Jungen spielten öfters miteinander, Thomas bemerkte es nur durch die Lautstärke ihres Spiels. Die Stimmen drangen aus einiger Entfernung zu ihm herüber. Sie grenzten ihn oft mit erkennbarer Zustimmung ihrer Eltern aus. Die gemeinsamen Spielstunden wurden aus diesem Grund zu seltenen Gelegenheiten. Die Eltern der anderen Jungen wollten den Umgang mit dem Flüchtlingskind, so weit es ihrem Einfluss unterlag, unterbinden. Das verarmte Flüchtlingskind hätte ja einen verderblichen Einfluss ausüben können! So wurde er, wie seine komplette Familie, bewusst diskriminiert. Thomas spielte die meiste Zeit allein. Er sah diesen Zustand als durchaus normal an, verbrachte viel Zeit in seiner Gedankenwelt. Da er nicht stupide den Tag durchleben wollte und Langeweile hatte, beschäftige ihn seine »innere Welt« auch tagsüber. Die vielen Verbote seiner Mutter schränkten die Orte erheblich ein, die er aufsuchen durfte. Da er sich nicht immer daran hielt, boten sich in seinem Einflussbereich viele Möglichkeiten, Spielszenen zu finden, die er kreativ bespielte.

Es hätte auch grundsätzlich positiver für Thomas Kinderzeit verlaufen können. Die Gettoisierung des Hauses, die arrogante Rektion der Nachbarn auf ihn, erlebte er mittlerweile als Normalität. Seine Verwunderung schärfte sich durch die schwierige Kontaktaufnahme zu den drei »Freunden«, wie er sie irrtümlicherweise stets bezeichnete. Dass Erwachsene unwirsch, desinteressiert, unfreundlich und teilweise sogar aggressiv auf ihn reagierten, erlebte er jeden Tag, primär durch Mutter und Vater. Auch körpersprachlich ablehnende Gesten, verbal mit »verschwinde, hau ab, lass mich in Ruhe« drückten ihre Ablehnung aus. Wegwerfende Bewegungen mit ihrer Hand, die sie in einem unbeobachteten Augenblick ausführten, kannte er zur Genüge. Als aufmerksamer Beobachter spürte er, dass andere Familien einen respektvolleren Umgang miteinander pflegten. Die Väter sprachen und lachten sogar mit ihren Jungen. Die Mütter legten den Arm um ihren Sohn, wenn sie demonstrativ zeigen wollten, dass sie zusammengehörten, eine Familie darstellen. Auch mit dem Jungen im Arm unterhielten sie sich mit anderen Personen, es machte ihnen nichts aus, sich so vertraulich in der Öffentlichkeit zu zeigen. Völlig ungewöhnlich für Thomas. Verglich er deren Umgangssituation mit seiner eigenen, bemerkte er sehr wohl die Unterschiede. Sie zu benennen oder zu reklamieren stellte keine Option dar, da Thomas sie weder erklären, noch momentan bereits über das geistige und sprachliche Rüstzeug für ein Gespräch verfügte. Mit zunehmendem Alter schärfte sich seine emotionale Wahrnehmung und verdichtete sich in der Frage: »Warum, warum war das so?«.

Eine Situation blieb Thomas für immer im Gedächtnis haften. Mit dem Jungen der Nachbarn, die auf der anderen Seite der Straße ein gepflegtes und großzügiges Haus inmitten einer geordneten Natur bewohnten, zog Thomas an einem Nachmittag durch die Gegend. Sie erlebten beide die Zeit miteinander als sehr intensiv. Regen zog auf und der Spielkamerad bot Thomas an, mit ihm nach Hause zu kommen und dort zu spielen. Völlig außergewöhnlich. Sie könnten mit dem Märklin-Stabilbaukasten zusammen etwas bauen. Widerwillig stimmte die Mutter zu, dass Thomas deren Haus betreten durfte. Eine spießige, kühle, dunkle Inneneinrichtung empfing ihn. Nachdem er seine Schuhe ausgezogen hatte, holte der Junge einen stabilen Pappkarton hervor, auf dem farbige Zeichnungen von diversen Gegenständen abgebildet waren, z.B. ein Bagger, Lastkraftwagen, Traktor, LKW, Kran, usw. Nach dem Öffnen des Kastens staunte Thomas fasziniert über den Inhalt. So etwas hatte er noch nie gesehen. Fast alle Teile bestanden aus Metall. Stangen und Bleche mit Löchern, in die Schrauben als Verbindung gedreht zu ganzen Gegenständen zusammengeschraubt werden konnten. Sortierkästchen mit unterschiedlichen Schrauben, Muttern, Unterlegscheiben, Rädern, Achsen, usw. Ein Buch mit Teilelisten und Bauplänen, in denen jeder einzelne Schritt erklärt wurde, steckte in einer separaten Einstecktasche. Als der Junge Thomas Begeisterung bemerkte, holte er noch einen zweiten Kasten gleicher Größe hervor, sodass Thomas nun endgültig ehrfürchtig erstaunte. Sämtliche Teile lagen sorgsam in den Fächern verstaut. Nichts deutete darauf hin, dass schon einmal ein komplettes Teil zusammengebaut wurde. Alles sah neu und unverbraucht aus.

Als die Mutter das Ende der Spielstunde erklärte, konnte Thomas sich nur schwer von den Kästen trennen. Er hatte die Teile so lange angeschaut, quasi gescannt, dass er die Inhalte erinnerungsstabil abspeicherte. Welche grandiosen Möglichkeiten in den Baukästen steckten. Er zog seine Schuhe an und fast traumwandlerisch begab er sich auf den Heimweg. Er schaute seinen eigenen Fundus an Spielmaterial durch und dachte sehnsüchtig, wie die beiden Kästen doch sein Spielen bereichern würden und sich völlig neue Gestaltungsmöglichkeiten eröffnen würden. In Gedanken zerlegte er bereits die beiden Märklin-Kästen und integrierte sie in seine Spiellandschaften. An diesem Abend konnte er nicht früh genug ins Bett gehen, da seine Gedanken derart vor Ideen überfluteten, dass er alle Möglichkeiten intensiv zu durchdenken gedachte. Dieser Tag wurde für ihn zur Offenbarung. Etwas so Schönes hatte er bisher nicht gesehen. Vor lauter Aufregung schlief er sehr spät ein.

Thomas teilte sein Erlebnis mit Niemandem. Er versank völlig in seine innere Spiellandschaft, plante, entwarf, baute, veränderte, verwarf und startete neu. Er kapselte sich in seiner »inneren Welt« ab. Diese intensive Phase ließ ihn unempfindlicher auf jegliche Attacke seiner Mutter reagieren. Zwar registrierte sie seine glühende Begeisterung, bemerkte, wie konzentriert er sich mit seinen Spielsachen beschäftigte. Nach einer kurzen Phase des Innehaltens übernahm Mutter wieder die Regie über das alltägliche Handeln. Er wagte es nicht, mit ihr über seine »innere Welt«, die fantastischen neuen Eindrücke, die ihn so inspiriert und beflügelt hatten, zu sprechen. Der Mangel an Gesprächen, an Geschichten und Zuwendung, trieb ihn in einen trichterförmigen Engpass hinein, in dem ihm gar keine andere Wahl blieb als sich eine eigene innere Welt aufzubauen.

Im Laufe seiner Schulzeit verlor er den Kontakt zu den früheren Nachbarjungen. Er wusste nicht, was aus ihnen wurde, er sah sie nie wieder.

Mutter formte Thomas nach ihren Vorstellungen

Thomas Mutter sperrte ihn in ein enges Korsett, sie ließ ihm wenig Spielraum zur Entwicklung seiner Persönlichkeit. Da sie ihn nicht besonders gern um sich hatte, er ihr »nicht um die Füße rumspringen« durfte, erleichterte sie ihm unbeabsichtigt das Abtauchen in seine geliebte Subwelt. Ihre persönlichen Interessen fokussierten sich auf wenige Bereiche des Lebens. Von jungen Jahren an auf Arbeit getrimmt, fiel alles das, was gemeinhin als Emotionen bezeichnet wird, bei ihr weitgehend unter den Tisch oder sie schossen unrealistisch übers Ziel hinaus. Sie glich in ihrem Verhalten ihrer eigenen Mutter wie ein Ei dem anderen. Stets handelte sie intuitiv, aus dem Moment heraus, ohne vorher ihre Aktionen auf Sinnhaftigkeit zu überdenken. In ihrer eingegrenzten Sichtweise vertrat sie die Auffassung, hinsichtlich der Erziehung ihres Sohnes sei ihre Meinung die einzig Richtige. Sie nutzte konsequent alle Chancen, Thomas nach ihren persönlichen Vorstellungen zu formen.

In alle Gespräche band sie stets offen oder verdeckt ein, dass sie sich immer einen Jungen gewünscht hätte. Hinter dieser Aussage verbarg sie den Wunsch nach der Reinkarnation ihres namensgleichen Bruders. In ihrer Erinnerung verklärte sie ihren Bruder »Tommy« derart, dass sie seine Eigenschaften auf ihren Sohn übertragen und an ihm wiederfinden wollte. Sie glorifizierte die gemeinsame Kinderzeit mit dem fast gleichaltrigen Bruder. Sie standen sich offensichtlich einander sehr nahe. Ihr Sohn Thomas hatte von vornherein keine Chance, ihren adaptierten Idealisierungsvorstellungen zu entsprechen. Sie fand für ihn auch nie einen Kosenamen.

Das Leben hatte sie darauf konditioniert, sich ausschließlich mit bestimmten Bereichen zu beschäftigen. Alles, was davon abwich, bereitete ihr Unbehagen, lehnte sie ab und ging somit vielen Themen, wie z.B. Bildung, ignorierend aus dem Weg. Ihr Gedanken- und Handlungsgerüst bildete das Abbild ihrer Erziehung und spiegelte den milieubedingten Umgang mit dem, was sie erlebt hatte, wieder. Sie wurde geformt von:

- ihrer sozialen Schichtzugehörigkeit als Arbeiterkind
- harter körperlicher Arbeit seit frühster Kindheit
- Führung des Haushaltes, Putzen, Kochen, Waschen, Gartenarbeit, Versorgung der Tiere
- Beaufsichtigung und Erziehung der Geschwister
- unbedingtem Gehorsam und Demut gegenüber Eltern
- Prügelstrafe bei kleinsten Verfehlungen, Vorenthaltung von Essen
- Hunger, Mangelernährung mit gesundheitlichen Folgen (Rachitis)
- Schulbesuch als Pflicht - nicht als Chance, keine besondere Wissensvermittlung durch Bücher, etc.
- mangelhafter sprachlicher Ausdrucksfähigkeit, Befehlssprache als Einwortsprache mit Zeigesprache

Dass diese Faktoren einseitig ihr Leben dirigierten, ist nachvollziehbar. Es fügten sich die grausamen Erlebnisse des Krieges in ihr Gedankengut hinein, die sie versuchte zu verdrängen, die aber wie ein sprungbereiter Dämon ständig auf der Lauer lagen und ihren Einfluss auf sie nicht verloren.

Ihr Sohn Thomas musste seine ureigene Identität entwickeln, als schützenswerter Junge, nicht als ein junger Erwachsener und Abbild ihres Bruders. Ihr Sohn verlangte unbewusst nach der Respektierung seiner eigenen kindlichen Ansprüche. Diese hatten einen anderen Hintergrund wie die verklärte Liebe und der spätere schmerzliche Verlust ihres Bruders. Hätte sie es geschafft, einen Teil der ihrem toten Bruder gewidmeten Liebe für Thomas abzuzweigen, hätte die Chance bestanden, zwischen Mutter und Sohn eine liebe- und verständnisvollere Beziehung entstehen zu lassen. Liebe ist das Einzige auf der Welt, das unendlich oft geteilt werden kann, ohne dass das Einzelne an Intensität verliert. Sie hätte liebevoll ihren Bruder in ihr Herz einschließen und gleichzeitig viel lebendige Liebe auf ihren Sohn übertragen können. Über dieses Mindestmaß an Differenzierung hätte sie verfügen müssen. Mutter übertrug ihre Sehnsucht auf den geliebten Bruder, wenig auf ihren heranwachsenden Sohn. Ihr Bruder wurde im Laufe der Jahre von der Familie idealisiert und mit der Aura eines außergewöhnlichen Menschen überzogen. In ihm sahen sie die Zukunft. Gerda gebar mit ihrem Sohn kein Abziehbild ihres Bruders, sondern ein eigenständiges Kind, für dessen Entwicklung sie verantwortlich zeichnete. Einige äußere Merkmale ihres Sohnes erinnerten in der Tat an ihren Bruder. Die gleiche Haarfarbe, die identischen Haarwirbel und auch seine Gesichtszüge näherten sich auffallend an.

In einem weiteren Punkt wurde Mutters Hoffnung fehlgeleitet, die Liebe ihrer Mutter durch die Geburt eines Sohnes zuneigungssicher zu stabilisieren. In ihrer simplen Denkweise erlag sie dem Irrtum, Thomas ihrer Mutter als zweiten Thomas zu »schenken«. Eine fatale und verklärte Sicht. Sie versagte kläglich, wenn es um verständnisvolles Handeln ihrem Sohn gegenüber ging. Für ihren Status in der Familie hätte die Geburt eines Mädchens ihr Leben einfacher gestaltet. Einige Jahre nach Thomas Geburt wurde sie wieder schwanger, verlor das Baby, ein Mädchen, auf tragische Weise vor der Geburt. Jetzt hatte sie einen Jungen, ein »Blag« an der Hand, bei dem nach Meinung der Frauen eine härtere Erziehung und Gangart anzuwenden ratsam erschien.

Der Ursprung der Beziehung zwischen Thomas Eltern Walter und Gerda, entstand durch die außerehelich entstandene Schwangerschaft. Nach der ersten Phase der Verliebtheit, falls so etwas zwischen ihnen existierte, gewann der Alltag mit all seinen Problemen die Oberhand in ihrer Beziehung. Der introvertierte Walter und die lebensbejahende Gerda litten aufgrund der unterschiedlichen Charaktere unter erheblichen ehelichen Problemen. Walter fühlte sich an die Kette gelegt, Gerda verfluchte ihr Leben und dazwischen dieser »Jaust«, der Ursache und Schuld für ihre Verbindung trug und durch seine Existenz die Probleme zwischen ihnen noch verschärfte.

Gerdas körperliche Attacken Thomas gegenüber blieben nicht ohne Folgen. Seine Ohren entwickelten sich zum Problemfall. Ständig klagte er über Ohrenschmerzen. Laufend wurde er wegen Entzündungen der Ohren behandelt. Ein geplatztes

Trommelfell heilte nur schwer aus. Oma Emma riet ihrer Tochter, warmes Öl ins Ohr zu träufeln und es dann mit Watte zu verschließen. Die Schmerzen verstärkten sich und Thomas jammerte so heftig, bis Mutter mit ihm zum Arzt ging, der eine intensive Behandlung einleitete. Mit einer Pipette tropfte sie die vom Arzt verschriebene Arznei in die Ohren und nach kurzer Zeit reduzierten sich die Beschwerden. Die Häufigkeit der Erkrankung beider Ohren trat seltsamerweise nur bei Thomas auf. Seine Cousinen oder Kinder aus seiner Umgebung litten relativ selten unter Ohrenschmerzen.

In einer häufig getätigten Aussage Mutters teilte sie unbewusst ihrer Umwelt den Grund für Thomas Ohrenprobleme mit. Wenn sie sagte: »*Räum sofort deine Ecke auf, sonst setzt es was!*«, oder »*Mach dass du raus kommst, sonst klatsch ich dir einen hinter die Ohren!*«. Zu allem Übel verfügte sie über eine erhebliche Schlagungenauigkeit. Sie gab ihm »keinen hinter die Ohren« sondern schlug spontan und deshalb wenig treffsicher in Richtung Kopf und traf dabei als Rechtshänderin mit schmerzlicher Härte auf sein linkes Ohr. Kein Klaps, wie sie lauthals in der Öffentlichkeit prahlte, sondern ein harter gezielter Schlag mit ihrer von der Arbeit gestählten Hand. Sie schlug so schnell zu, dass Thomas bei aller Vorsicht keine Chance hatte, dem Schlag auszuweichen. Ein kleiner Junge rechnet auch nicht mit dieser heftigen Gewalteinwirkung seiner Mutter. Das linke Ohr erkrankte auffallend oft, sie konnte aber auch abwechselnd beidhändig schlagen. Die meisten der Ohrenprobleme sind auf ihre Misshandlungen zurückzuführen. Der behandelnde Arzt erkannte sofort, wo die Ursachen lagen, äußerte sich aber mit keinem Wort. Schläge zur Züchtigung eines Kindes gehörten in seiner Praxis sicherlich noch zur Tagesordnung. Er übte keine Kritik, erhob keine mahnenden Worte. Er stellte ein Rezept für Ohrentropfen aus und nannte einen Nachsorgetermin. Mutter prügelte regelmäßig auf Thomas ein. Sie übte neben der körperlichen Züchtigung auch massive psychische Gewalt durch ihre verbalen Beschimpfungen aus. Thomas fühlte sich minderwertig und verstand die Welt nicht mehr. Er glaubte bald selbst, der letzte Dreck zu sein.

Eine besonders perfide Aktion zog sie Jahre später beim Besuch ihrer Mutter ab. Wahrscheinlich hatte ihr die Zuneigung ihrer Mutter mal wieder nicht gereicht, als sie begann, über Thomas lauthals weinerlich emotional herzuziehen. Sie konnte äußerst theatralisch werden. Mit vor Kummer stockender Stimme erzählte sie ihrer Mutter, Thomas würde ihr »die Haare vom Kopf fressen«. Alles was in seine greifbare Nähe gelänge, würde er stibitzen und essen. Sie müsse immer alles verstecken. Eine Schale mit Äpfeln hätte auf dem Schrank gestanden, an denen er sich so lange bereichert hätte, bis er alle Äpfel »weggefressen« hätte. Thomas konnte bereits recht gut erkennen, dass sie wieder einmal ein blödsinniges Geschwafel von sich gab. Da kam wieder etwas auf ihn zu! Er konnte auch den Stimmungsumschwung nicht begreifen. Diese Beschuldigung hatte sie nur mit dem Ziel geäußert, sich bei ihrer Mutter schleimig anzubiedern. Die Vorwürfe entbehrten jeder Logik. Eine Luftnummer! Ab Mitte des Jahres trugen die Bäume des Appelkamps so viel Äpfel, dass sich die Äste bogen. Mit ausgestreckter Hand pflückte er die köstlichen Früchte vom Baum. Thomas konnte sich bedienen, bis ihm die Äpfel an den Ohren wieder rauskamen. Das komplette Jahr standen Äpfel zum Verzehr zur Verfügung, auch für den Winter lagerten ausreichend Äpfel im Keller. Warum erzählte sie so eine Unwahrheit in einem jammernden und heuchlerischen Ton. Wollte sie sich an ihre Mutter devot anschleichen? *»Nimm ihn dir mal vor!«*, sagte sie in leidendem Tonfall zu ihrer Mutter. *»Ich weiss auch nicht mehr, wie ich mit dem Bengel fertig werde, wenn das so weitergeht, stecke ich ihn in ein Heim!«.* Das allerdings war der Gipfel aller Drohungen, Thomas empfand diese Aussage als für ihn extrem gefährlich. Er erschrak und panische Angst kroch in ihm hoch. Sein Herz begann zu rasen und er zitterte. In ihrer spontanen Handlungsweise war sie zu allem fähig.

Oma Emma nahm sich Thomas vor, befahl ihn zu sich, beuge sich hinunter, hielt ihn am Arm fest, verzog das Gesicht zu einer eiskalten Grimasse, verzerrte ihr Gesicht seitlich verziehend, wie bei einem ekeligen Erlebnis. Sie zischte Thomas an, als hätte sie ihn bei einer ungehörigen Sache

129

erwischt: »*Warum gehorchst du deiner Mutter nicht, kannst du mir das mal erklären? Du bist eine ungezogene Kröte, wenn das noch mal passiert, soll dich der Teufel holen, du schroige Kröte* (Umgangssprachlich einfachstes Danziger Platt für dreckig und hässlich)!«. Thomas weinte verzweifelt, er erlebte seine Oma so fremd. Er versuchte erst gar nicht, sich zu verteidigen. Mutter stand daneben und schaute ihn an, legte die Hand vor den Mund, schüttelte den Kopf und versuchte, ein entsetztes Gesicht zu machen. »*Siehst du, er kapiert es nicht!*«, jammerte sie ihrer Mutter zu. »*Jetzt kannst du mal sehen, was ich mit ihm alles durchmachen muss!*«. Oma schnauzte ihn mit eiskalter Stimme an: »*Jetzt mach dich fort! Ich will, dass du dich besserst und deiner Mutter nicht immer solche Probleme machst, ist das klar?*«. Sie stieß ihn von sich weg. Thomas weinte und verstand wieder einmal die Welt nicht mehr. Was hatte seine Mutter gerade wieder inszeniert? Dieses Drangsalieren fand durchgängig die ganzen Jahre hindurch immer wieder statt. Niemand sprach mit ihm, keine Erklärungen, keine freundlichen Worte.

Mutter zwang Thomas in eine unbarmherzige und lieblose Lebenssituation hinein. Da Kinder nach Mutters Meinung nichts »merkten«, brauchte sie auch keine besondere Rücksicht auf körperliche und seelische Verletzungen zu nehmen. In Thomas Erinnerung löschte sich alles kurzfristig wieder, weshalb es erforderlich erschien, Bestrafungen ständig zu wiederholen. »*Ich prügel es in ihm rein!*«, schnauzte Mutter und ihre kleinen Augen blitzten gehässig. Er würde sich nicht erinnern können, bald alles wieder vergessen haben. Sie verpasste nur den Zeitpunkt, ab wann Thomas eben doch »merkte« und Erinnerungen abrufbar speicherte.

Für einen positiven Start von Thomas ins Leben zu sorgen versagte sie komplett. Alles, was er für sein Leben lernen musste, ging durch ihre Filter. Sie musste Thomas »beibringen«, was er für sein Leben lernen musste, damit er »gehorsam und angepasst« aufwuchs und vor allem, ihr keine Schande machte! Entschied sie, dass es mal wieder an der Zeit wäre, musste Thomas per körperlicher oder psychischer Bestrafungen spüren, wo der »richtige« Weg verlief. Sie ging so weit, dass sie mehrmals drohte, ihn in ein Erziehungsheim zu stecken.

Es gibt so gut wie keine Fotos aus Thomas Kinderzeit. Auf den wenigen steht er mit Schürzchen umgebunden verloren und ausdruckslos im Bild herum. Dem leichtfertig und unreflektiert daher gesagten Spruch: »*Der ist so lieb, nein ist der süß, das Schürzchen steht ihm gut zu seinen blonden Haaren ...!*«, fiel dabei eine tiefgründige Bedeutung zu. Suggerierte es doch: Verhalte Dich konform, nehm dir ein Beispiel an den Mädchen, dann betrachte ich dich als »lieb«! Eigenartigerweise plapperten nie Männer derart dumme Sprüche dieser Art in Thomas Familie. So positiv sich dieser Spruch der Frauen auch anhörte, letztendlich drückte es eine unplatzierte Verniedlichung aus. Von negativen Erfahrungen geprägt, drückte es nichts anderes als den Wunsch der Frauen nach »lieben und süßen«" Männern aus. Sie sollten sich als Beschützer fühlen, sie prinzessinengleich anhimmeln und keinerlei körperliche Gewalt an ihnen ausüben.

So wurde Thomas ein Spiegelbild der Wünsche und Vorstellungen seiner Mutter. Da sein Vater keine Einwände vorbrachte, keine eine eigene Meinung vertrat, wurde Thomas in seinen ersten Lebensjahren als eigenständige Persönlichkeit nicht wahrgenommen. Seine Eltern brauchten sich um eine liebevolle, mit zärtlichem Körperkontakt begleitete Betreuung keine Sorgen zu machen. Genügend Fürsorge gewährten sie ihm doch - dachten sie: Er bekam genug zu essen, trug warme Kleidung, lag in einem warmen Bett und hatte ein Dach über dem Kopf.

Bei den regelmäßigen Familientreffen musste Thomas zwangsläufig mit beiden Mädchen von Mutters Schwester spielen. Das entwickelte sich stets problematisch, da Thomas sich mit anderen Spielen beschäftigte, als die Mädchen. Die typischen »Mutter und Kind-Spiele« machten für Thomas keinen Sinn, im Gegenteil, er kam sich reichlich blöd dabei vor und konnte mit dem Thema überhaupt nichts anfangen. Das mag auch an seinen fehlenden Erfahrungen im herzlichen Umgang mit ihm selbst liegen. Den Mädchen fehlte wiederum die Vorstellungskraft und die Lust, Sheriff und Bandit, Polizist oder Abenteurer im Appelkamp zu spielen. So wurden die Tage, an denen sich die Familie mit Kindern traf, für Thomas zur langweiligen Veranstaltung und extrem uninteressant. Die Mädchen waren aufeinander eingespielt und besaßen ihre eigene Spielwelt. Thomas hingegen fand vieles albern, die Mädchen seine Spiele allerdings auch. Das Frauentrio, Gerda, Hildegard und deren Mutter Emma, sah es immer gern, wenn Thomas sich an den »weicheren« Spielen beteiligte, also anpasste. Bei Spielen, in denen plötzliche Überfälle, rasche Festnahmen und der Einsatz von Waffen ins Spiel kamen, schritten meistens alle drei Frauen hysterisch ein. Sie fanden Thomas`s Verhalten unmöglich. Sie hätten am liebsten alle erkennbaren typisch männlichen Anlagen bei Thomas ausgelöscht.

Wenn Thomas sich an den Spielen der Mädchen beteiligte, wurde die eigene Vorstellungswelt seiner Mutter bedient. Verhielt Thomas sich nicht konform, empfand sie dies als erzieherische Unfähigkeit ihrerseits und bekam von den Frauen die Folgen in Form einer unterschwelligen Missachtung zu spüren. Den Tag konnte sie abhaken, ihre Laune rutschte in den Keller. Die Rivalität mit ihrer Schwester bereitete ihr erhebliche psychische Probleme. Ihr mangelndes Selbstbewusstsein ließ sie befürchten, im Kreis der Frauen degradiert zu werden. Eine Beziehungskonstellation aus drei Personen ist meistens schwierig, was sich auch nachhaltig zwischen den drei Frauen zeigte.

Mutter schuf sich allerdings einen, ihrer Meinung nach, veritablen Ausweg. Sie verlagerte die Schuld für auftretende Beziehungskonflikte auf Thomas, da er nicht so funktionierte, wie sie es ihm vorher »eingetrichtert« hatte. Um von sich selbst als unselbstständige und versagende Mutter abzulenken, schimpfte und fluchte sie über den unmöglichen und dummen »Jaust«. Dabei schrappte sie immer hart an der Grenze zu Übergriffen an Thomas vorbei.

Mit zunehmendem Alter ging Thomas diesen »Mädchenspielen« geflissentlich aus dem Weg. Sie machten keinen Sinn für ihn. Immer deutlicher wurde ihm bewusst, dass er in seiner eigenen Gedankenwelt nur dann Befriedigung finden konnte, wenn er Personen nicht daran teilhaben ließ.

Mit kontemplativer Versenkung spielte er seine eigenen Spielszenen durch, er lebte und durchdrang sie mehr, als dass er sie spielte. Lag er abends im Bett, dachte er über seine kleine Welt nach und entwickelte Gedanken, wie er dieses und jenes in seiner Spielwelt verbessern oder verändern könnte. Es war eine an konstruktiven Fakten orientierte »innere Welt«, in die er seine emotionalen Wünsche hinein interpretieren konnte. Reale Personen hatten zu dieser Welt keinen Zutritt.

In Ermangelung von Spielzeug suchte er nach Alternativen, nach Gegenständen, Kartons, Hölzern, usw., mit denen er seinen Spielszenen ein realistisches Aussehen geben konnte. Alles was ihm in die Finger fiel, konnte er gebrauchen, von leeren Kartons, abgeleckten Eishölzern, Schnürsenkeln, Mikadostäbchen, usw.. Thomas erblickte ein Teil und überlegte schnell, wofür er das Teil verwenden konnte. Für eine Tube UHU-Kleber bettelte er so lange bei seiner Mutter, bis sie ihm das abgezählte Geld gab und Thomas zum nächsten Laden flitzte. Damit setzte er seine Ideen um, bastelte die Teile zusammen und erweiterte damit seine Spielmöglichkeiten. Es kam auch vor, dass eine Verwirklichung seiner Idee gegenwärtig nicht zu erreichen war, dann konstruierte er so lange in seinem Kopf herum, bis er eine Lösung fand. Thomas lernte, in Alternativen zu denken.

Die Suche nach ergänzenden Spielteilen beschäftigte Thomas permanent und geriet zum ständigen kreativen Prozess. Neue Teile erweiterten seine Geschichten, die er mit mehr Details ausstatten und bespielen konnte. Thomas verstand es, die Spielszenen aus der Vogelperspektive zu betrachten. Er zoomte mit seiner inneren Kamera, wie aus einem Hubschrauber heraus, um seine Aufbauten und Landschaften herum die gesamte Szene ab. Das Ergebnis begeisterte ihn, oder, wenn er Schwachstellen bemerkte, nahm er so lange Änderungen vor, bis er die Szene im Moment als schlüssig empfand.

Spiele in der »inneren Zweitwohnung«

Am Ende der Straße auf dem Weg zur Gaststätte wuchs über Jahrzehnte eine imposante, weit ausladende Trauerweide, deren lange, peitschenähnlichen Äste bis auf den Boden wedelten und die Straße fegten. Stellte Thomas sich unter diesen Baum, bildeten die dünnen Zweige einem Vorhang. Er liebte diesen Baum, der in seiner kindlichen Wahrnehmung zum gewaltigsten Baum seiner Umgebung wurde. Dieser Baum geriet zum Sinnbild seiner Kindheit. Im Wind wehten die dünnen Weidenäste elegant hin und her. Jeder Verlust eines Baumes, der gefällt wurde, verursachte ein trauriges Gefühl. Es fehlte etwas, atmosphärisch veränderte sich die Umgebung, der Raum wurde leer und es dauerte einige Zeit, bis er den Verlust überwand.

Die Zweige der Weide benutzte Thomas zur Herstellung von allerlei nützlichen Gegenständen. Knallende Peitschen, geflochtene starke Seile und Gürtel, in die er seine »Waffen«, stets zur Verteidigung bereit, einstecken konnte. Ständig lief er mit Schwertern, Pistolen oder Holzgewehren bewaffnet herum, um gegen alle möglichen Feinde unerbittlich in den Kampf ziehen zu können, um unliebsame Eindringlinge abzuwehren.

Seine Mutter bekam spontan einen Tobsuchtsanfall, wenn sie ihn in derart aufgerüsteter Aufmachung erwischte. Um sie nicht zu provozieren, versteckte er nun seine »Waffen« an einem sicheren Ort der Umgebung bzw. im leeren Hühnerstall. Mutter verabscheute Waffen jeglicher Art. Aber Jungen spielen normalerweise lieber mit Schwertern, Pistolen und Gewehren als mit Puppen. Es kann durchaus eine gewisse genetische Vorbelastung unterstellt werden, wenn kleine Jungen für ihre Räuber und Gendarm, Cowboy- und Ritterspiele nachgemachte Waffen für ihr Spiel benutzen. Sie sind Teil des Spielrepertoires. Nach den Grauen des Krieges, in dem fürchterliche Waffenarsenale die Menschen millionenfach dahinmetzelten, verabscheute der überwiegende Teil der Menschen Waffen jeglicher Art. Einen kleinen Jungen mit seinen selbst gebastelten Waffen sahen sie daher kritisch an. Grausame Erinnerungen steigen in ihnen hoch.

Verhielten sich Erwachsene verantwortungsvoll gegenüber dem Spiel von Jungen mit nachbebastelten Waffen, richtete dies keinen Schaden in der Seele eines Jungen an. Erst restriktive Verbote des Umgangs mit Spielzeugwaffen erzeugen Neugier und animieren förmlich dazu, sich mit ihnen zu beschäftigen. Ist das Thema einmal abgespielt, treten andere Spiele in den Vordergrund. Für Thomas gehörten seine nachgebauten Waffen, die er kreativ aus etlichen Fundsachen herstellte, zum unverzichtbaren Bestandteil seines Spiels. Für Gewehre eigneten sich Stuhlbeine, die in ihrer gekrümmten Form und mit ein wenig Nacharbeit ein veritables Gewehr ergaben. Für Revolver eigneten sich gebogene Äste, die massenhaft im Appelkamp herumlagen. Später sägte er mit einer Laubsäge mühsam aus einem Brett die Umrisse eines Revolvers heraus. Seine Schwerter fertigte er aus alten Holzlatten, den Querriegel befestigte er kreuzförmig mit einem starken Bindfaden. Die Schneiden eines Schwertes oder Dolches schnitzte er so lange geduldig flach zu, bis sich annähernd eine Klinge andeutete. Seine Kämpfe focht er gegen Bäume, alte Äste, Gestrüpp, Hecken und Unmengen von mannshoch gewachsenen Büschen und wild wuchernden Pflanzenteilen aus.

Die Reaktion seiner Mutter auf die Spiele Thomas, der imaginäre Kämpfe in seiner Umgebung ausfocht, konnte er nicht verstehen. Er imitierte das reale Töten in seiner Umgebung und murkste im Spiel, ohne mit der Wimper zu zucken, Hühner, Kaninchen, Kälber oder Schweine ab. Bei den Schweinen auf der Koppel zog er mit seinem Schwert unter dem Hals der Tiere einen imaginären Schnitt durch, mit dem er das aufschlitzen der Schlagader imitierte. Mit Messern, Hämmern und Beilen meuchelte er sich durch die Ställe bis vermeintliches Blut floß. Die Tiere schauten ihn nur an, fraßen gelangweilt weiter oder dösten vor sich hin. Sie kannten Thomas und wenn man ihnen jemals menschlich ähnliche Gefühlswelten unterstellte, hätten sie gegrinst und gedacht: *»Ah, da ist ja wieder der nette Kleine, was hat der jetzt wieder vor?«*. Thomas »tat nur so« bei seinen Spielen, den Unterschied zur tatsächlich tötenden Realität verstand er sehr wohl. Die heftige Reaktion seiner Mutter hingegen begriff er nicht. Bekam

Mutter eine seiner Waffennachbauten in die Hand, warf sie diese verächtlich weg, verbrannte sie im Küchenofen, zerbrach sie oder schlug mit ihnen so lange auf einen Brennholzklotz ein, bis sie zersprangen. Mutters Aktionen führten dazu, dass sie Thomas Kreativität noch stärker anstachelte. Er biss sich eine Pistole aus einem harten Stück Brot zurecht, schnitt mit der Schere Schwerter aus Pappe, die sich zu nichts anderem als vorsichtig in der Hand zu halten eigneten. Bei jedem angedeuteten Hieb knickten sie ab, zerbröselten oder zerrissen. Sie vermittelten ihm aber das Gefühl, sich verteidigen zu können. Es stärkte seine kindliche Schwäche. Einige Jahre später eigneten sich Legosteine zur Herstellung eines zerbrechlichen Gewehrs oder einer Pistole, die Mutter zwar zerstören konnte, Thomas allerdings bei nächster Gelegenheit umgehend wieder aufbauen konnte. Der Flurschaden der zerstörten Konstruktion hielt sich in Grenzen, die Missachtung an seinen Kreationen wog da bedeutend mehr. Die Pläne zur Wiederherstellung lagen in seinem Kopf bereit. Er konnte sogar etwas Positives dabei abgewinnen, nach jeder Zerstörungsaktion perfektionierte er die Konstruktion ständig etwas präziser. Erwischte Mutter ihn allerdings wieder, bestätigte sich ihre Meinung über ihn: *»... dass er ein ungeratener Bengel sei, dem man die Flausen austreiben müsse!«*. Sie hielt zornige Reden über Krieg, Tod, Verletzung und Gewalt gegen Menschen. Thomas dachte nie daran, jemandem Leid zuzufügen. Er konnte sehr gut den Unterschied erkennen, ob es sich um ein Spiel oder um Realität handelte. Der Teppichklopfer, mit dem Vater auf ihn eindrosch, war Realität, die Ohrfeigen, die unkontrollierten Schläge an den Kopf und auf seinen Körper ebenfalls. Eine geduldete und allgemein akzeptierte Realität, über die sich niemand aufregte. *»Wenn er eine Wucht bekommt, hat er es auch verdient!«*, entschied Oma Emma! Thomas verlangte es manchmal nach einem dicken Knüppel, mit dem er sich der Schläge und Demütigungen erwehren und auch auf sie eindreschen konnte. Seinen Zorn nahm er mit ins Bett und lebte im Kopf seine Rachegedanken intensiv aus, die in der Nacht allerdings wieder im Nirwana verschwanden.

Durch seine intensiven Spiele verspürte er keine Langeweile und knatschte auch nicht zu Hause herum. Was durchaus gefährlich werden konnte, da Mutter ihn dann mit Aufgaben versah, die er überhaupt nicht mochte. Stube fegen, vor dem Haus die Blätter von der Hochofenasche aufsammeln, die Kartoffelpflanzen nach Kartoffelkäfern absuchen, Geschirr spülen und abtrocknen. Hol dies, mach das, geh mir zur Hand, steh nicht so faul rum, usw.. Die Liste ihrer Aufgaben, die ihn nur daran hinderten, wieder in seine eigene Welt einzutauchen, wuchs ins Unendliche. Führte er eine Aufgabe nicht schnell oder nicht korrekt genug aus, schikanierte sie ihn so lange, bis er das kleinste Fitzelchen eines Blattes auf den Komposthaufen warf.

Aus abgenutzten Hölzern, Balken oder Latten, legte er auf einer Wiese den Grundriss eines Hauses oder eines Bootes aus, trieb kurze Stecken in den Boden um den Umriss abzustecken, verband sie mit einem Seil und lebte darin. Andere Personen sahen nur einen Haufen zusammengewürfeltes Holz, Thomas konnte dank seiner Fantasie das fertige und eingerichtete Haus oder Schiff sehen. Er spielte so lange, bis die Sonne am Horizont versank und die Dämmerung ihn nach Hause zwang.

Zu Hause empfing ihn seine Mutter wieder mit ihrer Meckerei. Sich dies anzuhören, dazu verspürte er keine Lust. Da gab es noch seine Oma Helene, die aber auch nicht immer Zeit für ihn hatte. Er erkundete auf seinem Heimweg noch ein wenig die Umgebung, streifte durch die Streuobstwiese, aß etwas Obst, lief zum steil einbetonierten, mit gefährlicher Geschwindigkeit dahinströmenden Abwasserfluss, vor dem die Erwachsenen stets warnend den Zeigefinger erhoben. Thomas beobachtete das Abwasser und den darin schwimmenden Unrat. Er setzte sich an das Ufer, schaute in die trübe Brühe und dachte, dass sie ihn nicht vermissen würden, wenn er in diesem Dreck ersäufe. Vielleicht würden sie dann auch so traurig sein wie beim Tod der Gastwirtin und denken: *»Hätten wir ihn doch mal besser behandelt!. Aber dann war es zu spät!«.*

Der Bauernhof mit seinem gesamten Erlebnisraum faszinierte Thomas. Er liebte die Lebhaftigkeit, die von den Tieren ausging. Im Stall gab es immer etwas Interessantes zu erleben. Ein älterer, körperlich behinderter Knecht, verrichtete die schweren Arbeiten. Er bereitete das Futter für die Tiere vor, trieb die Schweine auf den Schweinekamp, schirrte die Pferde ein, koppelte die Arbeitsgeräte an die Deichsel und bearbeitete Äcker und Wiesen. Nach der Arbeit auf dem Feld schirrte er die Pferde aus, rieb sie mit Stroh und einer Bürste ab, tränkte und fütterte sie.

Die Schweine, die sich im Schweinekamp am Zaun und am Stacheldraht ihre borstige Schwarte rubbelten, um Schlamm, Krusten und Parasiten zu beseitigen, liebte Thomas besonders. Sie rochen außerhalb ihres Stalles durchaus angenehm.

Abends im Bett spielte er diese Erlebnisse wie beim Abspulen eines Films immer wieder durch. Gelang eine Szene nicht so, wie er es sich vorgestellt oder entwickelt hatte, suchte Thomas eine präzisere Variante, spulte den Film zurück und spielte ihn korrigiert noch einmal ab.

Protestieren konnte er nicht, das hatte ihm seine Mutter erfolgreich ausgetrieben. Sie gebärdete sich auch noch stolz auf ihre erzieherische Kompetenz, über die sie angeblich verfügte. Thomas zog sich immer mehr aus ihrem Einzugsbereich zurück, ging ihr und Vater aus dem Weg. Sein Misstrauen gegenüber seinen Eltern stieg ständig, sie merkten sie nicht einmal. Er war süchtig nach Wahrnehmung und Zärtlichkeit, nach Gesprächen und Erzählungen. Der Struwwelpeter, ein Märchenbuch mit diversen, gezeichneten Geschichten standen als einzige Bücher auf dem Schrank. Die Bilder und bunten Zeichnungen faszinierten Thomas. Begeistert prägte er sich die Geschichten ein, interpretierte sie für sich und fügte sie dem Katalog seiner »inneren Welt« hinzu. Mutter las selten eine Geschichte vor, das Bitten und Betteln durfte er nicht übertreiben, sie regierte dann unwirsch und ihre Stimmung kippte. Einige Geschichten oder Märchen empfand Thomas als recht gruselig.

Sich überhaupt mit Büchern zu beschäftigen, zu lesen, Geschichten zu erzählen und eigene Geschichten zu erfinden, kam im Leben seiner Familie nicht vor. Sie konzentrierten sich auf die alltägliche Erledigung der notwendigen Arbeiten. Ihr

Interesse an politischen und gesellschaftlichen Themen war nur rudimentär vorhanden. Über ein allgemeines Wissen verfügten sie nur schlagwortartig. Meistens nickten sie nur mit dem Kopf und deuteten täuschend an, auch sie hätten sich damit beschäftigt. Mutter kannte sich hervorragend in allen Königshäusern dieser Welt aus. Wurde über eine angebliche Grippe, die Vermutung der Fehlgeburt einer Prinzessin (da sie vom Ehebruch ihres adeligen Gatten erfahren hatte), einem kranken Kind oder der brüchigen Beziehung zur Schwiegermutter schwülstig berichtet, litt Thomas Mutter im Chor mit den anderen Frauen wehleidig mit: *»Oh weh, hoffentlich geht es sie bald wieder gut! Die macht aber auch was mit! Die hatte doch solche Probleme bei die letzte Geburt!«* - Thomas Ohren, die sie bis zum Platzen des Trommelfells krank geschlagen hatte, interessierten sie nur am Rande.

Kinder gehörten nach den damaligen Vorstellungen zwingend zu einer Ehe. Für Thomas Mutter, die der Einfachheit halber nur mit antiquierten Erziehungsprinzipien Thomas traktierte, gerieten Kinder trotzdem zur Bestimmung einer Ehe. Dauerte es nach der Heirat vielleicht ein oder zwei Jahre, bis ein Paar ein Kind erwartete, zogen im Dorf die wildesten Gerüchte ihre Bahn: *»Ob bei denen alles in Ordnung ist? Ist sie krank und kann deshalb keine Kinder kriegen? Sie gibt sich doch solche Mühe! Man hört ja so allerhand schlimme Sachen! Kann der Mann keine Kinder zeugen? Der sollte nicht jeden Abend in die Kneipe gehen, sich mal lieber mehr um seine Frau kümmern, das arme Ding! Die wünscht sich so sehr ein Kind! Sicher wär die eine gute Mutter! Die braucht doch keine Angst vor dem Kind zu haben, da helfen wir sie gern!«.* Diese oder ähnliche Tuscheleien machten schnell die Runde. Der Druck, der aufgebaut wurde, ließ die Dorfbewohner erst dann ruhig schlafen, wenn die Bestätigung einer Schwangerschaft durch das sichtbare Vorhandensein eines Bäuchleins für Jedermann zur Beruhigung reichte.

In der sozialen Unterschicht basierte die Einstellung hinsichtlich Kinderzahl und Erziehung von Kindern immer noch sehr präsent auf Jahrhunderte altem Stand. Das Wissen über ein Kinderleben, konkreter, von kindlichen Gefühlen,

Wahrnehmungen, Bedürfnissen und Empfindungen und der Aufnahme von Umweltinformationen entsprach überholtem Wissen. Zwar reduzierte sich im Laufe der letzten Jahrzehnte die Geburtenrate in der hier beschriebenen sozialen Schicht. Nach wie vor behandelten sie Kinder aber als unfertige und zu eigenen Gedanken nicht befähigte Wesen, fast wie Tiere. Zumindest in Thomas Familie lebte diese Meinung weiter und wurde auch so gelebt.

Bei ungerechtfertigten Behandlungen von Kindern gab es immer Personen, die Mitleid empfanden, wie dies bei Thomas Oma Helene zutraf, die aber niemals eingriff. In späteren Jahren führte Thomas viele Gespräche mit ihr, in denen er auch entscheidende Informationen aus der Zeit bekam, in der er noch nicht über eine erinnerungsfähige Wahrnehmung verfügte. Sie zeichnete ein ziemlich hartes und scharfes Bild vom Alltag und von Thomas Position in der Familie. Vieles, was sein Bauchgefühl diffus als nicht stimmend registrierte, wurde von ihr bestätigt. Sie hat entscheidend dazu beigetragen, Thomas Glauben an seine eigene Urteilsfähigkeit wieder ins rechte Licht zu setzen, die Vorwürfe, die er gegen sich selbst richtete, zu entkräften.

Mutters offenes Auftreten in Gesellschaften, oft genug bis zur Grenze der Peinlichkeit, konnte nicht darüber hinwegtäuschen, dass sie Thomas gegenüber immer unberechenbarer, sprunghafter, launischer, rigoroser und liebloser wurde. An Lappalien zog sie sich hoch, mal hatte Thomas ihr Essen nicht genügend gewürdigt, sein Hemd bekleckert, sich beim Spielen beschmutzt oder sie einfach nur auf falschem Fuß erwischt. Ihre Drohungen standen latent im Raum. Sie wollte um jeden Preis verhindern, dass er zu einem unnützen Kerl, einem faulen und gewalttätigen Mann und zu einem Trunkenbold heranwuchs. Thomas wusste bald überhaupt nicht mehr, wer er war und wie er sich verhalten sollte. Seine Irritation steigerte sich ins Unermessliche. Sein Rückzugsgebiet bestand in seinem Spiel, in seiner »innere Welt«. Mutters Logik bestand nicht aus Geradlinigkeit, sondern aus Unberechenbarkeit. Ihren Sohn durfte sie prügeln, blieb selbst ungestraft. Sie folgte ihrer unvorhersehbaren Laune.

Der Umgang mit seinen kindlichen Waffen zeigte, wie Mutter tickte. Immer ihren Erfahrungshintergrund eingeblendet, reagierte sie völlig überzogen. Es zeigte wieder einmal, wie wenig sie die Welt eines kleinen Jungen hinterfragte. Normalerweise spielen Jungen nicht mit einer Schürze bekleidet die Welt der erwachsenen Frauen nach. Jungen lieben ihren Teddy, mit dem sie schmusen und ihn dabei Daumennuckelnd vollsabbern. Mit Puppen zu spielen, Vater-Mutter-Kind Spiele oder auf einem imaginären Ofen Sandsuppe kochen, ist in aller Regel nicht ihr Ding. Irgendwie hat die Evolution es anders organisiert. Normalerweise!

Im Verhältnis zwischen Mutter und Thomas trafen stets zwei Welten aufeinander, die gegensätzlicher nicht sein konnten. Hier das strenge Regiment und das fehlende Einfühlungsvermögen seiner Mutter, die ausschließlich die Regeln festlegte. Dort Thomas typische Spielweise eines Jungen, in der er mit allen kreativen Freiheiten ausgestattet, seine persönlichen Spiele auslebte. Das ungezwungene Spielen von Kindern ist eine Vorbereitung auf das spätere Leben. Das Trainieren von wichtigen Verhaltensweisen fördert die soziale Kompetenz, die später nur schwer zu korrigieren ist. Soziale Kompetenz ist aber nur in Interaktionen zu erlernen. Genau da zeigt sich der Mangel in Thomas Entwicklung.

Eine Mutter ohne Liebe - »Tod der Eltern«

Stichworte zum Kapitel:

Thomas Mutter verbrannte im wahren Sinn des Wortes ihre Beziehung zu ihm und erzeugte ein verstörendes Verhältnis. Durch den impulsiven Umgang mit ihrem Sohn trug sie entscheidend zu dessen innerer Abschottung bei. Er entwickelte ein »inneres Eigenleben«, von der seine Mutter keine Vorstellung hatte. Ihre Erziehungsmethodik, bestehend aus verbalen Demütigungen und körperlichen Übergriffen hinterließen tiefe Irritationen in Thomas gesamten Reifeprozess.

Er zog sich immer mehr zurück und begann, eine »innere Zweitwohnung« in seiner verletzten Seele aufzubauen. Hier konnte er die Erlebnisse der Realität verspielen. Er baute grandiose Spielwelten und Spiellandschaften in seinem Kopf auf. In den inneren Drehbüchern bildete er die Alltagserlebnisse ab, spielte sie nach, veränderte und/oder entwickelte sie weiter. Eingepfercht in einen dunklen Schlafverschlag beschäftigte er seinen Geist, versenkte sich kontemplativ in seine Geschichten.

Die Kriegsjahre hinterließen tiefe Verstörungen in Thomas Familie. Die Versorgung mit Nahrung nahm noch nach Jahren den wichtigsten Teil ihres alltäglichen Denkens ein. Thomas Mutter fixierte sich fast ausschließlich auf diese Thematik. Über die Entwicklung ihres Sohnes verlor sie wenig Gedanken. Sie betrachtete ihn noch als dummes und nichtmerkendes Wesen, dem sie keine gesteigerte Aufmerksamkeit gegenüber zeigen musste.

Der Teddybär brennt!

Wie unberechenbar Mutter ohne jegliches Einfühlungsvermögen auf den dreijährigen Thomas reagierte, zeigt ein ungeheurer Vorfall, der im Spätherbst ablief. Ein halbes Jahr später stand Thomas vierter Geburtstag an. Die Familie hatte das Kartoffelfeld abgeerntet und das trockene Kraut mit einer Mistgabel zu etlichen Haufen aufgetürmt. In der hereinbrechenden Dämmerung brannten die Feuer lichterloh, bis das Kraut komplett bis auf einen Haufen Asche verglimmte. Thomas lief inmitten der Erwachsenen mit seinem Teddy im Arm herum, nuckelte am Daumen und schaute fasziniert in die Feuer. Gelegentlich lief er den arbeitenden Erwachsenen und natürlich auch seiner Mutter vor die Füße. Mutter keifte ihn mehrfach an, er solle an die Seite zurücktreten, um niemandem im Wege zu stehen. Nicht Fürsorge bestimmte den Grund für ihr aufgebrachtes Verhalten, er stand ihr einfach im Weg und hinderte sie an der zügigen Durchführung ihrer Arbeit. Das Feuer übte allerdings eine magische Anziehungskraft auf Thomas aus, er flitzte immer wieder in die Nähe der Feuer. Dann, urplötzlich und ohne Ankündigung fing sie Thomas ab, hielt ihn am Arm fest, tobte und schrie ihn an, er solle mit dem blöden Teddy verschwinden. Es war ihr peinlich, ihren Sohn so daumennuckelnd und mit dem angefliederten Teddy an der Wange schmusend vor allen Erwachsenen herumlaufen zu sehen.

Dann verlor sie urplötzlich ihre Selbstbeherrschung auf eine Art, die Thomas sein ganzes Leben nicht vergessen sollte und seine Beziehung zu seiner Mutter nachhaltig negativ beeinflusste. Sie riss Thomas den Teddy aus den Händen, holte aus und warf ihn mitten in ein Kartoffelfeuer. Sie steigerte ihre Wut und rastete weiter aus. Falls ihr die Übersprunghandlung bewusst wurde, lenkte sie nicht etwa ein, sondern überspielte ihr eigenes Erschrecken über ihre Handlung und steigerte sich noch mehr in ihre Wut hinein: *»So, das hast du jetzt davon. Du hast es so gewollt. Endlich ist das alte kaputte Ding weg. Hör endlich auf mich, du verdammtes Blag!«* Starr vor Schrecken stand Thomas mit offenem Mund vor dem Feuer und sah seinen

Teddy im Feuer verbrennen. Sein Herz drohte still zu stehen, er erstarrte zur Salzsäule, unfähig sich zu bewegen. Dann schrie er, schrie und schrie, so laut er konnte. Panik überfiel seinen kleinen Körper. Das konnte sie doch nicht machen! Anstatt sich vom Feuer fernzuhalten, ging er darauf zu und wollte seinen über alles geliebten Teddy aus den Flammen retten. Die Strohfüllung verbrannte bereits in einem kurzen Aufbäumen zu einem Häufchen glimmendem Nichts. Panik erfasste Thomas. Oma, Opa und die Anderen, die sich nach Mutters Toberei und Thomas verzweifeltem Schreien umgedreht hatten und beobachteten, was da passierte, standen stumm und ohne Regung fassungslos vor dem Geschehen. Der einzige, der sich nicht irritiert zeigte, war Thomas Vater, der kurz aufschaute und dann weiter Kartoffelkraut mit seiner Mistgabel in ein Feuer schmiss. Die Dämmerung trat ein, die umstehenden Personen warfen Schatten und wirkten gespenstisch vor dem Feuerschein.

Mutter lief aufgeregt herum, hatte ihre Wut etwas besser im Griff:»*Ist doch wahr!*«, sprach sie in die Runde,»*Warum muss er immer mit dem alten Ding herumlaufen, das tut doch kein Junge und die ewige Daumennuckelei macht mich wütend!*«, ereiferte sie sich und schaute Zustimmung heischend in die Runde:»*Dem hab ich so einen schönen neuen Bären zum Geburtstag gekauft, der Jaust hat den noch nicht ein einziges Mal angerührt!*«.

Thomas schrie, drehte sich um und rannte aus dem Garten verzweifelt zum Hauseingang. Dieser Teddy war das Liebste und Wichtigste in seinem Leben. Er hatte unendlich viele Stunden Trost gegeben und seine Tränen aufgefangen. Er roch nach ihm, er konnte zuhören, seine Ärmchen und die mit einem flauschigen Stoff bespannten Pfoten streichelten seine Wangen, er lag immer ganz nah an seinem Kopf, er hörte sich seine Geschichten an. Und nun? Verbrannt! Einfach von dieser verfluchten Mutter verbrannt. Niemals zuvor hatte er sie so gehasst und verabscheut.

Er warf sich in der Wohnküche in einer nicht mit ihrem Krimskrams vollgestopften Ecke auf die Erde und schluchzte bitterlich. Die salzigen Tränen rannen unaufhörlich bis in seinen

Mund hinein. Er fühlte sich erbärmlich, der unendliche Verlust spülte eine Traurigkeit in ihm hoch, die seine Seele mit Verzweiflung anfüllte und seinen kleinen Körper in einen empfindungslosen Zustand versetzte. In seiner tiefen Trauer hätte er ewig dort liegen können. Seine Mutter hatte einen unverzeihlichen Vertrauensbruch begangen, den er ihr nie verzieh. Ihre Lieblosigkeit, ihre oft brutale, unüberlegte und spontane Vorgehensweise spaltete das Verhältnis von Thomas zu seiner Mutter nachhaltig.

Schluchzend lag Thomas auf dem Boden. Sie kam nach einiger Zeit in die Küche, mit dem neuen Teddy in der Hand, den er mit keinem Blick würdigte. Sie wollte ihn Thomas andienen. Dieser Teddy hat nie an seiner Wange gelegen, er lag wie hingeworfen am Fußende des Bettes. Mutter dachte, dass der Teddy nach einiger Zeit in die Rolle des alten Teddys schlüpfte. Thomas schloss ihn nie in sein Herz. Von Anfang an interessierte ihn der neue Teddy nicht. Diesem Teddy hätte Thomas keine Träne nachgeweint, wäre er einem Feuer zum Opfer gefallen. Thomas hätte den Teddy eigenhändig, ohne etwas dabei zu empfinden, in ein Feuer geworfen. Der Verlust des Vertrauens zu seiner Mutter, die grenzenlose Einsamkeit und die Gleichgültigkeit aller Personen gegenüber dem Vorfall, überwältigten seine Gefühle. Kein Teddy fing seine Tränen auf, tröstete ihn. Er verzieh Mutter diese unsinnige Handlung nie.

Die Erwachsenen gingen nach einem kurzen Innehalten und Kopfschütteln wieder ihrer Arbeit nach. Vater äußerte sich während des gesamten Geschehens mit keinem Wort, übte keine Kritik, fand keine Anteilnahme, arbeitete noch vor allen anderen weiter.

Die gefährliche Ziege und die getöteten Spatzen

Thomas lief noch staksig und unsicher, erzählte Oma Helene Jahre später rückblickend, als es zu einem ernsthaften Zwischenfall mit der Ziege des Hausbesitzers Hugo kam. Thomas spielte unter der Obhut seiner Oma auf dem Hinterhof, neben der Waschküche und dem Viehstall, als die Ziege mit gesenktem Kopf urplötzlich aus der geöffneten Stalltür auf Thomas zustürmte und ihn mit ihren spitzen Hörnern attackierte. Eine Hornspitze durchbohrte die rechte Wange knapp neben der Oberlippe. Oma Helene, die sich in unmittelbarer Nähe auf dem Hof aufhielt, lief schreiend auf das Geschehen zu. Hugo stürmte aus dem Stall hinter der Ziege her und versuchte sie abzudrängen. Thomas Mutter vernahm im vorderen Haus das entsetzte Schreien, stürmte aus der Haustür und um die Ecke, sah das Unglück, fing an zu schreien, griff nach einem Holzpfosten, mit dem sie die Ziege erschlagen wollte. Oma Helene kümmerte sich in ihrer umsichtigen Weise zuerst um Thomas und rief Mutter zu, sie solle sich gefälligst sofort um Thomas kümmern.

Oma beschrieb eine heftige Blutung. Das viele Blut nahm die Sicht auf die verletzte Stelle, das Ausmaß der Verletzung konnte sie im ersten Augenblick nicht übersichtig erkennen. Mutter ließ von der Ziege ab und richtete ihre Aufmerksamkeit auf Thomas aus. Die Frau von Hugo hatte mittlerweile eine Schüssel mit Wasser aus der Waschküche gebracht mit dem sie die verletzte Stelle vom Blut, soweit es ging, befreiten. Sie versorgten den heftig schreienden Thomas notdürftig, der Stich musste genäht werden. Oma lief dann auf den benachbarten Bauernhof in die Gaststätte und bat diesen, sie ins Krankenhaus zu fahren. Dort stellte der Arzt fest, dass »nur« die Wange durchbohrt und die eingerissene Lippe mit einigen Stichen genäht werden musste. Weitere Verletzungen wurden nicht festgestellt.

Thomas hatte das Glück auf seiner Seite. An diesen Vorgang konnte sich Thomas nicht erinnern. Der Vorfall dauerte nur wenige Minuten. Es ging alles rasend schnell, der Schock saß allen Beteiligten noch einige Zeit im Nacken.

Thomas fragte sich später, warum Mutter sich nicht sofort um ihn gekümmert hatte, sondern erst die Ziege abmurksen wollte! Sich erst einmal um Thomas Versorgung zu kümmern und sich erst dann auf die Ziege zu stürzen ...! Aber so war sie halt, erst ihre eigenen spontanen, wütenden Gefühle befriedigen, erst dann kam Thomas an die Reihe. Sie konnte Prioritäten nicht richtig einschätzen. Gut, dass Oma Helene die Übersicht behielt.

Ernst hat die aggressive Ziege kurz darauf geschlachtet und sich eine friedlichere gekauft. Das hatte die dämliche Ziege nun davon ...!

Im Frühjahr explodierte regelmäßig die Anzahl der Spatzen. Sie nisteten unterhalb des Dachvorsprungs unter den Dachpfannen und koteten die Hauswand voll. Normalerweise sorgten sie als biologische Insektenvernichter für ein natürliches Gleichgewicht in der Natur und im Garten. Aufgrund des reichlichen Nahrungsangebotes vermehrten sich die Vögel leider explosionsartig Jahr für Jahr und verdreckten erheblich die Umgebung. Zur Nistzeit trugen die Männer lange Leitern zur Hauswand, kletterten mit langen Stangen ausgerüstet bis zum Dachvorsprung hoch und schlugen alle erreichbaren Nester herunter. Die erwachsenen Vögel flüchteten in alle Richtungen. Die Nester fielen nach unten auf den Boden. Die kurz vorher geschlüpften, kleinen nackten Vögel hatten Glück, wenn sie den Sturz aus immerhin ca. acht Metern nicht überlebten. Die »Spatzenmörder« warfen die lebenden und toten Spatzen achtlos in einen Eimer und vergruben sie. Einige zappelten noch. Diese Tötungsaktion führten sie jedes Jahr durch. Thomas Anwesenheit geriet für die Erwachsenen zur Normalität. Thomas selbst beobachtete fassungslos die mörderische Aktion, die ihn emotional bis ins Mark erschreckte. Alles, was mit »Töten und Tod« in Zusammenhang stand, berührte ihn mit einem merkwürdigen, die Nerven aufreizendem, zweideutigen Gefühl, bis in die Tiefe seiner Seele.

Thomas fragte nach einiger Zeit immer vorsichtig bei seiner Oma nach, ob bald wieder die Spatzen dort oben nisteten, und beruhigte sich, wenn Oma gütig verneinend den Kopf schüttelte. Sie lächelte und erklärte ihm, dass er keine Angst zu haben brauche, es sei nicht nötig die Leitern wieder zu holen. Thomas beruhigte sich und widmete sich wieder seinem Spiel.

Die Angst um das tägliche Essen

Die Sorge um das tägliche Essen ließ Mutters nicht los. Es kam nicht auf genießerische Aspekte des Essens an, sondern allein um die Sättigung. Aus Kartoffeln, Kohl und ein wenig Schweinefleisch, meistens recht fettes Bauchfleisch, stellte sie die Mahlzeiten zusammen. Brot wurde nur für Vater gekauft, sie mochte es nicht, entsprechend fand Thomas ebenfalls keinen Zugang zu allen möglichen Brotsorten. Sie schnitt die Brotscheiben derart dick vom Laib ab, dass nach einigen Bissen nur noch eine pappige Masse im Mund verblieb. Margarine und Belag strich sie extrem dünn auf und zog sogar mit dem Messer mehrere Male die Scheibe ab, bis nur noch ahnungsweise ein Belag zu schmecken war. Kartoffeln kochte, zerstampfte und briet sie täglich zu allen möglichen Gerichten. Sie sparte beim Essen, wo sie nur konnte. Als Kind hatte sie es mit ihren vielen Geschwistern auf dem Land nahe Danzig nicht anders kennengelernt. Die Armut bestimmte die Qualität des Essens. Mangelerscheinungen als Folge der einseitigen Ernährung traten jeden Winter auf. Der Respekt vor Lebensmittel hatte sich tief in Mutters Gedächtnis eingegraben. Nichts, auch nicht der kleinste Rest wurde weggeworfen, sondern landete in den Trögen der Schweine, die größtenteils mit gedämpften Matschkartoffeln angefüttert ihr Schlachtgewicht erreichten.

Thomas hielt sich oft bei Oma Helene auf. An manchen Tagen aß er zuerst bei seiner Mutter zu Mittag, dann flitzte er zu Oma, die bereits auf ihn wartete und verputzte dann noch eine kleine Mahlzeit. Sie kochte viel leckerer und abwechslungsreicher. Thomas verschwieg bei Mutter den Essensnachschlag, um sie nicht zu verärgern und sie zu einem ihrer Anfälle zu provozieren. Mutters qualitative Kochkünste bewegten sich auf einem recht niedrigen Niveau. Dass eine Mahlzeit nicht nur vermatscht und fade schmeckend, zur alleinigen Füllung des Magens auf den Teller geklatscht werden konnte, sondern durch etwas Zugabe von Salz, Pfeffer und Gewürzen deutlich an Geschmack gewann, kam ihr selten in den Sinn. Sie kochte lieblos und geistesabwesend. In ihrer Gedankenlosigkeit verwechselte sie Salz mit Zucker oder umgekehrt. Drohte ihr der Geschmack komplett zu entgleiten, kippte sie Essig in den Eintopf, bis alles sauer schmeckte. Die Berücksichtigung unterschiedlicher Garzeiten schätzte sie stets falsch ein. Mit dem Ergebnis, dass der Kohl vermatscht, die Kartoffeln hingegen halb gar sich der Gabel widersetzten. Das dem Fleisch anhaftende schiere Fett schnitt sie in kleine Würfel und rührte es im Essen unter. Im Mund kam ein unangenehm schmeckender, pappiger Brei an, der am Gaumen kleben blieb. Thomas achtete darauf, nicht zuzubeißen, sondern ohne Berührung von Gaumen, Zunge und Zähne, schob er die Pampe tief in den Mund und selbst größere Stücke schluckte er sofort hinunter. Kochte Mutter wieder so grottenschlecht, überfiel ihn Übelkeit. Er verspürte spontan Bauchschmerzen, setzte ein leidendes Gesicht auf und ging vornübergebeugten Schrittes sichtbar leidend aus dem Zimmer, um nach dem Schließen der Tür seine Lebhaftigkeit wieder aufleben zu lassen und schnell zu seiner Oma zu flitzen, um bei ihr etwas Leckeres abzustauben.

Aus Kartoffeln, Kohl, Bauchfleisch oder eingekochten Rippchen kochte Mutter ihr Standardessen. Besonders Kartoffeln sah sie als elementares Grundnahrungsmittel an, das sie jeden Tag auftischte. Sie schnippelte die Bestandteile mit ihrem »Hümmelchen« klein und packte alles zusammen in einen Topf. Bei dem Hümmelchen (einem kleinen Gemüsemesser, auch Pittermesser genannt), assoziierte Thomas immer die Zweckentfremdung des Messers, da Vater es zum Schneiden seiner Fußnägel benutze. Er stellte seinen nackten Fuß auf einen Schemel, beugte sich vornüber, setzte das Messer an einer Kante des Nagels an und raspelte kleine Stücke vom hornigen Nagel ab. Die Nagelsplitter spritzten in die Gegend und Mutter fluchte wie ein Rohrspatz über die Sauerei. Sie wusch das Messer allerdings hinterher mit einem Schwamm sorgfältig ab. Das Bild setzte sich in Thomas Gedächtnis fest.

Für Vater kochte Mutter regelmäßig. Kam er von der Schicht, hatte das Essen bereits auf dem Tisch zu stehen. Er schaufelte widerspruchslos alles in sich hinein. Es musste schon dicke kommen, dann rebellierte selbst er.

Sie kaufte beim Metzger Schweinelunge und kochte diese mit ihren beiden Gewürzbestandteilen Salz und Pfeffer weich. Es stank erbärmlich. Allein beim Geruch, der durch die Küche und in den Hausflur waberte, sträubten sich Thomas Haare vor der unansehnlichen grauen Masse, die dann auf den Teller kam. Dazu reichte sie Kartoffeln und eine undefinierbare Soße, ein Bestandteil bestand aus Senf, zumindest roch es so. An gustatorisch erfolgversprechenden Tagen briet sie aus rohen Kartoffeln eine Pfanne knusprige Bratkartoffel, zusammen mit Zwiebeln, untergerührten Eiern oder mit einem Spiegelei darüber. Vater erhielt eine Portion in Schnitze zerkleinerte Fleischwurst darüber. Thomas liebte diese Tage.

Samstags kochte sie eine Kartoffelsuppe, über die kleingeraspelte Gewürzgurken gestreut wurden. Alternativ gab es Bratkartoffeln, die Vater auf einen Löffel hob und in ein breites Glas Buttermilch tunkte. Während des Essens wurde nicht getrunken. Thomas hätte oft liebend gern ein Glas Wasser zur Hilfe genommen, um ihre fetten Sachen ohne intensive Berührung von Zunge und Gaumen einfach weit nach hinten in den Mund zu schieben und mit einem Schluck Wasser auf einen Schlag hinunterzuspülen. Mutter war ausschließlich auf Sättigung getrimmt. Der Magen hatte voll zu sein und musste lange vorhalten. Alles in allem kochte sie lausig. Aß Thomas etwas mit Widerwillen, prasselte das ganze Arsenal von Drohungen, Beschimpfungen, Erinnerungen an den Mangel im Krieg usw. auf ihn nieder.

Sonntags tischte sie oft einen zähen, verbrannten Braten auf, manchmal ein von Thomas verhasstes Kaninchen. Die Konsistenz der Soße tendierte entweder zu dick und tiefbraun, von angebrannten Stücken durchzogen oder als zu wässrig und ohne jeglichen Geschmack. Oft vergaß sie, den Braten mit Salz zu würzen, entsprechend fad schmeckte das Ergebnis.*»Ach, da habe ich Salz vergessen! Aber es schmeckt auch so! Kann man ja noch drüberstreuen!«* Ihre Hühnchen gerieten so zäh, dass man dachte, der alte Gockel wäre schon durch die Weimarer Republik geflattert. Sie hatte sich dann beim Einkauf geirrt und versuchte in der Tat, ein altes, zähes Suppenhuhn vom Bauernhof stundenlang weich zu braten. Sie überlegte nie vorher, wie sie sinnvollerweise vorgehen sollte. Sie gab sich keine Mühe, kochte nicht mit Freude und Liebe. Es kam ihr allein darauf an, die Familie sattzubekommen. Sie kannte zwar einige Kräuter aus dem Garten, benutzte sie aber selten, vergaß auch meistens sie zu pflücken und das Essen damit aufzuwerten. Sie matschte immer alles zusammen. Mehr als zwei Töpfe auf dem Herd und dazu noch einen Salat herzustellen, überforderten deutlich ihre Kochkünste.

Sie lud zu Weihnachten etliche Leute zum Entenbraten ein, die alle über die angebrannten Stellen und die undefinierbare Füllung staunten. Sie stellte einen Topf Salz und einen Pfefferstreuer auf den Tisch, reichte Klöße und Rotkohl mit einer geschmacklosen, wässrigen Soße dazu und wünschte einen guten Appetit. Lud sie im nächsten Jahr wieder ein, verdrehten die Leute die Augen und wünschten, dass der liebe Gott ein Einsehen mit ihnen haben möge.

Zum Nachmittagskaffee hatte sie bereits vor zwei Tagen eine Apfelsinencremetorte zusammengesetzt (Das Wort »Orange« konnte sie nicht so gut aussprechen!). Den Biskuitboden allerdings kaufte sie sicherheitshalber im Geschäft. Sie stellte eine Margarinecreme aus Sanella her, Butter war ihr zu teuer, sie goss den Saft von Apfelsinen dazu und rührte die Masse mit dünnem Vanillepudding cremig. Zumindest versuchte sie es. Härtete die Margarine aus, bekam die Creme eine bröckelige und harte Konsistenz. Die Zwischenlagen des Biskuitbodens bestrich sie mit dieser Creme und einer Schicht Marmelade, es konnte auch Pflaumenmuss sein, was halt gerade verzehrt werden musste oder vom letzten Jahr noch im Keller stand. Es war unglaublich, mit welcher Präzision sie eine derart dünne Schicht von Creme und Marmelade auf den jeweiligen Boden streichen konnte. Aus einigen Apfelsinen löste sie die Segmente mit Haut heraus und belegte damit die mit Creme bestrichene Oberfläche, die kurz nach Fertigstellung bereits aufplatzte. Aus einem Spritzbeutel häufelte sie kleine Cremehäubchen dekorativ neben die Apfelsinensegmente, die bald darauf ebenfalls erhärteten und zerbröckelten. Jeder hoffte, dass sie die exakte Menge an Zucker eingerührt hatte. Wenn es ihr in den Kopf stieg, kam sie zu der Meinung, dass die Torte am letzten

Weihnachtsfest etwas zu süß geraten war, dann änderte sie die Mengenverhältnisse nach ihren Vorstellungen um. Mit zweifelhaftem Ergebnis. Zum Schluss vergaß sie die Torte im Schrank abzudecken, sodass die Creme und die Apfelsinenstücke in den zwei Tagen bis zum Anschnitt noch mehr austrockneten und bereits auf den ersten Blick knochenhart aussahen. Mutter entschuldigte sich für die Koch- bzw. Backfehler und über Stunden hechelten die Frauen das Thema durch und sparten nicht mit Ratschlägen und Tipps. Im nächsten Jahr änderte sich allerdings nicht viel, es hätte ihre Backkünste positiv beeinflusst, hätte sie einige der Tipps beherzigt.

Egal ob Obstkuchen mit dicken Teigböden, in denen das Obst vertrocknend versank, drögen Sandkuchen, deutlich nach billiger Margarine schmeckenden Torten, Weihnachtsplätzchen die mehr nach Sand als nach leckeren Plätzchen schmeckten, zähen Braten oder halb verbrannten, dünnen, panierten Koteletts, immer ging etwas daneben. Es häufte sich Fehler an Fehler. Thomas fand einen Ausweg, er flitzte nach dem Essen zwei Zimmer weiter zu seiner Oma, wo Opa bereits auf ihn wartete. Er wurde immer satt und Mutters Drohungen: *»Wenn du den Teller nicht aufißt, dann stelle ich ihn dir heute Abend wieder hin, bis du ihn aufgegessen hast, hast du mich verstanden?«*, verlor seinen Schrecken.

Kochen war nicht ihre Stärke. Bekam sie allerdings die Aufgabe, einen Acker umzugraben, ihn für die Pflanzung der Saatkartoffeln vorzubereiten, schnappte sie sich den Spaten, spuckte in die Hände und malochte los. Sie beschwerte sich nicht über die schwere Arbeit, sondern schaute sich das Ackerstück an, sah auf einen Blick, dass einiges an Arbeit auf sie wartete und startete umgehend. Niemand konnte so schnell und gründlich die anstrengenden Arbeiten erledigen wie sie. So ging es mit allen praktischen Dingen. Langsam oder trödelig zu arbeiten kannte sie nicht. Sie legte die Schlagzahl fest und trieb Vater damit an, was immer auch anlag.

Der Volksmund sagt, dass Liebe auch durch den Magen geht. Die Zubereitung ihres Essen begleitete sehr wenig Liebe.

Mutters Interesse und Leidenschaft

Ihre Leidenschaft bestand in der Pflege und Vermehrung ihrer geliebten Blumen, besonders der Geranien. Vor Jahren kaufte sie sich einige Pflanzen, zog prächtige Ableger heran, lagerte sie im Winter ein und vermehrte sie im Frühjahr. Im Sommer blühten jahrelang die farbenfrohsten und kräftigsten Geranien. Für diese Fähigkeit fand sie viel Bewunderung, auf diesem Gebiet verfügte sie über Expertenwissen. Ihr grüner Daumen sprach sich herum. Ihre Bekannten lobten sie über den Klee. Im Wohnzimmer stand stets dekorativ aufgebaut ein Gummibaum, den sie bis zu seinem blattlosen Ende pflegte. Der Hausflur ihrer Wohnetage quoll über vor rankenden, üppig blühenden Kakteen, die auf gekachelten Tischchen mit Rank Gerüst, leuchtend rot den Flur ansehnlicher gestalteten. Zusätzlich zu allen Nutzpflanzen im Garten, die unter ihrer Hand prächtig gediehen, pflegte sie auf einer kleinen Fläche Blumen und Sträucher, die dem Ganzen ein gefälliges Gesicht verliehen. Vater betrachtete blühende Pflanzen als unnötiges Grünzeug, er bewertete es abwertend als »weibischen Zeugs«, mit dem sich ein »richtiger Mann« nicht abgab. Alles, was irgendwie auf eine weibliche oder weiche Seite hingewiesen hätte, lehnte er kategorisch als unmännlich ab. Dabei hätte ihn die Akzeptanz seiner Emotionalität extrem bereichert. Sich an leuchteten und blühenden Pflanzen zu erfreuen, wie auch eine liebevolle Beziehung zu Frau und Sohn zu leben, brachte er nicht über sich.

Der Tod der Eltern

An einem Sommertag fiel Thomas die Abwesenheit zuerst seiner Mutter, etwas später die seines Vaters auf. Thomas hielt sich bereits seit den frühen Morgenstunden bei Oma Helene auf, aß mit ihr und Opa zu Mittag, der Abend kam und langsam schlich sich das Gefühl ein: »*Hier stimmt etwas nicht?*«. Da Oma ihn gut versorgte, vermisste Thomas seine Mutter nicht. Langsam wunderte er sich allerdings doch über deren längere Abwesenheit. Er steifte erst im Haus und dann in der näheren Umgebung herum und schaute, ob er einen von den Beiden irgendwo erblickte - keine Anzeichen seiner Eltern. Er begann, Oma zu fragen, ob sie etwas wüsste und wo sie blieben. Nicht, dass es ihn übermäßig verunsicherte, gar ängstliche Gefühle oder Panik auslöste. Seine ständige Nachfrage veranlasste Oma zur zaghaften Aufklärung der Situation. Sie erzählte dem erschrockenen Thomas, dass die Eltern mit einem Reisebus für zwei Wochen an einen schönen Ort an einem Fluss in Urlaub gefahren waren. Thomas wusste überhaupt nicht, was ein »Urlaub« bedeutete!

»*Du weißt doch ...*«, erklärte Oma »*... dein Papa muss immer hart auf der Zeche arbeiten, da braucht er einige Zeit Erholung!*«. Diese Erklärung sah Thomas nach einiger Überlegung als wenig stimmig an. Vater ging doch nicht *immer* arbeiten, er lag doch auch oft auf der Couch ...?

Und jetzt! Einfach weg, ohne ihn ...! Er spürte Traurigkeit in sich hochsteigen, kuschelte sich in Omas Schürze ein und begann zu weinen. Oma tröstete ihn und erzählte die Geschichte in mehreren Varianten, in der Hoffnung, die zu finden bei der sich Thomas beruhigte: »*Es ist doch nicht so schlimm, sie kommen doch bald wieder. Wir machen uns eine schöne Zeit!*«.

So geschah es auch - Thomas schlief bei Oma auf dem Chaiselongue in der Küche. Sie holte seine eigene Bettdecke, seinen Schlafanzug und das Schmusetuch aus dem Kinderknast und baute für Thomas ein gemütliches Bett mit Aussicht. Es gefiel ihm ungemein, er kannte ja die Wohnküche, eine vertraute Umgebung. Keine dunklen Kleiderschränke, keine lichtundurchlässige dicke Pferdedecke. Wenn er seine Augen öffnete, konnte er das Radio auf der gestickten Decke erkennen, darunter die Kiste mit den Binden und Salben für Omas offene Beine, die gesammelten Zeitungen und das Nähkästchen auf dem Tisch. Durch das Fenster erblickte Thomas die Sterne am Nachthimmel. Der Halbmond spendete so viel Licht im Zimmer, dass keine Gespenster und Monster es wagten, sich im Zimmer zu zeigen. Die Tür, die zum Plumpsklo und zur Waschküche führte, lag hinter dem Kopfteil des Sofas. Er schaute auf den hellen Küchenschrank mit den Glasfenstern und kurz darauf schlief er ohne Traurigkeit in dieser freundlichen Umgebung ein.

In den nächsten Tagen glaubte er immer weniger daran, dass seine Eltern noch einmal nach Hause zu ihm kommen würden. Oma hatte es geschafft, ihm seine Angstgefühle zu nehmen, dass womöglich er die Schuld dafür trug, dass sie nicht mehr existierten, was er zuerst angenommen hatte. Er sah es als normal an, für viele Vorkommnisse die Schuld zugewiesen zu bekommen.

Er hatte sich seine Meinung gebildet: *Sie waren tot!*

Sonderbarerweise lebte Thomas auf, ein Gefühl von Leichtigkeit und Freiheit breitete sich in ihm aus. Er schnappte sich Stock und Waffen und hopste in den Appelkamp. Auf dem Weg dorthin pflückte er die weißen Knallkügelchen eines Strauches und warf diese mit Wucht auf den trockenen Feldweg bis sie platzten und knallten und lutschte aus einer bestimmten Brennnesselsorte den süßen Blütenstaub heraus.

Er lebte gern bei Oma und Opa. Sein Opa Karl behandelte Thomas immer lieb. Sie hatten ein gutes Verhältnis und Thomas fühlte sich bei Opa geborgen. In seiner Erinnerung kann Thomas noch heute das Gefühl wieder lebendig werden lassen, dass er ein befreites Leben ohne ständige Bevormundung und Gängelei leben konnte.

Oma kümmerte sich um ihn. Sie bereitete ihm sein Frühstück und briet mittags Bratkartoffeln mit Fleischwurst oder Rühreiern darunter. Thomas liebte das Essen. Abends gab es

Butterbrote, dick mit grober Leberwurst bestrichen oder mit Fleischwurstscheiben belegt und andere Leckereien. Thomas ging oft für seinen Opa mit einem leeren Flachmann und einer Mark in der Hand unter der mächtigen Trauerweide hindurch zur Gaststätte, klopfte mit dem Markstück an das kleine Fenster im Vorraum und sagte dann zum Gastwirt: »*Bitte einen Wacholder für Opa!*« Der Wirt kannte die Prozedur, füllte den Flachmann und Thomas trollte sich nach Hause. Abends saßen alle Drei in der Küche zusammen. Oma und Thomas hörten Radio und sprachen über dieses und jenes miteinander. Opa rauchte Zigaretten und trank Wacholderschnaps, bis der Inhalt des Flachmanns sich dem Ende neigte.

Oma und Thomas rollten gemeinsam die frisch gewaschenen Mullbinden auf, die Oma als Verband für ihre offenen Beine permanent benötigte. Thomas hockte vor ihr und spreizte die Binde zwischen Daumen und restlichen Fingern auseinander, damit Oma sie aufwickeln konnte. Ihre deutlich sichtbar angeschwollenen Beine und Füße sahen fürchterlich aus. An beiden Waden und teilweise auch an der Oberhaut der Füße mäanderten die von blauroten Adern durchzogenen Wunden, von offenen, tiefen, leicht blutenden Wundfurchen in alle Richtungen aus. Eine Flüssigkeit aus Blutbestandteilen und Lymphe trat nässend auf der ganzen Wundfläche aus und löste die papiernen Hautstückchen wieder ab. Um die Wundränder herum zogen sich tiefrote, fast purpurne, unregelmäßige Begrenzungen. Die tiefrote Farbe vermittelte den Eindruck, dass ihr Reparaturmechanismus mit aller Kraft eine Heilung versuchte. Die Wunden wollten sich aber einfach nicht schließen. Sie bewegte ihre Beine ständig hin und her, um die quälenden Schmerzen zu lindern, über die sie nie ein Wort verlor. Zweimal am Tag strich Oma eine Creme auf und umwickelte die Beine mit den Mullkissen und -binden. Dabei hörten sie meistens Blasmusik, bei einigen volkstümlichen Liedern trällerten sie mit. Diese gemeinschaftlichen Abende erwärmten Thomas Herz. Sie versprühten ein wohliges Gefühl, vertraulich, gemütlich und friedlich. Oma erzählte Geschichten, Thomas stellte Fragen und es wurde viel gelacht.

Thomas vermisste seine Eltern immer weniger. Es wurden wundervolle Tage, die Thomas glücklich genoss, er fühlte sich so beschwingt. Keine Beschimpfungen, kein Rumbrummeln, kein gehässiges Gestotter von Vater, keinen Klaps »hinter die Ohren«, wenn Mutter wieder ihre Launenhaftigkeit überfiel und er ihr als gefälliges Opfer in die Quere kam.

In Ihren Augen hatte Thomas stets etwas angestellt: *»Du verflixter Jaust, wenn Du so weiter machst, stecke ich Dich in ein Erziehungsheim!«.*

So vergingen vierzehn Tage, die er als kleine Ewigkeit empfand. Thomas hatte sich damit abgefunden, dass Mutter und Vater gestorben waren, er sie nie mehr wiedersehen würde. *»Oma, seh ich sie im Himmel wieder?«.* Nachdem Oma die Frage zwar zögerlich, letztendlich aber doch bejahend beantwortete, um das Thema abzudrängen, zeigte sich Thomas zufrieden und wandte sich wieder den Gesprächsthemen mit Oma und Opa und seinem Alltag zu.

Nach etlichen Tagen schickte Opa Thomas mal wieder zum Nachfüllen des Flachmanns zur Gaststätte.

Als Thomas unter seinem Lieblingsbaum, der imposanten Weide, den Vorhang aus Zweigen vorsichtig beiseiteschiebend, um die Ecke trat und auf den Ascheparkplatz der Gaststätte schaute, erblickte er einen riesigen Reisebus. Er konnte es nicht glauben, dort erblickte er wahrhaftig seine Mutter. Sie sah Thomas und breitete die Arme aus, als fordere sie ihn zum Spiel *»Wer kommt in meine Arme?«* auf. Aus den Augenwinkeln erblickte Thomas seinen Vater, der in diesem Moment an der nach oben geöffneten Kofferklappe des Reisebusses ihre Koffer sortierte. Thomas stand stocksteif vor Entsetzen neben dem Reklameschild der Zigarette „Juno Josetti", die sein Vater immer rauchte und hielt sich an der Eisenstange fest. Er erstarrte! Sein Entsetzen war derart groß, dass er seine Mutter verfluchte, weil sie sich wieder blicken ließ. Grinsend und leicht gebeugt wartete sie darauf, dass Thomas voller Freude zu ihr lief.

Thomas drehte sich verstört spontan um und lief schreiend den Weg zurück nach Hause zu seiner Oma, die bereits auf dem Gehweg stand. »*Sie sind doch tot, warum sind sie wieder da ...!*«, schrie er seiner Oma schluchzend entgegen und stürzte sich mit voller Wucht in ihren Schoß. Eingedreht in die Schürze rollte er sich hinter sie, er wollte Mutter und Vater nicht sehen. In diesem Moment verabscheute er sie.

Mutter vornweg, trotteten sie mit ihren Koffern die Schotterstraße dem Haus entgegen.

Seine von der Sonne braun gebrannte Mutter startete einen weiteren Versuch und schritt mit ausgebreiteten Armen auf ihn zu. Thomas sollte ihr in die Arme fallen: »*Jetzt komm schon, stell dich nicht so an!*«, forderte sie ihn auf. Thomas Wut auf ihre Wiederkehr verstärkte sich derart, dass er nicht hinter dem Rücken seiner Oma hervorkam. Oma versuchte, sich so zu drehen, dass er vor ihr zu stehen kam, Thomas bugsierte sich jedoch immer wieder flink hinter sie.

Thomas Mutter hatte ihr »Sonntagsverhalten« gezeigt, als sie jedoch nicht verstand, was bei Thomas ablief, legte sie es ab, wurde über seine Ablehnung und die aufgelöste Reaktion zornig.

Wie bei vielen ihrer Anfälle, ergriff sie mit harter Hand seinen Arm und zerrte ihn hinter seiner Oma hervor. Sie zwang ihn förmlich so fest in ihren Arm, dass er sich nicht wehren konnte. Thomas schrie, er wollte sich von einer »Toten« nicht anfassen lassen. Sie roch anders, viele ihrer Geruchskomponenten kannte er nicht, stießen ihn ab. Er verabscheute diesen veränderten Geruch, strampelte sich frei und brachte sich in einigem Abstand in Sicherheit vor ihr.

»*Der kriegt sich schon wieder ein, der begreift ja noch nichts!*«, giftete sie, drehte sich um, bewegte dabei herablassend ihre Hand und fragte Oma: »*Hat er sich geschickt? War er frech? Es ist nicht auszuhalten mit diesem verdammten Jaust! Kaum bin ich wieder da, gibt`s wieder Ärger!*«.

Wie ein Chamäleon wechselte sie blitzschnell ihren Gesichtsausdruck und zeigte wieder die Thomas sehr bekannte

159

gefühllose, wütende und aufgebrachte Verhaltensweise. Ihre kleinen giftigen Augen sprühten vor Wut. Ein wenig musste sie jedoch die Lieblosigkeit der gesamten Situation gespürt haben, die sie rücksichtslos aufbaute und damit blanke Angst bei Thomas erzeugte? Sie ließ im Moment von ihm ab.

Oma sagte nichts dazu, auf ihrem ausdruckslosen Gesicht regte sich kein Muskel, sie hielt sich leider immer aus allem raus. Opa ging ins Haus, nahm bestimmt die Situation zum Anlass, sich ein Pinnchen Wacholder zu genehmigen.

Vater stierte nur teilnahmslos auf das Geschehen - er konnte mit der Situation nicht umgehen und schüttelte nur den Kopf.

Thomas rüttelte ein gewaltiger Gefühlssturm durcheinander. Hass brodelte in ihm und ein mächtiges Gefühl von Trauer überwältigte ihn. Die schöne Zeit bei Oma und Opa neigte sich unerbittlich dem Ende zu. Die Zeit des dunklen Kinderknastes begann wieder. Wie konnten seine Eltern ihm das antun. Ohne mit ihm zu sprechen, fuhren sie weg und erwarteten jetzt, dass er ihnen liebevoll in die Arme fiel. Sie hatten ihn verschaukelt, verraten und einen riesigen Zorn auf sie heraufbeschworen.

Mutter zeigte sich gefühlslos, reagierte ohne jegliches Einfühlungsvermögen auf Thomas Reaktionen und keifte unbarmherzig weiter auf Thomas ein, der mittlerweile einen sicheren Abstand zu seiner Mutter einnahm. *»Jetzt ist Feierabend, du kommst jetzt sofort in meinen Arm!«*, befahl sie unmissverständlich. Sie ergriff ihn genauso hart wie vorhin, schlang ihre Arme um ihn bis zur Bewegungsunfähigkeit und schnauzte zischend auf ihn ein: *»Halt jetzt endlich den Mund, ich bin doch jetzt wieder da!«*. Sie begriff nicht, dass genau dies Thomas extrem irritierte. Sie hörte mit ihrer Keiferei nicht auf: *«Na hör mal, du bist ein verdammt komisches Blag, freu dich doch, dass wir wieder da sind ...!"*.

Als ob man Gefühle einfach an- und abstellen kann. Thomas zitterte am ganzen Leib und als Mutter merkte, dass sie ihn mit ihren Worten nicht erreichte, ließ sie ihn los.

Vater machte keine Anstalten einer körperlichen Annäherung. Er nahm ihn nicht in den Arm oder berührte ihn. Kein Wort richtete er an ihn. Er schüttelte nur den Kopf und stammelte, von Mutters Ausfällen angesteckt, ärgerliches unverständliches Zeugs vor sich hin. Er schnappte sich die beiden Koffer und ging ins Haus.

Diese Situation vertiefte den Graben im Verhältnis von Thomas zu seinen Eltern. Die körperliche Abneigung verstärkte sich erheblich. Er konnte ihre Nähe immer weniger ertragen, er verabscheute den Geruch ihrer Haut, ihrer Haare und ihres Körpers, der weder Wärme noch Geborgenheit, nur unpersönliche Härte ausströmte. Er lehnte alles an ihr ab. Ihre befehlenden, kalten, kleinen Augen, die schmalen und farblosen Lippen und ihre Hände, die keine Zärtlichkeit kannten.

Er hasste ihre brutalen Umarmungen und das gewaltsame Festhalten. Thomas vermied es stets, auf ihren Schoß zu klettern oder sich nur an ihren Beinen zu klammern, um sich ein wenig Sicherheit durch Körperkontakt zu holen. Bei Mutter verfestigte sich jedoch die Meinung: »Thomas hatte einen Knall, war nicht normal!«. Als sie in der eigenen Wohnküche ankamen, sprach sie abschätzig zu Thomas: »*Du bist ein dämliches, unnützes Blag, das nichts kapiert! Wenn das so weitergeht, weiß ich nicht mehr, was ich noch mit dir anfangen soll!*«. Sie wedelte wegwerfend mit den Armen, drehte sich um und kramte ihre Sachen aus dem Koffer.

Der ganze miese Alltag nahm wieder seinen Lauf. Die mütterlichen egoistischen und harten Erziehungsmethoden bestimmten Thomas Tagesablauf. Er hatte sich mit dem vermeintlichen Tod seiner Eltern so arrangiert, dass der Verlust zuletzt nicht mehr schmerzte. Beide versanken in seinem Unterbewusstsein in den gemiedenen Bereich. Nach ihrer Rückkehr strafte sie ihn mehr denn je mit ihren Verboten: »*Tu dies nicht, mach das nicht; mach dich nicht dreckig; lauf mir nicht immer vor die Füße; setz dich nicht hin; hol mir dies; während des Essens gibt es nichts zu trinken; trink kein Wasser auf unreifes Obst; sei nicht so frech; benimm dich anständig; wehe, wenn die Leute sich über dich beschweren; sitz gerade am Tisch; schlabber nicht so rum; mach, das du mir aus den Augen kommst!*«. Eine Schimpftirade folgte der anderen. Sie ließ Thomas noch wochenlang sein, ihrer Meinung nach, unmögliches Verhalten spüren und zog ihre Erziehungszügel bis zur seelischen Schmerzgrenze an. Warum ihr Wiedersehen derart negativ verlief, hinterfragte sie nicht. Mit Verständnis und lieben Worten zu reagieren, kam ihr noch nicht einmal im Ansatz ins Bewusstsein.

Im Alter von viereinhalb Jahren konnte er die Lieblosigkeiten seelisch, körperlich und die atmosphärischen Spannungen, die sich auf ihn bezogen, bereits sehr intensiv registrieren. Der Schmerz gravierte die Erlebnisse tief in sein Gehirn ein.

Prügel, spontane Schläge und Misshandlungen - »*Bitte, bitte hör auf!*«*, das misshandelte Kind!*

Thomas Problemzone, sein Kopf, wurde oft in Mitleidenschaft gezogen. Er litt öfters unter Entzündungen der Ohren, der Nase und ihrer Nebenhöhlen. Mutters körperliche Attacken wirkten sich besonders auf seine Ohren aus. Erkältungskrankheiten gehörten zur ständigen Begleiterscheinung im Winter. Da Thomas im gleichen Raum wie die Eltern schlief, störten nasalen Geräusche wie Schnarchen, nach Luft schnappen oder Nase schniefen den Schlaf der Beiden.

Besonders Vater war auf einen ausreichenden Schlaf angewiesen. Thomas nasale Geräusche brachten ihn erheblich in Aufruhr, bis er fluchend Mutter weckte, die wiederum Thomas wachrüttelte, um dessen Geschnarche abzustellen.

Um das Übel abzustellen, fuhr Mutter mit ihm zu einem Hals-, Nasen-, und Ohrenarzt in die naheliegende Stadt. Mutter zerrte und schleppte ihn in ihrer Eile, ihrem eigenen Gehrhythmus strikt folgend, hinter sich her. Auf seine geringere Schrittlänge nahm sie keine Rücksicht.

Im Krankenhaus angekommen fixierte Thomas seinen Blick elektrisiert auf die zweistöckigen Edelstahlwagen mit diversen Schalen, Tüchern, Tupfern und martialisch aussehenden blanken Zangen, Spateln, Nasenöffnern, und anderen Geräten, die auf dem Flur an der Wand aufgereiht standen.

Die Geräte verursachten spontan Angst, da er sofort an ähnliche Geräte dachte, die ihn traktiert hatten. Fürchterliche Erinnerungen zogen lebendig vor seinen Augen vorbei. Er sah schlimme Dinge auf sich zukommen.

Angefangen hatte diese Angst mit dem Schneiden der Haare. Im Abstand von einigen Wochen versammelte sich die ganze Familie in der Wohnküche. Ein Nebenerwerbsfrisör in weißem Kittel schnitt Opa, Vater und jetzt auch Thomas zum ersten Mal die Haare. Da die Auswahl der Haarschnitte aus zwei Schnittformen bestand, Façon und Rundschnitt, sahen die Frisuren bei den Männern hinterher fast alle gleich aus. Was der Unterschied zwischen den beiden Schnittformen ausmachte, erschloss sich Thomas nie. Die Männer sahen eh alle so aus, als hätte man ihnen einen Pisspott über den Schädel gestülpt und rundherum mit Schneidemaschine und Rasiermesser einfach kreisförmig wie bei einem Mönch die Haare abrasiert.

Bei Thomas gestaltete sich die Prozedur ausgesprochen schwierig. Der Frisör schnitt die Haare mit einer handbetriebenen, mechanischen Schneidemaschine, die durch flinkes Zusammendrücken der beiden Griffe angetrieben wurde. Mit einer auf die Funktionsweise der Maschine abgestimmten Geschwindigkeit kniff die Hand des Frisörs rhythmisch die Griffe zusammen. Selbst wenn er mit dem Schneiden pausierte, knipste er, um nicht aus dem Takt zu kommen, immer weiter. Allerdings ermüdete seine Knipshand gelegentlich, oder er verquasselte sich, mit dem Ergebnis, dass sich die Schneidegeschwindigkeit verringerte. Anstatt auch langsamer das Gerät durch die Haare zu schieben, sauste er mit der gleichen vorherigen Geschwindigkeit über den Kopf und geriet somit aus dem Rhythmus. Mit dem Ergebnis, dass er etliche der Haare mehr herausriss als abschnitt. Es ziepte und verursachte Schmerzen. Den Umgang mit der Schneidemaschine handhabte der Frisör jedenfalls so ruppig und dilettantisch, als würde er einem getöteten und ausgebluteten Schwein die Borsten abkratzten. Thomas beobachtete den bisherigen Ablauf und durch die bereits erfolgten Übergriffe seiner Mutter auf Ohren und Nase vorgewarnt, baute Thomas vorausahnend im Vorfeld heftigen Widerstand in sich auf.

Thomas sah, wie der Frisör die vorher rasierte Haut mit Schaum einpinselte, ein Lederband von seinem Gürtel hochzog und die Schneide des Rasiermessers scharf wetzte. Dann kratzte er mit dem Messer Schaum und Haarstoppeln von der Haut ab und wischte mit einem Handtuch den Rest des Schaumes ab.

Die Prozedur konnte durchaus blutig werden. Aus kleinen Schnittwunden quoll Blut und lief in dünnen Rinnsalen den Kopf hinunter. Mit einem Alaunstein tupfte der selbst ernannte Frisör die blutenden Stellen ab, um die Wunden zu schließen. Zum Abschluss klebte der körperlich Malträtierte mit eigener Spucke benetzte kleine Papierfetzchen auf die Wunden. Fielen die Fetzchen ab, hatte sich die Wunde geschlossen. So komisch das hinterher auch aussah, für Thomas waren die Blutspuren nur eine weitere Bestätigung, dass sie ihn massakrieren wollten.

Die Termine zum schneiden der Haare deuteten sich immer dadurch an, dass Mutter relativ neue und sauber gebügelte Handtücher bereit legte. Die Waschschüssel, in der sie normalerweise immer den Salat mischte, wusch und polierte sie, damit nicht der kleinste Fleck oder eine unsauber gebügelte Kante eines Handtuches ihr Ansehen schmälern konnte. Zur Imageverstärkung scheuchte sie Thomas in eine Ecke und wischte lieber noch einmal den Boden auf, polierte die Herdplatte, stellte den Muckefuck bereit und legte die Sonntagsdecke auf den Tisch. Ein Alpenveilchen dekorierte zur Abrundung den Tisch. Ihr persönliches Ansehen war ihr extrem wichtig. Alles musste picobello aussehen. Als Thomas die ihm verdächtig erscheinende Wuseligkeit seiner Mutter beobachtete, verzog er sich langsam in Richtung Zimmertür, um gegebenenfalls in einem unbeobachteten Augenblick aus dem Haus herum in den Appelkamp flitzen zu können.

»Wehe, wenn du wieder wegläufst, dann kannst du was erleben! Mach mir bloß kein Theater!«, blaffte Mutter Thomas an, da sie ahnte, was er im Sinn hatte.

Der Frisör hingegen mutierte zum Stümper. Mutter hatte ihn wahrscheinlich bei einem Kaffeekränzchen aufgegabelt, da solche Typen sich gern unter ihre potenzielle Zielgruppe mischten. Es ist nicht überliefert, ob der Frisör sein Handwerk überhaupt gelernt hatte, er hätte genauso gut auch Metzger, Operateur, Maurer oder Zahnarzt sein können. Er unterbreitete Mutter bestimmt preislich ein attraktives Familienangebot, da es nicht viel kosten durfte. Der Frisör, ein Flüchtling aus Schlesien, ähnelte in seinem Aussehen dem Kabarettisten Dieter Hildebrand, auch er trug eine Hornbrille auf dem schmalen Kopf und sprach mit schlesischem Dialekt. Durch eine Hospitation bei einem echten Frisör fühlte er sich anscheinend dazu berufen, die Pisspottschnitte im Nebenjob auch an unschuldigen kleinen Jungen auszuüben. Seine

Fertigkeiten schwafelte er ständig in abstrusen und markigen Reden herum. Wem *der* schon alles die Haare geschoren hatte!

Nachdem alle Männer die Prozedur ohne wehklagen über sich ergehen ließen, kam Thomas an die Reihe. Bislang hatte Mutter seinen blonden Schopf immer unter heftigem Geschrei eigenhändig geschnitten. Vor dem Zimmerausgang hatte jemand mit einem Stuhl den Ausgang blockiert.

In Thomas stieg Angst auf. Er weinte, als ihn Mutter auf den Schoß zog und seine Beine zwischen ihren kräftigen Schenkeln einklemmte. Jegliches Festhalten förderte sofortige Panikanfälle hervor. Er konnte es nicht ertragen, in seiner Bewegungsfreiheit eingeengt zu werden. Sein Vater hatte im Ehebett immer ein Kissen so lange auf Thomas Kopf gedrückt, bis er zu ersticken drohte, verzweifelt strampelte und mit aller Kraft vermeintlich um sein Leben kämpfte. Vater fand das lustig und überdrehte die Situation bis Thomas vor Todesangst fast den Verstand verlor. Er meinte, mit einem Anflug von Sadismus, dieses »Spiel« würde Thomas Spaß bereiten. Welche Motivation ihn dazu trieb, derart brutal mit seinem Sohn umzugehen, entzieht sich einer näheren Betrachtung, eine Ahnung hingegen bleibt. Da Thomas extrem heftig reagierte, wollte er von dem blöden Blag fortan nichts mehr wissen. Die Scham über einen Sohn trat bei vielen seiner Aktionen zutage. Vielleicht hätte er die Zeit am liebsten bis vor seinem ungestümen Samenerguss zurückgedreht. Thomas lebte in ständiger Angst, fast erstickt zu werden. Vater konnte mit Thomas schlichtweg nichts anfangen. Entweder schoß er ihm einen Ball knallhart an den Kopf oder heftig in den Bauch, überrannte ihn beim Ballspielen oder drangsalierte Thomas mit dem Kissen. Er vermochte das Verhältnis zwischen seiner körperlichen Kraft und der eines kleinen Jungen nicht abzuschätzen. Unreif, wie er selbst noch war, ergötzte er sich an seinem rauen Umgang mit Thomas, nahm bewusst dessen Panik in Kauf.

Aufgrund dieser traumatischen Situationen ließ Thomas niemand an sich heran, bekam extreme klaustrophobische Anfälle, die sich im Laufe der Jahre verschlimmerten und auch Auswirkungen auf Spielsituationen mit anderen Kindern zeigten. Raufen, schubsen, den Kopf im Schwitzkasten fixiert zu bekommen, bei Ballspielen oder anderen Spielen im Turnunterricht in Rangeleien verwickelt zu werden, empfand er als unerträglich.

Auf dem Schoß seiner Mutter mit fixierten Beinen zu sitzen, geriet zum Höhepunkt ihrer Quälerei. Der Frisör kämmte ihm die Haare, benutzte dann seine klackernde Haarschneidemaschine, geriet an Thomas Kopf und wollte gerade zum Schnitt ansetzen, als Thomas ausrastete.

Er bog seinen Körper und begann panisch zu schreien. Er versuchte, sich aus der Bewegungslosigkeit zu befreien, drehte Kopf und Oberkörper in alle Richtungen, um dem Frisör die Arbeit an seinem Kopf unmöglich zu machen.

»*Stell dich nicht so an, verdorri!*«, keifte Mutter, presste ihn noch fester an sich, sein Winden und Weinen verstärkte sich. Er tobte derart auf dem Schoß seiner Mutter, dass Oma gerufen wurde und prompt herbei eilte. Mutter stand auf, hielt den aufgelösten Thomas am Arm fest umklammert. Oma wechselte auf den Stuhl und klemmte seine Beine ebenfalls zwischen ihren Schenkeln bis zur Bewegungsunfähigkeit ein. Mit ihren starken Armen umfasste sie Thomas und fixierte dessen Oberkörper fest an sich drückend. Mutter zog einen Stuhl daneben, griff Thomas an den Kopf und hielt diesen wie in einem Schraubstock gespannt fest. Er fühlte sich wie in einer Zwangsjacke gefangen, selbst sein Kopf konnte nun keine Bewegung mehr vollziehen. Thomas stand kurz davor, seinen Verstand zu verlieren. Er schrie und weinte. Seine Panik steigerte sich durch die körperliche Totalfixierung ins Unerträgliche. Der Frisör reagierte unwirsch.

Dann geschah etwas, was Thomas sein ganzes Leben prägen sollte: Er gab auf ...! Er konnte es nicht mehr ertragen. Dann musste es eben so sein, sollten sie doch mit ihm machen, was sie wollten. In seinem Kopf spielte sich eine Szene wie beim Schlachten der Schweine ab, auch die Tiere konnten trotz heftiger Gegenwehr ihr Töten nicht verhindern. Genauso fühlte sich Thomas, dann sollten sie ihn eben »schlachten«. In diesem Augenblick gab er sich auf, sein Leben, seine Persönlichkeit. Er vergaß alles um sich herum, nahm die anwesenden Personen nicht mehr wahr, versank in einem Morast von Ausweglosigkeit. Sie hatten ihr Ziel erreicht, sie hatten den kleinen Jungen gebrochen. Eine unendliche Leere breitete sich in ihm aus, sie hätten ihn totschlagen können, er hätte sich nicht gewehrt.

Mit einem letzten Aufbäumen versuchte Thomas, seine Qualen zu beenden: »*Aufhören, aufhören, ich mache nichts mehr, ich halte still, ihr könnt mit mir machen, was ihr wollt, aber lasst mich los, bitte, bitte, lasst mich los ... ich halt ja still!*«. Der genervte Frisör erledigte gefühlslos seine Pflicht, nicht ohne gehässig die Schneidemaschine mehr reißend als schneidend zu bedienen. Ein Bild des Jammers. Zwei erwachsene Frauen schafften es nicht, Thomas davon zu überzeugen, dass er nichts zu befürchten hatte.

In dieser Wohnküche verübten sie gemeinschaftlich schwere psychische und physische Misshandlungen an Thomas, die sich unlöschbar in sein Gedächtnis eingruben. Erhebliche negative Auswirkungen auf seine psychische Gesundheit, seinen Reifungsprozess und seine allgemeine Sozialisierung fanden in dieser Situation ihren Ursprung und beeinträchtigten ihn erheblich.

Im Krankenhaus stand nun wieder Thomas Kopf im Mittelpunkt des Geschehens. Da Mutter sich nicht blamieren wollte und sie Thomas Reaktion voraussah, entschied sie in Absprache mit dem Arzt, dass dieser sich die Nase erst einmal im neutralen Flur ansehen sollte. Thomas unauffällig und ohne Geschrei in den Behandlungsraum zu führen, funktionierte nicht, er würde toben, schreien, weinen und versuchen, sich der Hand seiner Mutter zu entwinden und wegzulaufen. Auf dem Flur saßen etliche Frauen, die auf eine Behandlung warteten. Nichts fürchtete Mutter mehr als kritische Kommentare, die die Gefahr bargen, dass ihr Mutterimage erheblich zu schaden kam. Ein unfreundlicher, arrogant, auftretender Arzt, der sich wie ein Herrgott in weissem Kittel gebärdete, dabei aussah wie ein schlecht gelaunter Professor Sauerbrei, forderte Mutter auf, ihn auf ihren Schoß zu setzen. Bei dieser erhöhten Position brauchte Thomas seinen Kopf nicht allzu weit in den Nacken zu biegen. Der Arzt wollte gerade sein Instrument in die Nase einführen, als Thomas die Martergeräte, die er auf dem verchromten Rollwagen erspäht hatte, mobilisierten. Urplötzlich überfiel ihn eine Panikattacke, gegen die er sich nicht wehren konnte. Sein Herz raste und seine Gedanken verengten sich wie in einem Flaschenhals, alle Sinne auf die Beendigung der Misshandlung ausgerichtet. Er wand sich und schrie.

Sie brachen die Aktion ab und gingen ins eigentliche Behandlungszimmer. Dort wartete eine ältliche Nonne, deren Gesichtsausdruck nicht Gutes erwarten ließ. Mutter zerrte Thomas wieder auf ihren Schoß und die Nonne kippte gewaltsam seinen Kopf nach hinten. Der sauertöpfische Arzt fummelte ohne jegliches Einfühlungsvermögen ziemlich rücksichtslos in seiner Nase herum.

Und dann explodierte die Situation. Thomas rastete vor lauter Angst aus. Mutter und die Nonne hatten ihr Festhalten gerade etwas gelockert, als er sich blitzschnell den Beiden entwand. In Windeseile sauste er zur Tür, schoß aus dem Zimmer auf den Flur und durch die große schwere Eingangstür die Treppen hinunter aus dem Krankenhaus auf den breiten Bürgersteig. Nach etlichen Metern entlang der Häuserfront blieb er weinend und zitternd stehen. Wohin sollte er auch gehen. Seine Mutter sauste hinter Thomas her und holte ihn ein. Sie hielt ihn fest, schüttelte ihn, schrie und drohte. *»Du kommst jetzt sofort mit. Mach mir kein Theater, sonst setzt es was!«*.

Sie zog den völlig aufgelösten Thomas, der sich mit den Füßen auf dem Bürgersteig gegen jede Fortbewegung stemmte, in das Krankenhaus zurück. Die Nonne wartete kopfschüttelnd auf dem Flur. Die Aufgaben der Fixierung verteilten sie nun anders. Die Nonne hievte ihn auf den Schoß und klemmte seine Beine fest, umschlang seinen Körper und drückte ihn bewegungsunfähig an sich. Mutter presste seinen Kopf in die vom Arzt dirigierte Position. Sie benutzte ihre Handinnenfläche, um Thomas Ohren unverrutschbar einzuklemmen.

Der Arzt spreizte mit seiner kalten Zange die Nase und kam zu der Diagnose: enge Nasengänge und eine schief gewachsene Scheidewand. Dringend müssten zuerst Nasenpolypen entfernt werden, die den primären Grund für seine nächtlichen Geräusche darstellten. Seine Nase schwoll bei geringsten Infekten rasch zu. Dadurch schnappte er nach Luft und atmete durch den Mund. Das Schnarchen wäre eine Folge davon. Nur durch eine Operation könnten die Probleme beseitigt werden. Der Arzt fummelte unaufhörlich mit Zangen und Spateln in seinen Nasenlöchern herum, für Thomas dauerte die Untersuchung eine Ewigkeit.

Sie beiden Frauen hielten ihn weiterhin stramm fixiert und dann geschah genau das, was schon beim Haareschneiden urplötzlich geschah. Er konnte das brutale Festhalten einfach nicht mehr ertragen. Er gab auch in dieser Situation auf. Seine Panik wurde unerträglich. In seinem Kopf machte sich Leere breit und ein verzweifelter Schmerz durchströmte ihn. Er fühlte sich von allen Verraten und Verlassen und spürte, dass er wieder einmal verloren hatte. Sein Widerstand sank kläglich in sich zusammen, sie ließen ihn nicht in Ruhe! Sie hätten auf ihm herrumtrampeln oder ihn gleich wie eine Katze ersäufen können.

Als er noch fixiert auf dem Schoß der Nonne saß, schluchzte er: *»Es ist gut, aufhören, ich mache nichts mehr, ich wehre mich nicht, loslassen, bitte, bitte loslassen, bitte ...!«* Sie mussten spüren, wie er in sich zusammenfiel, sich seine Körperspannung auflöste und lockerten vorsichtig ihre Fixierung. Sie hatten ihn wieder mal gebrochen.

Dieses Erlebnis führte dazu, dass der Rest an Vertrauen an seine Mutter verloren ging. Sie hatte zwar gewonnen, wie sie immer gewann, aber ihn dabei verloren. Und es gab einen Begriff, den Thomas nun wie ein Mantra immer wieder innerlich formulierte: *»Warum? Warum? Warum?*

Die Kommentare von anderen Patienten, die ebenfalls auf dem Flur saßen und das ganze Dilemma miterlebt hatten, fielen entsprechend aus:

»*Wenn das Meiner wäre, dem würde ich die Flötentöne beibringen!*«
»*Die hat ja den kreischenden Bengel überhaupt nicht im Griff!*«
»*Die Blagen tanzen heute den Müttern auf dem Kopf rum und machen was sie wollen!*«
Ein derber Schlag für Mutters Selbstbewusstsein. Genau diese Meinungsäußerungen hatte sie um jeden Preis vermeiden wollen.

Sie konnte Kritik nicht ertragen. Sie wehrte sich nicht gegen die Aussagen, sondern ging nur noch ruppiger mit Thomas um. Sie ignorierte wütend die Aussagen und bemühte sich um Schadensbegrenzung, was aber nicht wirklich gelang. In diesem Flur stand ihr das Mittel der körperlichen Züchtigung und der verbalen Demütigung nur eingeschränkt zur Verfügung. Auf dem Heimweg ahnte Thomas, dass sein Verhalten wieder ein Nachspiel haben würde. Zuhause konnte sie ihren Mund aufreißen und rumblaffen, Vater würde sich eh nicht darum kümmern, nur ein »*Tunk im doch eine!*«, beiläufig von sich geben. Sein persönliches Motto: da rein, da raus! Kein Interesse! Mutter hatte dann freie Bahn um ihre Erziehungsmethoden bei Thomas zu perfektionieren, ihn zu schütteln, zu beschimpfen und ihm ein paar »*hinter die Löffel*« zu geben. Es stellte sich keine schützende Instanz vor Thomas, die einschritt.

»*Mach ihm rechtzeitig klar, wo es im Leben langgeht ...!*«, feuerte Oma Emma seine Mutter an.

Für Thomas entwickelte sich das Erlebnis zu einer entscheidenden Schlüsselszene seines Lebens, in der ein Reaktionsmechanismus entstand, der über Jahrzehnte seine Wirkung in Thomas voll entfaltete. Es beeinträchtigte ihn derart, dass er allen gröberen körperlichen Kontakten, die stets destruktive seelische Probleme bereiteten, vorausahnend aus dem Weg ging. Für ihn gefährliche Spannungszustände konnte er nicht ertragen. Seine Erinnerungen spielten ihm in seinem nächtlichen Verschlag immer wieder die grausam durchlebten Szenen auf seiner inneren Leinwand vor. Das Kissen auf dem

Gesicht, der Frisör, das Krankenhaus, der gefühlslose Arzt und die gleichgültige Nonne, was würde er noch alles erleben müssen? Es gab viele derart intensiv und emotional erlebten Situationen in Thomas Leben, die sich unauslöschlich in sein Gedächtnis eingruben. Die traumatisch erlebten Szenen beeinflussen sein Verhalten und die daraus abgeleiteten Handlungen als erwachsene Person. Thomas musste noch etliche Male in dieses Krankenhaus. Die Polypen operierte der Arzt heraus, das Blut lief in einem dünnen Rinnsal stetig aus der Nase in die chromfarbige Nierenschale, in der bereits viele blutgetränkte Tupfer lagen - es schmerzte fürchterlich. Der Geruch seines Blutes, das Gerumpel im Kopf und die Geräusche, die beim Versuch der Begradigung der Nasenscheidewand entstanden, spürte Thomas mit fatalistischem Gefühl. Mutter nahm zur Unterstützung immer Oma Helene mit. Mit dem Besuch eines Spielladengeschäftes lockten sie ihn in die Stadt. Hielt der Bus vor dem Krankenhaus, dämmerte Thomas, welche Absicht hinter der Fahrt stand. Er weinte zwar verzweifelt, fiel aber rasch in sich zusammen wie ein undichter Luftballon. Diese »Kapitulation«, die aus der mittlerweile verinnerlichten ausweglosen Unabänderlichkeit gespeist wurde, ließ Thomas in den Zustand der Agonie, des »sich Aufgebens« hineingleiten. Seine Oma spielte dabei eine unrühmliche Rolle. Was verbarg sich hinter ihrem Gesicht?

Medizinische Untersuchungen Jahre später ergaben, dass die »Eingriffe« unsinnig und medizinisch nicht zu begründen waren. Sie richteten mehr Schaden an, als das sie Linderung herbeiführten. Der Griesgram von Professor Sauerbrei entfernte und verletzte Areale der gesunden Schleimhäute. Eine weitere Korrektur der Nasenscheidewand ein Jahrzehnt später bei einer ambulanten Operation in der Praxis eines Arztes misslang, was zu einer endgültigen irreparablen Schädigung führte. Thomas bekam jetzt noch weniger Luft und ohne abschwellende Nasen- und Cortisonsprays schnaufte und schnarchte er wie eine Dampflokomotive am Steilhang. Sein Vater, den alle von Thomas ausgehenden Geräusche störten und zu gehässigen Attacken antrieben, war der ausschlaggebende Faktor für die unnötigen dauerhaften Verletzungen. Alle von seinen Eltern initiierten Eingriffe fanden vor seinem sechsten Geburtstag statt.

Eine Blinddarmentzündung ignorierte Mutter tagelang, bis das Fieber extrem anstieg und die Schmerzen so stark wurden, dass Mutter es endlich mit der Angst zu tun bekam. Sie riefen den Hausarzt, der eine sofortige Einweisung in das Krankenhaus anordnete. Noch am gleichen Abend wurde eine Notoperation durchgeführt, da der Blinddarm zu platzen drohte.

Verspielen der Realität in der »inneren Welt«

In Thomas Kopf sammelten sich im Laufe der Zeit alle negativen Episoden und Erfahrungen des lieblosen Alltags wie in einem brodelnden Dampfkessel. Wie sollte er nur diesem Teufelskreis entrinnen? Je größer seine Verzweiflung wurde, umso intensiver vertiefte er sich in seine »inneren Spiele und Gedanken«. Er konzentrierte sich zunehmend auf die lebhafte Auskleidung der Spielsituationen, in denen es ihm gelang, belastende Gedanken weitgehend auszublenden. Da sich die Geschichten in der näheren Umgebung seines Hauses abspielten, streifte er bei jeder Gelegenheit in dem Gebiet herum, die ihn gerade innerlich beschäftigte. Dabei scannte er die Bilder, speicherte die Informationen ab, um sie dann in seinem Schlafverschlag aufleben zu lassen.

Thomas exzessive spielerische Gedankenwelt kompensierte die mangelnde Kommunikation in der Familie. Niemand erzählte Geschichten. Auch nicht Oma Helene. Also musste er selbst etwas konstruieren, um sich gedanklich zu beschäftigen. Die Situationen, in denen Mutter doch einmal vorlas, konnte er an beiden Händen abzählen. Sie las nie etwas vor, sie las nicht szenengerecht und flüssig vor. Ihr Vorlesen geriet abgehackt, von vielen regressiven Rücksprüngen durchzogen. Es hörte sich gleichbleibend monoton, desinteressiert und ohne, bzw. mit falscher emotionaler Betonung gesprochen. Es strengte an, ihr zuzuhören. Die ständigen Unterbrechungen ermüdeten, der Fluss der Geschichte zerbröselte nach kurzer Zeit. Zwei Kinderbücher, den Struwwelpeter und die Geschichten von Max und Moritz schenkten sie Thomas zum Geburtstag. Damit erschöpfte sich ihr Wissen um die Vielfalt von Kinderbüchern. Die Bilder betrachtete Thomas stets intensiv, aber auf sich allen gestellt. Aus pädagogischer Sicht bestand der Inhalt der beiden Bücher allerdings überwiegend aus kritischen Geschichten, die teilweise Angst erzeugten. Sie fügten sich optimal in die Erziehungsstrategie seiner Mutter ein. Niemand nahm sich bewusst die Zeit, den Inhalt aus diesen Büchern vorzulesen, sie zu erklären und darüber mit ihm zu sprechen. Sie hatten keine

Zeit, schweiften schnell ab, ihre eigenen Gedanken drängten sich priorisierend in den Vordergrund. ihr spürbares Ziel, dass Thomas sich mit ein oder zwei rasch abgespulten Geschichten zufriedenstellen ließ, spürte er. Erst als Thomas eigenständig die Texte lesen konnte, nahm er die Bücher wieder in die Hand. Da er sich intensiv auf das Lesen konzentrieren musste, geriet das Verständnis für den Inhalt in den Hintergrund. Das Vorlesen regte seine Fantasie an, da das Eintauchen in die Erzählung, ohne die Konzentration auf das Lesen, seine eigenen Gedanken weit mehr beflügelte und seiner individuellen Vorstellungskraft mehr Spielraum verschaffte. Kinder lieben es, ein Kinderbuch so oft vorgelesen zu bekommen, bis sie den Inhalt über weite Strecken auswendig kennen.

In Ermangelung von Kinderbüchern, der fehlenden Beschäftigung mit den Buchgeschichten sowie dem fehlendem kommunikativen Austausch mit Mutter oder Oma entwickelte Thomas die Lösung für sich selbst im »Spiel« und in seiner »inneren Welt«. Es gab für ihn nur die Möglichkeit, entweder in einen dumpfen, geistig leeren Zustand zu gleiten oder mit dem gedanklichen Stoff zu »spielen«, den er täglich erlebte. Einige Zeit später entwickelte er die Fähigkeit des redundanten Spielens. Da das geistige Material, über das er nachdenken, es weiterentwickeln und sich selbst in die Gedankenspiele integrieren konnte, bald nicht mehr ausreichte, spielte er die Szenen mehrfach durch. Quasi wie beim Entwurf eines Drehbuchs, bei dem am Anfang eine Idee steht, es folgt ein Rohentwurf, der immer präziser zu einem fertigen endgültigen Drehbuch wird.

Thomas Mutter stellte primär die Person dar, bei der er sich in eine um 180° entgegengesetzte Beziehung zwischen ihnen Beiden eindachte. Beispielhaft sah seine Vorstellung folgendermaßen aus: Seine Mutter nahm ihn liebevoll auf den Schoß, redete freundlich mit ihm, nahm ihn zärtlich in den Arm, hielt ihn sanft auf dem Schoß, stützte ihn, damit er nicht herunterfiel! Eine schöne, warme und wohltuende Vorstellung, die Thomas erfreute. Sie scherzten in einem liebevollen Ton miteinander, ohne Belehrungsabsicht und ohne gleich wieder zu bewerten, was gesagt wurde. Sie lachten herzlich über ihre eigenen Scherze. Zärtlich streichelte sie seine Wange und kraulte in seinem Haar. Sie schaute ihm direkt ins Gesicht und sagte nur: »*Ich hab dich lieb!*«. Er sehnte sich so sehr danach! Intensiv tauchte Thomas in dieses Gedankenkonstrukt ein, spielte es emotional durch, immer und immer wieder. Er dachte über weitere angenehme Alternativen nach, baute sie in seine Gedanken ein, veränderte das Konzept oder verwarf die Idee. Thomas spürte, dass diese Gedanken ihn wärmten. Sein Herz schlug frei, ruhig und freudig, seine Gedanken flossen von Angst befreit. So würde er seine Mutter lieben und sie ihn doch auch, oder? Mit diesen positiven Gedanken schlief er glücklich ein. Die Realität hingegen sah anders aus!

Durch Thomas kreative Fantasie entwickelte sich im Laufe der Zeit eine generelle Vorgehensweise, die als Grundlage für alle Spielszenen diente. Sie wurde praktisch zur persönlichen »Spielanleitung«, die regelte, wie sich Themen, mit denen er in seinem alltäglichen Erleben in Berührung kam, aufbauen und verarbeiten ließen.

Das »innere Spiel« wurde für Thomas zur permanenten geistigen Beschäftigung, er konnte bestimmen, was sein Wohlgefühl förderte und unterstützte, wozu er spielerische Lust empfand. Er residierte als Herr in seinem Reich, an das niemand rütteln konnte. An bedeutenden Feiertagen und seinem Geburtstag schenkte die Familie Spielzeug, um die herum sich Thomas allerlei Gegenstände aus seinem Spielrepertoire oder der häuslichen Umgebung suchte, um Spiellandschaften aufzubauen.

Zum Weihnachtsfest schenkten ihm seine Eltern ein mit Goldpapier umwickeltes Schokoladenschwein in einer Transportkiste, mit dem er intensiv spielte. Seine grausigen Erfahrungen auf dem Bauernhof führten dazu, dass er eine Geschichte konstruierte, in der ein Schwein zum Schlachtplatz transportiert wurde. Dort zog er es mit einem Band aus der Kiste heraus und führte vorsichtig den betäubenden Schlag aus. (Immerhin war es ein Schokoladenschwein!). Er deutete den Todesschnitt in die Kehle an, hing anschließend das Schwein auf eine gebastelte Leiter. Wie im echten Leben. Vater stapfte wie ein Tölpel mitten durch seine aufgebaute Spielszene und trat auf das Schwein, das nun platt daniederlag. Vor Entsetzten brach Thomas in ein klagendes Weinen aus. Die Enge der Wohnküche provozierte solche Geschehnisse einfach. Vater hatte bestimmt aus Versehen das Schwein gemeuchelt. Anstatt aber sein Bedauern auszudrücken und zu trösten, ignorierte er den Vorfall und sagte nur: »*Stell dich nicht so an, ess es doch auf!*«. Mutter fühlte sich berufen, ihren Senf beizutragen und äußerte lapidar: »*Nächstes Weihnachten gibt es ein neues Schwein!*«. Klar, im Februar gab es keine Schokoladenschweine mehr zu kaufen.

Aus irgend einem Grund grub sich dieses Erlebnis besonders tief in Thomas Bewusstsein ein. Das Schwein und die Tranportbox intensivierten assoziativ seine Gedanken. Es steckte mehr dahinter als nur ein eingesperrtes Schwein aus Schokolade. Es erinnerte wohl stark an die eigene Situation.

Bei all seiner Spielfähigkeit existierte auch eine fatale Seite, die ihn in seinem altersgerechten Reifeprozess extrem behinderte. Die inneren Spiele gerieten derart interessant und intensiv, füllten die Leinwand im Kopf so lebendig aus, dass er notwendige soziale Faktoren, wie Kontakt zu anderen Kindern, Umgang mit Erwachsenen und eine positive Entwicklung des Selbstwertgefühls nicht trainieren und erlernen konnte. Durch die kontaktarme Umgebung schlitterte er nicht mit Absicht, sondern aus einem Schutzgefühl heraus in eine sozial bedenkliche Verhaltensweise. Thomas lernte: Reduzierte sich sein genereller Kontakt zu Kindern oder Erwachsenen, reduzierten sich auch die Störfaktoren im Alltag.

Thomas versuchte anfänglich, seiner Mutter sein »inneres Spiel« zu erklären, welches er auch für sie sichtbar in den Spiellandschaften nachbaute. Er bekam auf die Schilderung seiner vertrauensvoll erzählten Spielabläufe nur ein: »*Na ja, dann mach mal weiter!*«, als gleichgültige Reaktion zur Antwort. Keine Nachfrage, kein genaues Betrachten der Spielszene, keine Diskussion und keine Reflexion über den Hintergrund des jeweiligen Spiels. Die Situation entwickelte sich so, als würde Thomas überhaupt nicht existieren. Sie schälte lieber Kartoffeln, grub den Garten um oder pflegte ihre Pflanzen, als Thomas zuzuhören.

Die Vorgehensweise bei seinen Spielen lief immer gleich ab. Es begann mit einer Idee, einer realen Inspiration oder einem Vorfall, den Thomas spielerisch verarbeitete. Wohlgemerkt, alle diese Überlegungen beruhen auf dem Faktum, dass diese »inneren Spiele« zu Beginn noch nicht bewusst konstruiert, ausgewählt oder thematisch ausgedacht wurden. Fast immer stellten sie das Abbild des täglichen Geschehens dar. Nur das, was er real im Alltag gesehen, gefühlt und erlebt hatte, konnte er im Spiel verarbeiten, mit eigenen Interpretationen versehen und umsetzen. Insofern ist sein Spielen in einem hohen Grad ein tatsächliches Spiegelbild seiner erlebten Realität.

Ein Beispiel mag dies verdeutlichen: Thomas kannte alle Schweine auf dem Bauernhof. Er erkannte sie an deren Größe, an Hautflecken, an Macken an den Ohren, am Zustand ihrer Schwänze und an den Narben, die sich viele beim Kratzen an den mit Nägeln gespickten Holzzäunen zugefügt hatten. Wurde ein Schwein zur Schlachtung aus dem Stall getrieben, erkannte Thomas sofort, welchem Schwein es an den Kragen ging. Manche waren ihm näher ans Herz gewachsen wie andere. Sie besaßen durchaus individuelle Charaktere. Die Schlachtsituation entwickelte sich jedes Mal zu einem traumatischen verstörenden Erlebnis, bei der sich sein innerer Spannungszustand verzweifelt bis zum Bersten erhöhte. Die Schweine ahnten, was auf sie zukam, man spürte ihre Angst in der Luft vibrieren. Je einen Vorder- und Hinterfuß mit einem starken Strick fixiert, bugsieren zwei Männer das Schwein aus dem Stall zum Schlachtplatz in der Scheune. Ausgewachsene Schweine sind kraftvoll und wehrhaft. Drohten die ungefähr einhundertdreizig Kilo schweren Tiere auszubrechen, zog ein Mann mit dem Strick ein Bein weg und das Schwein stürzte auf den Boden. Das Schwein schrie angstvoll um sein Leben. Thomas gefror das Blut in den Adern. In seinem Kopf breitete sich Panik aus vor dem, was gleich passieren würde. Der mit einer langen, weißen Gummischürze bekleidete Metzger trat mit einem mächtigen Vorschlaghammer (später mit einem Bolzenschussgerät) auf das Schwein zu, konzentrierte sich auf die zu treffende Stelle und wenn sich das Schwein kurzfristig nicht allzu heftig wehrte, schlug er weit ausholend mit voller Kraft auf die Betäubungsstelle des Schädels. Zielte er gut, brach das fürchterliche Schreien urplötzlich ab. Das Schwein sackte blitzartig von den Füßen gerissen in sich zusammen. Schrie das Schwein unerträglich weiter, schlug der Metzger so lange zu, bis das furchteinflößende, grausame Schreien erstarb. Umgehend stach er mit einem spitzen Messer in die Halsschlagader, zog mit einem kurzen Schnitt die Ader etwas größer und das Blut quoll in einem starken Strahl in die bereitstehende emaillierte Schüssel. Augenblicklich erstarben jegliche Bewegungen, lediglich ein Zittern durchließ kurzfristig den Körper. Ein Mann setzte sich auf das Schwein und pumpte mit einem Hinterlauf das restliche Blut aus dem Körper. Das Herz hörte durch den eintretenden Blutverlust auf zu schlagen, das Schwein war tot. Angesichts des für ihn endgültigen und grausamen Erlebnisses fragte sich Thomas in seiner Naivität immer, wie das Schwein wieder zum Leben zu erwecken sei, wenn man nun einem Irrtum unterlag, es einem leidtat, das Schwein vielleicht zu prächtig war? Was hatten diese Gedanken mit ihm zu tun?

Thomas erlebte diese Situationen angsteinflößend, unwirklich, surreal, dennoch drängte es ihn, sie nachzuspielen. So oft es ging, ließ er die Szene vor seinem geistigen Auge ablaufen und spielte sie dann bis in alle Einzelheiten mit seinen Spieltieren nach. Durch die ständigen redundanten Wiederholungen milderte sich seine innere Erregung - bis zum nächsten Mal.

Der Aufbau seiner inneren Spiele verfestigte sich immer mehr zu einem methodischen Vorgehen. Er verwarf den Teil, der sich als nicht gelungen herausstellte, fügte einzelne Faktoren neu hinzu, veränderte den Ablauf, integrierte seine Person stärker in das Geschehen und bestimmte, wer noch an diesem Spiel beteiligt war. Thomas variierte seinen eigenen Charakter, er erinnerte das ganze Spektrum des ihm vorgelebten und bekannten Verhaltens. Besonders seine Erfahrungen im Umgang mit Personen innerhalb seiner Familie konnte er, je nach gegenwärtiger Beziehungslage zu dieser Person, auf »Spielpersonen« gut adaptieren. Manchmal handelte er hart, bestrafte brutal, meistens spielte er den Chef, den Boss, entschied über das Geschehen, urteilte auch ungerecht, tötete seine Feinde. Eindringlinge in sein Reich vertrieb und verfolgte er, er hielt seine Waffen stets griffbereit. Meistens jedoch agierte er positiv, produktiv, konstruktiv unterstützend, immer auf der Suche nach Freundschaft. Er plante, organisierte, entwickelte und komplettierte seine Spielszenen, wie die wenig gesammelten Lebenserfahrungen seines Alters dies ermöglichten.

Er entwickelte Sicherungsmethoden, baute bis zur Perfektion seine innere Festung immer weiter aus und schottete sie gänzlich gegen Erwachsene ab. Er konstruierte immer intensiver und versank in seinem Spiel, bis er die ihn umgebende Realität nicht mehr wahrnahm und ausblendete.

Dass er die Erlebnisse des Alltags idealisierend nachstellte und dabei seine kindliche Person in eine von der Wirklichkeit abgekoppelte Rolle hineindachte, wurde ihm erst später klar, als er den eigentlichen Kompensationseffekt der Spielgeschichten zu seinem realen Leben erkannte.

Thomas spielte das Spielgeschehen oft wochenlang durch, bis er an einen ermüdenden, langweiligen Punkt stieß, der sich bereits im Vorfeld schleichend ankündigte. Manchmal bugsierte er sich in eine Sackgasse. Dann gab das Spiel nichts mehr her, es brauchte eine Pause, in der es sich wieder auflud und mit neuen Ideen vollsaugte. Thomas baute seine Spielgegenstände ab und neutralisierte sie, indem er z.B. die Legosteine auseinandernahm und komplett in eine seiner Kisten einsortierte. Eine neue Spielidee musste völlig unbeeinflusst aufgebaut werden. Dann begann er die Spielsituation vom Anfang an wieder neu zu konstruieren. Eventuelle Veränderungen, die ihm zwischenzeitlich einfielen, flossen in die Neukonzeptionen ein. Das konnte dazu führen, dass Spiellandschaften und Spielabläufe in eine neue Richtung tendierten. Unwesentliches sortierte er aus und neue, erfrischende und konstruktive Elemente bereicherten den Spielablauf. Erlebte Thomas die gegenwärtige Situation im Elternhaus als extrem schlimm, baute er seine Spiele mit neutralen Personen auf, die er irgendwo beobachtet hatte oder sich einfach ausdachte. Familienmitglieder schloss er vom Spiel aus oder er sah sie als Feinde an, die er bekämpfte. Sie eigneten sich in dieser Phase nicht für eine positive Integration in das Spiel. Erwachsene auszufigurieren wurde ohnehin zu anstrengend, es konnte täglich wechseln und gefährdete einen kontinuierlichen Ablauf. Er probierte den Austausch der Erwachsenen gegen Kinder seines Alters aus und fand heraus, dass diese »personelle Umbesetzung« sich erheblich lebendiger gestalten ließ.

Zudem zeigte die Reaktion der Erwachsenen, dass sie sich nicht für die »innere Welt«, in der Thomas spielte, interessierten. Vielleicht war es auch besser so. Sie hätten auf Dauer eher als Störfaktor fungiert, denn eine Bereicherung dargestellt. Sie engten sein Spiel ein, wollten eventuell die Richtung mitbestimmen, liessen sich auf seine kreativen Entwicklungen nicht ein. Die Gefahr stand immer im Raum, dass er sich bei einer Öffnung seiner »inneren Welt« derart offenbarte, dass bei gespürter Nichtakzeptanz oder Unverständnis seiner Schilderungen Scham über seine Gedanken Besitz ergriff und ihn erheblich deprimierte. Besonders Mutter, aber auch andere Personen verstanden seine Intension nicht. Die Frage: *»Na, was machst du denn da Schönes, das sieht aber gut aus, was du da machst!«*, förderte manchmal vorschnell die Offenlegung seiner Vorstellungen. Sein Mitteilungsbedürfnis ließ seine Worte anfangs heraus sprudeln. Thomas spürte bald, dass die Fragesteller ihre scheinbare Neugier nur als Anknüpfungsritual einsetzten. Echtes Interesse durch differenziertes Nachfragen erkannte er nicht. Thomas spürte die Irritation der Erwachsenen bald recht genau, wenn er erzählte, was er gegenwärtig spielte. Er verfiel in ein Erklärungsverhalten, registrierte aber atmosphärisch das nachlassende Interesse recht gut. Ein oder zwei Sätze reichten nicht aus, seine »Spieldrehbücher« zu erklären. Mehr Zeit für das Zuhören investierten sie allerdings nicht. Nachdem Thomas sich aus der Deckung gewagt hatte und den schwindenden Zuspruch bemerkte, glitt er in die Phase der Scham. Ihr Unverständnis zeigte sich in körpersprachlichen Reaktionen wie Kopfschütteln, der Abwendung ihres Körpers und durch diverse ungläubige und zweifelnde Grimassen. In ihren Augen bestätigte sich mal wieder sein Sonderlingstatus. Er spürte ihre Häme, mit der sie ihn hinter seinem Rücken überschütteten. Es führte dazu, dass er sich noch weiter einigelte. Dabei hätte er sich so gern geöffnet und seine Geschichten erzählt. Thomas lernte, dass es weniger Probleme verursachte, nichts mehr von sich preiszugeben. Mutter hätte die Meinung von anderen Personen über Thomas zum Anlass genommen, ihm sein Spielmaterial wegzunehmen. Vor diesem Schritt fürchtete er sich. In ihrer Unberechenbarkeit traute er ihr alles zu. Sie hätte ihn an einer sehr empfindsamen Stelle getroffen, sein Spielen massiv beeinflusst.

Die Konsequenz, die sich daraus ergab, führte zur weiteren Abschottung gegenüber der Außenwelt. Zwar baute er seine »Spiellandschaften« weiterhin auf, sie entwickelten sich sogar i im Laufe der Zeit immer prächtiger, er gestaltete sie jedoch nur für sich verständlich aus, er brauchte keine Rücksicht mehr auf die Erwachsenen zu nehmen. Beendete er das gegenwärtige Spiel, deckte er es mit einem alten Betttuch zu, um jeglichen Zugang zu seinen Gedanken zu erschweren.

Seine »inneren Spiele« mit all ihren Geschichten begleiteten ihn bereits sehr früh, als er mit Holzpferd und Leiterwagen als Dreijähriger vor dem Haus spielte und die Umrisse von Stall und Scheune mit einem Stock in den von Kohlenstaub durchsetzten Boden ritzte. Sein Ruf als Sonderling, als Verstockter, als Dümmlicher, als Spinner, verfestigte sich stetig in den folgenden Jahren. Sie trauten ihm nichts zu. Seinen zukünftigen Werdegang sahen seine Eltern skeptisch: *»Ob er das überhaupt schafft? So, wie der gestrickt ist! Das kann nichts Vernünftiges werden! Das ist ein komischer Kauz!«*. Sie schätzten seine Entwicklungsprognosen bedenklich ein. Sie kamen nicht auf den Gedanken, eventuell eingreifen zu müssen. Fehlentwicklungen erkannten sie nicht. Ein Kleinkind lebte nach ihren Vorstellungen einfach ohne Sinn vor sich hin, man brauchte sich nicht um die altersgemäße Entwicklung kümmern, es würde schon alles gut gehen. Und wenn nicht? Es gab ja spezielle Heime, die sich um missratene Kinder kümmerten. Seine spätere Arbeitskraft konnte noch gut als

Arbeiter abgerufen werden. Als Eltern hatte man jedenfalls alles für das Kind getan!

In seinem Geist hingegen erschuf Thomas fantastische Welten. Die Umsetzung in ein reales Spiel erforderte einiges an Spielmaterial. Er sammelte alles, was ihm unter die Finger kam: Stöckchen und Stäbchen, Kartons und Schachteln, Bretter, Fäden und Seile, Reste von allerlei Zeugs, Papier, Metallabfall, abgelutschte Eisstiele aus Holz. Er suchte nach alten verrosteten Messern, Hämmern, gebrauchten Nägeln, Draht und Zaundraht. Er scannte seine Umgebung nach Brauchbarem ab. Um Papier oder Kartons miteinander zu verkleben, benutzte er die Stärke von Kartoffeln. Erst in der Schule lernte er Uhu-Klebstoff kennen und baute im Heimwerkerunterricht umgehend ein größtenteils aus Balsaholz hergestelltes Uhu-Fluggerät zusammen, das recht weit flog. Zur Offenbarung wurden die Ende der Fünfzigerjahre erhältlichen Legosteine. Eine Schachtel enthielt immer die gleichen Steine. Jeder Steintyp wurde in mehreren Farben angeboten. Bei den Dachsteinen gab es unterschiedlich rot eingefärbte Systemsteine, um z.b. Innen- und Außenecken und Dachfirste bauen zu können. Fertige Systempackungen mit Komplettsätzen von diversen Steinformen incl. einer Bauanleitung für ein Auto oder einen Bagger, gab es noch nicht zu kaufen. Die Legosteine stellten das ideale Spielmaterial für Thomas dar, sie boten ihm die Möglichkeit, seine eigenen Ideen erheblich kreativer umzusetzen. Mit den Grundsteinen baute er die unterschiedlichsten Gegenstände: Schiffe, Bohrplattformen, Westernforts, Häuser, komplette Bauernhöfe mit Scheunen, Garagen, Ställen, usw.. Was auch immer Thomas baute, meistens umrandeten die Spielszenen massive Zäune mit starken Toren. Als später komplette Bausätze für Brücken, Kräne, Autos oder Gebäude lt. Bauanleitung auf den Markt kamen, waren sie nicht wirklich interessant für Thomas. Das Spannende an der Systempackungen, der Zusammenbau der Gegenstände, gelang recht schnell, seine räumliche Vorstellungskraft unterstützte ihn dabei kräftig. Er sah es nach kurzer Zeit als stupide an, die Teile nach einem Plan zu bauen - und dann? Er hätte keine Geschichten daraus entwickeln können. Die Lust am Spielen mit diesen einzelnen Gegenständen erschöpfte sich bereits kurz nach der Fertigstellung. Mit den kompletten Spiellandschaften hingegen konnte Thomas ein Abbild seiner direkten Umwelt bauen. Dort passierte auch immer etwas. Die spannenden Geschichten entstanden z.b. auf einem Bauernhof oder später in einer Westernstadt oder in der Nachbildung eines Betriebes, einer Werkstatt oder eines Verbrauchermarktes.

Die Gegenstände, mit denen Thomas baute, hatten unterschiedliche Maßstäbe. Eine gut zu bespielende Geschichte erforderte einen einheitlichen Maßstab, die Teile mussten größenmäßig zwingend zueinander passen. Zu Weihnachten und an seinem Geburtstag wünschte er sich Spielteile bzw. etwas Geld. Davon kaufte er maßstabgerechte und somit integrierbare Teile im Spielwarenladen der benachbarten Stadt.

Meistens baute Thomas abwechselnd in zwei unterschiedlichen Maßstäben, die jeweils separate Spielszenen ermöglichten. Die Legosteine legten die erste Maßeinheit, etwas größere Autos, Traktoren, Tiere, Bauten, usw. legten die zweite Maßeinheit fest. Alle von den Maßen her abweichende Teile packte Thomas nach kurzer Zeit in eine Kiste und holte sie nur noch vereinzelt hervor. Eine Verwendung und Integration in ein Spiel gelang nicht wirklich.

Es waren auch die Jahre der Matchboxautos, der Wundertüten mit den Tieren, die zwar eigentlich in die afrikanische Welt gehörten, aber, da sie einfarbig hergestellt wurden, sich auch für die bäuerlichen Landschaften eigneten. Da war Thomas nicht pingelig. Wichtig war, was er sich vorstellte und ein Zebra mutierte für ihn zum Maulesel oder ein Watussirind zu Kühen und Ochsen. Fohlen, Kälber oder kleine Esel bereicherten das Spiel realistisch. Hatte er eine Spiellandschaft leergespielt, baute er sie komplett ab und widmete sich dem Spiel des anderen Maßstabs.

Bei seiner Art, ganze Landschaften zu erstellen und durch die ständigen Ausweitungen, erschöpfte sich der Bestand an Legosteinen ziemlich schnell. Also suchte Thomas Wellpappkartons, in die er mit einem Küchenmesser Türen,

Scheunentore und Fenster schnitt. Die Scharniere für die Pappteile ließen sich gut mit Mikadostäbchen bauen, die er einfach von oben in die Wellpapplöcher steckte. Genauso ging es mit vergitterten Fenstern oder dem Ausbau eines Stalles. Thomas sammelte die Eis-Holzstäbchen, kramte in Papier- und Abfallkörben danach, legte sie in Wasser ein und wusch den klebrigen Belag ab. Sie ergaben wunderbare Zäune. Je drei mit Abstand übereinander auf einem senkrechten Hölzchen mit Uhu verklebt, ergaben perfekte Zaunelemente und ganze Zaunlandschaften für den größeren Maßstab. Nach und nach entwickelte er Doppelzäune, Tore und erhöhte die Stabilität durch Verbindungsteile der Zäune. Auch aus den Kartons entstanden immer exaktere Spielräume. Sah Thomas irgendwo ein interessantes Teil, inspizierte er es blitzschnell, baute es entweder nach, erbat es sich oder konfiszierte es einfach, da es sowieso meistens entsorgt wurde. Die Erwachsenen schüttelten nur den Kopf über den Spinner. »*Der kann aber auch alles gebrauchen!*«. Und wahrhaftig, erblickte Thomas ein beliebiges Teil, checkte er es sofort auf seine Gebrauchsfähigkeit ab. Etliche Teile fand er zuerst nur spannend, eine konkrete Verwendung sah er im Moment noch nicht. Sein Unterbewusstsein arbeitete weiter, irgendwann überfiel ihn eine Eingebung und das Teil fand einen Platz in seinen Spiellandschaften.

Thomas war zwölf Jahre alt, als das Dorfkino Wildwestfilme mit dem trotteligen Helden Fuzzy am Sonntagnachmittag aufführte. Derart inspiriert von den lebendigen, bewegten Bildern ersann Thomas eine Möglichkeit, wie die Filmstorys nachzuspielen waren. Aus seinem Spielmaterial formte er Landschaften, baute aus Legosteinen Kameras, Filmutensilien und erste Szenenbilder nach. Kreativität und Fantasie überschlugen sich förmlich. Auf selbst konstruierten fahr- und schwenkbaren Kränen montierte er weitgehend maßstabgerecht Kameras aus Lego. Wie an einem richtigen Filmset baute er Kulissen auf, vor denen die imaginären Schauspieler, Tiere, Kutschen, usw. agierten. Diese bewegten Spielszenen lichtete er mit Kameras ab. Er konstruierte Scheinwerfer, die zum Teil aus alten Taschenlampen oder der Beleuchtung seiner Eisenbahn bestanden und leuchtete die Szenen aus. Die Hintergründe und das »Bühnenbild« fertigte er aus Tapeten, Stoffen, Bildern aus Zeitschriften und aus diversen anderen Gegenständen an.

Die Dreh- und kippbaren Teile des Kamerakranes aus Lego herzustellen, stellte eine besondere Herausforderung dar, sie ermöglichten die Aufnahme der Szenen von fließenden, senkenden, steigenden und zoomenden Blickwinkeln. Das förderte die Lebendigkeit der Szenen. Reiter oder fahrende Traktoren mit einer Kamera zu »verfolgen« und dabei die Aufnahmepositionen fließend zu verändern, erforderten bewegliche Teile, um den tatsächlichen Ablauf realitätsnah und aus interessanten Perspektiven aufzunehmen. Thomas versank mit kontemplativer Leidenschaft in diesem »Faszinosum des Spielens«, das aus Planung, Ablauf, Konstruktion, Überlegung, Entwicklung von Geschichten, gedanklichen Drehbüchern, usw. bestand.

Lag er abends in seinem Bett, »schrieb« er gedanklich an den Szenen weiter, entwickelte das Drehbuch, probte wieder und wieder den Ablauf und stellte sich die Wirkung der mit der Kamera aufgenommen Filmsequenzen vor. Am nächsten Tag probte Thomas mit Kamera und Beleuchtung den Vorgang wie bei einer Generalprobe. Diese »innere Spielszene« zog sich meistens über Wochen hin, bis der Spannungsbogen verflachte. Dann wandte er sich einer neuen Spiellandschaft zu.

Soziale Faktoren des Zusammenlebens streifte er ab, er lebte in seiner eigenen inneren Welt, in seiner »Zweitwohnung«, in der er auf sich allein gestellt glücklich war.

Es folgte das Zählen

Zuerst entwickelte Thomas jahrelang das Spielen, bis er ohne diese Krücke seines Lebens nicht mehr zurechtkam. Es beeinflusste extrem sein Leben und bot in vielen Stunden eine verlässliche Beschäftigung seines Geistes.

Parrallel trat eine neue geistige Beschäftigung zeitversetzt zu den Spielen in Thomas Beschäftigungswelt auf. Spielen und Zählen unterschieden sich gravierend voneinander. Das Zählen begann irgendwann, eine genaue Zeitangabe konnte Thomas nicht angeben, es wird aber einige Jahre nach den »Spiellandschaften« entstanden sein. Ein Entstehungsgrund entwickelte sich etwa zu der Zeit, in der Thomas begann, aktiv körperliche Arbeiten zu verrichten. Das Zählen entwickelte sich zu einer Marotte, da er außer der Versenkung in seine »inneren Spiele« so gut wie nichts mehr unternahm, ohne zu zählen. Die Begrenztheit des Spielens bezog sich ausschließlich auf seine innere Welt. Die Umsetzung mit Spielmaterial, mit der er komplette Geschichten aus seinem Gedächtnis heraus in eine spezielle Welt mithilfe seines Spielmaterials umsetzte, brauchte Abgeschiedenheit, Alleinsein und konzentrierte Ruhe.

Das Zählen folgte einem anderen Ablauf. Thomas konnte zählen, wann immer er wollte. Räumlich und zeitlich ließ es sich nicht beschränken. Auch wenn viele Kinder, Schüler oder Erwachsene ihn unmittelbar umgaben. Besonders in der Schule, beim Sport oder später in der Lehre, zählte er die meiste Zeit, wenn sich ein bewegungsorientierter Vorgang, den man in einzelne Schritte zerlegen konnte, situativ ergab. Zählte Thomas während einer Arbeit, konnte er Tempo, Rhythmus und Ordnung in einen geregelten Tätigkeitsablauf zerlegen. Gerieten Arbeiten, Abläufe bzw. die allgemeine Situation langweilig, z.B. auch das kilometerlange Laufen in den Nachbarort, in dem der Garten der Großeltern lag, füllte er die innere Leere mit Zählen aus. Zeitliche Aufteilungen von Strecken in überschaubare Einheiten, z.B. von der Haustür bis zur nächsten Ecke, dann eine Straße entlang bis zu einem Flüsschen, dann weiter zu einer Ansammlung von Bäumen, usw., zergliederten die Strecke in einzelne Bereiche, die vom subjektiven

Empfinden Abschnittsziele darstellten. Kürzere Strecken als Teil einer Gesamtstrecke verursachten weniger Anstrengung und Ablehnung. Thomas wusste, nach einer längeren Strecke konnte er sich auf eine darauffolgende kürzere Strecke freuen. Der Weg zu einer Brücke begann mit einem anstrengenden Anstieg, oben angekommen konnte er sich eine kleine Pause mit Blick auf die darunter fahrenden Autos und LKW´s gönnen, um dann den wesentlich angenehmeren Weg hinunter zu gehen. Er hantelte sich durch innere Belohnungen von Punkt zu Punkt. Kannte Thomas den zu gehenden Weg mit seinen Rastpausen, erlebte er es als wesentlich entspannter, als bei einem unbekannten Weg, bei dem niemand sagen konnte, wie weit er sich zog und wie es hinter der nächsten Biegung weiterging.

Bei der Erledigung einer Arbeit oder eines Auftrags, z.B., eine Kanne Koks aus dem Keller zu holen, nahm Thomas zwei Stufen der Treppe auf einmal auf dem Weg nach unten. Mit der gefüllten Kokskanne zählte er zuerst die Anzahl der Treppenstufen, die je Treppe unterschiedlich ausfielen, dann die Stockwerke. Er automatisierte den beschwerlicheren Weg nach oben durch das rhythmische Festhalten, Hochziehen und Umgreifen in den Kehren des Treppengeländers mit den synchronen Trittbewegungen. Bis zur Hälfte der Stufenanzahl vorwärts zu zählen, ab mittig dann rückwärts, beinhaltete einen gravierenden Belohnungsaspekt. Die Anzahl von Treppen und Stockwerken motivierend aufzuteilen stellte wichtige Zwischenziele bis zur Wohnungstür und dem Abstellen der Kokskanne neben dem Ofen im Wohnzimmer dar. Was er auch immer ausführte, die Festlegung dieser Zwischenziele steigerte die Lust an der Tätigkeit durch die motivierenden und belohnenden Elemente.

Die Arbeit auf dem Rübenfeld konnte recht langweilig und eintönig werden. Thomas zog reihenweise mit beiden Händen gleichzeitig je eine Rübe leicht drehend aus dem Boden und legte sie in einer geraden, perfekt ausgerichteten Reihe ab. Lagen alle Rüben des Feldes in einer Reihe, stach er das Kraut Stück für Stück mit einem speziellen Spaten von den Rüben. Thomas schätzte Reihen ab, zergliederte sie in eine bestimmte Zahlenfolge, schätzte die Anzahl der abzustechenden Rüben pro

Reihe in seinem Kopf. Er prüfte die Stimmigkeit seiner Schätzung und arbeitete sich in einen Rhythmus ein, in dem mit einer gleichbleibenden Geschwindigkeit das Abstechen mit der Präzision einer Uhr erfolgte. Diese Arbeitsweise funktionierte nur, wenn die Rüben vorher gut ausgerichtet nebeneinanderlagen. Eine gewisse Zeit für einen leicht abweichenden Rhythmus, wenn sich eine Rübe in der Reihe verschob, berücksichtigte Thomas mit ein. Mit diesem methodischen Ansatz stach er Reihe für Reihe ab, geriet dabei fast immer in einen gedankenversunkenen Zustand und vergaß die Welt um sich herum. Wie bei einem ständig wiederkehrenden Echo beschäftigte sich sein Gehirn und ließ abweichende Gedanken nicht zu. Das Zählen hielt ihn wach und seine Ausdauer steigerte sich merklich.

Praktisch sah es so aus, dass er von 1 bis 9 zählte und dann wieder von vorn. Es dauerte nicht lange und Thomas arbeitete beim Stechen der Rüben genauso schnell wie die Erwachsenen. Er durfte sich nur nicht aus seinem Rhythmus bringen lassen, dann wurde jedes Mal seine Zählweise unterbrochen, der Arbeitsablauf musste sich erst wieder einregeln.

Bei der Ernte der Kartoffeln, die ein von Pferden gezogener Kartoffelroder seitlich mit Kraut und Erde auswarf, sammelten mehrere Helfer auf den Knien robbend nebeneinander die Reihen ab. Thomas arbeitete in dieser Reihe mit und zählte die Kartoffeln, die er in seiner Hand aufnehmen konnte, in seinem System mit. Er warf sie in einem Drahtkorb, der komplett gefüllt von einem männlichen Helfer abgeholt und gegen Tausch eines leeren Korbes auf den ebenfalls von Pferden gezogenen geschlossenen Leiterwagen geleert wurde. Je Reihe befüllte Thomas soundsoviel Körbe, die Zahl je Reihe wich im Laufe eines Nachmittags nur um wenige Körbe ab. In der Scheune sortierten Helfer an der Rüttelmaschine die Futterkartoffeln und die zu klein geratenen aus, die täglich in großen Bottichen als Futter für die Schweine gedämpft und anschließend mit Wasser oder Milch verdünnt die Tröge füllten.

Thomas Zählerei ließ ihn bald das Gefühl für Zeit verlieren. Die gleichbleibende Rhythmik der Arbeit löste eine kontemplatorische Versenkung wie in einer Endlosschleife aus.

Das Zählen wurde zu einem festen Bestandteil seines Denkens. Ob es als Tick, eine Macke oder als eine merkwürdige Angewohnheit bewertet werden konnte, sei dahingestellt. Zumindest ist es der Situation seiner Lebensumstände geschuldet. Ein besonders wichtiges Element bestand in der Ablenkung von unangenehmen Gedanken, die von seelischen Verletzungen und Zweifeln seines Selbstwertgefühls rührten.

Dieser Zählrhythmus blendete sich bei dafür geeigneten Tätigkeiten wie von selbst ein und übernahm die Regie über die Arbeit. Ganz langsam, unbeabsichtigt, ohne einen konkreten Vorsatz, bot sein Unterbewusstsein einen Weg an, um seine Gedanken ab- und umzulenken. Es galt, einen Weg finden, um die gegenwärtige Situation erträglicher zu gestalten. Instinktiv spürte Thomas, dass die Beschäftigung mit seiner seelischen Situation ihn arg belastete und traurig stimmte.

Das Zählen schlich sich zuerst unbemerkt in seinen Geist hinein, in stufenartigen Erkenntnisschritten wurde ihm klar, dass er es ständig ausweitete und unbewusst und automatisch immer intensiver zählte. Ab Beginn seiner Lehrzeit zählte er die Flaschen, die in eine Kiste passten. Auch wenn es immer die gleiche Anzahl war: Bierflaschen passten zwanzig, Wasserflaschen zwölf, Saftflaschen zwölf, Sinalcoflaschen vierundzwanzig, Cola und Fanta ebenfalls vierundzwanzig Stück in eine Holzkiste. Das Ergebnis geriet stets identisch. Nicht die Endzahl an sich, sondern der Griff der Hände mit je einer Flasche zur Füllung des Kastens bildete den wichtigen Part einer an sich uninteressanten Tätigkeit ab. Damit halbierte sich schon einmal die Anzahl der Bewegungen zur Füllung um die Hälfte. Das veränderte zwar nicht die endgültige Zahl der Flaschen, der Rhythmus wurde zum bestimmenden Element. Trotzdem zählte Thomas wie ein Mantra immer die gleiche Zahlenfolge herunter, bis sich der Kasten füllte. Die innere Leere seines Geistes kleidete sich zumindest durch das Zählen momentan aus. Es lenkte ihn von den dunklen Gedanken zeitweise ab. Immer wieder der gleiche Ablauf, die nächste Kiste, die nächste, wieder die nächste, bis er in einen näherungsweisen Quasi-Rauschzustand verfiel.

Die anspruchslose Arbeit sah er als dreckig an, sie musste einfach nur erledigt werden: Leere Kiste vom Stapel holen, dabei zählen wie viele leere Kisten noch da waren, Kiste hinstellen, aus dem Metallcontainer die Flaschen herausnehmen, zählen bis die Kiste befüllt war, überschlägig schätzen, wie viele Bügelverschlüsse noch geöffnet werden mussten, dann die Kisten stapeln, Bierkästen max. acht Kisten übereinander, in jeder Reihe sauber aufgestapelt. Abschätzen, zählen, abschätzen, zählen und das Ergebnis auf Richtigkeit überprüfen, immer wieder der gleiche Ablauf. Dann zählte er die Schritte vom Drahtcontainer zu den einzelnen für die Einsortierung bereitstehenden Kästen. Er zählte die Schritte bis zum Fließband, auf das er dann die leeren Container wieder in den Laden zur Kasse beförderte. Nach dem Zählen kam das Schätzen. Wie viele Flaschen gingen in den Container? Und dann durch konkretes Zählen überprüfen, wie gut er geschätzt hatte und wie viele Flaschen tatsächlich im Container lagerten. Kurz überschlägig durchrechnen, bis die Schätzung sich immer konkreter der tatsächlichen Anzahl von Flaschen annäherte. Thomas perfektionierte, genau wie bei seinen Spielen, den Vorgang konsequent weiter.

Es folgte eine Erweiterung seines Zählens und Schätzens um den Faktor Zeit. Bald bemerkte er, dass in der einstelligen Zahl von 1-9 zu zählen nicht seinem persönlichen Bewegungs- und Arbeitsrhythmus entsprach. Thomas testete seine Zählweise mit zweistelligen Zahlen aus und stellte fest, dass von 21 -22- 23 – usw. mit dem Zählen zu starten, seinem Rhythmus wesentlich besser entsprach. Seine händischen und gesamtkörperlichen Bewegungen, z.B. der Griff nach einer leeren Flasche und deren Einsortierung umfasste mehre Bewegungen, die sich mit der Zählung 21,22,23 besser synchronisieren ließen.

Er schwenkte generell auf die zweistellige, mehr rhythmisch orientierte Zählweise um. Diese Vorgehensweise entsprach weitgehend seiner Arbeitsgeschwindigkeit, welche er erheblich flüssiger synchronisieren konnte. Griff er mit beiden Händen jeweils eine leere Flasche bei einem Zugriff, konnte er den synchronisierten Zählrhythmus (ab 21 - 22 - 23, usw) einhalten. Das Ausprobieren und die Ausarbeitung neuer Zählmethoden begann Thomas zu faszinieren. Gleichzeitig organisierte er seinen Arbeitsbereich so um, dass er einen logischen Ablauf realisierte. Diese leeren Kisten benötigte er öfters, also standen sie auch näher, andere befüllten sich seltener, brauchten also nicht so nah am direkten Arbeitsplatz stehen. Auf diese Weise setzte er Prioritäten in der Platzierung der von ihm benötigten Arbeitsmittel, um den Ablauf flüssig zu organisieren. Bald darauf übertrug er diese rhythmische Zählweise auch auf das Einräumen von Waren im Regal. Er zählte eigentlich immer, es schaltete sich automatisch ein. Ein weiterer Zählgrund ergab sich beim Fahrradfahren. Er zählte, wie oft er das Pedal drehen musste, um eine Strecke oder einen kleinen Berg zu befahren. Nicht nur die Umdrehungen, sondern auch die jeweilige Zeit zählte Thomas mit. Es entstand ein Automatismus, in den Thomas hineinglitt, ohne bewusst darüber nachzudenken, warum er zählte. Es änderte zwar nichts an der allgemeinen Situation, aber er hatte einen Weg gefunden, seine Frustration zu mildern. Das Zählen eignete sich für die Anzahl der Schritte für eine festliegende Strecke, oder er stieg eine Treppe mit zwei Stufen gleichzeitig hoch. Weitere Anwendungen: Das Zählen der Schrittzahl von der Haustür bis zum Tor des Appelkamps, oder die Menge der mit dem Beil gespaltenen Holzspänchchen, die er aus einem von Vater in seiner Ledertasche herausgeschmuggelten Bauholzstempel zum Anzünden eines Feuers im Ofen spaltete. Alle bewegungsorientierten Abläufe ließen sich durch diese Technik in einen gleichen Rhythmus einbinden. Sein Geist wurde abgelenkt, beschäftigt und die Entwicklung einer langsamen Verblödung gestoppt.

Appelkamp und Kinderlandverschickung

Stichworte zum Kapitel:
Thomas wuchs gleichzeitig mit den beiden Mädchen von Mutters Schwester Hildegard auf. In dieser von Frauen dominierten Gruppe wurde Thomas als Außenseiter angesehen. Der Appelkamp wurde zum Rückzugsort und zur freiheitlichen Spielwiese zwischen den alten Obstbäumen. Hier lebte Thomas seine Geschichten, die in seiner »inneren Spielwelt« entstanden, intensiv aus.
Die neue Wohnung in einer naheliegenden Siedlung veränderte sein Leben erheblich. Die unerwartete Kinderlandverschickung für sechs Wochen auf die Insel Juist entwickelte sich zum Albtraum. Die Rückkehr bereitete Thomas eine gravierende Überraschung, die ihn schmerzhaft seine Stellung in der Familie spüren ließ.

Thomas Cousinen

Das fast gleiche Alter der drei Kinder von Gerda und Hildegard bewirkte eine ständige Rivalität der Mütter um den Entwicklungsfortschritt ihrer Kinder. Hildegard leitete daraus über Jahre hinweg entsprechende physische und psychische Referenzfaktoren ab, die sie ausschließlich positiv für ihre Mädchen bewertete und auslegte.

Hildegard übernahm in den Augen ihrer gemeinsamen Mutter die favorisierte Position in deren Gunstgewährung ein. In den Augen des Frauentrios entsprachen die beiden Cousinen mehr ihren Vorstellungen eines friedlichen Lebens als Gerdas Sohn Thomas.

Thomas Mutter Gerda agierte vom Verhalten her devot, ungeschickt agierend und sprachlich wenig ausdrucksstark. Noch dazu war sie mit einem Sohn »gesegnet«, wahrscheinlich legte ihre Mutter dies als Manko aus. Die kritische Einstellung der Frauen zu Thomas machte es Gerda schwer, von der Anerkennung ihrer Mutter ein genügend großes Stück der Wohlfühltorte für sich zu erhalten. Dabei stellte die Anerkennung ihrer Mutter die vorherrschende Triebfeder für sie dar. Sie orientierte sich sehr an ihrer Mutter. In diesem Spannungsfeld zwischen Mutter, Schwester und ihr selbst, zog sie meisten den Kürzeren, fühlte sich extrem benachteiligt und vermochte kein ausgeprägtes Selbstwertgefühl zu entwickeln. Zum schwächsten Faktor in dieser Beziehungskonstellation wurde Thomas relativ negative Position. Gefangen in ihrem eigenen individuellen Problemkreis besaß sie wenig Erfahrungsressourcen, um Probleme erkennen zu können, zu verbalisieren und entgegenzuwirken. Immerhin standen zusammen mit ihr fünf weibliche Personen einem einzigen Jungen gegenüber. In dieses Beziehungsgeflecht passte ihr Sohn Thomas nicht gut hinein. Das Leben hatte Gerda auch Opportunismus gelehrt, besonders wenn es um ihre Mutter ging. Der allgemeine Kenntnisstand ihrer sozialen Schicht schätzte Kinder fast ausschließlich als »nicht merkend« ein. Gerda nahm auf die Bedürfnisse von Bruno nur sekundär

Rücksicht. In dieser angespannten Situation schaffte sie es nicht, mit Thomas eine herzlich innige Beziehung zu leben. Mit ihrem melodramatischen Gejammere über Thomas verzerrte sie oft erheblich die Wirklichkeit. Den Preis der Zuneigung, den sie sich von ihrer Mutter erhoffte, hat diese emotional nie zufriedenstellend eingelöst. Ihre Mutter sorgte immer dafür, dass durch Zurückhaltung von Zuneigung die Anstrengungen von Gerda um die Liebe zu ihr stets wachgehalten wurde. Gerda opferte Thomas permanent auf dem Altar der Anbiederung zu ihrer Mutter. Wurde es kritisch und die Anerkennung ihrer Mutter schlingerte, lenkte sie die Aufmerksamkeit von sich auf Thomas um und jammerte über dessen angebliche »Ungezogenheit«. Damit debattierten und lamentierten sie wieder am Thema »Männer« herum. Ihre Meinung über Kriegstreiber, Nazi-Mitläufer, Säufer und die Männer, die Gewalt gegen Frauen ausübten, war wieder gleichgeschaltet.

Zweifellos stellte Gerda eine praktisch veranlagte, zur harten Arbeit befähigte Frau dar. Sie packte zu, wo ihre Schwester sich drückte. Bei allen körperlichen Arbeiten hielt sich diese gern im Hintergrund auf, während Thomas Mutter selbst schwerste Arbeiten ohne Protest ausführte. Als junges Mädchen beaufsichtigte sie die jüngeren Geschwister, führte überwiegend den Haushalt, da ihre Eltern von früh bis spät auf dem Gutshof und den Feldern arbeiteten. Das mag auch der Grund dafür sein, dass ihre allgemeine Bildung nicht ausgeprägt und unter den vielfältigen praktischen Aufgaben erheblich gelitten hat.

Sie erzog Thomas nach überalterten Erziehungsregeln. Spürte sie ihre Felle bei ihrer Mutter wegschwimmen, verstärkte sie aus Kompensationsgründen den Druck auf Thomas. Sie konnte keine selbstbewusste, eigene klare Linie finden und verlor sich in den permanenten Beeinflussungen von Mutter und Schwester.

Nach Thomas Wahrnehmung nahm seine Tante Hildegard eine eher herablassende Position zu ihm ein. Der ständige Vergleich mit ihren Töchtern bestätigte ihre Meinung, dass sich Thomas eigenbrötlerisch, verschlossen und für sein Alter einfach zurückgeblieben verhielt. Thomas hätte eine liebevolle, ihn akzeptierende und mit Herzensbildung ausgestattete Mutter benötigt, die für ihn anwaltlich gehandelt hätte.

Seine Mutter machte zudem noch den entscheidenden Fehler, zur Aufwertung ihrer Position in der Frauenkonstellation ständig über Thomas zu jammern, sie nutzte seine angeblichen Verfehlungen, um sich als leidgeprüfte Mutter in den Vordergrund zu schieben. Thomas emotionale Antennen nahmen die gegenwärtigen emotionalen Strömungen intensiv und empfindsam auf. Auf Tante Hildegard und ihre Töchter bezogen, entwickelte er durch etliche negative Erfahrungen Vorsicht im Umgang mit ihnen. Im Gleichklang mit ihrer Mutter zeigten die Töchter spiegelbildlich ihre negative Einstellung Thomas gegenüber direkter. In ihrer Arroganz offenbarten sie letztlich die auf sie abgefärbte Beeinflussung. Thomas Mutter liebte die beiden Cousinen, schleimte sich spürbar bei ihrer eigenen Schwester und den beiden Mädchen ein. Sie solidarisierte sich unangemessen und geriet doch zur ständigen Verliererin.

So schauten sie auf Thomas herab, hielten sich für etwas Besseres. Allerdings mussten sie diese Denkweise zu dem Zeitpunkt zumindest überdenken, als er in diversen Schulwettbewerben etliche Preise gewann und immer weit vor den »*süßen schnuckeligen* und *schlauen*« Töchtern auf den vorderen Plätzen landete, oft den ersten Platz belegte.

In den letzten Schuljahren besuchte Thomas gemeinsam mit der ältesten Tochter eine gemeinsame Schulklasse. Sie verfügte über ein umfangreiches Repertoire von Entschuldigungsstrategien. »Es war ihr nicht möglich, einen Preis zu gewinnen, da sie gerade kränkelte, sich verletzt hatte oder so unpässlich war, da sie ja an ihrer schlimmen und so schmerzhaften Entwicklung vom Mädchen zur Frau litt, und deshalb vor lauter Schmerzen bei den Wettbewerben nicht antreten konnte!«.

Diese Tochter verfügte über suspekte Charakterzüge, die Thomas argwöhnisch beobachtete. Ihr egoistischer Habitus, ihre linkische verbale Ausdrucksweise und ihre arrogante

Körpersprache mit verächtlich zur Seite geneigtem Kopf und den Blick von unten nach oben gerichtet, entsprach exakt der Körpersprache ihrer Mutter. Er konnte das Trio einfach nicht leiden, fühlte sich immer ausgegrenzt und unwohl in ihrer Umgebung.

Thomas Mutter hatte eine klare Körpersprache, die er meisten instinktiv stimmig deutete. Bei ihr verschmolz die Körpersprache mit ihrer minimalen verbalen Ausdrucksweise und drückte das, was sie sagen und mitteilen wollte, ohne jegliche Verschleierung aus. Ihr Gesichtsausdruck drückte Demut, Mitleid, Wut, Trauer, Hass und Zorn sofort und spontan aus. Spontan knallte sie im Vorbeigehen Thomas »einen hinter die Ohren«, wenn sie einen nichtigen Anlass sichtete.

Sie versuchte Thomas immer mit den Augen zu lenken, schaute dabei verächtlich oder starrte mit leicht zusammengekniffenen gehässigen Augen wütend auf Thomas und drückte dabei mit flackernden Augenlidern unausgesprochen aus: *»Mach gefälligst, was ich von dir erwarte!«.* *»Na wart ab, dir werd ich`s schon zeigen, komm du mir mal nach Hause!«.* *»Wag es nicht, frech zu werden und dich schlecht zu benehmen, nicht zu grüßen, keinen Diener zu machen, respektlos vor Erwachsenen zu stehen.«.*

Sie hatte ein umfangreiches Repertoire von körpersprachlichen Befehlsgesten zur Verfügung.

Da sie Thomas angeblich für schwer erziehbar und eigenbrötlerisch hielt und sie zur eigenen Aufwertung alles in übertriebenem Gefühlsgeschwafel Schwester und Mutter erzählte, wurde Thomas stets zum Außenseiter abgestempelt. Immer wenn Mutter im Wettstreit mit ihrer Schwester »unterzugehen« drohte, fiel ihr nichts Besseres ein, als über den wehrlosen Thomas zu jammern und permanent über das angeblich »schwierige Kind« herzufallen. Sie opferte Thomas, um genügend eigene Zuwendung und Liebe von ihrer Mutter zu bekommen.

Einmal jammerte sie: *»Ich weiß nicht mehr, was ich machen soll, der frisst mir die Haare vom Kopf, da hab ich ihn nur kurz*

197

unbeobachtet gelassen und dann frisst er die ganzen Äpfel auf!«. Thomas hörte dies und verstand die Welt nicht mehr. Oma Emma bot sich an, mit Thomas zu sprechen. *»Must du immer alles Wegessen?«*, keifte sie in ihrer strengsten und gnadenlosesten Ausdrucksweise. Sie ergriff ihn hart am Arm, zog ihn hoch zu sich, so weit es ging und er in dieser wehrlosen Position gerade noch mit den Zehenspitzen Bodenberührung verspürte. Sie beugte sich auf die Höhe seines Gesichtes hinunter, bis Thomas die braunen Zahnstumpen in ihrem Mund erkennen konnte und ihren schlechten Atem roch. Sie verzog dabei die Mundwinkel zur Unterstützung ihrer Strafpredigt wie angeekelt nach unten. Mutter saß am Tisch, schüttelte den Kopf, legte dann theatralisch beide Hände vors Gesicht. Thomas sah sie aus den Augenwinkeln an und dachte, dass sie gleich anfängt, hemmungslos zu heulen. Thomas und seine Mutter boten ein Bild des Jammers. Oma Emma schüttelte ihn noch einige Male am Arm hin und her und ließ dann von ihm ab.

Thomas war wie vom Donner gerührt und kam sich schuldig vor, wie ein Dieb, der anderen das Essen klaut. Wenn etwas mehr als ausreichend zur Verfügung stand, dann Obst. Der Appelkamp zur gefälligen Selbstversorgung lag keine zehn Meter vom Wohnhaus entfernt. Vom Frühjahr bis in den späten Herbst hatte er jederzeit Zugriff auf reichlich erntefrisches Obst. Thomas stopfte sich den Bauch voll, bis ihm das Obst an den Ohren wieder herauskam. Um das überreichliche Fallobst noch zu nutzen, fraßen sich die jungen Schweine tagsüber im Appelkamp den Bauch voll.

Darüber hinaus wurde der Appelkamp niemals wegen unerlaubten Mundraubs kontrolliert, was auch keinen Sinn gemacht hätte, da es hunderte von tragenden Obstbäumen gab. Selbst im Winter wurden immer ausreichend Äpfel von Thomas Eltern und besonders von seiner Oma eingelagert, die immer bis zur nächsten frischen Ernte reichten. Meistens vergammelte ein Teil und landete auf dem Komposthaufen. Thomas nahm sich gern in die Pflicht, *keine* Lebensmittel vergammeln zu lassen, er betrachtete Obst als viel zu kostbar, er futterte es lieber auf. Aber, seiner Mutter Äpfel zu klauen, eine absurde Darstellung.

Zur Haupterntezeit im Spätsommer und Herbst ernteten Thomas Familie und etliche Helfer viele Wagenladungen des Obstes. In der Scheune verarbeiteten sie einen Teil zu Most, der dann verkauft oder in der Gaststätte ausgeschenkt wurde.

Ein Arsenal von Bauernregel und Drohungen, die der angeblichen Gesundheit dienten, gipfelten zum Beispiel in der Warnung, kein unreifes Obst zu essen, damit könnte er sich den Magen »vertun«. Ständig ermahnte sie ihn, kein Wasser auf das Obst zu trinken, Bauchschmerzen wären die Folge. Mutter hatte einige solcher unsinnigen Sprüche auf Lager, die allesamt nur dazu dienten, dass Thomas keine Vorräte plünderte. Extreme Mangelzeiten erforderten Zurückhaltung im Umgang mit Nahrungsressourcen. Hier im Appelkamp hingegen regierte der Überfluss. Mutter brachte es einfach nicht fertig, sich auf das reichlich vorhandene Obst, im Gegensatz zum früheren Mangel während der Kriegszeit, einzustellen.

Als Vertriebene und Flüchtlinge stand Thomas Familie im allgemeinen Ansehen bei den Bewohnern des Dorfes in den Fünfzigerjahren mit den »verachteten Zigeunern« fast auf einer Stufe. Die alteingesessenen Dörfler ließen ihre Einkäufe nicht selten im dörflichen antiken Krämerladen anschreiben und zahlten dann im Folgemonat die Rechnung. Thomas Familie zog es erst gar nicht in Erwägung, nach der Möglichkeit des Anschreibens zu fragen. Der Kaufmann hätte es nie akzeptiert. Sie hätten ja bei Nacht und Nebel verschwinden können!

Thomas fiel es schwer, seine Mutter einzuschätzen. Sie konnte lieb säuseln und im nächsten Moment einem Anfall von Gehässigkeit erliegen. Welche Chance hatte Thomas, diesem Martyrium zu entgehen? Keine! Kinder wollen nicht über den Zustand eines Elternteils nachdenken. Das können sie auch nicht leisten. Sie registrieren empfindsam, ob die gegenwärtige Stimmung mit ihnen in Verbindung steht oder nicht. Schnell suchen sie bei unklarer emotionaler Lage den Auslöser bei sich selbst. Die launische Mutter ergab ein schlecht einzuschätzendes Exemplar ab. In welcher Stimmung befand sie sich? Ärgerte sie sich über etwas? Hatte Thomas nach ihrer Meinung wieder etwas falsch gemacht oder sich gar schlecht benommen? Watschte sie ihre eigene Mutter mal wieder ab? Oder fühlte sie sich ausgenutzt? Lag Ärger mit Vater im Raum? Plagte sie der Neid auf etwas? Oft genug opferte sie Thomas auf dem Altar der Mütterlichkeit. Die Gleichgültigkeit den Gefühlen von Thomas gegenüber trieb sie bis zur Gehässigkeit mit der Drohung, ihn in ein Erziehungsheim zu stecken. Oft führte sie ihre Attacken auch im Beisein ihrer Schwester.

All diese Erlebnisse haben dazu geführt, dass sich Thomas zum Einzelgänger entwickelte. Er hinterließ bei anderen Personen und Kindern stets einem unsicheren Eindruck.

Kinder brauchen Sicherheit, die nur eine zuverlässige, liebevolle Vertrauensperson bieten kann. Egal was auch immer an Problemen oder Fragen auftritt, sie müssen sich jederzeit an die primäre Bezugsperson wenden können, stets ein offenes Ohr für ihre Anliegen haben. Nichts ist irritierender als eine unberechenbare Mutter.

Es ist die Aufgabe der Eltern, richtunggebend, konstruktiv korrigierend und liebevoll einen möglichen Weg mit sinnvollen Alternativen aufzuzeigen. Ein Kind braucht sicheren Zuspruch und bedingungslose Liebe, es darf nicht für die Probleme eines Erwachsenen missbraucht werden. In Thomas Fall fand ein Kindesmissbrauch durch seine Mutter statt. Und alle schauten zu!

Natürlich registrierten die beiden Töchter Hildegards diese kritische Beziehungslage aufmerksam. Die aus Eigeninteresse gespeisten Informationen ihrer Mutter richteten weiteres Unheil an. Sie sahen auf Thomas herab und ließen verächtlich diesen »komischen« Jungen links liegen.

Thomas entwickelte sich so anders wie sie, beschäftigte sich mit angeblich undurchschaubaren Spielen. Er streifte viel lieber in der Umgebung herum, statt sich an irgendwelchen »Mutter-und-Kind« Spielen zu beteiligen, die er persönlich blöd fand, zumal er auch über keine Erfahrungen mit Szenen dieser

Spielart verfügte. Die beiden Töchter pflegten einen regen Gesprächsaustausch mit ihrer Mutter. Ihr Vater war ein Schwätzer, der alles versprach und nichts hielt, über Weltpolitik schwadronierte, dabei aber nur über belangloses, lückenhaftes und oberflächliches Wissen verfügte. Sein Wissen bezog er, wie die meisten damals, aus dem täglichen Bildblättchen. Eine auffallende Eigenschaft hatte er, er ging liebevoll mit seinen Töchtern um. Er hat sie niemals geschlagen oder gedemütigt. Nur darum beneidete er die Töchter, um mehr nicht.

Thomas Vater spielte der Onkel hingegen mit einer diebischen Freude an die Wand, da er in der Lage war, Sätze flüssig auszusprechen, während Vater sabbernd stotterte und nur in abgehackten „Satzfragmenten" sprach. Sprechen war einfach nicht sein Ding. Bevor ihm die Worte einfielen, die er zu einem halbwegs vernünftigen Satz zusammensetzen konnte, ging die Diskussion schon zum nächsten Thema über. Der Onkel machte Vater oft in Gesellschaften lächerlich, in dem er ihn immer zynisch fragte: »*Na, Walter, was sagst Du denn dazu?*«, oder »*Sag doch was, Walter!*«. Vater musste erst Anlauf nehmen und während dieser Zeit hatte der Onkel bereits den anderen Zuhörern in ausschweifenden Worten die Welt erklärt. Vater schaute dann mit blödem Gesichtsausdruck aus der Wäsche, grunzte und widmete sich wieder seiner Bierflasche. Thomas Mutter ärgerte sich maßlos über dieses »Vorführen«.

Da Mutter selten eine Gelegenheit des Gesprächs mit Thomas ergriff, keine Geschichten erzählte oder mit ihm diskutierte, beschränkte sich der Gesprächsstoff zwischen den beiden auf Befehle, Drohungen und Warnungen. Wenn Thomas Mutter sich dann doch einmal »mit ihm abgab«, wie sie es immer nannte, drückte sie eine Anweisung nach der anderen in ihn hinein. Ständig erinnerte sie ihn an seine Gehorsamspflichten.

»*Mach uns bloß keine Schande – du verflixter Jaust! Wenn ich was Schlechtes oder Freches von Dir höre, dann setzt es was!*«. So endeten die meisten extrem kurzen Gespräche.

Als bei der älteren Cousine die Menstruation einsetzte, führten die Frauen aus Thomas Sicht ein unerträgliches, bedenklich gefühlsduseliges Drama auf. Alles drehte sich nur noch darum, wie es ihr ging. Stöhnte sie, wurde ihr sofort Mitleid zuteil. Sie reichten eine Spalt-Tablette mit Wasser oder Tee und »das leidende Mädchen« legte sich stöhnend in die Nähe der Frauen auf die Couch. Der Kopf sank auf ein weiches Kissen, eine Decke wärmte sie. Thomas Mutter tätschelte ihr beim Vorbeigehen den Kopf und sagte mitleidig: »*Das tut weh, ich weiß das, hab ich ja auch alles mitgemacht!*«. Im Minutentakt fragten sie mitfühlend: »*Liebes, wie geht es dir? Schon etwas besser?*«. Die Frauen übertrumpften sich gegenseitig in ihrer Zuwendungsrhetorik. Wenn die Luft im Raum im Mitleidsgesäusel zu ersaufen drohte, verdrehte Thomas die Augen und verdrückte sich.

Zugegeben, Thomas bekam, der Natur gehorchend, keine Periode, aber die Zuwendung die sich die Cousine »erstöhnte«, empfand er als übertrieben. Die Frauen jubilierten, endlich hatten sie wieder ein Thema gefunden, dem sie sich mit Inbrunst widmen und ihr Mitleidsgetue voll ausleben konnten. Sie versanken teilweise in einem unrealistischen Gefühlssumpf. Sie hatten die körperlichen Veränderungen am eigenen Leib erleiden müssen, begleitet von fürchterlichen Schmerzen.

Die Cousine machte sich nun auf den Weg vom Mädchen zur Frau, der Weg geriet allerdings unerwartet kurz, da sie mit 17 Jahren schwanger wurde und ihr erstes Kind gebar.

Wieder beschäftigte die Sorge um das Wohl der jungen Mutter und des Babys die Gemütslage der Frauen: »*Ach, die schafft das? Da hat sie aber nicht richtig aufgepasst! Ein wenig unvorsichtig hat sie sich schon verhalten! Sie hat aber auch ein schweres Los gezogen! Das arme Ding, sich das jetzt schon anzutun!*«. »*Wir sind ja auch noch da ...! Wir können sie ja helfen! Hoffentlich ist es ein Mädchen ...! Wir wissen ja, was zu tun ist!*«.

Das Baby war schlau, erhörte das Bitten und Flehen und kam, Gott sei Dank, als Mädchen auf die Welt. Die Freude kannte keine Grenzen und in ihrer überschwänglichen Fürsorge stürzten sie sich auf das arme hilflose Wesen.

Nur am Rande erwähnt: Mitte der sechziger Jahre gab es bereits an jeder Ecke Kondome und aktuell die Pille. Thomas wurde in seiner Meinung bestätigt, dass die Tochter reichlich naiv und blöd war.

Grundsätzlich hielten die Frauen die Themen in ihren Kreis, sprachen den Männern von vorn herein kein gesteigertes Mitgefühl zu. Zwar beteiligten sich die Männer aktiv an der Vergrößerung der Familien, sich mit der Thematik eingehender zu befassen, sahen sie als nicht opportun an. Schwangerschaften und Geburten stilisierten sie zum geheimnisvollen Frauenproblem hoch. Die Männer bemerkten den Vorgang zwar, man informierte sie allerdings nur rudimentär, dabei die Unaussprechlichkeiten geheimnisvoll umschreibend. Die Frauen in Thomas Familie sahen Männer als gefühlsreduzierte Wesen an, die nach Sex verlangten, wenn es ihnen in den Sinn kam. Ansonsten vergnügten sie sich mit Alkohol und schwadronierten über Fußball, Sport oder sonstige Belange. Sie versuchten beharrlich, die traumatisierten Kriegserlebnisse und die Mangeljahre während und nach dem Krieg unter Mithilfe so mancher Flasche Korn bzw. Jägermeister zu ertränken. Der Alkohol benebelte ihr Gehirn, befreite ihr Gewissen für eine kurze Zeit. Auf diesen Freund konnten sie sich verlassen. Was wiederum den Frauen missfiel und so drehte sich das Zusammenleben im Kreis, ein „Circulus vitiosus", ein Teufelskreis ohne Ausgang, den niemand durchbrach.

In einer Sache entwickelte Thomas eine diebische Schadenfreude. Sowohl Tante Hildegard als auch ihre Töchter besaßen einen deutlich wahrnehmbaren Körpergeruch. Sie müffelten wie eine Horde Iltisse. Gegen diesen Duft, der augenblicklich verströmte, wenn sie sich bewegten, half keine Chemie. Sie rochen intensiv, während Thomas wie ein rosiges kleines Baby duftete. Thomas Vater musste von der Zeche eine Seife »besorgen«, die ohne chemische Geruchsstoffe und frei von sonstigen Stoffen produziert wurde, womit der Geruch etwas unter Kontrolle zu bringen war. Diese spezielle Seife wurde für die strapazierte Haut der Bergleute hergestellt, die sich intensiv mit Schwamm und Bürsten reinigten und sich von Kumpeln an den Stellen »buckeln« ließen, an die sie nicht

203

selbst hinlangten. Kohlenstaub und die fettige Kohlenschmiere klebten hartnäckig in jeder Falte der Haut, die eine reinigende und aufbauende Pflege benötigte. Diese Seife lag auch außerhalb der Waschkaue bei Personen mit sensibler Haut hoch im Kurs. In einem kleinen Karton, hübsch verpackt und mit Schleifchen umwickelt, ein gern gesehenes »kostenloses« Geschenk.

Die Wohnung von Hildegard und Töchtern hatte bereits den Odem der Körper aufgesogen und verströmte den typischen marderartigen Geruch, der penetrant in jede Nase kroch und latent durch den Raum flutete. Die Frauen jammerten: *»Mein Gott, ist das ein Elend und so fürchterlich! So hübsche Mädchen und dann dies, dass haben sie nicht verdient!«*. Tage verbrachten die Frauen in gefühlsduseliger Atmosphäre, um zu überlegen, wie diese »Geruchsanomalie« abzustellen sei.

Auch der Hausarzt des Ortes hatte kein Mittel parat: *»Waschen, waschen, waschen, wenn es schlimm wird und die Bergbauseife nutzen!«*, empfahl er. Thomas sah es als ausgleichende Gerechtigkeit an, er genoss seine Schadenfreude und hielt sich aus geruchstechnischen Gründen sinnvollerweise in einigem Abstand auf.

Eine Zeit lang, als es um Thomas Berufswahl ging, spielte sich der »gute Onkel« als Vermittler und Wohltäter auf, der sich mit seinen angeblichen »vorzüglichen Kontakten« um eine Lehrstelle für Thomas kümmern wollte. *»Ich schau mal, was ich für dich machen kann!«*. Außer heißer Luft und unhaltbaren Versprechungen, die für weitere Frustrationen bei Thomas sorgten, kam nichts Gescheites dabei heraus. Eine perfide Art, erst Hoffnungen zu schüren und dann ohne Ergebnis im Sande verlaufen zu lassen. Er ergötzte sich an Thomas Zukunftszweifel. Der Verdacht ist nicht von der Hand zu weisen, dass er damit Mutter und besonders Vater eins auswischen wollte. Diese Angeberei bot ihm die Chance, seine angebliche Überlegenheit wieder einmal deutlich zu zeigen.

Der Onkel arbeitete als Straßenwärter und saß den lieben langen Tag auf seinem Hintern im VW-Pritschenwagen. Da er nie eine Führerscheinprüfung abgelegt hatte, fuhr ihn ein Fahrer über die

Straßen. Das muss man sich einmal vorstellen, dass es so etwas überhaupt geben konnte. Sie fuhren die Bundesstraßen ab, schauten, ob nichts den Verkehr störte, meldeten Beschädigungen und der Fahrer entsorgte die totgefahrenen Katzen, Hunde und Ratten.

Thomas entwickelte ein distanziertes Verhältnis zur Tante, den Stinketöchtern und ihrem Vater, dem »Schwätzer«. Er begegnete ihnen stets mit einer gehörigen Portion Misstrauen. Der Kontakt ist später im Sande verlaufen.

Bei Vater lief er mit der Aktion »Lehrstelle« komplett ins Leere, mit keinem Wort äußerte er sich zu diesem Problem, es interessierte ihn nicht. Mutters Ambitionen richten sich pragmatisch aus, sie wollte Thomas so schnell wie möglich Kostgeld in Rechnung stellen und ihn schnellstens in eine Lehre »stecken«. Die »Gegessen-wird-immer-Lehre« kam ihr da zur rechten Zeit. Sie vertrat vehement öffentlich die Auffassung, dass es an der Zeit sei, dass Thomas einen Beitrag in die Familienkasse für Unterkunft und Verpflegung leisten muss. *»Ich hab **mich** lange genug den Rücken krumm gemacht, für alles, was ich für **den** getan hab!«.*Sie gierte nach dem Lehrgeld, das ihrer Meinung nach immer noch nicht reichte, um die Kosten zu decken, die Thomas »verursachte«. Regelmäßig zählte sie auf, was eine Hose, Unterwäsche, Jacke usw. kosteten. Außerdem konnte sie sein angebliches »Herumlungern« nicht mehr ertragen. *»Es wird Zeit, dass der Bengel endlich an die Arbeit kommt!«*, schwätzte sie unbedarft im Bekanntenkreis herum. Sie empfand Thomas als lästig, sie wollte ihn auch tagsüber »aus den Augen« haben.

Glückliches Spiel im Appelkamp

Ein paradiesischer Ort in Thomas Kindheit. Auf einer weit ausladenden Streuobstwiese hatten die vielen unterschiedlichen, teils sehr alten Obstbäume bereits ein beträchtliches Alter erreicht. Knorrig gewachsen, sah man ihnen die jahrzehntelange mangelnde Pflege an. Sie wuchsen in ungeordneten Reihen und berührten sich teilweise. Abgebrochene Äste, ganze Teile des Gehölzes lagen verrottend verteilt am Boden. Die schützenden Baumrinden hatten die Schweine vielfach bis auf das Holz abgescheuert. Die schutzlos der Witterung ausgesetzten Bäume okkupierten Würmer, Käfer und Insekten. Bienen sammelten im Frühjahr zu Haufe den Nektar im gesamten Appelkamp. Zur Blütezeit erklang die summende Symphonie der Insekten. An diesem Ort blieb die Zeit stehen. Am Rande der Wiese standen einige Bienenverschläge, die der Knecht des Hofes pflegte. Vor den Zäunen der Streuobstwiese wuchsen riesige Birnbäume, die sich im Herbst vor Unmengen von Birnen bogen. Das Bruchholz stapelte sich zu einem zusätzlichen unüberwindbaren Zaun, in dem das Holz vermoderte und vielen Kleintieren Unterschlupf bot. Obwohl allen Bäumen in den letzten Jahrzehnten keine oder nur sehr wenig Pflege zuteilwurde, trugen sie noch reichlich Früchte. Die Schweine wuselten tagsüber im »Appelkamp« herum. Sie wühlten bei ihrer Suche nach Freßbarem kräftig den Boden mit ihren Schnauzen um. Um die Bäume fanden sie allerlei Getier, massenhaft Würmer, Larven, Käfer und sorgten gleichzeitig für eine durchlüftete, lockere Erde. Sobald die ersten Früchte vom Baum fielen, stürzten sie sich gierig schmatzend auf das Fallobst.

Thomas kannte jeden Baum. Er wusste, wo es die leckersten Äpfel gab, die Birnen mit dem süßesten Fruchtfleisch und die Pflaumen, die sich gut von den Steinen lösen ließen. Oma Helene buk herrliche Obstkuchen, köstlichen, saftigen Zwetschgenkuchen, den sie mit ihren köstlichen Streuseln bedeckte. Mit Häubchen von frischer süßer Sahne bedeckt explodierte jedes Stück im Mund. Ihre Kuchen stellten eine willkommene Abwechslung zu den furztrockenen drögen Kuchen dar, die sonst auf dem Tisch standen.

Der Appelkamp war ein wertvoller Genpool von alten Apfel-, Pflaumen und Birnensorten. Die leckersten Äpfel wuchsen oft recht klein, in fast jedem lebte ein Wurm, um den Thomas geschickt herum das Fruchtfleisch abbiss. Sorten wie Goldrainette, Goldparmäne, Renette oder Horneburger, die ein fantastisch weißes Apfelmus ergaben, reiften in zeitlichen Abständen heran, sodass ab Mitte des Sommers immer frische Früchte zum Verzehr zur Verfügung standen. Etliche Sorten waren uralt, die von süßlich bis zu einem leicht säuerlichen Geschmack absolut köstlich heranreiften. Biss Thomas hinein, verzogen sich vor lauter Geschmacksexplosionen die Geschmacksknospen des Munden wie bei einem Biss in eine saure Zitrone. Irgendwann verschwanden die alten Sorten, die eher klein wuchsen, mit Flecken und Schrunden gewachsen einfach aus dem Appelkamp. Das Wissen über diese vorzüglich schmeckenden Obstsorten ging verloren. Bei Erzählungen über dieses wundervoll schmeckende Obst gerieten alle in Verzückung. Thomas entwickelte in seinem Gedächtnis eine Landkarte der leckersten Früchte, die er regelmäßig aufsuchte und mit besonderem Vergnügen die Früchte verzehrte. Er probierte alle Sorten durch, der Saft lief ihm aus den Mundwinkeln herunter und um seinen Kopf schwirrten Fliegen und Bienen. Mit seinem Stock schlug er die köstlichsten Früchte vom Baum und wenn er sie sofort aß, zeigten sich auch noch keine braunen Stellen. Ausgesuchte Früchte lagerten im kühlen Keller auf Holzregalen für den Verzehr im Winter.

Der Appelkamp war Thomas Reich, sein alleiniger Besitz und sein Rückzugsgebiet, das er mit seinen Waffen verteidigte. Stundenlang spielte er um die Bäume herum, kletterte auf niedrige Äste, suchte Plätze zum Verweilen und futterte die Früchte in sich hinein. Niemand störte ihn, er konnte träumen und seiner Fantasie freien Lauf lassen. Bei Regen suchte er unter einem Baum Schutz, beobachtete die Umgebung und schaute den Tropfen zu, wie sie die von den Schweinen aufgewühlte Erde aufweichten und langsam wieder begradigten. Schaute er sich im Gelände um, überlegte er, wo seine Burg stehen könnte, auf welchem Baum sich ein Baumhaus stabil bauen lies. Vom umlaufenden kleinen Balkon des Baumhauses hätte er alles überschauen können und Gefahren rechtzeitig bemerkt. Selbst wenn die Schweine im Appelkamp verweilten, könnte er in seinem Baumhaus verbleiben. Von dort oben sah er in einem Rundumblick den Hof des elterlichen Wohnhauses, die Schotterstraße, die riesige alte Trauerweide, den Bauernhof, die rückwärtigen Scheunen und den Gemüsegarten der Bäuerin. Am hinteren Zaun floß der dreckige Abwasserkanal in seinem mit Betonplatten eingefassten Bett dem nächst breiteren Fluss entgegen.

Hier konnte ihn niemand überraschen, die zugewachsenen Zäune schützten unüberwindbar wie bei einer Burganlage den Kamp. Die verriegelten Tore verhinderten das Eindringen von Feinden. Nur an wenigen Stellen hätte ein Überfall sein Reich bedrohen können. Thomas konstruierte in seiner »inneren Welt« das Baumhaus komplett durch. Seine Fantasie erlaubte ihm, in seinen Traum einzutauchen. Die Wirklichkeit verwischte sich. Kletterte er auf einem starken Ast bis nach oben, richtete er sich bequem ein. Dann saß er tatsächlich in seinem Baumhaus und vor seiner inneren Leinwand sah er sich auf seinem Baumbalkon sitzen und träumte seinen Traum.

Hier fühlte er sich sicher vor den Attacken seiner Mutter, die er manchmal auf dem Hof sichtete. Er zog Schwert und Dolch aus dem Gürtel heraus, legte seinen Waffengürtel ab und hing es an einen benachbarten Ast, stets griffbereit neben sich. Er übte Scheinangriffe und versteckte sich für einen Überraschungsangriff hinter den Bäumen, um dann waffenstarrend blitzschnell vorzupreschen und Feinde abzuwehren. Thomas nahm Bäume und Gelände in Beschlag, spielte im Appelkamp seine Fantasie aus - und zwar *mit* Waffen. Hätte Mutter ihn so gesehen, hätte es wieder ein Riesendonnerwetter gegeben. Sie hätte seine Waffen zerbrochen und im Küchenofen verheizt. An seinen Armen hätte sie ihn geschüttelt und eine Standpauke auf ihn niederprasseln lassen. Mit fratzenartigem Gesicht und zusammengekniffenen bösen Augen hätte sie ihre Worte gehässig herausgepresst.

Der Umzug in die Siedlung

Durch den immensen Bedarf an Arbeitskräften für den Bergbau als verlässlichen Arbeitgeber, strömten viele Menschen aus unterschiedlichen Regionen ins Ruhrgebiet und an die Peripherie der Städte. Bezahlbare und mit Mindestkomfort ausgestattete Wohnungen fehlten überall. Der Bau von Wohnungen stieg in den Fünfzigerjahren massiv an. Viele Wohnungsbaugesellschaften zogen Siedlungen hoch, denen viele der alten Bauernhöfe weichen mussten. Alle bislang über die Umgebung des Dorfes und der Nachbardörfer teils in bedenklichen Behausungen lebenden Familien, zogen glücklich in die Wohnungen ein. Ein Zuteilungsprinzip regelte die Vergabe der Wohnungen. Nach der Registrierung warteten die Familien auf die Nachricht, dass eine Wohnung für sie zur Verfügung stand. Die Freude lebten sie in vielen nachbarschaftlichen Festen aus, die auch nach dem Einzug nicht aufhörten, als sich die neuen Nachbarn freundschaftlich miteinander bekannt machten.

Die Ausstattung der früheren, meistens nur als »Behausung« zu bezeichnenden und oftmals nicht zusammenhängenden Zimmer, die sich im ganzen Haus verteilten, boten weder Komfort noch hygienische Einrichtungen. Wie in Thomas Familie, lebten in einem Haus oft mehrere Generationen gleichzeitig. Die Wohnungen besaßen weder Heizung noch fließendes Wasser, von warmem Wasser ganz zu schweigen. Für alle Bewohner existierte ein Plumpsklo im Anbau oder Stall des Hauses. Vielfach musste das Frischwasser aus einem Brunnen mittels eines Pumpenschwengels im Hof gezapft und per Eimer ins Haus getragen werden.

Im Mai 1957 bezogen Thomas Eltern eine Neubauwohnung im dritten Stock mit dreieinhalb Räumen und Balkon. Neben Wohn-, Schlaf-, und Kinderzimmer bestand die Wohnung aus einer schmal zugeschnittenen Küche, einem Badezimmer mit Waschbecken, Flachspülklo, Badewanne und einem mit Holz zu befeuernden Wasserboiler. Vater duschte und wusch sich meistens nach jeder Arbeitsschicht in der »Waschkaue«, dem Gemeinschaftswaschraum der Zeche. Im Nebenraum hingen

Körbe an vielen Haken. In ihnen lagen die persönliche Kleidung und nach Schichtende Gürtel, Schuhe, die dicken schwarzen Hosen und Jacken und sonstige Arbeitsutensilien. Mit der Kette zog jeder Bergmann seinen Korb an die Decke und sicherte ihn mit einem Schloss. In luftiger Höhe hingen wie in einem Fledermausbau eine unüberschaubare Anzahl dieser Kleidungshaken leicht baumelnd unter dem Dach. Das zeigte bildhaft auf den ersten Blick die mehrere Tausende Beschäftigten.

In der alten Wohnung wurde eine große Blechwanne in die Wohnküche gestellt, Wasser im Einkochkessel auf dem Ofen erhitzt und letztendlich mit kaltem Wasser zu einer angenehmen Temperatur vermischt. Mutter wusch sich zuerst. Da sie die Geheimnisse ihres Körpers nicht vor Thomas präsentieren wollte, schickte sie ihn zu Oma Helene. Wusch Vater sich nicht zu Hause, kam Thomas in die Wanne und wurde stehend abgeschrubbt und mit Wasser abgespült. Wenn das Wasser über seinen Kopf lief, ergriff ihn Panik, da er sekundenlang nichts sah, dass Waschmittel lief in seine Augen und brannte. Mutter rubbelte ihn trocken, anschließend schickte sie ihn ins Bett.

In der neuen Wohnung gab es eine richtige Badewanne. Zur Erwärmung des Badewassers stand ein mit Holz beheizter Kessel neben der Wanne. Rechtzeitig vor Beginn der Badeaktion wurde das Wasser aufgeheizt. Als Brennholz dienten Abschnitte von Grubenstempeln, ca. 30 cm lang. Offiziell waren diese Abschnitte nicht für den privaten Gebrauch freigegeben, inoffiziell allerdings schaffte fast jeder Bergmann solche Stempel aus dem Zechengelände heraus. In die Ledertasche, normalerweise mit dem Aluminium-Henkelmann, einem Paket Butterbrote und Trinkflasche gefüllt, passten zusätzlich noch genau zwei der Stempel hinein. Ein Hieb mit dem Beil teilte das mittig angesägte Holz in zwei Hälften. Aus jedem Stempelteil wurden Anmachhölzchen (auch Spänchen genannt) abgespalten. Zusammen mit Zeitungspapier ließ sich sowohl der Koksofen im Wohnzimmer, als auch der Wasserboiler rasch damit anzünden. Es mussten immer ausreichend »Spänchen« im Keller lagern. Thomas konnte geschickt mit der Axt hantieren und spaltete die Hölzer in vom Vater genau definierte Größen.

Samstag war Badetag mit einigen Ritualen, die strikt eingehalten wurden. Das aus Kartoffelsuppe bestehende Mittagessen verfeinerte eingestreute, kleingeriebene Gewürzgurken aus dem großen Steinfass. Alternativ briet Mutter Bratkartoffeln, die Vater mit Buttermilch zu sich nahm. Er häufte dazu einige knusprige Kartoffelstückchen auf einen Löffel, tunkte diesen in Buttermilch und schob das Gemisch genüsslich in seinen Mund. Dazu sendete der WDR eine Stunde lang Blas- und Volksmusik, anschließend hörten Thomas Eltern auf dem gleichen Sender das Wunschkonzert. Am Vormittag hatte Thomas bereits Spännchen und ganze Holzstempel aus dem Keller geschleppt, die nun das Badewasser erhitzten.

Das einmalige Bad in der Woche reichte im Sommer nicht aus, dem Zersetzungsprozess der Bakterien Einhalt zu gebieten. Stiegen die Temperaturen, strömte nach körperlicher Arbeit der schweißige Körpergeruch von Mutter und Vater extrem durch alle Poren. Mit dem regelmäßigen Gebrauch von Deodorants kannten sie sich nicht aus. Sie hätten die unangenehmen Ausdünstungen, die extrem rochen, wenn sie die Arme vom Körper wegbewegten, damit unterbunden. Aber dass es Deos gab, ignorierte Mutter bzw. sie scheute aus Preisgründen die Ausgabe. Sie hatte schon Schwierigkeiten, das Zähneputzen ihrem täglichen Reinigungsritual hinzuzufügen. Entsprechend sahen sowohl bei Mutter als auch bei Vater die Zähne aus. Kariöse braune Stumpen, Zahnruinen und von Zigaretten gefärbte braune Restzähne.

In ihre Haare massierte Mutter im Laufe der Woche Frottee-Trockenhaarshampoo aus der blauen Dose in die Haare. Das Fett der Haare wurde damit zwar gebunden, allerdings lagen sie nach einigen Tagen letztendlich klätschig am Kopf und es schimmerte wie leicht ergrautes Haar.

Thomas Mutter kommandierte am Samstag die ganze Familie in die Badewanne. Die Reihenfolge war festgelegt. Wenn Vater von der Gartenarbeit etwas ranzig roch oder einige Tage frei hatte, legte er sich zuerst in die Wanne, dann folgten Mutter und anschließend stieg Thomas in das dreckige Wasser, das an den Rändern der Wanne bereits eine fettige, schmierige Spur hinterlassen hatte. Das Wasser selbst sah schmutzig grau aus, undurchsichtig und auf der Oberfläche schwammen kleine Dreckinselchen. Eine Reihenfolge nach dem Verschmutzungsgrad hätte mehr Sinn ergeben. Thomas wäre dann an die erste Stelle gerutscht und brauchte dann nicht als Letzter in die dreckige Brühe steigen.

Die Flachspültoilette mutierte zum gewöhnungsbedürftigen Teil. Die Ausscheidungen lagen nach Beendigung des Geschäftes in der flachen Porzellanschüssel und konnten intensiv beäugt und genauso intensiv riechend sich dem Verursacher präsentieren. Was vorher verborgen blieb, da es sofort in die Tiefe rauschte, lag nun offen sichtbar. Thomas schloss Freundschaft mit seinem Haufen und begutachtete interessiert, was da aus ihm herauskam. Für die Familie eine bahnbrechende Errungenschaft. Allerdings waren »Einlernphasen« von Nöten. Selbst Mutter musste sich erst an diese Toiletten-Neuheit gewöhnen. Der Übergang vom Plumpsklo zur Porzellantoilette entwickelte sich zu einem intensiven Lernprozess.

Besonders Vater schiss in den Pott und vergaß anschließend, die dunklen und stinkigen Reste seiner Hinterlassenschaft zu beseitigen. Das Klo sah so unansehnlich aus, dass Mutter immer wieder mit missionarischem Eifer den Gebrauch einer Bürste anmahnte. Die Diskussion zwischen den Beiden kochte jedes Mal hoch, da sie alles abstritten und sich gegenseitig die Schuld für die braunen Spuren zusprachen. Thomas war gut genug gedrillt und nutzte die Bürste, während sie bei Vater keine große Beachtung fand. Immer wenn Vater von der Toilette kam, sah man die braunen Reste und Flecken. Wenn selbige einige Zeit angetrocknet im Becken lagen, entwickelte sich die Entfernung dieser Spuren zur unappetitlichen Schrubberei. Thomas ekelte sich immer davor und da er damals bereits den Gedanken in sich trug, alles genau um 180° anders zu machen als seine Eltern, kam diese prollige Hinterlassenschaft bei ihm sehr selten vor. Sein hygienisches Feingefühl sah es als peinlich an, wie unsozial sich sein Vater verhielt.

Die Zimmer gingen vom Flur sternförmig ab, das Kinderzimmer lag sofort rechts neben dem Eingang. Die Nutzung entsprach nicht der eines Zimmers für Kinder. Der kleine Raum wurde auf einer Seite komplett mit je einem Küchen- und Kleiderschrank zugestellt. Etwas später gesellte sich noch eine Tiefkühltruhe hinzu, deren Summen und Schaltgeräusche Thomas die ganzen Jahre in diesem Raum begleiteten.

Es blieb nur noch Platz für ein Einzelsofa und ein Babybett, später für ein Klappsofa, auf dem Thomas und sein Bruder schliefen. In der Mitte des kleinen Raumes, quasi für den Tagesgebrauch, passte dann noch ein Tisch mit Stühlen, sodass Mutter diesen Raum komplett mit irgendeinem Zeug vollpfropfte. Zum Spielen blieb da wenig Platz. Jeden Abend begann eine umfangreiche Umräumaktion: Tisch und Stühle an die Seite stellen, das Klappsofa aushebeln, mit Laken bespannen und Kissen und Decke aus dem Bettkasten herauskramen. Morgens ging die ganze Prozedur dann umgekehrt von Neuem los.

Thomas verfügte für sein Spielzeug nur über eine kleine Ecke, fast jeden Abend demontierte er einen Teil seiner Spiellandschaften wieder ab. Er verstaute die Teile zerstörungssicher, damit sie nicht durch Unachtsamkeit auseinanderflogen. Sein Vater polterte nicht besonders zimperlich herum, betrat den Raum allerdings selten. Der mangelnde Platz forderte Thomas Erfindungsreichtum heraus, da er Kartons und Bretter für seine Spiellandschaften benutzte, die er abends geschickt übereinanderstapelte.

In den beiden großen Schränken des Kinderzimmers lagerte viel unbrauchbarer Krempel. Da die Schränke aus der alten Wohnung stammten, setzte sich die geschmacklose Dekoration weiter fort. Mutter tapezierte immer selbst. Vater erledigte den Hilfsdienst. Sie klebte an die Wände großformatige, barock wirkende Motive. An allen Tapeten schnitt man mit einer Schere den Rapport ab. Diese Schnittkante klebte dann überlappend auf der vorherigen Bahn. Als wenn dies nicht ausreichte, klebte sie an die Abschlüsse zur Decke hin die

213

abgeschnittenen Reste als Bordüren, es sollte wohl die allgemeine Trostlosigkeit des Raumen etwas mildern.

Aufgrund des hohen Wohnungsbedarfs zogen die Baufirmen die Häuser im Schnellverfahren hoch. Das noch feuchte Bauholz zog und bog sich bei fortschreitender Trocknung in alle Richtungen. An den Rändern und zwischen den Bodendielen klafften zentimeterbreite Lücken, die sich durch das graubeige Linoleum als Einbuchtungen zeigten. Die angenagelten Fußleisten hingen teilweise in der Luft, da die Bodenbretter sich von der Wand entfernt hatten. Es wurde nie repariert und einem kleinen Jungen, dessen Blickwinkel mehr auf Bodennähe haftete, fiel dies besonders auf. In Thomas Erinnerungen bildeten die zusammengeflickten Boden- und Fußleisten das Synonym für eine ärmliche und simpel zusammengeschusterte Welt, in der er aufwuchs. Er empfand Scham für den schlechten und geschmacklosen Zustand der Wohnung. Vater reparierte nie etwas, er hatte zwei linke Hände und auch kein Interesse an handwerklicher Tätigkeit. Wenn er doch etwas reparieren oder anbringen sollte, da Mutter ihn dazu unmissverständlich drängte, führte er die Arbeit so schlampig aus, dass es einige Zeit brauchte, bis sie ihn wieder um die Ausführung einer Aufgabe bat.

Auch in der neuen Wohnung glotzte Thomas nun wieder vor eine Galerie von zwei Schränken, nur die verdunkelnde Pferdedecke fehlte. Oben platzierte Mutter rankende Pflanzen und irgendein geschmackloses Zeug. Es sollte ihrer Meinung nach dekorativ wirken! Und über allem gab die Tiefkühltruhe ihr lautes Brummen und Surren als stereotype Begleitmusik zum Besten.

Thomas wurde als Baby und Kleinkind zwischen zwei Schränken eingepfercht. Jetzt standen diese Schränke wieder in seinem direkten Sichtfeld. Eigentlich war Thomas auch ein Möbelstück. Ein Stück Holz. Da er angeblich sowieso nicht »denken« konnte, passten die Möbel und Thomas symbiotisch zueinander. Das war die Welt, die Mutter ihm zuwies. Wenn er wenigstens ein eigenes Bett sein eigen nennen konnte, in dem seine wenigen persönlichen und geliebten Sachen liegen konnten und in das er sich auch tagsüber einkuscheln konnte. Ein kleines Reich für sich ganz allein, in dem sich sein Geruch sammelte, wenn er abends seinen Kopf in Bett und Kissen kuschelte.

Einem Teddybär schenkte er seit der Verbrennung keine Beachtung mehr. Als Ersatz kuschelte er sich in sein Kissen ein und knibbelte an den Nahtkanten seines Schmusetuches herum. Er nuckelte lustvoll an seinem Daumen, den konnten sie ihm nicht wegnehmen. Von einem Überbiss, regelmäßiger Zahnreinigung und verstärkter Kariesbildung hörte er angesichts seiner bereits löchrigen Zähne erst viel später.

Die Kinderlandverschickung

Im Sommer 1957, Thomas Familie hatte erst vor einigen Monaten die neue Wohnung bezogen, packte vor Beginn der Sommerferien Mutter einen Koffer für ihn. Thomas dachte sich nichts dabei, Mutter machte öfters unsinnige Dinge, die sie dann im Folgenden wieder änderte und die Änderung wieder änderte.

Als Thomas allerdings seine kurz vorher gekaufte Lederhose mit dem bayrischen Hosenträger, auf dem ein Hirschmedaillon prangte und ein sauberes Hemd anziehen sollte, schwante ihm, dass irgendetwas geschah, auf das er nicht vorbereitet war.

Thomas hielt sich nach wie vor viel im Appelkamp und bei seinen Großeltern auf. Er verabschiedete sich von Opa. Oma begleitete ihn zur neuen Wohnung. Vor der Haustür ergriff Mutter Thomas Hand. Ein Koffer stand neben der Tür, daneben ihr Fahrrad. Sie gab Thomas wie beim Stafettenlauf an Oma weiter, befestigte den Koffer auf dem Gepäckträger und beobachtete wachsam, ob er nicht versuchte auszubüchsen. Als Verstärkung nahm Mutter, wenn es um Thomas ging, ständig Oma Helene mit. Vater hatte ihm bereits ein »ah, eh, ja, Tschüss« hinterher gebrabbelt. Dann marschierte die kleine Kolonne los. Mutter führte das Fahrrad, Oma hielt seine Hand scheinbar lose fest, stets bereit, bei der geringsten Ausreißaktion kräftig zuzudrücken. Sie gingen die Hauptstraße entlang in Richtung Bahnhof. Thomas kannte diesen Weg, sie fuhren von dort aus öfters in die Stadt und zum Krankenhaus! Hatte er etwas verpasst? Panik stieg auf!

Am Bahnhof sah er auffällig viele Kinder mit ihren Müttern stehen. Etwas abseits standen etliche Koffer. Eine Frau mittleren Alters, die mit ihrem grimmigen Gesicht ungemein offiziell aussah und sich auch so verhielt, nahm Thomas in Augenschein. Sie schaute an ihm herunter und was sie sah, fand anscheinend ihr Wohlwollen. Man sah es ihr an, dass Thomas mit seinen blonden Haaren, dem Wirbel oberhalb der Stirn, in kurzer Lederhose und kariertem Hemd gekleidet, ihren Idealvorstellungen eines gesunden »Deutschen Jungen« recht nah kam. Sie starrte ihn an, prägte sich sein Gesicht ein und hakte ihn auf einer Liste ab.

Thomas begriff die Situation nicht, als Mutter sich verabschiedete. »*Benimm Dich, mach mir keine Schande!*«, raunzte sie Thomas ins Ohr, umschlang ihn hart bis zur Bewegungsunfähigkeit mit ihren Armen, was ihr spezieller Ausdruck von liebevollem Verhalten sein sollte. Sie gab der Frau mit der Liste einen Umschlag. Zehn Mark Taschengeld - wie er hinterher erfuhr - und schob Thomas dann in den Zug, in dem eine weitere offizielle Frau wartete und die Kinder in Abteile unterbrachte.

Thomas fiel ein, dass er sich gewundert hatte, weil Mutter in alle seine Kleidungsstücke seinen Namen eingenäht oder Stoffschilder eingebügelt hatte. Er kannte seine Sachen recht gut, wozu brauchte er seinen Namen auf den Sachen und wieso hatte sich Mutter solche Arbeit gemacht?

Thomas wusste genau, Widerstand wurde nicht geduldet. Sein Herz wurde schwer, Panik überfiel seinen Körper und Tränen rannen ihm übers Gesicht. Wieder einmal hatte Mutter ihn mit einer Aktion überrumpelt, ohne vorher mit ihm zu sprechen. Sie hielt ihn immer noch für das dumme, »nicht merkende« Kind. Als er den wahren Grund für die Zugfahrt erfuhr, durchströmte ihn Verzweiflung. Das schmerzlich bekannte Gefühl, dass er wieder einmal »aufgeben« musste, ließ ihn in sich zusammensinken und raubte ihm jede Energie. Seine ganze Vitalität klappte zusammen, »nur durchhalten« sagte er sich und sehnte sich nach seinem Appelkamp. Dass seine opportunistisch handelnde Oma sich immer an diesen Aktionen beteiligte, enttäuschte ihn bitter. Zorn und Wut hätte er empfinden müssen. Aber, was nützte es, die Situation geriet unabänderlich. Sie machten ja eh mit ihm, was sie wollten.

Thomas nahm natürlich den miesesten Platz im Abteil ein, den Mittelplatz, da die anderen Kinder vor ihm Platz genommen hatten. Der Zug fuhr an, er schaffte es nicht, sich zum Zugfenster vorzudrängen, da die anderen Kinder ihre Gesichter längst an die Scheibe drückten. Als der Zug aus dem Bahnhof rollte, überwältigten ihn endgültig seine Tränen. Erst jetzt erfuhr er, dass er für sechs Wochen zur Kinderlandverschickung auf die Nordseeinsel Juist in das Kindererholungsheim »Münster« verbannt war.

Diese »Kinderlandverschickungen« existierten noch als ein Relikt aus der Nazizeit. Die Bergbaugewerkschaft bot nach Beendigung des Krieges weiterhin in ihrem Erholungs- und Reiseangebot diverse Genesungsmöglichkeiten an. Was auch immer die Betreiber dieses Kinderheims dazu bewogen haben mag, es nach der schönen Stadt »Münster« zu benennen, leuchtete nicht ein. Thomas und viele andere Kinder verfluchten dieses verdammte Heim, durch das kein fröhlicher Geist wehte.

Auf einem Fährschiff setzte die Gruppe zur Insel Juist über. Auf Karren transportierten sie die Koffer und an der Hand der Erzieherinnen die Kinder ins Kinderheim. Dort teilten die Erzieherinnen jedem Kind einen Schlafplatz in einem riesigen Raum mit ca. 12 Betten zu. Thomas Bett stand direkt hinter der Tür an der Wand. Sein Koffer wurde ihm später vor das Bett gestellt und er schob ihn darunter.

Sechs Wochen würde er hier leben müssen. In seiner Trauer und Verzweiflung weinte er schluchzend. Gott sei dank hatte Mutter ihm sein geliebtes Kissen in den Koffer gepackt, sein Teddy starb bekanntlich vor Jahren durch eine seelische Brandstifterin im Kartoffelfeuer! Und wieder diese Traurigkeit, das Gefühl ungeliebt zu sein und abgeschoben zu werden.

Sechs Wochen lang weinte Thomas Nacht für Nacht und dachte an sein Zuhause. An den Bauernhof, an die Tiere, die kleinen Ferkel, die Hühner, Kühe und Pferde, den Garten, den Appelkamp, den dreckigen Fluss und seine Spielecke im Haus. Was geschah dort jetzt ohne ihn? Thomas vermisste die vertraute Umgebung. Je intensiver er sein Zuhause erinnerte, umso heftiger überfielen ihn die Tränen. Seine Traurigkeit und sein Weinen hätten für mehrere Kinder gereicht.

Der mittägliche Schlaf führte zur nächsten Irritation, da diese Ruhezeiten zur Erholung unbedingt dazu gehörten. So sagte man. Aber warum war er überhaupt in einem »Erholungsheim«? Er war kerngesund, die Operation seiner

Nase lag immerhin schon einige Zeit hinter ihm. Von was sollte er sich also erholen? Er begriff es nicht. Sie wollten ihn mal wieder loswerden.

Thomas kannte keinen Mittagsschlaf, zwei Stunden sollte er von Ein- bis Dreiuhr sinnlos im Bett verbringen. Angeblich sorgten die ständigen Spaziergänge in frischer Seeluft für Müdigkeit. Thomas spürte davon nicht viel. Seine traurigen Gedanken hinderten ihn sowohl abends als auch mittags am Einschlafen.

Die vielen lärmenden und rempelnden Kinder im Kinderheim irritierten ihn gewaltig. Etwas Ähnliches hatte er vor einem Jahr erlebt, als seine Schulzeit begann. Der Kontakt zu seinen Mitschülern gestaltete sich schwierig. Die Kinder fanden intuitiv Thomas Schwachstelle heraus, hänselten ihn und grenzten ihn aus, behandelten ihn als Außenseiter, der keinen Zugang zur Klassengemeinschaft fand. Soziale Kontakte zu anderen Kindern aufzunehmen und wie selbstverständlich zu pflegen, hatte er nicht gelernt. Die Nachbarkinder durften ja nur in Ausnahmefällen mit ihm, dem Flüchtlingskind, spielen. Der Normalzustand für Thomas sah vor, dass er sich allein beschäftige und in seine eigene innere Fantasiewelt abtauchte, wie ein scheinbar gedankenverlorener Spinner. Zumindest urteilte ihn jeder so ab.

Die Spaziergänge gingen Thoma gewaltig auf den Keks. Bereits als dreijähriger Knirps wurde er genötigt, die Fußmärsche von seinem Haus in das 4,5 km entfernt gelegene Dorf, in dem Oma Emma und Opa Gustav lebten, mehrfach in der Woche abzugehen. Beine und Füße schmerzten ständig, die passenden Schuhe für einen so langen Marsch trug er nicht. Bei einer amtsärztlichen Untersuchung wurden ihm Spreiz-Senkfüße, also »Plattfüße« attestiert. Mutters Meinung dazu: *»Er wächst so schnell aus den Schuhen raus, aber die müssen noch ein Jahr reichen, basta! Weihnachten werden wir mal gucken, ob der Weihnachtsmann* **dich** *neue bringt!«.* Thomas interessierte das Gezänk über die dusseligen Schuhe nicht. Die Wegstrecke überforderte ihn derart, dass er permanent lustlos quengelte. Jeder Besuch bei den Großeltern geriet zur Tortur. Mutter und Vater trieben ihn ständig an, meckerten, wenn er zurückblieb und eine kleine Pause einlegen wollte. Vater führte an der Hand sein Herrenrad, das mit Werkzeug, Dünger, leeren Säcken, usw. überfrachtet in den Rohren ächzte. Auf dem Rückweg belastete zusätzlich das geerntete Gemüse das Fahrrad. Besonders die Kartoffeln wogen schwer. Nur gelegentlich durfte Thomas auf dem Gepäckträger oder auf der Stange des Herrenrades sitzen. Jetzt musste er stundenlang über die verfluchte Insel am Strand herumlaufen, dessen Sinn sich ihm in keiner Weise erschloss. Thomas Abneigung für die Fortbewegung per Fuß verfestigte sich konstant weiter. Im späteren Verlauf seines Lebens konnte er keine besondere Sympathie für die Fortbewegungsart per Fuß entwickeln. Spazierengehen wurde ihm zum Graus. Füße und Beine entwickelten sich zu einer gesundheitlich empfindlichen Problemzone.

Im Kinderheim arbeiteten zivile Erzieherinnen, denen die Betreuung der Kinder oblag. Die verantwortlichen Nonnen agierten im Hintergrund. Direkten Kontakt mit den Kindern hatten sie selten. Nur gelegentlich sah man sie aus Küche oder Verwaltung mit flatternder Kutte durchs Haus stürmen. Thomas mochte sie nicht. Er ging ihnen aus dem Weg, sie verursachten ein unwohles Gefühl. Die Erfahrungen im Krankenhaus führten dazu, dass er sie als unfreundliche, mitleidlose und hartherzige Uniformierte abgespeichert hatte. Die Nonnen konnten mit ihrer religiösen Sprache alles erklären. »*Der liebe Gott sieht alles!*«, drohten sie ständig, er muss aber sehr schlechte Augen gehabt haben, da er vieles nicht sah oder sich gerade mit anderen Dingen beschäftigte. Ob Nonnen und Betreuerinnen über eine qualifizierte pädagogische Ausbildung verfügten, ließ sich nicht feststellen. Dafür beteten sie zu jeder Gelegenheit und zitierten ihren Jesus, der sie alle retten sollte. Die grimmigsten Erzieher hätten eine Rettung auch dringend nötig gehabt.

Im Sinne ihres Gottes wurde auf eine konsequente Erziehung und Disziplin besonders geachtet. Mit dem »dauertraurigen« Thomas wussten sie nach einiger Zeit allerdings nichts mehr anzufangen. In seinem schüchternen und gehemmten Zustand konnten sie ihn weder für etwas begeistern, noch zu irgendwelchen Spielen motivieren. Nur eine intensive Betreuung hätte ihn aus seiner Isolierung abgeholt.

Die anderen Kinder forderten ebenfalls Interesse für sich ein. Die Erzieherinnen zogen resignierend den für Thomas bestimmten Teil ihrer Aufmerksamkeit ab, der sich umso mehr einigelte, seine Seele verkapselte und in seiner »inneren Welt« gedankenversunken seine inneren Spiele weiter präzisierte und entwickelte. Er lebte nur auf den Zeitpunkt seiner Heimreise hin und schottete sich immer weiter von der Gruppe ab.

Die sechs Wochen quälten sich endlos hin. Diese sinnlosen Schlafenszeiten, das frühe »ins Bett gehen«, die ständigen Spiele in der Gruppe, die sportlichen Aktivitäten, bei denen er sowieso stets als Verlierer ohne wesentliche Punkte agierte, trieben ihn zur Verzweiflung. Suchten sich Gruppen ihre Mitspieler aus, saß Thomas immer als Letzter auf der Resterampe. Oft griffen die Erzieherinnen ein und mit viel Fürsprache ihrerseits aber unter heftigem, abwertendem Protest der Gruppe fanden sie sich mit Thomas Mannschaftszugehörigkeit ab. Sie konnten mit ihm wenig anfangen, er brachte ihnen auch keine Vorteile ein.

Sein isoliertes Aufwachsen und die Angst vor körperlicher Berührung und Rangelei bedeuteten ein massives Handicap. In seinem sozialen Verhalten litt er unter einem erheblichen Defizit.

Bei einer Strandwanderung (wieder einmal!), lag ein verletzter und blutender Seehund am Strand. Ein Spaziergänger hatte bereits den zuständigen Jäger der Insel benachrichtigt. Mit einer Flinte bewaffnet, schritt er den Dünenweg herunter an den Strand. Er schaute sich in gebührendem Abstand die Wunden intensiv an und kam zu dem Ergebnis, dass es besser sei, ihn von seinen Verletzungen zu erlösen. Er schob eine Patrone in das Gewehr, zielte auf den Kopf und erschoss den Seehund. Die Kinder sollten sich zwar auf mindestens zwanzig Meter entfernen und auf keinen Fall zurückschauen. Genau in dem Moment, als der Schuss fiel, drehte sich Thomas um und sah, wie der Kopf des Seehundes ruckartig nach unten sackte. Wieder dieses Töten, die unterschiedlichen Tötungsmethoden für Schweine, Hühner und Kaninchen und für das Kalb, das zwischen zwei Stricken angebunden ängstlich mit weit aufgerissenen Augen in der Scheune festgezurrt stand. Mit einem gespannten Bolzenschussgerät ging der Metzger seitlich auf das Kalb zu, drückte das Gerät auf dessen Stirn und löste den Schuss aus. Dann sprang er wieselschnell zur Seite und gleichzeitig wie vom Blitz getroffen schlug das Kalb urplötzlich von seinen Beinen gerissen auf dem gepflasterten Boden mit einem unnatürlichen Klatschen auf.

In seinem kurzen Leben wurde Thomas bereits oft mit der Endgültigkeit des Todes konfrontiert. Die scharfen spitzen Messer, mit denen die Halsschlagadern aufgestochen wurden, der Blutschwall der aus den Körpern strömte und die starren, ängstlich aufgerissenen, erstaunt stierenden Augen der Tiere und die Unmöglichkeit, diese Situation rückwärts zu drehen. Und wenn man sich geirrt hatte? Das Tier wieder lebendig haben wollte? Das Töten übte eine aufwühlende und eigenartige Faszination auf ihn aus. Abscheu erfüllte ihn jedes Mal, die gleichzeitig von einer seltsamen, magischen Anziehung begleitet wurde. Ist es die grenzenlose Macht, die jemand besitzt, der die Entscheidung fällt, zu töten, die Thomas seltsam aufrüttelnd und innerlich zitternd berührte. Konnten sie *dass* mit ihm auch machen, wenn sie ihn nicht mehr brauchten?

Thomas zog sich immer mehr in seine »innere Welt« zurück. Er entwickelte Ideen, baute und konstruierte, änderte seine Spiellandschaften, bastelte im Kopf neue Dinge, prägte sich ein, was er nach seiner Rückkehr alles mit seinem Sammelsurium an Spielmaterial, dass er sich im Laufe der Zeit zusammengesucht hatte, zu bauen gedachte. Er stellte sich die Geschichten, Erlebnisse und Abenteuer schon einmal vorauseilend vor und formulierte die Dialoge so lange durch, bis sie ihm gefielen. Meistens hatte er mindestens zwei Spielszenarien in seinem Kopf parat, oftmals auch drei, in deren Erlebniswelten er immer eintauchte. Hatte er eine Erlebniswelt für den Moment erschöpfend leergespielt, oder wurde es langweilig, bzw. spielte er sich szenisch in eine Sackgasse, wechselte er in eine andere Spielwelt.

Im Laufe der Zeit entwickelte Thomas eine ordnende Vorgehensweise für jede Spiellandschaft, deren Schema wie folgt aussah: Zuerst überdachte er seine vorhandenen

Möglichkeiten, entschied, was ihm gerade Lust bereiten würde, dann baute er das Gerüst des Spiels auf, legte das Fundament für die neue Spielwelt fest. Personen, Figuren, Gebäude, Landschaften, Geräte, Tiere und Abläufe trug er zusammen und verwob sie miteinander zu einem Spielkonstrukt. Er checkte sein vorhandenes Archiv an Spielsachen und Material innerlich durch, sichtete es, wählte aus und legte für das neue Spiel die Rahmenbedingungen fest. Während des eigentlichen Spielvorganges veränderte oder verbesserte er die Abläufe. Da im Kinderheim kein ihm gerechtes Spielzeug existierte, andere Kinder seine Konstruktionen sowieso zerstört hätten, fand er kein geeignetes Material zum Nachbau seiner gedanklichen Konstrukte. Nur gelegentlich, wenn es zur allgemeinen Aufgabe erkoren wurde, baute Thomas mit den anderen Kindern Brücken, Häuser, Burgen. Die gemeinschaftlich erstellten Dinge machten nie richtig Sinn, jeder grapschte z.b. an einer Brücke herum, warf Klötze um, nahm auf statische Bedingungen keine Rücksicht. Eine Brücke über einen breiten Fluss zu bauen ohne lange Klötze, erforderte eingehende Überlegungen, wie dies zu konstruieren ist. Thomas fand die Lösung und heimste einen kleinen Erfolg für sich ein. Im nächsten Augenblick zerstörten die herumtobenden Kinder die Brücke.

Diese »innere Welt« entwickelte sich zu seiner Parallelwelt, seinem Rückzugsgebiet in der »Zweitwohnung«, in dem er die real erlebten emotionalen Verletzungen seiner Seele zu kompensieren versuchte. Gerade sein exzessives Spielen bildete den entscheidenden Überlebensfaktor, sodass er geistig nicht verkümmerte und der lieblose Alltag ihn nicht zur Verzweiflung trieb. Thomas fand einen Weg, seine Probleme halbwegs in den Griff zu bekommen. Er lebte dann wie in Trance in seiner Zweitwohnung, in der er immer eine spielerische Lösung suchte und meistens fand. Wenn irgendetwas problematisch wurde, experimentierte er so lange, bis er eine anfängliche Lösung fand, die er weiter vereinfachte und präziser gestaltete. Die Flexibilität seines Denkens und das geistige Training durch seine Spielszenarien ließen ihn überleben – auch im Kinderheim!

Die andere Seite sah düster für Thomas aus, seine soziale Integration in die Gruppe und am System des Heims scheiterte er kläglich. Seine Einsamkeit auf der Insel Juist wuchs täglich. Hätte die Zeit noch länger als sechs Wochen gedauert, wäre seine innere Spielwelt zerstört worden. Irgendwann ging der Nachschub an inspirierenden Erfahrungen und Informationen aus der Umwelt zu Ende. In diesem ewig gleichen Tagesablauf des Kinderheims konnte Thomas keine neuen Impulse finden.

In seiner »Zweitwohnung« verblassten die Projektionswände, die Bilder lösten sich auf. Sein Ideenreichtum verflachte, ohne äußere Inspirationen verlor seine Kreativität ihre Kraft und seine Gedanken verloren sich im Nebel. Die »Zweitwohnung« wurde kahl und leer, keine Aktivitäten, alle Spielprojekte drohten im Treibsand zu versinken. Der immer gleiche Tagesablauf, die düstere Atmosphäre des Hauses, der Verlust von Freiheit und Zeit für sich selbst steuerte langsam aber stetig auf eine bedrückende, stupide Phase des Verlustes jeglicher Individualität zu.

Und dann waren die sechs Wochen Gott sei Dank vorbei …!

Eine »kleine« Überraschung!

Thomas gab das Taschengeld der Kinderlandverschickung nicht für sich aus. Er überlegte, womit er seinen Eltern eine Freude bereiten könnte und entschied sich nach reiflicher Überlegung, unter Berücksichtigung seines Etats, für den Kauf eines drehbaren Leuchtturms aus goldfarbigem Metall mit bunten Fenstern. Also kaufte er den Leuchtturm für Mutter und Vater als Geschenk und stellte sich ihr freudiges Gesicht vor. In der Mitte des Leuchtturms brannte auf dem Boden eine Kerze, deren aufsteigende Wärme ein Flügelrad antrieb und den oberen Leuchtturm zum Drehen brachte. Er packte alle Teile sorgfältig in seinen Koffer, legte noch seine Fundstücke vom Strand hinzu. Angespülte, schön geformte Steine, einen Seestern und etliche Muscheln (auch noch lebende) in unterschiedlichen Größen hinzu. Dabei bedachte er aber nicht, dass viele der noch lebenden Muscheln sich später öffneten, eine faulige Flüssigkeit ausstießen und erbärmlich stanken.

Er freute sich, endlich wieder nach Hause zu kommen. Während der Zugfahrt verbesserte sich seine Stimmung merklich, er taute auf und verhielt sich das erste Mal seit Wochen seiner Umwelt gegenüber aufgekratzt. Die Heimfahrt stellte den beglückendsten Teil der sechs Wochen dar.

Auf dem Bahnhof des Dorfes angekommen, erwartete ihn völlig unerwartet sein Vater am Bahnsteig. Die Begrüßung geriet knapp und ohne körperlichen Kontakt. Er schnallte Thomas Koffer auf das Fahrrad und stapfte mit ihm wortlos nach Hause. Vater verhielt sich so emotionslos wie immer. Freute er sich überhaupt? Kein liebes Wort, keine körperliche Berührung, oder eine Frage wie: *»Na, erzähl mal, wie war`s?«*, brachte er über seine Lippen. Auch wenn er ungelenk und brabbelnd gesprochen hätte, wenigstens hätte er Thomas das Gefühl gegeben, dass er willkommen ist. Er hatte den Jungen abgeholt, das reichte. Alles Emotionale konnte Mutter mit ihm abhandeln. Mutter brachte ihn vor Wochen mit Oma zum Bahnhof, warum holten ihn die Beiden nicht wieder ab?

Zu Hause, in der neuen Wohnung angekommen, erwartete ihn eine irritierende und verstörende Überraschung: In den Armen seiner Mutter lag ein Baby!

Nach einer kurzen Begrüßung und nachdem Thomas seine Arme seitlich um den Hals seiner Mutter geschlungen hatte, schaute Mutter auf das Baby und sagte: »*Schau, du hast jetzt einen Bruder!*«. Sie bemühte sich, freudig zu wirken. Thomas Verstörung nahm sie andeutungsweise auf, reagierte aber schnell in ihrem typischen, missbilligenden und abweisenden Körperausdruck auf ihn. Sie kamen sich einfach nicht näher!

Thomas stand wie vom Donner gerührt vor ihr. Ein Bruder! Wie konnte denn so etwas passieren? Wo kam der auf einmal her? Er verstand die Welt nicht mehr. Niemand hatte ihn vorbereitet, Freude für ein Geschwister in ihm geweckt. Thomas hatte sich das Wiedersehen ganz anders vorgestellt. Sein Geschenk wurde auf einmal völlig unwichtig, gegen das Baby konnte er mit seinem Leuchtturm nicht ankommen.

Trotz der angespannten Situation ging er zu seinem Koffer, öffnete ihn, entnahm den eingepackten Leuchtturm und hielt ihn seiner Mutter hin: »*Mama, ich hab euch ein Geschenk mitgebracht! Das Taschengeld hab ich nicht für mich ausgegeben!*«

Thomas Augen leuchteten. Er wartete auf eine positive Reaktion seiner Mutter. Nur mit Mühe zeigte sich auf ihrem Gesicht eine halbwegs glaubhafte Freude über das Geschenk. Sie schaute immer wieder auf das Baby in ihrem Arm hinunter. »*Ich glaube, der hat Hunger!*«, sagte sie zu Vater, ohne ihren Blick vom Baby abzuwenden. Sie meinte nicht Thomas, sondern das unruhig zappelnde Baby.

Thomas kam sich lächerlich vor mit seinem unwichtig gewordenen surreal erscheinenden Leuchtturm. Vater schaute ihn sich kurz an und als Thomas erklärte, die aufsteigende Wärme einer brennenden Kerze würde den oberen Teil zum Drehen bringen, stotterte er in seiner Art: »*Schön, schön, ist ja toll ...!*«, drehte sich um und stapfte ins Wohnzimmer. Mutter bequemte sich zumindest, etwas zu sagen und erwiderte in ihrer oberflächlichen Art: »*Nein, das ist aber nett, das freut mich, dass du an uns gedacht hast!«.* Sie schaute wieder auf das Baby und fügte wie abwesend hinzu: »*Na, wie findest du deinen Bruder, ist der nicht süß?«.*

Thomas stellte den Leuchtturm auf den Küchenschrank, der im sogenannten Kinderzimmer stand und packte die sonstigen Mitbringsel, die nichts kosteten, in eine Schublade des Schrankes. Bereits nach wenigen Tagen stanken Muscheln und Seestern fürchterlich und nässten die Schubladenumgebung ein, sodass Thomas sie rasch entsorgte. Mutter fragte zwei oder dreimal, ohne echtes Interesse, wie bei einer Pflichtveranstaltung, wie es ihm im Kinderheim gefallen hatte, hörte dabei nicht wirklich zu und schweifte gedankenverloren ab.

Thomas gab auf und staunte ungläubig, als seine Mutter ihr Kleid aufknöpfte, den BH öffnete, den Bruder an eine Brustwarze anlegte und dieser anfing, gierig zu saugen. Eine völlig neue Szene für Thomas, er hatte noch nie die Brust seiner Mutter nackt gesehen und nun sog das Baby gierig daran herum. Thomas beobachtete das Geschehen mit neugieriger Faszination, bis Mutter es als unangenehm empfang und ihn in sein Kinderzimmer zum Spielen schickte. Immer wenn die Gelegenheit sich bot, schaute Thomas verzückt und auch von Neid erfüllt dem Nuckeln an Mutters Brust zu. Die körperliche Nähe seines Bruders zu seiner Mutter ließ ihn den eigenen Verlust von Zuneigung und Nähe deutlich spüren.

Was hatte er nur falsch gemacht?

Thomas entwickelte in den Folgejahren ein positives emotionales Verhältnis zu seinem Bruder. Sein kleiner warmer Körper roch meistens gut und Thomas schubbelte sich gern an seiner Haut. Ansonsten gab es wenig Berührungspunkte zwischen ihnen. Seine Persönlichkeitsstruktur entwickelte sich konträr der von Thomas. Er baute auch, so weit Thomas feststellte, keine »innere Welt« auf. Seine Kreativität und Fantasie beschränkte sich auf das normale Maß. Er verkörperte den idealen Sohn, der sich ihrem Leben konform, ohne Reibungspunkte anpasste. Er wurde liebevoller behandelt, wurde zu Vaters Günstling. Zum Zeitpunkt seiner Geburt verbesserte sich merklich die Beziehung zwischen Mutter und

Vater. Seine Kneipenbesuche und alkoholbedingten Übergriffe reduzierten sich erheblich.

Vielleicht haben die anderen Lebensumstände und die zeitliche Distanz zu den Geschehnissen um Thomas Geburt herum, Vater friedlicher gestimmt. In Thomas hingegen sah Vater weiterhin spürbar mit den Grund für seine eigenen Probleme mit Mutter. Zwischen den Geburten der beiden Jungen wurde Gerda schwanger, verlor allerdings das Kind. Ein Mädchen!

Herkunft, Bildung, Schule, Lehre

Stichworte zum Kapitel:

Die soziale Situation in Thomas Familie folgte eigenen Regeln. Mutter versuchte permanent, ihn an ihre gesellschaftliche Schicht, in der sie sich auskannte zu binden. Sie verfolgte dabei ureigene Ziele.

Anfänglich gestaltete sich Thomas Schulbesuch schwierig, bis sein »Lernfenster« sich immer weiter öffnete und zu herausragenden Leistungen in der Volksschule führte.

Sein Hunger nach Bildung und sein Wunsch, eine weiterführende Schule zu besuchen, ignorierten seine Eltern. Seine Mutter entschied, Thomas muss eine Lehre antreten. Mit der Lehrvergütung hatte er Kostgeld zu begleichen. Seine berechnende Mutter hatte diese Einnahme fest für sich eingeplant. Thomas hasste die Lehre, er sah sie als Lehrlingsknast an, in dem er ausbildungsferne Arbeiten erledigte.

Zur Milderung seiner Frustration schloss er sich in seine »innere Zweitwohnung« ein und beschäftigte sich bis zur kontemplativen Versenkung exessiv mit seinen »inneren Spielen«. Konträr zu seiner Realität entwickelte, plante und konstruierte er bereits seit Jahren Spiellandschaften, die ständig präziser seine Gedanken beschäftigten. Er hatte einen Weg gefunden, seinem stupiden Leben etwas Sinnvolles entgegenzusetzen.

Soziale Herkunft und Bildung

Mutter entschied bereits vor Jahren, dass Thomas nach Abschluss der Volksschule eine Lehre absolvieren sollte. Ihr eigentlicher Ausbildungswunsch sah für Thomas eine Lehre als Schreiner bzw. Tischler vor. In ihrer egoistischen Vorstellungswelt meinte sie, dass Thomas Möbel für sie anfertigen würde. Als Thomas sich diesem Beruf heftig entgegenstemmte, ließ Mutter für den Moment von dieser Idee ab. Die Entscheidung fiel ja erst in einigen Jahren. Sie biss sich derart an einer Lehrausbildung fest, dass sie keinen Gedanken an eine Alternative in Betracht zog. Lauthals rechnete sie bereits mit seinem Lehrgeld, von dem Thomas alle Kosten für seine Versorgung direkt an Mutter bezahlen sollte. Eine Diskussion über seine persönlichen Zukunftspläne hinsichtlich eines weiteren Schulbesuchs und Diskussionen über eine sinnvolle und seinen Talenten und Begabungen entsprechenden Berufsweg zu führen, verweigerte sie sich. Mutters Intension bestand darin, Thomas Geld verdienen zu lassen, damit sie ihn von der »Tasche« hatte. Wenn sie schon nicht über eine große Kinderschar verfügte, die für ihre Versorgung arbeiteten, dann sollte der bislang einzige arbeitsfähige Abkömmling gefälligst seinen Beitrag zur Familienkasse leisten. Sie dachte und handelte immer noch in den antiquierten Denkkategorien, die bis in die sechziger Jahre des zwanzigsten Jahrhunderts hinein präsent in den Köpfen residierten.

Wie bereits beschrieben: Mutter und Vater trauten Thomas den Besuch einer weiterführenden Schule nicht zu. Schlimmer noch, es kam ihnen überhaupt nicht in den Sinn. Bloß kein Aufsehen erregen! In ihrem Frauenkreis plapperte sie ohne zu Überlegen: *»Der hat nur Flausen im Kopf, da muss man sich nicht drum kümmern! Der spinnt doch!«.* Zu Thomas keifte sie geringschätzig: *»Halt dich da raus, das ist unsere Sache!«. An Vater* adressiert sagte sie um Zustimmung heischend: *»Was ist, wenn er es nicht schafft? Was wird dann, das ist doch peinlich, was sollen die Leute von uns denken? Die halten uns doch für übergeschnappt!«.*

Sie entließen Thomas nicht aus ihrer sozialen Schicht. Sein Lebensweg hatte sich gefälligst innerhalb ihrer einschätzbaren Welt abzuspielen. Ansonsten könnte es passieren, dass sie die Kontrolle über ihn verlieren würden. Einen selbstbestimmten, erfüllten und erfolgreichen Berufsweg für ihren Sohn zu suchen, interessierte sie nicht. Er hatte gefälligst an den familiären Kaffeekränzchen teilzunehmen, durfte inhaltsloses Geschwätz von sich geben und Mutter gehorsam mit diesem und jenem bedienen, wie ein persönlicher Sklave. Sie wollte vor dem Damenkränzchen mit ihrem »lieben« und »zuvorkommenden« Jungen parlieren. *»Da hab ich Glück gehabt, der schickt sich gut. Hat mich auch was an Arbeit gekostet, das könnt ihr mir glauben!«* Wie nach einer schweren körperlichen Arbeit stöhnte sie vernehmlich, sank tiefer in das Sofa, kreuzte ihre Arme vor der Brust und nickte selbstgefällig mit dem Kopf. Sie forderte gehorsamen Respekt.

Thomas dachte nicht im Traum daran, sich ihrem Diktat zu unterwerfen. Er reflektierte genau die hintergründige Lieblosigkeit und den Egoismus, der von ihr ausging. In ihrer geistigen Begrenztheit merkte sie noch nicht einmal, wann sie schlicht und ergreifend einfach den Mund halten sollte. Stattdessen posaunte sie alles, was ihr gerade impulsiv in den Kopf schoss, peinlichst, ohne nachzudenken, hinaus.

Die Volksschule - das Lernfenster öffnet sich

Thomas wurde im April 1956 eingeschult. In den ersten Monaten gewöhnte er sich nur langsam an den regelmäßigen Ablauf. Die Reduzierung der Bewegungsmöglichkeiten innerhalb einer Unterrichtsstunde bereitete ihm zuerst Probleme. Zuhause flitzte er den ganzen Tag in der Gegend herum oder saß bzw. lag in einer Ecke auf dem Boden und spielte konzentriert. Jetzt musste er sein Augenmerk auf ganz andere Dinge richten.

Thomas begann seine Schulzeit ohne jegliches Wissen über Lesen, Schreiben und Rechnen. Die Fächer forderten ihn, er registrierte Fortschritte und begann, Interesse zu entwickeln. In vielen Fächern benötigte er keinen Kontakt zu seinen Mitschülern. Problematisch entwickelten sich die sportlichen Aktivitäten, da Thomas absolut keine Lust darauf verspürte. Er konnte sportliche Rangeleien bei Mannschaftsspielen nicht gut ertragen, zog sich zurück oder ging ihnen direkt aus dem Weg. Die vorsichtige Zurückhaltung führte dazu, dass er immer als Letzter auf der Resterampe saß, wenn die Spielführer sich ihre Mitstreiter für eine Mannschaft aussuchten.

Es ist schon bezeichnend, dass die Zensuren im Fach Sport für Thomas in der Schule nie über eine vier minus hinausgingen und das auch nur, weil der Sportlehrer ihn mochte und auch in Erdkunde unterrichtete. Jedes Halbjahr vermurkste er sich seinen Zeugnisdurchschnitt durch die verflixte Sportnote.

Als der Schularzt routinemäßig alle Kinder der Schule in einer jährlichen Reihenuntersuchung durchcheckte, diagnostizierte er bei Thomas eine »Hühnerbrust« und einen »schiefen Rücken«. Er besaß eine schlanke aber auch kräftige Statur, an der kein Gramm überflüssiges Fett haftete. Es lag durchaus im Rahmen des Möglichen, dass sich sein »Brüstchen« im Laufe der Jahre noch etwas entwickelte. Diese Symptome wurden bei vielen Schulkindern diagnostiziert, anscheinend eine aus der Nazizeit übernommene Generaldiagnose, die einer Filtrierung nach Rassengesetzen entsprach. Der Arzt schubste Thomas herum, packte ihn bei den Schultern und drehte ihn grob in die von ihm gewünschte Richtung, wo auch immer diese hinzeigte. Thomas hatte noch nie irgendeine Beeinträchtigung seiner Bewegungsfähigkeit bei sich feststellen können. Später futterte er seine »Hühnerbrust« vollständig ins Gegenteil. Sein Rücken entwickelte sich auch in die korrekte Richtung, kerzengrade und ohne Probleme. Die Naziärzte allerdings hätten Thomas mit dem angeblich krummen Rücken als leicht degeneriert angesehen und an die vorderste Front als Kanonenfutter geschickt.

Alle Kinder standen während der Untersuchung in einer Reihe hintereinander, Größe und Gewicht trug eine grimmige ärztliche Hilfskraft in Schwesterntracht, mit einem verhuschten Häubchen auf dem Kopf, in eine Karteikarte. Anscheinend betrachtete sie die vielen Kinder mittlerweile als ein krummgewachsenes Völkchen, zumindest ihr Gesichtsausdruck deutete darauf hin. Der Arzt drückte in Thomas weit aufgesperrten Mund mit einem Holzspatel die Zunge herunter, um den Rachenraum und die Zähne zu inspizieren. Die Zähne, auch so ein Punkt, auf den keine Beachtung in Thomas Familie gelegt wurde. Im Mund des Vaters steckten nur noch braune, unansehnliche Zahnstumpen. Mutters Zähne standen von Karies zerfressen, krumm um sich selbst windend im Mund herum. Thomas Zähne zeigten ebenfalls schon erste kariöse Löcher. Die erste Schuluntersuchung sorgte für den Kauf einer Zahnbürste, die aus praktischen Erwägungen heraus sowohl von Thomas, als auch von seiner Mutter benutzt wurde. Die »immensen Preise« für Zahnbürsten spielten immerhin auch eine Rolle! Mutter wollte es erst einmal ausprobieren. Vater hielt das regelmäßige Putzen der Zähne für überflüssiges Zeug. Zu allem Übel rauchte er filterlose Zigaretten der Marke Juno Josetti, ein Kraut der schärfsten Sorte. Er brauchte dies für seine Männlichkeit. Zu einem richtigen Mann gehörte, dass er rauchte. Je stärker, je mehr Männlichkeit meinte er auszustrahlen.

Die Diagnose des Arztes, der alle Ergebnisse der Untersuchung neben seiner Karteikarte noch auf einem für die Eltern bestimmten Formular festhielt, sah dann folgendermaßen aus: Zur Behebung seiner »Wachstumsstörungen« musste Thomas regelmäßig Sport treiben! Leibesertüchtigung! Dabei hätte er alles gegeben, wenn diese Diagnose dazu geführt hätte, ihn vom Sportunterricht zu befreien.

Praktisch sah sein Sportunterricht wie folgt aus: Auf ein vierbeiniges, mit braunem Leder überzogenes Gestell, auf dem mittig zwei Griffe montiert waren, einem Sattel ähnlich, schaffte er es nicht, sich elegant hinauf zu schwingen, er krachte immer mit Wucht vor das »Pferd«. Nach einigen Versuchen brach der Sportlehrer Thomas Bemühungen mit einem mitleidigen Kopfschütteln ab.

Dann die massigen rechteckigen Kästen, auf die er springen sollte, aber immer den Fehler machte, nicht genug Sprungkraft einzusetzen. Sodass er, da er die Höhe falsch einschätzte und irgendein Körperteil unwillig reagierte, erst vor den Kasten knallte und anschließend vor lauter Aufregung rückwärts wieder auf die Matte prallte. Die Sprossenwände, die Thomas Kameraden wie die Affen erklommen, kletterte Thomas lieber vorsichtig Stufe für Stufe hoch. Er litt unter Höhenangst. Seine Kameraden überholten ihn auf seinem Weg nach oben zweimal, dabei kam er nur zur Hälfte hoch. Beim Ballspielen bekam er immer den dicken Völkerball an den Kopf oder vor den Bauch. Warum hieß es eigentlich »Völkerball«? Wenn zwei Spielführer sich ihre Mannschaft aussuchten, achteten diese infamerweise bereits am Anfang darauf, dass die Zählreihe so aufging, dass Thomas nicht in ihrer Mannschaft spielte. Immer fühlte er sich der allgemeinen Lächerlichkeit ausgeliefert.

Mit grausamer Verachtung strafte er die dicken Seile mit den Knoten, die von der hohen Hallendecke herunterbaumelten. Zu seinem Entsetzen sollte er jetzt auch noch an einem Seil bis zum Dach der Halle klettern. Thomas sagte sich mit einem Anfall von Fatalismus, wie sie wohl reagieren würden, wenn er runterfiele? Dann hatten sie den Salat und es würde ihnen hoffentlich leidtun, wenn er mit gebrochenen Knochen vor ihren Füßen aufschlug. Thomas schaute verzweifelt dem scheinbar endlosen Seil bis zum Himmel nach. Den ersten Knoten erreichte er nur dann, wenn er in die Knie ging und am Seil hochsprang, um eine möglichst günstige Ausgangsposition zu schaffen. Nach dem zweiten Knoten allerdings hing er wie ein Kartoffelsack, erbärmlich aussehend mit immer länger werdenden Armen, herunter. Die anderen hüpften wie die Affen am Seil rauf und runter. So traf man sich etliche Male auf dem Weg am Seil. Thomas verharrte wie ein gelenkkranker Klammeraffe und versuchte verzweifelt, sich mit den Füßen auf einem Knoten abzustützen, rutschte aber stets wieder ab und schaffte es somit nicht, sich nach oben zu drücken.

Die Mitschüler bemerkten sein ängstliches Gesicht und sparten nicht mit anzüglichen Bemerkungen. An seinen Körperbewegungen deutete nichts auf Geschmeidiges oder Elegantes hin. Er war halt kein Tarzan. Thomas Talente lagen auf völlig anderen Gebieten, was die Zukunft auch beweisen würde.

Nicht das er müde oder kraftlos agierte, beim Herumstreifen mit den drei Freunden in der Umgebung konnte er seine Kondition ausspielen. Wurde eine Burg aus Strohballen gebaut, gab er die Impulse und ackerte besonders eifrig, wenn die Freunde schon lange kraftlos in den Seilen hingen. Beim Hinkeln auf dem Gehweg vor dem alten Fachwerkhaus schaffte es niemand ihn zu bezwingen. Er hinkelte auf einem Bein den Stein zielsicher in die aus Kreide gezeichneten Kästchen, dass die Erde zur Seite spritze. Leider schaffte es Hinkeln nie zur Anerkennung einer benotungsfähigen Sportdisziplin.

Er konnte sich anstrengen, wie er wollte, immer sprang er am kürzesten, lief stets hinterher, verlor den Staffelstab oder knallte auf eine Matte.

Als Thomas einmal seine körperliche Bauweise mit anderen Jungen verglich, bemerkte er einige marginale Unterschiede. Andere Jungen hatten gertenschlanke Beine, Thomas eher kräftigere, dabei nicht übergewichtig, nur stark. Andere Jungen besaßen schlanke, fast dünne Arme und biegsame Körper, Thomas hingegen verfügte über kräftige Arme und einen eher biegunwilligen Körper, aber sein Gewicht in Relation zur Körpergröße stimmte.

Als ihm klar wurde, dass etwas in seiner Körperbauweise offenbar anders verlaufen war, entschied er für sich, dass jede sportliche Betätigung für ihn eine Demütigung zur Folge hatte und somit eine Misshandlung seiner Person darstellte. Er schloss das Kapitel »Sport« damit ein für allemal für sich ab. Er litt öfters termingerecht vor der Sportstunde an Rückenschmerzen. Ihn plagte zusätzlich Luftarmut, sein Fuß verdrehte sich schmerzend oder enorme Seitenstiche hinderten ihn bereits beim Gehen. Immerhin konnte er einige körperliche Beeinträchtigungen schwarz auf weiss vorweisen. Zur weiteren Kuriosität geriet seine Wurffähigkeit. Aus einem Abstand von einem Meter warf er einen Papierknäuel garantiert neben den Papierkorb.

Beim Basketball traf er nie den Korb, auch wenn er sich fast direkt darunter stellte. Den Federball verfehlte er mit seinem Schläger und schlug kräftig Löcher in die Luft. Beim Weitsprung fiel er beim Ankommen so weit nach vorn, dass der Sportlehrer sich weigerte, die wenigen Zentimeter einzutragen. Er kratzte sich verzweifelt am Kopf und ging kopfschüttelnd vom Ort des Dramas in eine andere Richtung. Hürdenlauf ging gar nicht, seine Beine ließen sich nicht so weit auseinanderbiegen, dass er über die Hürden springen konnte, demzufolge warf er jede um. Die einhundert Meter lief er in schamvoll verschwiegener, endloser Zeit. Klar, dass er bei den Bundessportspielen niemals eine Urkunde über sein Bett hängen konnte. Der Himmel wäre ihm eher auf den Kopf gefallen.

Zum einzig Positiven am Sport mutierte das schuleigene Schwimmbad, in dem Thomas seine Frei- und Fahrtenschwimmerprüfung ablegte, was ihn davor bewahrte, zum totalen Versager erklärt zu werden.

Sein Ansehen in der Klasse sank auf den absoluten Tiefpunkt, noch nicht einmal Fußball wollten die Jungen mit ihm spielen. Thomas konnte sehr gut rechnen, herausragende prämierte Aufsätze schreiben und prima Gedichte aufsagen. Im Fach Geschichte arbeitete er interessiert mit, wenn es z.B. um das in epischer Breite behandelte Römische Reich ging. Nach der Weimarer Republik kehrte der Unterricht wieder rückwärts zum Dreißigjährigen Krieg um Wallenstein zurück.

In einem außerschulischen Fach allerdings räumte Thomas die besten Zensuren ab. Er besaß Kraft und Ausdauer, um stundenlang Rüben zu ziehen und das Kraut abzustechen, Kartoffeln auf den Knien rutschend in Körben zu sammeln oder das vertrocknete Kartoffelkraut auf Haufen zu schichten und zu verbrennen. Er baute verlassene Hühnerställe zu Buden um, hackte Holz zum Anmachen klein, schaufelte Koks, Kohle, bzw. Briketts durch das Kellerfenster des Wohnhauses oder verrichte sonstige praktische Tätigkeiten. Dafür gab es keine Zensuren, nur etwas Taschengeld, nicht von Mutter, sondern einzig für die Arbeit auf dem Feld vom Bauern - wenn Mutter es nicht wieder konfiszierte.

Bei all seinen praktischen Fähigkeiten regte sich in Thomas die Erkenntnis, dass Leibeserziehung sowieso überbewertet wurde! Man muss auch nicht auf allen Gebieten vorn mitmischen!

Die medizinischen Ergebnisse der ärztlichen Schuluntersuchung legte der Klassenlehrer am Elternsprechtag Thomas Mutter vor, mit fiesen Konsequenzen.

Seine Mutter hatte gehört, dass ein Löffel Lebertran jeden Tag die angeblich körperlichen Deformationen begradigen könne. Also musste Thomas unter strengster Bewachung das gegen jedes Geschmacksempfinden verstoßende Gesöff schlucken. Geriet seine Nase in die Nähe des Lebertran Löffels, stieg ihm das nach faulem Fisch riechende Gebräu ekelhaft in die Nase und die Mundwinkel verzogen sich vorauseilend vor Abscheu. Thomas beide Cousinen bekamen einen lecker schmeckenden Saft, mit einem lachenden Bübchen auf dem Etikett, in dem sich die gleichen Inhaltsstoffe tummelten wie im schieren Lebertran. Diese Bübchen Flasche kostete aber erheblich mehr, also musste Thomas leiden, damit das eklige Zeug Hühnerbrust und Rücken begradigte. Jahrelang löffelte er dieses Zeug unter Androhung schwerster Strafen in sich hinein.

Auf den am Anfang des Zeugnisses aufgeführten Dreierblock, der ihre Erziehung widerspiegelte, blieb Mutters Blick zuerst haften. Diesen Block verantwortete sie. Wenn dieser ein harmonisches Bild abgab, hatte sie Gutes zu berichten. Sie fühlte sich in ihren Erziehungsmethoden bestätigt. In »Betragen« und »schriftlicher Hausarbeit« kassierte er immer ein »sehr gut« und in der mündlichen Beteiligung am Unterricht ein »gut«. Als wichtigste Bewertung sah sie »Betragen« an, deutete diese Note doch darauf hin, dass Thomas ihr keine »Schande« machte, er »sich schickte!«, wie Mutter immer so schön ihrem Damenkränzchen und dem Frauentrio stolz mitteilte. Die restlichen Noten wurden noch zur Kenntnis genommen, aber das ihre Erziehungskompetenz hervorhebende stand für sie primär im Blick.

Alle anderen Fächer lagen in der Benotung immer zwischen »sehr gut« und »gut«. Mutter schaute sich die Zeugnisse an und Vater durfte sie dann ungesehen und kommentarlos unterschreiben, hinterfragt haben sie nie etwas.

Der Schulalltag zog sich recht unspektakulär über die Jahre hin. Thomas erreichte immer gute bis sehr gute Noten, entwickelte positiv seine Verständnisfähigkeit, konnte sich gut konzentrieren und beteiligte sich interessiert am Unterricht. Der Deutschunterricht gefiel ihm besonders. Viele Gedichte wie die Glocke, John Maynard, Herr von Ribbeck, den Erlkönig, usw., um nur wenige zu nennen, entwickelten sich mit dem Studieren von Geschichten »Deutscher Dichter« zu Thomas Lieblingsstunden. Die Interpretationen der Gedichte und Geschichten und die Ausleuchtung der Charaktere der Protagonisten bereiteten ihm Vergnügen. Überhaupt las er viel. Konzentriert und ausdauernd lesen gelernt hatte er durch diverse Bücher. Im gleichen Haus wohnte eine Familie, deren Töchter viele Bücher besaßen, die Thomas sich ausleihen durfte. Bei vielen seitenstarken Büchern musste Thomas am Lesestoff dranbleiben, um die Geschichte in ihrer Ganzheit zu erfassen, den roten Faden nicht zu verlieren.

Für die siebte und achte Klasse einer Volksschule wurde ein durchaus ambitionierter Lehrstoff vermittelt. In der siebten Klasse wurde ein Aufsatzwettbewerb der Schulen in Nordrhein-Westfalen durchgeführt. Thomas gewann den zweiten Preis aller Schulen des Dorfes. Zwei vom Lehrpersonal hofierte, wichtig und ernsthaft aussehende Persönlichkeiten vom Schulamt, überreichten die Preise in Form einer Urkunde und eines Geschenks. Thomas fühlte sich respektiert, die große

Aufmerksamkeit hingegen empfand er sowohl beglückend als auch ein wenig peinlich. Das Geschenk bestand aus einem Reisenecessaire, dessen Inhalt aus mehreren kleinen und großen durchsichtigen Dosen und einem aus mehreren Teilen bestehendem Rasierer mit Klingen bestand. Utensilien, auf die ein zwölfjähriger Junge, bei dem noch nicht einmal ein Hauch von Flaum im Gesicht wuchs, wahrlich nicht verzichten konnte! Da Rasieren demnach noch nicht erforderlich, er auch keine Seife, Läppchen oder Schwämme überall»auf seinen weiten und zahllosen Ausflügen und Reisen« mitnahm, urteilte er über das Necessaire eher etwas geringschätzig. Was hatten die Erwachsenen, sogar die pädagogischen Fachkräfte, manchmal eine Vorstellung über den tatsächlichen Bedarf eines zwölfjährigen Jungen. Da er auch nicht stank wie ein Iltis, fand er das Geschenk deplatziert, wusste nicht so recht etwas damit anzufangen.

Ein Jahr später veranstaltete NRW wieder einen Wettbewerb, diesmal einen Vorlesewettbewerb. Thomas qualifizierte sich für die Endrunde und trat mit anderen Schülern in der letzten Runde in der Aula einer benachbarten Schule vor einem gestrengen Lehrergremium zum Wettstreit an. In einer Halbrunde um einen Tisch versammelt, las jeder etwas aus einem Buch vor. Die jeweilige Textpassage wählte die Jury während des Wettbewerbs spontan aus. Er gewann den Wettbewerb. Der Preis diesmal sprach ihn qualitativ wesentlich freudiger an, Thomas gewann einen Stapel interessanter Bücher.

Ein weiterer Wettbewerb wurde von der örtlichen Schachtanlage durchgeführt. Es galt, irgendetwas zu malen, basteln, stricken oder was der händischen Möglichkeiten es sonst noch gab.

Kreative Ideen mussten her. Thomas überlegte sich mit einem Klassenkameraden, was sie beizutragen hätten! Sie entwickelten die Idee, auf einem DIN A1 großen schwarzen Karton mittels Streichhölzer den Förderturm, das markante Zeichen der Zeche, nachzubilden. Also saßen sie, zu ihrem Vergnügen teils vom regulären Unterricht befreit, in einem anderen

Klassenzimmer bzw. in der Aula und entwarfen zuerst Skizzen, die sie dann auf den Karton übertrugen.

Thomas ging zu seiner Mutter und bat um Streichhölzer. »*Wofür brauchst Du die denn?*«, fragte sie misstrauisch. »*Mach bloß keinen Blödsinn damit!*«, meckerte sie und fuchtelte mit dem erhobenem Zeigefinger vor Thomas Gesicht herum. Thomas erklärte den Bedarf und sie rückte das Geld für eine Zehnerpackung Streichhölzer raus. Später musste sie noch eine Packung nachschießen, eine reichte nicht.

In etlichen Stunden und Tagen entstand das Kunstwerk. In der Ausstellung, die in der Schulaula präsentiert wurde, wartete das Werk auf einer Staffelei auf Publikum.

Die Ausstellung wurde erst für die Honoratioren des Dorfes und einen Tag später für die Allgemeinheit geöffnet. Ein Reporter der regionalen Tageszeitung, gleichzeitig Fotograf, zeigte sich vom Förderturm beeindruckt, sowohl von der Größe als auch von der präzisen Ausführung her. Er schrieb sich die Namen der beiden Künstler auf, positionierte beide dann rechts und links neben das Kunstwerk und ließ sie in einer »Weltfriedenspose« auf den Förderturm zeigen, worauf er mehrere Fotos knipste.

Am nächsten Tag erschien ein Artikel über die Ausstellung und auf dem einzigen Foto dieser Reportage schauten Thomas und sein Schulkamerad die Leser aus der Zeitung an. Sie lächelten beide in die Kamera und zeigten theatralisch mit den Händen auf das gemeinsame Kunstwerk.

Die Zeitung erwähnte sie namentlich und letztendlich gewannen sie den ersten Preis der Ausstellung. Jeder bekam als Präsent einen großformatigen Bildband der Zeche und des Ortes geschenkt.

Als Thomas Opa Karl kurz darauf traf, wedelte dieser bereits aus dem Fenster mit der Zeitung. Er war Stolz auf die Leistung seines Enkels. Seine Eltern nahmen fast keine Notiz vom Erfolg.

Thomas Cousine hatte etwas gehäkelt, gebatikt, gestrickt oder sonst was gemacht, (Thomas war zu sehr mit seinen eigenen Aufgaben beschäftigt!), und es unter das Motto gestellt: Was ziehe ich an, wenn ich in die Stadt gehe, Verwandte im nächsten Ort besuche, dumm daher rede, mich mit Erwachsenen stilvoll unterhalte und auf dem Weg vom Mädchen zur Frau bin. Sie hatte auch diesmal nichts gewonnen. Gemeinsam mit ihrer Mutter ärgerte sie sich schwarz und transpirierte ranzig riechend noch heftiger.

Im Alter von zwölf Jahren öffneten sich alle Flügel seines »Lernfensters«. Er sog den Lehrstoff auf wie ein nasser Schwamm. Der Klassenlehrer vertrat die Meinung, wenn sich Thomas weiter so positiv entwickelte, würde er nach Ablauf der achten Klasse den Übergang in eine höhere Handelsschule empfehlen. Die Fähigkeit dazu hätte er ohne Zweifel. Seine Leistungen in allen Fächern zeigten, dass er diesen Schritt problemlos meistern würde. Als sein Klassenlehrer befürwortete er dies ausdrücklich.

Durch seine »inneren Spiele« hatte Thomas den Umgang mit geistigem Stoff trainiert und setzte in der Schule die gleiche Logik ein. Er überlegte, kombinierte, stellte Verknüpfungen des Lehrstoffes her und entwickelte kreativ Lösungen. Als Klassenprimus wurde er in den letzten zwei Jahren zum Klassensprecher und sogar zum Schulsprecher gewählt. Endlich entsprach die Schule seinen Vorstellungen. Er glaubte, geistig förmlich zu explodieren, so viel persönliche Befriedigung und Bestätigung von Lehrern und auch Klassenkameraden wärmten seine Seele und förderten das Selbstbewusstsein. Vergessen die Demütigungen des Sportunterrichts, der zwar nach wie vor ein Problem für ihn darstellte, allerdings saß er nicht mehr gedemütigt auf der Resterampe, dazu trugen seine sonstigen guten Leistungen bei.

Und dann neigte sich die wundervolle Schulzeit dem Ende zu. Thomas hoffte auf die Unterstützung der Eltern für einen weiteren Bildungsweg. Auch auf der Handelsschule wäre sein persönliches Lernfenster geöffnet geblieben, für seine beruflichen Chancen hätte die Zukunft positiver ausgesehen.

Seine Eltern schossen quer, sie besprachen es noch nicht einmal mit ihm.

Zurück in die Vergangenheit

Mit Mutter als Wortführerin trafen Thomas Eltern die Entscheidung, ihn in eine Lehrausbildung zu bugsieren. Es warf ihn in ein tiefes Loch zurück, aus dem er eigentlich gehofft hatte, herausgekrabbelt zu sein. Viele seiner mit erheblich schlechteren Noten ausgestatteten Klassenkameraden besuchten die Handelsschule. Nach und nach verlor er sie als Freunde und im Laufe der folgenden Monate brach der Kontakt zu ihnen fast komplett ab. Die Klassenkameraden haben nie um Thomas Freundschaft gebuhlt. So interessant fanden sie ihn nicht. Nur durch seine schulischen Leistungen hatte sich Thomas Respekt erkämpft.

Mutter zwang Thomas in die ungeliebte Lehre zum »Einzelhandelskaufmann-verkaufsbetont« im Lebensmittelhandel.

Gerade vierzehn Jahre alt geworden, fühlte er sich hoffnungslos entmutigt und durch das fehlende Vertrauen in seine schulischen Leistungen von seinen Eltern abgrundtief enttäuscht. Ein tieftrauriges Gefühl und die in den letzten Jahren in den Hintergrund getretene Frage nach dem „Warum, warum war das so?", schlich sich wieder wie ein Mantra in den Vordergrund seines Denkens. Thomas fragte sich, was er eigentlich noch alles anstellen müsste, um von seinen Eltern akzeptiert und gefördert zu werden. Er besaß definitiv noch nicht die Reife, sich in der Berufswelt zurechtzufinden. Zu seiner ausgeprägten Fantasie und Kreativität hatten sich in den letzten Jahren in der Volksschule auch seine sozialen Kompetenzen auf ein altersgemäßes Normalmaß eingependelt. Nun drohte wieder ein Rückfall in die kritische Zeit vor ca. vier Jahren.

Mit dem Besuch der Handelsschule hätte Thomas übergangslos seinen schulischen Weg wahrscheinlich positiv weiter gehen können. Jetzt schloss sich das »Lernfenster« wieder. Der Lehrstellenknappheit mit einem weiteren Schulbesuch entgegenzutreten, der zu einem höheren Abschluss geführt hätte, wäre im Hinblick auf verbesserte berufliche Chancen sinnvoll gewesen. Eine von ihm derart ungeliebte Lehre absolvieren zu müssen, entsprach nicht seinem Lebensziel. Sie hatten in sein Leben brutal die Bremse reingehauen! *»Hauptsache du bist untergebracht!«,* sagte Mutter, *»... gegessen wird immer!«.* Die in den letzten Jahren aufgebaute positive Entwicklung und Energie klappten wie ein Kartenhaus in sich zusammen. Nichts, aber auch nicht eine einzige seiner Begabungen, Fähigkeiten und Talente konnte er als Startkapital für die Lehre gebrauchen.

Die Berufsschule in der Kreisstadt sah wie ein Zweckbau der Fünfzigerjahre aus, mit einer unpersönlichen Atmosphäre. Aus allen Dörfern und Kleinstädten der Umgebung strömten die Lehrlinge in die überfüllten Klassen. Fast vierzig Schüler drückten mit Thomas die Schulbank. Kontakte zu Lehrern und Schülern aufzubauen, Es fehlte die Zeit. Der Unterricht gestaltete sich didaktisch stümperhaft und wenig interessant. Es ging nur um das Auswendiglernen des Lehrstoffes. Kreative Aufgabenstellungen fehlten gänzlich, wie auch das Erläutern von Zusammenhängen und die Ausarbeitung bestimmter Themen in kleineren Gruppen. Die Lehrer zeigten an einer Förderung ihrer Schüler wenig Interesse. Der neue Lehrstoff stellte nicht das Problem dar, sondern der geschäftsmäßige, unpersönliche Ablauf der Schulstunden. Bei der mit Schülern vollgepfropften Klasse konnte eine individuelle Gestaltung des Unterrichts in keiner Weise erfolgen. Die Angeber, Clowns und Dummschwätzer bestimmten den Ablauf der Stunden. Störungen traten im Zehn-Minuten-Takt auf. Die Konzentration auf den Unterrichtsstoff flachte nach einiger Zeit durch die ständigen Unterbrechungen automatisch ab. Am Ende der Stunde fragte sich Thomas oft, welcher Stoff eigentlich unterrichtet wurde. Für seine geistige Entfaltung benötigte Thomas eine vertraute Umgebung, in der er sich aufgehoben fühlte. Die Berufsschule hielt keinen Vergleich zu den letzten Jahren in der Volksschule aus. Er zog sich wieder in sein Schneckenhaus zurück.

Die Politik begann zu dieser Zeit die Schulsysteme durchgängig zu gestalten, um auch Kindern aus sozial schwachen Familien die Möglichkeit zu höheren Bildungsabschlüssen zu ermöglichen. Thomas Eltern trauten sich nicht, über den Schatten ihrer eigenen, nur rudimentär vorhandenen Bildung, zu springen. Ein Abkömmling der beiden Familienstränge konnte nicht dazu befähigt sein, sich bildungsmäßig über sie zu erheben, aus ihrer sozialen Schicht herauszutreten. Dieses Wagnis einzugehen sahen sie für sich als suspekt an. *»Hinterher tanzt er uns noch auf dem Kopf rum! Das fehlte uns noch!«.* Mit der Fixierung ihres Sohnes in ihrer eigenen, ihnen Sicherheit vermittelnden Sozialgruppe, hofften sie, auch zukünftig die Kontrolle über seine weitere Entwicklung fest in den Händen zu halten.

Erst wenige Kinder aus der sozialen Unterschicht nutzten die Chance eines Hochschulstudiums. Meistens scheiterte es bereits an der ersten Hürde, der Finanzierung. Thomas Eltern hätten ihn niemals finanziell im Falle eines Studiums unterstützt. Erst einige Jahre später wurde unter dem Kanzler Willi Brandt das BAFöG (Bundesausbildungsförderungsgesetz) eingeführt. Damit erschloss sich auch Kindern aus sozial schwachen Familien die Möglichkeit, ein Studium zu absolvieren.

Thomas Eltern und viele anderen Familien standen zunehmend ab Mitte der sechziger Jahre vor einem Paradigmenwechsel des Selbstverständnisses der Jugendlichen, die sich von alten, überlieferten und tradierten Verhaltensweisen gegängelt und fremdbestimmt fühlten.

Generell veränderte sich die Einstellung der jungen Menschen, die in den Protesten und offenen Widerständen der auslaufenden sechziger Jahre ihrem revolutionären Höhepunkt zusteuerten. Danach war nichts mehr so in den Familien, wie es einmal war. Die Elterngeneration konnte noch so auf dem Recht ihrer Autorität bestehen, bei den jungen Menschen gewann einhellig die Meinung Oberhand:*» ... auf keinen Fall so zu leben wie ihre Eltern!«*, entsprechend ein angepasstes, von überholten Traditionen beeinflusstes Leben zu führen.

Zum Zeitpunkt, als bei Thomas wichtige Weichenstellungen getroffen wurden, revoltierte die junge Generation erst vereinzelt und zaghaft. Nur in kleinen Dosierungen protestierte auch Thomas, um im Alltag kleine Verbesserungen für sich durchzusetzen. In den elementaren Fragen und Entscheidungen über sein Leben wurde er nach wie vor durch seine Eltern fremd bestimmt. Getreu dem Motto: »*Solange du deine Füße unter unseren Tisch setzt, hast du das zu tun, was wir bestimmen!*«, gaben sie die Marschrichtung vor.

Thomas innere Stabilität geriet gefährlich ins Wanken. Er hatte in den letzten Jahren auf der Volksschule eine verlässliche Kontinuität kennengelernt. Den Kreis der Bezugspersonen bereicherten die Lehrer in erheblichem Maße. Die allgegenwärtige Dominanz seiner Mutter spürte er nur noch sekundär. Sein Leben hatte sich von dem seiner Eltern ein wenig abgekoppelt. Als Ansprech- oder Diskussionspersonen kamen sie ohnehin nicht in Betracht. Die Bildungsschere zwischen Thomas und seinen Eltern driftete auseinander, was die kritische Sichtweise, besonders von Mutter, ungünstig beflügelte. Ihre skeptische Einstellung ihm gegenüber drückte sich in plattitüdenhaften Sätzen wie: »*Warten wir mal ab, wie es ausgeht!*«, bzw. »*Hochmut kommt vor dem Fall!*«, aus. Ihre eigene Schwäche sorgte dafür, ihn in ihrem Bildungsdunstkreis gefangen zu halten. Ein größerer Bildungsabstand machte ihr Angst, Thomas hätte ihr ja »auf dem Kopf herumtanzen« können. Thomas kam sich vor, als hätte er die freie Luft auf einem Berg genossen und landete nun wieder in einer Ackerfurche.

Mutters eigene Vorstellung, wie sein Leben abzulaufen hatte, setzte sie mit Bauernschläue, primitiver Rhetorik und verbalen Demütigungen durch. Mit dem Ende der Volksschule fing sie ihn mit ihrem mächtigen, die Luft abschnürenden Lasso wieder ein und ließ die Zügel nicht mehr los. Seine vermeintlichen »Spinnereien und Flausen« im Kopf meinte sie, abrupt beenden zu müssen. Sie sah die Zeit gekommen, die Weichen zu stellen um einen »anständigen Kerl« aus ihm zu machen. Die Lehre würde schon dafür sorgen, dass er keine Zeit für Dummheiten »verplemperte«. Sie begriff die ganze Tragweite und Verantwortungslosigkeit ihres Handelns nicht. Noch ein Vorteil ergab sich für seine Mutter. Sie konnte ab sofort mit dem monatlichen Lehrgeld rechen. Jetzt zahlte der Bengel endlich für alles, wofür sich Mutter jahrelang den Rücken krumm gemacht hatte, da sie ihn »großzügig und kostenlos« versorgte. Thomas fragte sich nur: »Warum ...?«. Er beobachtete aufmerksam das Verhältnis anderer Kinder zu ihren Eltern und kam zum Ergebnis, dass ihm etwas sehr Wichtiges in seinem Leben fehlte.

Thomas zog sich wieder in seine »innere Welt« zurück, die allein ihm zur Verfügung stand und aus der er sich in der Schule ein Stück hervorgewagt hatte. Analog zum Monopoly-Spiel bestimmte sie seinen Start, er musste zurück in das Familiengefängnis, besaß keine Ereigniskarte, keinen Fürsprecher, womit er sich aus dem Gefängnis freikaufen konnte. Er spazierte nicht über Los und kassierte schon gar keine Mark, die landete ausschließlich bei seiner Mutter.

Die Suche nach einer Lehrausbildung

Mitte der sechziger Jahre lag das Kriegsende fast zwei Jahrzehnte zurück. Ein Familienmitglied mit Zugang zu Lebensmittel, bildete immer noch eine elementare, vermeintliche Absicherung ihrer Grundbedürfnisse, obwohl realistisch gesehen kein Grund mehr dazu bestand.

Der Kolonialwarenladen in Danzig stellte während des Krieges die Rückversicherung für Mutters Familie dar. Thomas Familie fiel es nach zwanzig Jahren noch immer schwer, über den Tellerrand ihrer sozialen Schicht zu schauen. Es ist heute schwer nachvollziehbar, welche Bedeutung die Nahrungsbeschaffung einnahm, da Angst vor Hunger und Mangelernährung sie immer noch derart intensiv beschäftigten.

Mitte der sechziger Jahre existierte allgemein ein Überhang an Bewerbern für die vorhandenen Ausbildungsplätze. Der Lebensmittelhandel bildete eine Ausnahme, da die meisten männlichen Schulabgänger ihn als unattraktiv ansahen. Die langen und ungünstigen Arbeitszeiten, die mäßige Bezahlung nach Abschluss der Lehre und die nicht einzuschätzenden beruflichen Perspektiven schreckten viele ab. Traditionell arbeiteten daher überwiegend weibliche Arbeitskräfte im Lebensmittelhandel, entsprechend bewarben sich primär Mädchen für eine Lehrstelle.

Thomas Berufswunsch hatte sich in zwei Richtungen orientiert, zum einen wünschte er sich eine Lehrstelle als Radio- und Fernsehtechniker, primär bevorzugt hätte er jedoch eine Ausbildung in Richtung Konstruieren, Planen, Bauen. Für diese Bereiche standen für Volksschüler keine Ausbildungsplätze zur Verfügung. Da Letzteres ausschied, nahm Mutter die Angelegenheit in die Hand und ging mit seinem letzten Zeugnis ein halbes Jahr vor Schulende zum Radio- und Fernsehfachgeschäft im Ort und fragte devot nach einer Lehrstelle für Thomas. Obwohl seine Zeugnisse respektabel ausfielen und Thomas über eine ausgeprägte technische und räumliche Vorstellungskraft verfügte, Sachverhalte schnell erfassen und bei der Lösung von technischen Problemen über erhebliche Kreativität verfügte, wurde er nicht angenommen. Der Inhaber hatte sich zum Ziel gesetzt, einen Lehrling mit mindestens Realschulabschluss einzustellen, da er meinte, bei diesen Schulabgängern die Fähigkeit voraussetzen zu können, sich in die schwierige, komplizierte und abstrakte Materie einzuarbeiten.

Nach der Absage des Inhabers gingen die Ideen aus, was mit Thomas geschehen sollte. Weitere Möglichkeiten kamen nicht in Betracht. Eine Lehrausbildung innerhalb der Berufsstruktur der Zeche lehnten sie ab, an einem sonstigen handwerklichen Beruf zeigte Thomas relativ wenig Interesse. Eine weiterführende Schulausbildung wurde noch nicht einmal in Erwägung gezogen. Oma Emma blies in das gleiche Horn, Oma Helene sagte kein Wort zu der Thematik. Mutter war durch ihre Arbeit im Kolonialwarenladen in Danzig vorbelastet. Sie verherrlichte diese Zeit und geriet lauthals ins Schwärmen, erzählte sie doch ständig, wie der kinderlose Inhaber ihren Fleiß und Einsatz herausragend gelobt hätte und das Versprechen ihr gegenüber geäußert hätte, ihr einmal den Laden zu übergeben. Doch Krieg und Vertreibung drehten die Welt in eine andere Richtung. Mutter lebte und handelte immer nur aus ihrer eigenen Welt, ihrem eigenen Erleben heraus. Was sie gut fand, sollte Thomas auch gut finden. Hatte sie im Handel gearbeitet, sollte Thomas ihr nacheifern. Wünschte sie sich ein Mädchen, sollte Thomas sich auch wie ein Mädchen verhalten ...!

Vaters Bruder kannte über seine Freizeitkontakte eine Filialleiterin des Lebensmittelkonzerns »Konsumgenossenschaft Dortmund-Hamm-Bochum«. Mutter ging zu der Filiale, und pries Thomas als ehrlichen, höflichen und fleißigen Lehrling an, der keine »Zicken« (Schwierigkeiten) machen würde. Sie bot ihn an wie einen Restposten, den sie loswerden wollte. Sie schleppte Thomas kurze Zeit später zum Vorstellungsgespräch zu der garstig und streng aussehenden Filialleiterin. Nicht ohne ihn vorab zu instruieren, wie er sich zu verhalten habe, um sie nicht zu blamierten.

Da sich mehrere Schulabgänger beworben hatten, führte die Filialleiterin einen standardisierten Schreib- und Rechentest durch, den Thomas natürlich erfolgreich absolvierte. Einige Tage später flatterte die Zusage ins Haus. Seine Eltern unterschrieben noch am gleichen Tag den Lehrvertrag über eine dreijährige Ausbildung zum - Einzelhandelskaufmann mit dem Zusatz »Verkaufsbetont« - so stand es wahrhaftig im Lehrvertrag! Die Tinte war noch nicht getrocknet, da schmissen sie den Vertrag bereits in den Postkasten. Mutter schwelgte wieder einmal in Erinnerungen über ihre eigene Zeit im Kolonialwarenladen in Danzig. Eine alternative Ausbildungsstelle wurde nicht in Erwägung gezogen. Man hatte sich genügend angestrengt. Das Thema wurde ad acta gelegt. Damit erledigte sich das Kapitel »Handelsschule«.

Thomas teilte die Begeisterung für die Lehrstelle in keiner Weise. Nach den erfolgreichen Jahren in der Volksschule betrachtete er die Lehrstelle als Abstieg und Demütigung. Er ahnte, wie es ausging, ohne eine Alternative in eine dreijährige Zeit gepresst und ohne erkennbare, zukünftige Berufsmöglichkeiten am Horizont. In einem technischen Beruf hätte er seine Talente und Fähigkeiten sinnvoller eingebracht. Seine Perspektiven verblassten, er fühlte sich wieder einmal von seiner Mutter fremdbestimmt. Durch die damalige Begrenztheit der Lehrstellen hätte eine schulische Qualifizierung vorab Sinn gemacht. Hauptsache, sie hatte ihn von der Backe. *»Du solltest zufrieden sein, gegessen wird immer. Wir wären froh gewesen, wenn wir in Danzig und auf der Flucht überhaupt etwas zum Essen gekriegt hätten. Was wir da alles erlebt haben!«.*

Als Oma Emma dann noch lapidar ihre bahnbrechende Erkenntnis beim Geschirrspülen nachdrücklich unterstrich: *„Gegessen wird immer!"*, stand fest, dass sich keine andere Entwicklung für Thomas abzeichnete. Er gierte danach, sich Wissen anzueignen, zu lernen, sich weiter zu bilden und beruflich später eine Tätigkeit zu ergreifen, in der er sich verwirklichen konnte.

Dieser Satz seiner Oma ging ihm in all den Jahren nicht mehr aus dem Kopf. Thomas hatte das Glück, keine Kriegsjahre kennenzulernen. Er schnappte nur begierig und bestürzt die teils grausamen Erzählungen auf, die in der Familie kreisten. Er hatte nie Hunger kennengelernt. Essen gab es stets ausreichend. Für Thomas mit seiner Vorliebe für Obst, Gemüse und Kartoffeln reichte das Angebot völlig aus. Manchmal stibitzte er auch ein Glas mit eingekochten Rippchen in Gelee, von denen viele im Keller standen. Dann futterte er den Inhalt genussvoll auf, spülte anschließend Weckglas und Einmachgummi sauber und stellte es zu den leeren Gläsern. Warum sollte er also einen Beruf ergreifen, nur um ständig in der Nähe von Nahrungsmitteln zu sein?

Die Auswirkungen des in den vergangenen Jahrzehnten sporadisch auftretenden Mangels an Nahrungsmitteln schürten in seiner Familie die Angst, erneut Hunger leiden zu müssen. Deshalb nahm die Besorgung von Lebensmitteln oberste Priorität in ihrem Leben ein. Selbst als im Garten der Großeltern im Nachbardorf genügend geerntet wurde, hielten sie auf dem Nachhauseweg an den frisch vom Kartoffelroder aufgeworfenen und abgelesenen Äckern an. Sie nutzen die Gelegenheit, um nach den restlichen, liegen gebliebenen Kartoffeln auf dem Acker zu »stoppeln«. So nannte man die Tätigkeit, die zwar nicht erlaubt aber geduldet wurde. So mancher Sack füllte sich fast nebenbei und landete per Fahrrad im Karoffelschoss des Kellers.

Während ihrer Flucht aus ihrer Heimat bettelten die Frauen in Thomas Familie auf den am Wege liegenden Bauernhöfen, tauschten ihre letzten Habseligkeiten gegen Kartoffeln, ein Brot, Eier oder ein Stück Speck ein. Scharfe Schäferhunde, an langen Ketten angebunden, hielten Flüchtlinge und Vertriebene von den Bauernhöfen fern. So mancher Bauer hetzte die Hunde auf sie, um sie zu vertreiben und Diebstahl zu verhindern. Die tägliche Ration Verpflegung zu organisieren geriet zum Spießrutenlaufen, es gehörte viel Glück dazu, überhaupt etwas zu ergattern.

Im neuen Wohnort angekommen, suchten sie relativ schnell nach einem Stück Land, auf dem sie ihre eigenen Nahrungsmittel anbauen konnten. Von den Bauern besorgten sie sich das nötige Saatgut, brachten es auf dem per Spaten und

Hacke vorbereiteten Boden aus. Die erste Ernte geriet zum Freudenfest. Nacheinander schafften sie sich Hühner, Kaninchen und wenn ein Stall vorhanden, bzw. ein Bretterverschlag gebaut werden durfte, fütterten sie Schweine an. Mit freudiger Erregung fieberten sie den Erntetagen entgegen. Die Tage, an denen sie die Schweine schlachteten, ähnelten Festtagen. Alle Familienmitglieder übernahmen festgelegte Aufgaben. Oma Helene rührte das Blut mit den Händen vorsichtig kalt, da es sich nur im abgekühlten Zustand weiter verarbeitet ließ. Thomas Mutter reinigte zusammen mit anderen Frauen die Därme für die Würste. Hatte der Trichinenbeschauer das Schwein für unbedenklich erklärt, zerteilte der Metzger es in zwei Hälften und portionierte anschließend die einzelnen Stücke.

Die Innereien sortierten und teilten sie für Leber- und Blutwurst. Die knorpeligen Teile wurden zu Sülze gekocht und mit der Brühe, in der Würste und das Wellfleisch köchelten, zusammen mit Gewürzen übergossen und in Einweckgläser gefüllt, die in Einkochkesseln mit Metalleinsatz sterilisiert und somit für viele Monate haltbar für den Verzehr zur Verfügung standen. Der Schweinekopf köchelte in dem Wurstsud und ergab eine natürliche Gelatine. Das Fleisch und die knorpeligen Stücke lösten sie komplett vom Schädel. Die Teile schnitt man klein und zusammen mit den Pfoten, Teilen des Halses und dem Schweineschwanz, verarbeiteten sie gut gewürzt zu Sülze. Die Schweineohren kochten in der Brühe und ergaben, ebenfalls gut gewürzt, Knabberstücke, die Vorläufer der Chips. Selbst die graue Masse der Lungenflügel kochten sie im Sud und verspeisten sie mit einem Gemüseeintopf, wenn nicht der Rest, wie etliche andere Innereien, in der Leberwurst untertauchte. Für Opa Gustav brieten sie das Hirn, er verzehrte es genussvoll. Nur wenige Stücke eigneten sich nicht für den Verzehr, ansonsten landete alles in Weckgläsern und lagerte im Kellerregal, das sich unter den Köstlichkeiten bog.

Hühnern schlugen sie mit einem Beil den Kopf auf dem Hauklotz ab. Der noch einige Zeit zappelnde Körper landete in einen Flechtkorb, in dem er sich zu Tode strampelte. Die Kaninchen betäubten sie mit einem harten Schlag hinter die

Löffel. Kurze Zeit später hingen sie an den Hinterläufen gebunden kopfunter an der Wand.

Die Prioritäten wurden auf die Befriedigung der Grundbedürfnisse gelegt, um das Überleben zu sichern. Ausreichend Nahrung als »Mittel zum Überleben« zur Verfügung zu haben, ein Dach über dem Kopf und die Hoffnung auf die Unversehrtheit der Familie bildeten die existenziell wichtigen Eckpfeiler der zurückliegenden Jahrhunderte und Jahrzehnte.

Der Alltag eines Lehrlings

Am ersten April 1964 trat Thomas, mit je zwei grauen und weißen Kitteln im Gepäck, pünktlich morgens um 7.45 Uhr die Lehre an. Der weiße Kittel gaukelte vor, dass sich seine Ausbildung überwiegend im Kundenbereich abspielte, eben »verkaufsbetont«. Schnell stellte er jedoch fest, dass die weißen Kittel wenig Einsatz fanden. Die grauen Kittel hätten völlig ausgereicht und waren für die Arbeiten, die er ausführen musste, fast noch zu gut. Normalerweise stellte die Filiale zwei Lehrlinge je Ausbildungsjahr ein, in diesem Jahr lediglich nur Thomas. Vielleicht hatte Mutter ihn so angepriesen, dass er die Arbeit von Zwei erledigen konnte. Drei weibliche Lehrlinge in den beiden anderen Lehrjahren warteten hocherfreut auf Thomas, um gewisse Arbeiten auf ihn übertragen zu können. In den folgenden Wochen sollte er noch unangenehm mit diesen Arbeiten Bekanntschaft machen.

Die Konsumfiliale lag in einer Neubausiedlung des Dorfes. Die Verkaufsfläche betrug ca. 500 m². An modernen, ertragreicheren Verkaufskonzepten experimentierten alle Unternehmen der Lebensmittelbranche herum. Der Verkauf von Nichtlebensmitteln (Non-Food) zur Steigerung des betriebswirtschaftlichen Ertrages wurde in die Konzeption der Läden integriert. Die Geschäftsführer erprobten diverse Ladengrößen und ein optimales Produktmix. Dabei orientierten sich die Konzeptionisten an der sich gerade verändernden Nachfrage. Die Verbraucher suchten nach Freizeit- und Campingartikeln, Gartenstühlen, Liegen, Tischen, Geschirr, Sonnenschirmen, Haushaltsartikel und etliche andere Artikel. Der Aufenthalt im eigenen Garten, Schrebergarten oder auf dem Campingplatz wurde zum Inbegriff der Wohlstandsgesellschaft. Man gönnte sich wieder etwas und zeigte dies.

In der Mitte des Marktes transportierte ein Förderband die gesamten Waren sowohl in als auch aus dem Lager in den Verkaufsraum. Dieses Lager wurde für die Hälfte seiner Lehrzeit Thomas »Ausbildungsplatz«. Seine Aufgaben: Artikel zum Auffüllen der Regale kommisionieren, eingehende Warenlieferungen kontrollieren, auszeichnen, einsortieren,

Kisten schleppen, Leergut sortieren, Obst und Gemüse morgens aus und abends in den kühlen Keller verfrachten. Bedenkliche Waren wieder verkaufsfähig aufpeppen, usw.. Hinzu kam die Säuberung des Kellers und des Verkaufsraumes. Mit Putzeimer, Feudel, Schrubber und Abzieher bewaffnet, jeden Abend den Laden feucht aufwischen, Regale putzen, Kartons zerkleinern und für den Abtransport bereitstellen, usw., Tag für Tag, Monat für Monat. Thomas erstaunte über den Umfang und die Arten der Tätigkeiten, die ihn ein wenig an seine Aufgaben zu Hause erinnerten. Vieles kannte er und stellte sich entsprechend kompetent an. Schnelles und zügiges Arbeiten lernte er bei seiner Mutter, die ihn ständig antrieb.

Die Berufsschule besuchte Thomas Dienstag und Donnerstag von 8.00 Uhr bis 13.00 Uhr in der ca. 10 km entfernten Kreisstadt. Nach Schulschluss trat er um 15.00 Uhr wieder seinen Dienst an.

Zwei Arbeiten hätten Thomas beinahe um seinen Verstand gebracht: Leergut sortieren und die Heizung in Gang halten. Es hörte sich harmlos an, sie entpuppten sich jedoch als dreckige, staubige, stinkende und schwere Arbeiten. Das stundenlange Handling der leeren und vollen Leergutkisten kostete Kraft, obwohl Thomas an körperliche Arbeit gewohnt war und sich auch nicht davor scheute, die anstrengenden Tätigkeiten zu verrichten.

Das Leergut sammelten die Kassiererinnen unsortiert in Gitterboxen, die auf einem Rollgestell von der Kasse an das Fließband und in das Lager befördert wurden. Thomas flitzte schnell hinunter in das Lager, hievte die Boxen vom Band und schob sie in die Leergutecke, wo er die einzelnen Flaschen entnahm und in die unterschiedlichen Kästen einsortierte. Den größten Teil nahmen Bierflaschen ein. Jedes Getränk hatte eine abweichende Flaschenform und konnte nur in die dafür konzipierten Kästen sortiert werden. Alle Kisten bestanden aus zusammengezimmerten Holzlatten, entweder für 12, 20 oder 24 Flaschen. Viele Kisten sahen schon vom Hingucken marode aus, die Böden oder Tragegriffe angebrochen, nur von verrosteten Nägeln und vermoderten Holzlatten zusammengehalten, zerbrachen sie oft beim Transport. Dann krachte der ganze Inhalt scheppernd auf den Boden. Bei den Flaschen, die Kunden mit geschlossenem Bügelverschluss abgaben, musste er den Verschluss manuell öffnen, sonst ließen sich die Kisten nicht übereinanderstapeln. Beschädigte und verbogene Bügel ließen sich oft nur mit erheblichem Kraftaufwand öffnen. Die leeren Flaschen missbrauchten viele als Aschenbecher. Der Gestank, der durch die missbräuchliche Verwendung aus diesen Flaschen strömte, roch ekelerregend. Enthielten die Flaschen noch einen Rest an Flüssigkeiten und standen unter Druck, explodierte der Inhalt beim Öffnen und ein schaler Biernebeldunst spritzte zischend und eruptiv, wie bei einem Vulkanausbruch, aus den Flaschen. Nach einiger Zeit stank die ganze Umgebung wie eine dreitägig ungelüftete Kneipe. Da Bier vielfach direkt aus den Flaschen getrunken wurde, hafteten noch klebrige Rückstände an den Flaschen, die seine Hände überzogen und nach einiger Zeit zum Gott erbarmen fürchterlich stanken und verklebten. Die auslaufenden Restflüssigkeiten nässten Thomas Kittel, Hose und Schuhe ein und ergossen sich auf den glatt gespachtelten Betonboden. Der ständige Bierdunst legte sich wie ein mieses Parfum über den Leergutbereich und nach einiger Zeit stiegen die Dämpfe in Thomas Kopf und benebelten sein Hirn. Da kein Luftaustausch möglich war, arbeitete er stundenlang in diesem Alkoholmief. Jede Verkehrskontrolle hätte ihn mit Sicherheit als beschwipst aus dem Auto gefischt.

Die gestapelten Leergutkisten wackelten ab der achten Lage übereinander instabil in alle Richtungen. Fiel der Stapel trotz aller Umsicht um, krachten mit einem Mordsgetöse Flaschen und Kisten durcheinander und der Boden besudelte sich mit stinkenden und klebrigen Restflüssigkeiten. Scherben und zerbrochene Kisten flogen in alle Richtungen. Das Sortieren der Flaschen in die Kisten begann von vorn. Eine dusselige Plackerei, die Thomas zur Verzweiflung trieb. Zwei Jahre später lösten Plastikkästen die alten Holzkisten ab.

Die Tätigkeit als Heizer während seiner Lehrzeit im Kokskeller bestand aus einer weiteren dreckigen und stinkenden Arbeit. Die Wege mit den gefüllten Koksschaufeln in der Hand, mit denen er die Öfen bestückte, zogen sich immer länger hin, je weniger Koks im Keller lagerte. Thomas wandte seine Methodik des Zählens auch auf diese Arbeit an. Er zählte die Anzahl der Schritte zwischen Kokshaufen und Ofentür. Mit abnehmender Koksmenge stieg die Schrittzahl mit vollen Koksschaufeln an. Thomas registrierte die Veränderung der Schrittanzahl, er konnte die Zahl einschätzen und überprüfen - lag er mit seiner Messung richtig oder falsch?. Die Zähltechnik machte die vielen Wege und das Tragen der vollen Schaufeln mit Koks erträglicher. Thomas überprüfte aber auch, wie er die Rückwege zum Füllen der Schaufeln optimieren konnte. Dazu zählte er vom Zeitpunkt des Herausziehens der Schaufel aus dem Ofen, der sich anschließenden Körperumdrehung und der dann zurückgelegten Wegstrecke bis zum Ansetzen der Schaufel zum Befüllen. Er zerlegte die Arbeitsabläufe, probierte die einzelnen Stepps aus und fügte sie logisch wieder zusammen. Thomas zählte alles fein säuberlich und speicherte die Ergebnisse jederzeit abrufbereit ab. So bekam die Plackerei wenigstens noch halbwegs einen interessanten Aspekt.

Und Thomas zählte und zählte. Verbissen arbeite er rhythmisch und die Zählerei bestimmte sein Denken. Das Zählen wurde zu einer seinen Geist beruhigenden Marotte. Thomas übertrug das Zählen auf viele praktische Situationen seines Lebens. Er kannte bald die Summe der Treppenstufen von allen Treppen, die er benutzte. Wurde er zur Filialleiterin gerufen, zählte er die Schritte bis zur Ankunft im Büro. Meistens bekam er dann wieder eine dämliche Arbeit aufgebrummt.

Er reagierte stumpfsinnig auf die Arbeiten, erledigte sie ohne Widerspruch. Es ging bald nur noch darum, die aufflackernde Panik über sein Leben, die dreckigen Arbeiten und das gefühlte »Wegsperren im Heizungskeller« in den Griff zu bekommen. Thomas arbeite und zählte. Wie gesagt, nicht immer ein direktes mengenmäßiges Zählen, sondern im erweiternden Sinn zur Erfassung von Arbeitsabläufen, Handgriffen, Wegstrecken. Thomas verfluchte seine Realität und um nicht den Verstand zu verlieren, beruhigte er sich mit Zählorgien. Ging er einen Fußweg entlang, schlug er mit einem Stock rhythmisch auf Büsche und Zweige ein - und zählte! Er zählte die Anzahl der

Bordsteine, wie viele Bäume auf dem Weg zur Arbeit direkt an der Straße standen, wie lange es dauerte, bis sich die Bahnschranke wieder öffnete, die Anzahl der Schlaglöcher auf dem Nebenweg der Bahngleise, wie oft er tiefe Löcher mit seinem Fahrrad auf dem Heimweg von der Arbeit umfahren musste, wie viele Heuballen sich am Rand des Feldes stapelten, kurzum: Er zählte alles!

Die reale Zeit wurde unwichtig, seine eigene Zählweise übernahm die Regie über viele Arbeiten und Bewegungsabläufe. Er begann, seinen Rhythmus dadurch zu bestimmen, indem er in seiner bewährten Systematik von »21« beginnend bis 99 zählte und wieder von vorn anfing. Die Zeitspanne insgesamt für einen Tätigkeitsblock interessierte ihn nur noch insofern, als dass sie das Arbeitsende anzeigte. Dann schnappte er sich sein Fahrrad und strampelte rhythmisch zählend nach Hause.

Während seiner Lehrausbildung hatte Thomas die Handelsschule noch nicht aus den Augen verloren. Er überlegte hin und her, wie er doch noch eine weiterführende Schulausbildung erreichen könnte. Er zählte die Tage ab, wie lange noch ein Wechsel möglich und wann die Frist für die Aufnahme auf die Handelsschule endgültig ablief. Er zählte die Tage immer verzweifelter herunter, bis alle Chancen im Sande versickerten. Fast jeden Tag sprach er das Thema an. Das Gefühl, wieder zum Aufgeben gezwungen worden zu sein, deprimierte ihn aufs Tiefste. Anders als in seiner »inneren Welt«, in der er die Regeln vorgab, kam er in diesem Fall, mit der Realität konfrontiert, an seiner Mutter wieder nicht vorbei!

Thomas deprimierte die Situation derart, dass er vor lauter Wut und Verzweiflung mit einer Flasche oder einem Holzknüppel auf Unterarm und Hand schlug, um sich selbst zu verletzen. Er schlug so lange zu, bis die Stelle anschwoll und sich rote Flecken zeigten. Er zeigte die Verletzung seiner Mutter und mokierte, dass eine volle Leergutkiste auf Hand und Arm gefallen sei und dies ziemlich schmerzte. Zum Beweis zeigte er die Blutergüsse und durfte mit ihrer Erlaubnis zum Arzt gehen, der ihn für eine Woche »Arbeitsunfähig« schrieb. Der Arzt schaute Thomas verstehend an, er ahnte den Grund für die

Beschädigung. Woche für Woche hantelte er sich durch die verhasste Lehrzeit. Thomas fürchtete sich bereits am Sonntagnachmittag vor dem Ende des Wochenendes, wenn am Montag der verhasste Trott wieder sein Leben beherrschte. Die Lehrlinge, die während seiner krankheitsbedingten Abwesenheit seine Aufgaben übernehmen mussten, strafen ihn mit Spott und Häme. Die Filialleiterin zeigte unverhohlen ihre Verärgerung für Thomas Fehlzeit, was seine Ablehnung und Frustration gegenüber dieser beruflichen Ausbildung noch verstärkte.

Er vermisste die täglichen Stunden des mittlerweile intensiven Lesens und die Konstruktion der Szenen seiner »inneren Welt«.

So hatte Thomas sich seine Lehrzeit nicht vorgestellt. Er machte seinen Eltern bittere, schweigende Vorwürfe. Sie konnten ihn nicht ertragen. Hauptsache, er verließ das Haus, was er lernte oder auch nicht, interessierte sie nicht. Sie klopften nur die alten, seit Generationen überlieferten Sprüche, dessen Inhaltslosigkeit Thomas ankotzte und nach einiger Zeit eine eisige Wut in ihm hochkochen ließ.

Er fühlte sich wie eingesperrt - gelandet im Lehrlingsknast! Die Gedanken und Vorstellungen in seinem Kopf drohten, ihn innerlich zu zerreißen. Wie konnte er diese Situation erträglicher gestalten? Seine Auswegslosigkeit spürte Thomas am ganzen Körper. Er sank psychisch in sich zusammen bis an den Punkt, den er in seinem Leben schon mehrfach erleben musste. Sie fixierten ihn, zwar nicht bewegungslos wie vor Jahren, sondern durch den Zwang, in der Lehre zu verbleiben. Er konnte schreien, betteln, weinen und schluchzen, Thomas hatte keine Chance der schlimm erlebten Situationen zu entfliehen. Sie verhielten sich unerbittlich. Es interessierte sie nicht, was mit ihm passierte. Sie hätten ihn foltern, vergewaltigen oder totschlagen können, er hätte keine Gegenwehr mehr geleistet. Wie ein Kartenhaus fiel er in sich zusammen. Diese demütigenden Desaster gruben sich tief in seinem Gedächtnis ein. Thomas erinnerte voller Wut und gewaltigem Zorn diese Gefühle bis in die letzte Faser seines Geistes und Körpers.

Thomas spürte, dass Panikanfälle die Oberhand gewannen, er rannte innerlich um sein Leben, als die Erinnerungen ihn zu übermannen drohten. Er stürzte aus dem Keller und durch die hintere Tür des Ladens an die frische Luft, um Tageslicht sehen zu können. Erst dann, wenn er den Himmel, die Wolken und die Weite der Umgebung sehen konnte, beruhigte er sich wieder.

Nach den ersten Wochen der Lehre nahm Thomas allen Mut zusammen und versuchte verzweifelt, mit seiner Mutter zu reden. Er wollte raus aus dieser »Ausbildung«, sie so schnell wie möglich beenden. Sie wiegelte jede Diskussion kategorisch ab und ließ ein gewaltiges Donnerwetter vom Zaun:

»Was sollen die Nachbarn sagen!«

»Lehrjahre sind keine Herrenjahre!«

»Daran wirst Du schon nicht kaputtgehen!«

»Basta, das wäre ja noch schöner, wenn wir Dich jetzt da rausnehmen würden, das kommt überhaupt nicht in Frage ...!«.

»Sei froh, dass Du überhaupt eine Lehrstelle gekriegt hast!«.

»Was soll bloß aus dir werden ...?«

Sie steigerte sich immer stärker in ihre beleidigende und wütende Raserei. Ihre verletzenden Sprüche nahmen an Schärfe zu. Sie fluchte und stauchte ihn hart zusammen, bis er verzweifelt aufgab! (Mal wieder!). Bereits früher hatte Mutter sich eine perfide Drohung einfallen lassen:

»... wenn Du nicht parierst, dann kommst Du ins Erziehungsheim, da werden Sie Dir schon die Flötentöne beibringen, du verdammter Jaust! Ich habe es satt mit dir! Ich sage Vater, dass er dir wieder mal eine ordentliche Wucht verpassen soll!«.

Den nächsten Standardspruch schickte sie stets hinterher:

»Gegessen wird immer, sei froh, wenn mal schlechte Tage kommen, wie wir die im Krieg erleben mussten, dann hast Du wenigstens was zu essen!« (Womit sie sich selbst auch einbezog!).

Mit den drei Prozent Personalrabatt für ihre Einkäufe gab sie trefflich bei ihren Bekannten an. Die Einkaufquittungen sammelte sie in Tütchen, jeweils zu fünfzig Mark Einkaufswert.

Meistens vor Weihnachten reichte sie die Bons ein. Den Gegenwert konnte sie mit ihrem Einkauf verrechnen. Auch diesen Vorteil wollte sie natürlich nicht verlieren.

Also drosch sie verbal derart auf Thomas ein, dass er es mit der Angst zu tun bekam. Er war sich überhaupt nicht sicher, ob sie die Drohung des Erziehungsheims nicht doch wahrmachen würde. Sie hatte oft während ihrer Wutanfälle völlig unvorhersehbare Dinge getan. Sie jammerte anschließend stets bei ihrer Mutter und Schwester herum, warum ausgerechnet sie so einen schwer erziehbaren Bengel hätte. Um Unterstützung buhlend log sie, er würde ihr nicht gehorchen, gebe stets Widerworte, hätte »Flausen« im Kopf, »... die sie ihm schon austreiben würde!«.

Thomas konnte nie nachvollziehen, wie die guten Noten im oberen Feld des Zeugnisses immer mit »sehr gut« benotet wurden und er bei seiner Mutter ein so schwer erziehbarer »Bengel« sein sollte, dem Vater »mal wieder eine Tracht Prügel verpassen müsste«.

Wem die Worte fehlen, dem bleiben nur noch Schläge und wüste Beschimpfungen. Eine miese Zeit, auf die Thomas mit schierer Verzweiflung reagierte. „Warum …?". Nichts in seinem Leben entwickelte sich verlässlich und beständig. Es fehlte jegliche vernünftige Basis im Verhältnis zu seinen Eltern. Auf der einen Seite die überschwängliche Lobeshymne auf einen für den Besuch gut eingedeckten Tisch, die Thomas als mädchenhaft empfand und somit als total unpassend. Er war ein Junge und wollte auch so behandelt werden. Mutter gab sich nicht mit ihm ab. Sie stellte noch nicht einmal Fragen. So blieb ihr seine innere Zerrissenheit verborgen. Bei einer intensiveren Beschäftigung mit seinem Reichtum an Ideen und deren kreativer Umsetzung hätte sie daran teilhaben können. Sie hörte noch nicht einmal zu. Erzählte Thomas von seinen inneren Plänen, seinen Interessen und versuchte er, ihr seine Wünsche zu erläutern, wiegelte sie es als geringschätzig, als Spinnerei ab. Seine Mitteilungseuphorie verlor sich rasch in ihren Drohungen und verbalen Attacken.

So ging Thomas weiter in die verhasste Lehre. Der Sommer verging - kein Appelkamp, kein Arbeiten auf dem Feld, kein dazu verdientes Taschengeld um sich etwas für die Eisenbahn bzw. einige Legosystemsteine für seine Spielwelt zu kaufen.

Im ersten Lehrjahr bekam er sechzig Mark Lehrlingsvergütung im Monat, die er bei Mutter ablieferte und jede Woche dann zweimarkfünfzig als Taschengeld erhielt. Das reichte gerade, um sich ein oder zwei Schokoküchlein, mit Creme gefüllt, zu kaufen. Mutter hielt Thomas für unfähig, mit Geld richtig umzugehen.

Ständig rechnete sie die Kosten vor, die er verursachte: Verpflegung, Wäsche waschen, die Wohnung, Kleidung, Schuhe, Fahrgeld für den Bus, usw. *»Du zahlst Kostgeld, das wär ja noch schöner, wenn du das Geld verprassen würdest!«*, schnauzte Mutter ihn an, schaute an ihm vorbei, suchte keinen Blickkontakt.

Thomas fragte sich, warum sie ihn eigentlich bekommen hatten? Wenn sie ihn nur als einen Kostenfaktor ansahen, hätte sein Vater besser aufpassen und ins Heu ejakulieren sollen. Wahrscheinlich wäre es für alle Beteiligten die bessere Lösung gewesen. Aber das hat er auch nicht rechtzeitig geschafft. In solchen Situationen fühlte Thomas sich grenzenlos ungeliebt und minderwertig. „Warum …?"

Im zweiten Lehrjahr erhielt er durch Änderung tariflicher Vereinbarungen einhundertdreizig Mark im Monat. Mutter legte nach heftigem Protest jeden Montag zehn Mark kommentarlos als Taschengeld für ihn auf den Tisch. Er sparte für ein Kofferradio. Bei dem Geld allerdings welches pro Woche zum Sparen übrig blieb, konnte er bis zum Sanktnimmerleinstag sparen und würde das Kofferradio doch nur aus der Ferne im Schaufenster sehen. Er nahm allen Mut zusammen und protestierte heftig gegen die Gängelung seiner Mutter. Sie sollte ihren Anteil an »Kostgeld« ruhig bekommen, er wollte aber selbst bestimmen, wozu er das restliche Geld ausgab oder sparte. Zuerst einmal musste die Frage geklärt werden, wie hoch sie das Kostgeld eigentlich kalkulierte? Da sie dies selber nicht wusste, regelte sie die Verwendung der monatlichen

Vergütung lieber gleich persönlich. Sie verlangte für alles Geld und kam auf die absurdesten Kostenforderungen, bis er mit dem Gefühl lebte, dass er nur von Ihren Gnaden lebte.

Thomas traf sich jede Woche mit ehemaligen Schulkameraden zum Kickern in der Siedlungskneipe. Er tastete sich an Alkohol heran. Alle tranken in der Familie, warum also nicht auch er! Bei einem Treffen genehmigte er sich allerdings einige Bierchen zu viel, die eine verheerende Wirkung erzielten. In der Kneipe spürte er noch wenig, auf dem Heimweg wurde ihm bereits mulmig. Er schwankte bedrohlich auf die seitliche Hecke zu. Der Inhalt seines Magens begann zu rebellieren. Er schaffte es noch, ungewaschen und ohne seine Zähne zu putzen, in sein Schlafcouchbett, dann wurde die Zeit knapp und aus Zeitgründen beugte er sich aus dem geöffneten Fenster und kotzte einfach hinunter. Am nächsten Morgen ein riesiger Auflauf im Flur! Der Anziehungskraft gehorchend fiel sein Erbrochenes aus dem dritten Stock auf die unterhalb gelegenen Fensterbänke. Das Geschrei der Frauen nahm an Heftigkeit zu und die Frage nach der Reinigung wollte geklärt werden. Thomas reagierte irritiert bei der Frage nach dem Täter, obwohl feststand, wer den Schlamassel verursacht hatte. Ein kleiner Ausrutscher, dessen Dramatik in den folgenden Jahrzehnten als Amüsement von den Bewohnern in dem ansonsten langweiligen Haus erzählt wurde.

Selbst die Kneipenwirtin grinste ihn beim nächsten Treffen schelmisch an. Nach einer anzüglichen Bemerkung geriet die Angelegenheit in weitgehende Vergessenheit. Thomas freute sich auf den wöchentlichen Abend, auf die Kickerwettbewerbe und die Bierchen. Saufen musste auch gelernt werden. Ein gut gezapftes Pils mutierte zu einem probaten Mittel, den Frust der Ausbildung zu mildern, zumindest an einem Abend. Es folgten Jahre, in denen Thomas oft und gern Bier trank, bald darauf auch einen Schnaps zu jedem Bierglas. Die Lord Extra, die er rauchte, gaukelte Männlichkeit vor, die sich noch nicht einmal in der Ferne zeigte.

Zurück zur Lehrzeit: Herbst und Winter standen vor der Tür, ein LKW lieferte etliche Tonnen Koks an. Über eine Rutsche beförderte der Fahrer die Menge in den Heizungskeller. Die Temperaturen fielen, es musste geheizt werden. Zwei von der Größe her unterschiedliche Heizöfen erzeugten die Wärme. In der Übergangszeit reichte der kleinere Ofen, um eine überschlägige Wärme zu erzeugen. Thomas Aufgabe bestand darin, die Öfen wie ein Heizer auf einer Lokomotive zu betreuen.

Nachdem er die sich wie störrische Esel verhaltenen Öfen überhaupt erst einmal unter Feuer gesetzt bekam, reinigte er die verfluchten Öfen jeden zweiten Tag von der sich abgesetzten Schlacke, die fürchterlich nach Verbranntem roch und eine beißend heiße Luft verströmte, die einzuatmen gefährlich wurde. Sie reizte die Bronchien derart, dass ihn jedes Mal ein beängstigender Hustenanfall überfiel. Füllte sich der komplette Raum mit dem Gestank, flüchtete er blitzartig aus dem Raum, in dem das Atmen unmöglich wurde.

Öfters am Tag füllte er Koks mit einer großen langen Schaufel nach. Vorher rüttelte er die Asche ab, damit frischer Sauerstoff in die Öfen strömte. Die komplette Heizungsanlage gammelte in einem erbärmlichen Zustand vor sich hin. Die Abzugskamine und die Leitungen der Öfen rosteten zerstörerisch ihrem Nutzungsende entgegen. Bei früheren Reparaturen pfuschten Handwerker unterschiedliche Querschnitte in die wasserführenden Rohre und den Rauchabzugsstrang ein. Mit dem Ergebnis, dass nur bei reichlich Wind, der zudem noch aus einer bestimmten Richtung blasen musste, der verdreckte Rauch optimal aus dem Schornstein strömte. Die Versottung der baufälligen Kamine engte die Durchströmung beträchtlich ein. Bei ungünstigem Wetter drang der heiße Rauch fatalerweise durch die Öfen in den Heizungsraum zurück. Als die Außentemperaturen unter null Grad sanken, verbrachte er einen Großteil seiner Ausbildung zum »Einzelhandelskaufmann - verkaufsbetont« als Ofenwärter im Heizungskeller. Die teilweise noch glühende Schlacke zog er aus den Öfen heraus und schaufelte sie in eine Blechtonne, die er auf einer Sackkarre nach oben über die Treppe wuchtete und für die Müllabfuhr bereitstellte. Haare und Kleidung stanken fürchterlich nach

Rauch und nach dem beißenden Geruch von heißer Asche. Thomas stank aus allen Knopflöchern.

Mit diesen Erfahrungen ausgestattet, hätte ihn die Bundesbahn liebend gern als fachkundigen Heizer auf einer Dampflokomotive eingestellt. Montagmorgen fiel die dreckigste Arbeit an, da die Öfen über das Wochenende erloschen. Bevor Thomas sie wieder anfeuern konnte, zog er aus den Feuerräumen die festgebackenen noch glimmenden Ascheklumpen heraus. Heiße Funken sprühten wie bei einer Wunderkerze in alle Richtungen. Auf die Nasen- und Mundschleimhäute setzte sich eine schwarze klebrige Schmiere, die Thomas nach einiger Zeit in ein Taschentuch schniefte bzw. auf den Kokshaufen spuckte. Nach einiger Zeit sah Thomas aus wie Jim Knopf und Lukas auf ihrer Lok Emma auf Lummerland.

Der Reinigung folgte die Bestückung der Öfen mit Papier, Kartonresten und Anmachholz. Dann hoffte er, dass das Feuer auch anbrannte, andernfalls konnte er aus beiden Öfen das teilweise angekokelte, stinkende Anbrennmaterial wieder herausziehen. Nach einer erneuten Befüllung hoffte er, dass nunmehr das Anbrennen endlich funktionierte. Die Prozedur wiederholte sich so oft, bis die Öfen in ihrer kompletten Tiefe brannten und Wärme erzeugten. Breitete sich nämlich das Feuer nicht über die gesamte Tiefe des Ofens aus, wurde nicht genügend Wärme erzeugt, da die hinteren Heizschlangen kalt blieben, wie bei einem Heizkörper, der entlüftet werden muss. Die Mitarbeiterinnen des Ladens bibberten vor Kälte, beklagten sich über die Raumtemperatur und drohten mit einem Krankenschein.

Das Schicksal meinte es nicht besonders gut mit Thomas, da im nächsten Jahr kein Lehrling eingestellt wurde, an den er die Aufgaben durchreichen konnte. Also fungiere Thomas ein weiteres Jahr als Heizer.

Trotzdem versuchte Thomas, Tag für Tag das Beste aus der verfluchten Situation zu machen. Sein Berufsziel sah nicht vor, Spezialist im Bestücken von Heizungsöfen zu werden oder einen Preis im Leergutsortieren zu gewinnen. Er haßte diese

Arbeiten, die nach Thomas Meinung mit seiner Lehrlingsausbildung nichts zu tun hatten.

In das monatliche Berichtsheft schrieb er in Schönschrift seine diversen Ausbildungstätigkeiten. Sinnigerweise musste die Filialleiterin das Heft unterschrieben an die Ausbildungsabteilung einreichen. Seine Tätigkeiten im Keller zu beschreiben empfahl sich nicht, daher schrieb Thomas nach Anweisung seiner Chefin einfach die für diesen Zeitpunkt vorgesehenen und festgelegten Ausbildungsthemen vom offiziellen Ausbildungsplan ab. Darin hieß es dann z.B. künstlich aufgeblasen: Bereitstellen des anfallenden Leerguts für die Abholung durch den Getränkelieferanten, einfache Bestellungen selbstständig bearbeiten, Lieferungen kontrollieren und die Rückgabe des Leerguts mengenmäßig überprüfen. Die Realität sah anders aus. Die angenehmen »Weißkittelarbeiten« schnappten sich immer die anderen Lehrlinge.

Mit den Lieferanten hatte Thomas nur insofern zu tun, als er die gestapelten Leergutkästen auf das Fließband hievte. Wie sehr eine stinkende und unappetitliche Restbrühe aus den Flaschen seine Kleidung versaute, stand nirgendwo in seinem Berufsbild abgedruckt. Der Ausbildungsplan geriet zum Papier ohne Wert.

Während der drei Lehrjahre schabte er Werbeplakate mit einer Rasierklinge von den Schaufenstern, rührte Tapetenkleister an und klebte jede Woche neue Plakate auf einer Fensterfront von ca. sechzehn Metern an. Vor dem Laden wuchs viel Gestrüpp, das er regelmäßig sauber harkte. Kunden hatten gemeldet, dass sich Ratten unter der Zugangstreppe gezeigt hätten. Er stopfte Rattengift in geräucherte Heringe (Bückinge) und legte sie als Köder aus. Einige Tage später sammelte Thomas die verreckten Ratten zwischen den Sträuchern der Umgebung auf und entsorgte sie widerwillig in der Mülltonne. Er ekelte sich maßlos vor den riesigen toten Viechern mit den irre langen nackten Schwänzen.

Den riesigen Hof fegen und den 500 qm Laden Tag für Tag mit Aufnehmer, Schrubber und Abzieher säubern, stand in keiner Anweisung. Aber Lehrjahre sind ja bekanntlich keine Herrenjahre, wie Mutter stets echoartig wiederholte. Die komplette Lehrzeit füllte sich mit konträr dem Ausbildungsziel gespickten Aufgaben.

Er reinigte Hinterhof, Keller, Aufenthaltsräume, Toiletten, fegte die Rampe für die Warenanlieferung, zerkleinerte Kartons, stapelte die schweren Europaletten. Dutzende zentnerschwere Kartoffelsäcke lieferte ein Bauer jede Woche an der Rampe an, die in fünf oder zehn Kilo Papierbeutel verbrauchergerecht umgefüllt in den Verkauf gelangten. Er wog die Kartoffeln auf einer alten Holzwaage ab, bei der sich das Gewicht durch verschieben der Gewichtssteine auf einer Stange kalibrieren ließ. Die Waage musste sich genau auspendeln, dann stimmte das Gewicht. Später füllte er saisonal bedingt Zwiebeln, Rosenkohl, Südfrüchte, Nüsse, etc. ab, die erst auf einer Pendelwaage in einer Metallschütte ausgewogen und anschließend durch einen Einfüllstutzen in farbige Netze mit fünfhundert oder tausend Gramm geschüttet und verschlossen wurden. Aus mächtigen Holzfässern, in denen unansehnliche, beißend nach Lebertran stinkende Salzheringe in einer Salzlake schwammen, packte Thomas mit einer Holzzange die Heringe stückweise für Kunden in Zeitungspapier ein. Oftmals tropfte die Salzflüssigkeit auf Thomas Kleidung.

Der Käse wurde bereits verpackt und ausgezeichnet angeliefert, schimmelte allerdings recht schnell, eine funktionierende Kühlkette stand noch nicht zur Verfügung. Da nichts weggeschmissen werden durfte (die Inventur hatte zu stimmen), packte Thomas den Käse aus der schleimigen und stinkenden Folie heraus und schnitt die von Schimmel befallenen Stellen so knapp wie möglich ab. Etliche Käsesorten verströmten bereits einen kernigen Geruch. Manchmal reichte auch das einfache Abkratzen des Schimmels mit dem Messerrücken. Er schnitt noch ein bisschen an den Kanten herum, bis der Käse wieder eine »frische« Form besaß. Er schweißte den Käse neu ein, wog ihn auf der Bizerba Waage ab und klebte das neue Preisetikett auf die Folie. Sinnigerweise glichen die Etiketten der Bizerba Waage exakt denen der industriellen Etikettierung. Die Manipulation konnte gut verschleiert werden. Diese schmierige und stinkende Arbeit war eine ekelhafte Sauerei am Rande der Legalität.

Den Tisch, auf dem Thomas den verdorbenen Käse wieder »verkaufsfähig« aufpeppte, hatten die Handwerker aus Platzgründen über der zugigen Kellertreppe montiert. Viele Jahre registrierte er die Nierenkrankheit seiner Oma Emma. Sie litt unter kolikartigen heftigen Schmerzen, gegen die sie regelmäßig eine Überdosis Schmerztabletten zu sich nahm, was zu einer weiteren Zerstörung ihrer ohnehin schon angegriffenen Organe führte. Mit der Folge, dass sie neben den chronischen Schmerzen extrem empfindlich auf Zugluft reagierte. Ihrer Meinung nach zog es aus allen Ecken und Ritzen eines jeden Zimmers. Dieser äußeren Empfindlichkeit entgegnete sie mit dem Einwickeln in Decken und stopfte Kissen an die empfindlichen Stellen ihres Körpers. Da sie allerdings nie genau sagen konnte, aus welcher Richtung die Zugluft kam, ist anzunehmen, dass ein nicht unerheblicher Anteil ihrer Sensibilität durch ihren schlechten Allgemeinzustand verursacht wurde. Ihr Körper spiegelte die jahrzehntelangen Strapazen ihres Lebens wieder. Mit Hartmannwatte versuchte sie, die Zugluft in den Griff zu bekommen. Sie stopfte tapfer alle Fußleisten, Türzargen und Fenster mit Watte aus. Jeder, der ihre Zimmer betrat, fühlte sich selbst im Hochsommer in eine Winterwelt versetzt. Überall im Zimmer schauten aus allen Ritzen weiße Schneewölkchen aus Watte hervor.

Thomas überlegte: Angenommen, wenn er in der kalten Jahreszeit bei der Käsemanipulation einfach alle Türen geöffnet hielt, keine wärmende Unterkleidung trug und seinen Kittel nicht zuknöpfte, könnte er dann ebenfalls eine Erkrankung seiner Nieren provozieren? Diese Erkrankung könnte er als Argument für eine Arbeitsunfähigkeit anführen, vielleicht sogar die Lehre aus Krankheitsgründen beenden! Sein körperlicher Zustand interessierte ihn sowieso nicht. Thomas dachte nicht über Spätfolgen nach, er wollte jetzt und sofort aus diesem Ausbildungsgefängnis entfliehen. Er arbeitete oft an diesem »Käsetisch« im Flur. In dieser Phase seines Lebens hätte er alles in Kauf genommen, um nicht weiter die dämliche Lehre absolvieren zu müssen.

Jeden Abend putzten alle Lehrlinge den Laden. Das empfindliche Obst und Gemüse wurde in Kisten über das Fließband in den kühleren Keller transportiert und der Laden gründlich aufgeräumt.

Nach der Schließung der Ein- und Ausgangstüren rechnete jeder Kassierer/-in seine Kasse mit der Filialleiterin ab. Trat eine Kassendifferenz auf, stand jedem ein Mankogeld von fünfzehn Mark im Monat als Kulanzbetrag zur Verfügung. In verschließbaren Geldbomben fuhr die Filialleiterin mit ihrer BMW Isetta (Knutschkugel genannt) auf ihrem Nachhauseweg an der Bank vorbei und warf sie in ein spezielles Fach ein.

Die Arbeitszeit endete selten vor neunzehn Uhr. Mittags schloss der Laden von dreizehn bis fünfzehn Uhr. Thomas fuhr dann mit seinem Fahrrad schnell nach Hause um etwas zu essen und noch ein wenig zu lesen.

Ab dem zweiten Lehrjahr saß Thomas stundenweise an der Kasse (Wenn nicht die Heizungsöfen seine Anwesenheit erforderten, bzw. Drahtcontainer für das Leergut bewegt werden wollten!).

Auf den meisten Artikel klebte ein Preisetikett, das per Auszeichnungspistole aufgedrückt wurde. Bei den Artikeln ohne Preisauszeichnung musste Thomas die Preise auswendig im Kopf parat haben. Bei Rückfragen staute sich ansonsten zur Verärgerung der Kunden eine lange Warteschlange an der Kasse.

In der Zentrale hatte die Konsumgenossenschaft eine Bildungsabteilung eingerichtet, in der diverse Kurse zur ergänzenden Qualifizierung und Vorbereitung auf die Abschlussprüfung angeboten wurden. Neben vielen anderen Kursenfanden auch Kassenkurse statt. Thomas durchlief eine Ausbildung als Kassierer und gewann von ca. 400 Lehrlingen den ersten Preis. Er tippte schnell und korrekt die Preise in die mechanische, nach heutigem Maßstab, schwergängige Maschine ein, das Ergebnis stimmte immer. Mit einem positiven Eintrag in die Personalakte schloss der Kurs ab. Sein Preis bestand aus hochwertigen Fachbüchern. Thomas wurde vom Bezirksleiter namens Strothmann persönlich in der Filiale beglückwünscht, mit gleichzeitiger Preisübergabe. Jetzt durfte Thomas offiziell als Kassierer eingesetzt werden. Den Namen des Bezirksleiters konnte sich Thomas gut merken, da eine Joghurtfirma mit gleichem Namen in Westfalen existierte. In seiner Naivität fragte sich Thomas, warum dieser beim Konsum arbeitete, wo er doch eine Joghurtfirma besaß. Bis sich dann herausstellte, dass dieser Name in Westfalen oft existierte und der Bezirksleiter Strothmann nicht mit dem Joghurt in Verbindung stand.

An weiteren Pflichtveranstaltungen wie Plakatschrift, Warenkunde für diverse Warengruppen und Verkaufskunde nahmen alle Lehrlinge teil. Die Filialleiter hatten sie für diese Tage freizustellen.

Es gab aber noch immer keine berufsbegleitende Weiterbildung für Heizungsbedienung, optimale Rattenvergiftungsmethoden und Kadaverbeseitigung, Hof-feg-Methoden oder der Vorbeugung zur Vermeidung der Einatmung von Alkoholnebeln einer besoffen machenden Leerguteinsortierung. Diese Kurse hätte Thomas ebenfalls locker mit »sehr gut« abgeschlossen und jeweils Sternchen in seiner Personalakte dafür eingeheimst.

Manche Kunden telefonierten ihre Bestellung durch oder gaben einen Einkaufszettel in der Filiale ab. Sie ließen sich die Ware zustellen. Thomas kommissionierte die Bestellung, packte sie in einen stabilen Bananenkarton, schnallte diesen auf sein Fahrrad und lieferte die Kiste bei jedem Wind und Wetter aus. Einige Kunden steckten ihm ein kleines Trinkgeld zu.

Wenn es um das Erlernen von Fachkenntnissen ging, arrangierte er sich mit der Ausbildung. Die praktischen Arbeiten, die meistens nur aus dreckiger Plackerei bestanden, empfand er als Zumutung. Mit seiner eigentlichen Ausbildung hatten sie nichts zu tun.

Im Spätsommer verkauften sich palettenweise italienische oder griechische Pfirsiche in Holzstiegen. Die Früchte landeten in Weckgläsern. Zwar gab es schon seit Jahren Pfirsiche in Dosen, nach allgemeiner Meinung schmeckten selbst eingemachte Pfirsiche allerdings besser. Die meisten Haushalte verfügten ohnehin noch über das Einkochequipment. Die Hausfrauen betrachteten es damals als persönliche Imageangelegenheit, wenn sie von ihren eingekochten Pfirsichen im Bekanntenkreis schwärmen. In großen Einkochkesseln brodelten in einem Metallgestell die Gläser im Wasserbad. Nach der sterilen Erhitzung überdauerten die Gläser ohne Probleme Jahre. Ein Biskuitboden mit eingelegten Pfirsichen und roten Kirschen als Farbtupfern garniert. Dazu reichlich cremige, fettreiche Sahne zu einer Tasse handgemahlenem Filterkaffee, eine Köstlichkeit, die am Sonntagnachmittag die Familie ergötzte.

Thomas schnallte Unmengen von Stiegen auf sein Fahrrad und lieferte sie aus. Tagelang beschäftigte ihn diese Arbeit, die den Vorteil besaß, dass er nicht in dem verhassten Laden wieder irgendeine dreckige Arbeit ausführen musste. Manchmal ließ er sich extra etwas mehr Zeit. Fahrradwege existierten noch nicht und der Verkehr auf den Straßen stieg zu bestimmten Zeiten schon in den sechziger Jahren heftig an. Da musste er mit seinen Kisten schön »langsam und vorsichtig« fahren oder das Fahrrad schieben. Das dauerte natürlich!

Die undankbaren Aufgaben nannte Thomas »Grau-Kittel-Tätigkeiten«, die ihn in 90 Prozent seiner Ausbildungszeit beschäftigten. In der restlichen Zeit schlüpfte er in den sauber und schneidig wirkenden weißen Kittel, den Mutter gebügelt und gestärkt hatte. Er peppte ihn mit Wichtigkeit signalisierenden Kugelschreibern und Bleistiften auf. In die Taschen gehörten zwingend diverse Kartonmesser. Es gab immer an etwas herumzuschneiden. Der Kittel überdeckte seine simplen Klamotten und unterstützte sein Selbstbewusstsein. Die Kunden mochten Thomas, da er höflich, zuvorkommend und kompetent Auskunft gab, wo die einzelnen Artikel in den Regalen standen. Monatlich gab das Unternehmen »Margarine Union« (heute Unilever) eine kostenlose Zeitschrift für die Mitarbeiter des Handels heraus. Die Beiträge bestanden aus Themen des modernen Handels. Thomas erhielt über die Bildungsabteilung Zugang zu der »Würfel und Ecken« betitelten Zeitschrift, in der moderne, künftige Verkaufskonzepte einen wesentlichen Teil des Inhalts darstellten. Auch andere Publikationen, wie die wöchentlich erscheinende Lebensmittelzeitung erhielt er kostenlos. Jahre später veröffentlichte er Einzelbeiträge und Artikelserien in dieser auflagenstärksten Fachzeitschrift Europas. Warenpräsentation, die expansive Einführung neuer Produkte, Ladengestaltung, Verkaufspsychologie, betriebswirtschaftliche Beispiele und allgemeine Themen interessierten Thomas dermaßen, dass er seine Legosteine hervorkramte und ein modernes Konzept für einen Verbrauchermarkt bis ins Detail nachbaute. Das Gestalten, Entwickeln, Planen und die Umsetzung fesselten ihn nach wie vor.

Für die Abschlussprüfung Ende des dritten Lehrjahrs führte die Bildungsabteilung Pflichtkurse durch. Betriebswirtschaft und Warenkunde dominierten die Ausbildungstage. Thematisch organisiert, überprüften die Teilnehmer ihren Wissensstand. In schriftlichen Tests, in denen die endgültigen Prüfungen simuliert wurden, konnten noch Schwachstellen erkannt und aufgearbeitet werden. Das handgeschriebene Berichtsheft kontrollierte der Ausbildungsleiter auf Vollständigkeit, obwohl die meistens zurechtgebogenen Aufgaben keinerlei Realitätsbezug darstellten. Die schriftliche Abschlussprüfung vor der Handelskammer legte Thomas mit »Sehr gut« ab. Hilfsmittel wie Taschenrechner gab es nicht. Alle Aufgaben mussten im Kopf erledigt werden, was für Bruno kein Problem darstellte. Mit seinem ausgeprägten Wissen über Gewürze, Nährmittel, Konserven, etc., überzeugte er die Prüfer bis auf einen Punkt, an dem er sich bei einem Herkunftsland für eine Pfeffersorte vor lauter Aufregung ziemlich verhakte, was ihn ein „Sehr gut" auf dem Kaufmannsgehilfenbrief kostete.

Zum Abschluss der Ausbildung wurde von der Konsumgenossenschaft eine imposante Veranstaltung in einer Messehalle mit allen Prüfungsteilnehmern und den Geschäftsführern zelebriert. Drei Lehrlinge schlossen die Ausbildung mit »Sehr gut« ab und wurden einzeln vorne auf der Bühne vorgestellt und geehrt.

Als Thomas die schick und adrett angezogenen Jahrgangsbesten auf der Bühne mit Geschäftsführern und Ausbildungsleiter stehen sah, schaute er an sich herunter, sah sich seine »guten

Sachen« an, die Mutter herausgelegt hatte und bemerkte, wie ärmlich er wirkte. Jacke und Hose deutlich abgetragen, gestopft, geflickt und schäbig, schämte er sich abgrundtief. In dieser Ausstaffierung fühlte er Scham und war froh, nicht als »Sehr-gut-Kandidat« auf der Bühne zu stehen. Mit seinen alten, abgetragenen und geschmacklosen Klamotten hätte er sich fürchterlich blamiert. Thomas Mutter besaß nie Stil und Geschmack. Von der Wohnungseinrichtung bis zur Kleidung sprang ihre soziale Unterschichtzugehörigkeit aus allen Knopflöchern.

Thomas Lehrzeit endete mit dieser Abschlussfeier. Er hatte sie mit schäbigen Klamotten begonnen und mit genauso schäbigen Klamotten beendet. Thomas wurde vor zwei Monaten siebzehn Jahre alt.

Sie boten ihm einen Arbeitsvertrag an und versetzten ihn in eine doppelt so große Filiale in einer mittleren Kleinstadt. Die Versetzung empfand er wie ein Abschieben in die Neutralität. Er war jetzt den ganzen langen Tag von 7.00 Uhr bis 20.00 Uhr unterwegs, in der Mittagspause überfiel ihn große Langeweile. Seine Arbeit entsprach der Fortführung der Lehre. Seine Arbeit erledigte er schnell und sorgfältig in wenigen Stunden. Der Rest des Tages zog sich langweilig und ermüdend hin. Es fehlte an Herausforderungen und der Kontakt zu den Kollegen entwickelte sich nur oberflächlich. Gefrustet kündigte er das Arbeitsverhältnis. Diesmal allerdings, ohne seine Eltern vorher zu konsultieren.

Umgehend schloss er einen neuen Arbeitsvertrag bei einem privaten Filialunternehmen ab, welches als Mitglied einer Genossenschaft in Marketing, Einkaufspolitik, Logistik und Personalentwicklung integriert war. Das Unternehmen betrieb mehrere florierende Supermärkte in diversen Städten und Vororten. Wenige Monate später nahm er die Position eines stellvertretenden Marktleiters ein.

Stimmte die Struktur des Arbeitsbereiches, hatte er alle Faktoren durchdacht, alles Wissen gesammelt, bestätigte die Testphase seine Konzeption, kontrollierte er nur noch die

Ergebnisse. Nach Beendigung der Aufgabe übergab er die weitere Ausführung einem Mitarbeiter/-in.

Erschöpften sich die Herausforderungen, verflachte sein Interesse an der Verwaltung der von ihm initiierten Arbeitsbereiche. Ein anderer Punkt hingegen blieb konstant präsent. Thomas studierte alle Fachzeitschriften auf der Suche nach neusten Konzepten und Erkenntnissen. Durch diverse Fachzeitschriften bewegte sich sein Informationsniveau auf dem Stand der Zeit.

Abendgymnasium, Tuberkulose, Abitur

Stichworte zum Kapitel:
Thomas entdeckte seine Liebe zur aktuellen Musik.
Bald darauf besuchte er ein Abendgymnasium. Ohne einen qualifizierten Schulabschluss und ein Studium sahen seine Chancen auf eine höhere Position schlecht aus.

Durch sein regelmäßiges ausreichendes Einkommen unterhielt er ein Auto.

Thomas überschätzte seine Kräfte. Mutters Verweigerung, für ihn zu kochen und ein unregelmäßiges Essen zeigten nach einem Jahr negative Folgen. Er magerte ab, erkrankte, eine Lungentuberkulose wurde diagnostiziert.

Nach neun Monaten Krankenhaus- und Kuraufenthalt übernahm er beim gleichen Unternehmen eine leitende und verantwortungsvolle Tätigkeit in einer Großstadt im Ruhrgebiet.

An der Universität Bonn konnten Berufstätige gemäß eines Sondererlasses ein vollwertiges Abitur ablegen. Er bewarb sich, erfüllte alle Voraussetzungen und legte das Abitur ab.

Musik - ein neues Lebensgefühl

Seine Liebe zur Musik begann mit ca. 12 Jahren. Die ersten Beatles Songs verursachten eine Initialzündung. Die Rolling-Stones, Monkeys, BeeGees, usw., bildeten mit ihrer rockigen Musik eine Alternative zur Blasmusik der Eltern und den deutschen Volksliedern und Volksmusiksängern. Die Musikboxen wurden mit einem Mix aus englisch- und deutschsprachigen aktuellen Songs bestückt. Die elfenbeinfarbigen, mechanischen Tasten rasteten hörbar ein, wenn ein Lied angewählt wurde. Oftmals tobte in der Kneipe ein Wettstreit zwischen Rockmusikfans, Schlagerliebhabern und Volksmusikenthusiasten, bis jemand den Stecker zog. Viele weitere Popgruppen folgten und spielten ab Mitte der sechziger Jahre immer öfter die populäre Rockmusik der jungen Generation.

Thomas nutzte jede Gelegenheit, seine Ohren an einen alten Röhrenempfänger zu drücken, deren Empfangsqualität sich auf einem magischen Auge ablesen ließ. Seine Eltern bemäkelten seinen Musikgeschmack als »Negermusik«. Im Fernsehen Rockmusiksendungen zu sehen, galt als absolutes Tabu. Es sei denn, niemand sonst hielt sich in der Wohnung auf, dann schaltete er den von Michael Leckebusch ins Leben gerufenen »Beat Club« mit den Moderatoren Uschi Nerke und Manfred Sexauer ein. Für Thomas eine Offenbarung, für viele Eltern eine musikalische Katastrophe.

Sonntags nachmittags rückte Thomas dem Lautsprecher des Radios so nah wie möglich auf die Pelle und hörte auf Radio Luxemburg die Hitparade mit Camillo Felgen, später mit Tim Elstner, alias Frank Elstner. Thomas drehte die Musik wie einen freiheitlichen Aufschrei seiner Generation am Liebsten so laut auf wie es der familiäre Frieden zuließ. Die Basswellen dröhnten und vibrierten im Zimmer, bis die Sammeltassen klirrten. Er testete die Grenze der von Vater akzeptierten Lautstärke aus, bis dieser ins Zimmer stürmte oder von seiner Couch keifte: »*Mach den Mist da aus!*«. Seine Drohung war immer letztinstanzlich. Es gab keine Zwischenlösung. Verlor er wieder die Beherrschung, stürmte er von seinem Sofa fluchend hoch in das vermeintliche Kinderzimmer und stampfte Thomas in seiner blubbernden Sprechweise gehässig zusammen. Thomas bettelte ihn devot an, damit er seine Musik überhaupt noch weiter hören konnte. An den Wochentagen strahlte Radio Luxemburg auf krächzender Mittelwelle die Mittagssendung aus, die mit Nachrichten, Gesprächen und Musikwünschen zusammengestellt, von einem Moderatorenteam in lockerer Form präsentiert wurde. Er himmelte den Chefsprecher Frank Elstner an, dessen Stimme und wortgewandte Art Thomas faszinierte. Er hatte einen weichen, sonorigen, warmen Unterton und das gewisse Timbre in der Stimme. Thomas erlebte seine Art zu moderieren als ausdrucksstark, wortgewaltig und seiner Altersstufe entsprechend. Keine belehrenden oder schmalzigen Kommentare, genau das liebte Thomas, er gierte geradezu danach.

Im Gegensatz zu der sprachlichen Armseligkeit in seiner Familie empfand er die Radiosendungen als Offenbarung. Seine Eltern sprachen nur in wortreduzierten Einwortsätzen, was fast immer in eine Befehls-Keiferei ausartete.

Die Übertragungsqualität von Radio Luxemburg auf Mittelwelle krächzte und schwankte ständig, oft ging der Sender auch komplett in die Knie und es dauerte, bis sich der Empfang wieder stabilisierte. Thomas begann etwas später das Mittagsmagazin von WDR 2 während seiner Mittagspause zu hören. Die Wortbeiträge empfand Thomas zwar anfänglich lang und vieles auch unverständlich, was sich allerdings nach einiger Zeit änderte. Thomas bekam Zugang zu den Beiträgen und Interviews. Hits und Songs verschiedener Stilrichtungen stellte ein Musikredakteur zusammen. Die Stimmen der Moderatoren Klaus Jürgen Haller, Gisela Marx, Lothar Dombrowski, oder Dieter Thoma nahm Thomas sich zum Vorbild und probte in seiner »inneren Welt«, wie er selber diese flüssige Sprechweise lernen und anwenden konnte.

Da Thomas eine ihn interessierende Situation nicht einfach nur statisch betrachtete, entwickelte er auch dank seiner Fantasie, eine »innere Welt« rund um das Radio. Kurz darauf ließ er sich auch von Fernsehsendungen inspirieren.

Thomas war ca. zwölf Jahre alt, als ein Fernseher gekauft wurde. Jeweils am Dienstag und am Freitagnachmittag ging Thomas zum zweijährigen Konfirmandenunterricht ins Gemeindehaus. Nach dem Ende der Stunde sauste Thomas wie ein Blitz nach Hause, um die Sendung »Sport-Spiel-Spannung« anzuschauen. Unter der Leitung von Sammy Drechsel und Klaus Havenstein präsentierte der Sender eine Stunde lang interessante Beiträge und Filme. Gott sei Dank schaute Vater die Sendung ebenfalls, natürlich wegen der Sportbeiträge. Luis Trenker erzählte in seiner unverwechselbaren Art, am brennenden Kamin angelehnt, heftig gestikulierend seine abenteuerlichen Berggeschichten. Er erzählte, wie sie auf den Berg »nuff san«, das Wetter sie überraschte und sie mit Ach und Krach die Berghütte erreichten. Sie entzündeten den Kamin, der sie wohlig wärmte, während draußen das Wetter tobte. Mit Blick auf das gemütlich knisternde Feuer hobelten sie sich erst einmal eine Scheibe Tiroler Schinken und ein Stück des leckeren Krustenbrotes, eigenhändig von seiner verehrten Mutter gebacken, mit dem Hirschfänger ab. Dazu tranken sie einen Enzian (nach dem anderen), bis sie auf die Holzpritsche sanken und bis zum Morgengrauen warm in ihre Jacken eingehüllt in einen Tiefschlaf fielen. Thomas übte den Dialekt so lange, bis er inclusive der Lacher, Stöhner und Gesten eine Geschichte im Luis-Trenker-Sprachstil nachsprechen konnte.

Die Sportbeiträge interessierten Thomas aus bekannten Gründen nicht, dafür fieberte er den Filmen mit dem schwarzen Hengst Fury und seinem jungen Freund Joe und Rancher Jim (Fury, wie wär's mit einem Ausritt?), dem Hund Lassie und dem Westernhund Rintintin entgegen.

Abends strahlte der WDR die Regionalsendung »Hier und Heute« aus. Nachrichten und Berichte aus NRW mit Filmbeiträgen, Kommentaren und Interviews. Der Aufbau, die Organisation und die Personen, welche die Sendung gestalteten, weckten Thomas Interesse. Er kramte ein Vokabel-/Aufgabenheft hervor, zeichnete eine Tabelle, in die er alle Details der Sendung sorgsam eintrug. Er notierte Datum, Moderator, Titel der Beiträge, den Namen des Interviewpartners, den Reporter des Filmbeitrages mit den jeweils minutengenauen Übertragungszeiten. Tag für Tag trug er alle Daten zusammen, konnte wochenlang jede Sendung wie in einem Nachschlagewerk exakt nachverfolgen. Sein Heftchen war fast vollgeschrieben, als er es Mutter zeigte, die die Sendung nie anschaute, ihn deshalb auch sofort an Vater verwies, der kurz einmal auf die Einträge schaute und dann: »*Ah ja, schön, aha!*«, als einzige Bemerkung von sich gab. Thomas hatte sich große Mühe gegeben, die Informationen sorgsam zusammenzutragen. Er hätte sich gern mit Vater über die Sendungen und die Beiträge unterhalten. Seine Notizen waren eine penible Fleißarbeit, spannend aufgebaut und rückblickend lückenlos dokumentiert. Aber? Keine Reaktion ...! Vater nahm das Heftchen noch nicht einmal in die Hand.

Da Thomas seine Fleißarbeit und die Aufzeichnungen mit niemandem teilen konnte, legte er nach einiger Zeit das Heft in eine Schublade. Er glitt in seine »innere Welt« ab und verspielte die Sendungen mit dem vorhandenen Spielmaterial. Die sorgsam erstellte Faktensammlung der Sendungen in seinen Tabellen durfte er nicht umsonst notiert haben. Er nutzte sie als Drehbuch. Er fand alle Themen, die aus den einzelnen Regionen stammten, spannend, aktuell und interessant. Der Umgang mit dem Fernsehen bildete einen Kontrast zu seinem sonstigen Spielen und es befruchtete sein Allgemeinwissen ungemein.

Er begeisterte sich immer mehr für das Thema Fernsehen, seine anfängliche Frustration durch die thematische Nichtbeachtung seiner Eltern verblasste und er begann ein dynamisches, ausgesprochen interessantes Eigenleben zu entwickeln. Es entstand eine weitere Bereicherung seiner »inneren Spielwelt«, in die er kontemplatorisch versenkend völlig neue Ideen, Gegenstände und Szenen einbringen konnte.

Durch seine Inspirationen aus den Kinofilmen hatte Thomas bereits mit dem Aufbau von realistischen Spielszenen Erfahrungen gesammelt. Die Fernsehsendungen lösten einen weiteren perfekten Spielaufbau aus. Für die Umsetzung eignete sich besonders der Legostein-Maßstab. Die Konstruktion des Nachbaus eines Studios entwickelte sich immer filigraner und realitätsnäher. Wenn er planvoll baute, reichte sein Spielmaterial, besonders die Legosteine, für umfassendere Gegenstände und Aufbauten. Er baute die Studios mit Kameras, Scheinwerfern, Sitzgruppen, Moderatorentischen, einer Bühne und einem Zuschauerraum detailreich auf. Seine Legosteine reichten oftmals nicht aus, um alles nachzubauen. Er ersann Auswege, ein Karton musste als seitliche Wand herhalten, damit konnte er sich den Bau einer Legowand sparen und die Steine lieber für den perfekteren Studioausbau einsetzen. Den Trafo seiner kleinen Modelleisenbahn nutzte Thomas für den Anschluss der 12 Volt Scheinwerfer, mit denen er die jeweilige Szene ausleuchtete. Über die kleinen Leuchtsockel schob er Papierhülsen, damit der Lichtstrahl wie bei einem richtigen Schweinwerfer, zielgerichtet die zu übertragenden Objekte ausleuchtete. Auf Auslegerkränen montierte er aus Legosteinen gebaute Kameras, die, beweglich wie im echten Studio, die Szenen aus wechselnden Positionen zoomend aufnehmen konnten.

Wenn der Mittelwellenempfang es zuließ, produzierte er simultan auch die Radiosendungen mit Popmusik in seinem Studio. Für seine Bühne besorgte er sich Tapetenreste, Stofffetzen, Fotos aus Illustrierten, kurzum alles, was er als Hintergrund nutzen konnte. Natürlich durfte auch eine Showtreppe nicht fehlen, die er aus Legosteinen nachbaute. Sein Wissen aus den präzisen Aufzeichnungen der Sendung »Hier und Heute« bot eine ausgezeichnete Basis für die Planung eines Sendeablaufs. Die Musik begleitet ihn bei allen Spielaktionen.

Thomas Märklin-Modelleisenbahn, die er sich von der gesamten Familie zu Weihnachten wünschte, bestand aus einem Basispaket. Eine Lokomotive mit drei Schienenwagen, einem Trafo und ein Gleispaket, auf dem der Zug lediglich im Kreis fuhr, bildete den Spielablauf ab. Bald darauf nervte Thomas die Familie derart, dass eine Spanplatte in den Maßen ein mal zwei Meter über Umwege als Geschenk für ihn besorgt wurde. Thomas schraubte die mittlerweile erweiterten Gleise und elektrisch zu schaltenden Weichen mit seinem Handdrillbohrer auf der Platte fest. Während dieser Phase bildete sich Mutters

Meinung, dass Thomas demnächst eine Lehre als Schreiner absolvieren sollte. Thomas hingegen war mehr an der Technik, der Gestaltung der Anlage mit Tunnel, Abstellgleisen, Modellhäusern, Straßen, Wiesen, Schienenübergängen, usw. interessiert. Er spielte bald mit seinen Legokameras in den Landschaften Szenen nach, montierte seine Kameras auf Waggons und stellte sich die Konzeption eines Filmes vor. Cowboys ritten in Kolonnen auf ihren Pferden an den Gleisen auf der Wiese vorbei, Thomas fuhr mit seinem Zug und der darauf montierten Kamera parallel nebenher und filmte die Szenen ab. Die Besuche im Spielwarengeschäft wurden zu Feiertagen, wenn er sein Geld pfenniggenau in vielen Stunden einteilte, in Listen aufführte, welche Teile er kaufen konnte, die sein Spiel bereicherten. Das Geld verdiente er sich durch seine Arbeit auf dem Feld.

Thomas integrierte seine Kamerakräne in das Spiel und leuchtete die komplette Landschaft mit kleinen Leuchten aus. Bei Dunkelheit ergab dies einen faszinierenden Anblick. Auf einer Wiese der Modellbahn baute er eine offene Bühnenlandschaft auf, bei der diverse Popgruppen ihre Songs spielten, die wie bei einer Direktübertragung mit mehreren Kameras und Beleuchtung aufgenommen und über den Äther ausgestrahlt wurden.

Da die Platte auf dem Tisch im »Kinderzimmer« lag, räumte Thomas jeden Abend vor dem Schlafengehen die Platte ab und hievte sie platzsparend senkrecht vor eine Wand. Die massive Platte war schwer und allein schwierig zu händeln. Obwohl er Vater bat, ihm kurz zur Hand zu gehen, ließ dieser sich mehrfach bitten, bis Mutter meckerte, dass die Zeit für das »Bettenbauen« gekommen sei, der Bruder müsse ins Bett. Vater bequemte sich immeer noch nicht, also kippte Thomas die Platte selbst über die Tischkante schräg nach unten und wuchtete sie aufrecht an die Wand. Zumindest dieser schmale Raum stand ihm zu.

Mutter schaute durchaus verwundert auf seine technischen und gestalterischen Fähigkeiten, während Vater die Konstruktionen mit keinem Blick würdigte, geschweige denn mit einem Wort kommentierte.

Für Thomas allerdings entwickelten sich die Jahre, bis zu seiner Lehrzeit, zur intensivsten Spielzeit seines Lebens. Zeitgleich beflügelten ihn die Erfolge in der Volksschule. Er blühte auf, erlebte seine geistige Kraft, spürte und ahnte seine Fähigkeiten und Talente. Für alle sichtbar zeigte er einen positiven Weg für sich auf, der abrupt und hart durch die Lehrzeit beendet wurde.

Das Abendgymnasium

Beruflich hatte sich Thomas gut integriert. Trotzdem lotete er ständig Möglichkeiten für eine Weiterbildung aus, informierte sich über ein Abendgymnasium. Er überlegte etwas, ließ alle gesammelten Informationen einige Zeit sacken und bewarb sich mit seinen letzten Volksschulzeugnissen am Abendgymnasium einer Großstadt am östlichen Rand des Ruhrgebiets. Als er von seiner Absicht erzählte, auf das Abendgymnasium zu gehen, erntete er nur zweifelndes Kopfschütteln. Vater brummte seinen Kopf verächtlich schüttelnd nur vor sich hin und Mutter streckte die Hände wie ein Hilferuf in den Himmel und rief melodramatisch aus: *»Wenn das man gut geht, gibt einfach eine sichere Stelle auf!«*. Dabei gab er sie gar nicht auf, änderte nur seine Arbeitszeiten.

Im Herbst 1968 begann er ein dreijähriges Studium zur Erlangung eines vollwertigen Abiturs. Er reduzierte seine Arbeitszeit an den vier Tagen, in denen er zur Schule ging, auf jeweils fünf Stunden und drückte dann abends dreieinhalb Stunden die Schulbank. Er büffelte alle auch bei einem regulären Abitur unterrichteten Fächer. Normalerweise hätte er es geschafft, um 22.00 Uhr zu Hause zu sein. Da Mutter jedoch kein Essen für ihn so spät noch bereit hielt: *»Ich hab nichts vorbereitet, du hast bestimmt unterwegs schon was gegessen, - dachte ich!«*, erklärte sie linkisch, nahm keinen Blickkontakt auf und verzog sich schnell wieder auf ihre Fernsehcouch. Da er über genügend Erfahrungen mit Mutter verfügte, aß er vorher in einer Imbissbude noch eine Currywurst mit Pommes, ein Schaschlik oder eine Bockwurst mit Kartoffelsalat und spülte das Essen mit zwei Bierchen und einem Schweinchen (Schnaps) hinunter.

Die Tuberkulose

Die Doppelbelastung von Arbeit und Studium, das unregelmäßige Essen und sein unstetes Leben forderten ihren Tribut. Thomas verlor deutlich an Gewicht und laborierte zuerst an diversen Erkältungskrankheiten herum. Da sich sein Zustand ständig verschlimmerte, mussten andere Ursachen für seinen schlechten Allgemeinzustand vorhanden sein. Im Krankenhaus diagnostizierte ein Facharzt auf einer Röntgenaufnahme mehrere dunkle Flecken auf seiner Lunge. Weitere Untersuchungen bestätigten, er war an einer Lungentuberkulose erkrankt. Es erfolgte noch am gleichen Tag eine Einweisung auf die Isolierstation des Kreiskrankenhauses, in dem er drei Monate abgeschottet verbrachte, davon zwei Monate ohne jeglichen Kontakt zur Außenwelt. Die kuriose Situation erinnerte Thomas an einen Zoo, bei dem die Menschenaffen hinter einer Glasscheibe von den Besuchern begafft werden.

Da es sich um eine meldepflichtige Erkrankung handelte, schaltete sich das Gesundheitsamt ein. Alle Personen, mit denen er in den letzten Monaten Kontakt hatte, mussten sich beim Gesundheitsamt oder bei einem Facharzt untersuchen lassen. Kein einziger negativer Befund, er hatte niemand angesteckt.

Thomas wurde geröntgt, Blut flaschenweise abgezapft, ein Dutzend mal die Lunge abgehört, sein Gewicht notiert, Urin und Kot in diversen Messverfahren in seine analysefähigen Bestandteile zerlegt und die anfängliche Diagnose bestätigt: Lungentuberkulose!

Die Liste der Medikation gegen die TB und zur Wiederherstellung seines normalen Gesundheitszustandes umfasste ein Mix aus Tabletten und Infusionen. In den ersten Wochen schlief Thomas viele Stunden am Tag. Nach den täglichen Infusionen mit dem Medikament Streptomyzin flossen diverse Aufbaupräparate in gefühlten Stunden in die Adern seines Körpers. Je nach medizinischem Inhalt der Beutel spürte er ein warmes oder kribbeliges Gefühl, wenn die Flüssigkeit begann ihre Wirkung zu entfalten.

Dank der Medikamente verbesserte sich sein Allgemeinzustand innerhalb weniger Wochen deutlich. Mit Wiedererstarkung seiner Kräfte quälte ihn beträchtliche Langeweile. Eine generelle Bettruhe gehörte zur Therapie. Thomas registrierte bald, zu welchen Zeiten die Station nur notdürftig von Schwestern besetzt war. Er nutzte jede Chance, sich die Füße zu vertreten um seinen Mangel an Bewegung wenigstens etwas zu kompensieren. Die Primärerkrankung verursachte keine Schmerzen. Die Begleiterscheinungen wie allgemeine Kraftlosigkeit, Gewichtsverlust, Reduzierung seines Immunsystems und der kräftezehrende Husten verschwanden im Laufe der Wochen und Monate. Die Tuberulose wurde kurz vor einem infektiösen, offenen Ausbruch festgestellt.

Die Isolierstation leiteten katholische Nonnen. Bei seinem Herumstreifen auf der Station lernte er eine Nonne kennen, die stets gut gelaunt in ihrem Zimmer saß. Sie lachte stets aus ihrem fröhlichen runden Gesicht heraus alle Besucher an. Sie sah aus wie eine nette, gutmütige Oma und ihre Statur hatte eine gemütliche und warme Ausstrahlung. Er sah in ihr sein wenig seine Oma Helene! Sie verwaltete den Medikamentenraum mit all seinen rabiaten Säften, Tabletten, Infusionen und dem umfangreichen Verbandszeug. Thomas blieb öfters an ihrem meist geöffneten Zimmer stehen. Nach kurzer Zeit saß Thomas neben ihrem Arbeitstisch und unterhielt sich mit ihr. Sie mochten sich. Thomas studierte die Medikamente, deren Indikation und Wirkungsweise und registrierte, für welchen Patient sie gerade die Medikation zusammenstellte. Die Medikamenten-Nonne war eine der wenigen ihrer Art, mit deren Gesellschaft Thomas angenehme Erinnerungen verband. Da die Uhrzeit der täglichen Visite variierte, die Medikamenten-Nonne über die exakten Zeiten informiert war, schickte sie Thomas rechtzeitig in sein Bett.

Ein ganzer Visitetross von Weißkitteln stieb wie bei einem Überfall, dynamisch auftretend, mit flatternden Kitteln ins Zimmer. Die Taschen randvoll mit herausbaumelnden Stethoskopen, Fiebermessgeräten, Kugelschreibern, Handschuhen usw. befüllt. Die erste Frage des ältlichen Oberarztes lautete immer: »*Was haben wir denn hier?*«, dabei schaute er den Patienten an, meinte aber nicht ihn, sondern die Protokoll-Schwester, die vom Klemmbrett die medizinischen Daten und die gegenwärtige Medikation vorlas. *»Gut, das lassen wir noch eine Woche so!«*, entschied er, manchmal veränderte er die Medikation und schwirrte mit einer derartigen Geschwindigkeit schnell zum nächsten Bett, dass die anderen Ärzte und Schwestern sich gegenseitig schubsten und auf den Füßen herumtrampelten.

Zu den Visitezeiten rannte das gesamte Pflegepersonal wie aufgescheuchte Hühner auf der Station herum. Selbst die Schwestern, die die Essentabletts aus den fahrbaren Containern in die Zimmer verteilten, beschleunigten ihre Gangart und hörten auf, sich gegenseitig den *»Weißt du schon?* - Klatsch« hinter vorgehaltener Hand unter dem heiligen Versprechen von Geheimhaltung, zu erzählen.

Kehrte wieder Ruhe ein und der übliche Trott überzog die Station, huschte Thomas aus seinem Bett zu der Medikamenten-Nonne, schwatzte mit ihr und half ihr bei kleinen Handreichungen. Seine Erfahrungen beim Mullbindenrollen für seine Oma kam ihm dabei zur Hilfe. Er zeigte genau, wie er die Mullbinden an den Rändern aufdröselte und glatt ziehend durch seine Hände gleiten ließ. Ihr gefiel, dass Thomas sich überhaupt mit der Krankheit seiner Oma beschäftigt hatte. *«So was hört man heute nicht mehr so oft, die jungen Leute haben alle keine Zeit mehr!«*, seufzte sie. Solche Aussagen liefen wie warmes Öl an seiner angeschlagenen Seele herunter.

Thomas fühlte sich recht schnell wieder fit, seine körperliche Konstitution verbesserte sich merklich, sein Schlafbedürfnis normalisierte sich und er nahm einige Kilo an Gewicht zu. Für viele der älteren Patienten steuerte es genau in die entgegengesetzte Richtung. Bereits nach wenigen Tagen lagen sie wie erstarrt in ihrem Bett. Sie schliefen oder schauten wie paralysiert Wände und Decken an. Weder Zeitungen noch eine Unterhaltung befreite sie aus ihrem lethargischen Zustand. Bei ihrer Einlieferung machten sie noch einen wachen und aufgeweckten Eindruck. Auf beiden Beinen betraten sie das Krankenzimmer, besaßen durchaus noch eine gewisse

Beweglichkeit, Spannkraft und reagierten auf Ansprache. Die körperliche Konstitution gestattete ihnen, die tägliche Körperpflege eigenständig und alle Toilettengänge zwar langsam aber immerhin noch selbst auszuführen. Männer stellten die überwiegende Anzahl der TBC-Kranken. Die älteren Herren bedrückte ihre Krankheit, sie spürten genau, vor welchem Weg sie standen. Einigen merkte man an, sie beschäftigten sich mit der Bilanz ihres Lebens. Die traurige, gedämpfte, ruhige und insgesamt reduzierte Stimmung der Familienangehörigen zeigte sich bedrückend auf ihren Gesichtern. Die Patienten trugen den Tuberkelerreger oft schon seit Jahren in sich. Im Endstadium der Erkrankung an einer offenen, infektiösen Tuberkulose vermochten sie ihr keine Lebenskraft mehr entgegenzustemmen.

Thomas besuchte die Kranken, die noch für ein Gespräch Kraft hatten. Er brachte ihnen etwas zum Lesen oder ein Wunschgetränk, unterhielt sich mit ihnen und erledigte kleinere Besorgungen innerhalb des Krankenhauses am Kiosk für sie. Die Medikamenten-Nonne hatte Thomas unter ihren Schutz gestellt und drückte ein Auge zu. Immerhin ging von ihm keine Ansteckungsgefahr mehr aus. Die Medikamente schützten ihn vor einer weiteren Infektion.

Um Thomas herum grassierte der Tod. Die meisten der eingelieferten Patienten starben wenige Zeit später. Der rasche körperliche und geistige Verfall der Männer in der Kürze ihres Klinikaufenthaltes stimmte Thomas nachdenklich. Betrat er nach dem Frühstück das Zimmer eines Kranken, um mit ihm zu sprechen oder etwas für ihn zu besorgen, fand er oft ein leeres Zimmer vor. Das Bett des in der Nacht Verstorbenen hatten die Schwestern bereits abgezogen und akkurat mit frischen Bezügen ausgestattet. Das Zimmer wirkte unpersönlich, klinisch rein. Die Identität und die Aura des kranken Menschen, der in diesem Bett lag, hatte sich bereits verflüchtigt. Es war bereit für den Nächsten ...!

Ende Juni 1969 betrat der erste Mensch den Mond. Thomas Einweisung auf die Isolierstation lag drei Wochen zurück. Die

Mondlandung verbandelte er erinnerungsmäßig unauslöschlich mit der Tuberkulose.

Wieder einmal driftete sein Leben perspektivisch in eine Richtung, die nichts Gutes versprach. Bei kritischer Wertung aller Faktoren musste Thomas wieder einen Neuanfang beginnen. Aber wie? Bislang hatte er sein Leben so organisiert, dass er mit seinem Einkommen alle anfallenden Kosten bestreiten konnte. Er zahlte das Kostgeld, außerdem alle sonstigen Kosten.

Nachdem Thomas Leben so hart kollidierte, verließ ihn alle Lebenskraft. Der dreimonatige Aufenthalt auf der Isolierstation deprimierte ihn, bei allem Abstand zur Außenwelt, bis aufs Mark. Im Laufe der Zeit sanken die negativen Gedanken in den Hintergrund und ein fatalistisches »Ich kann es doch nicht ändern!« beherrschte sein Denken.

Seine Mutter empfand die TB als persönliche Schande, die sie am liebsten unter einer Decke gehalten hätte. Während der gesamten Zeit durfte Thomas keinen Besuch von der Familie oder von Verwandten innerhalb der Station empfangen. Zu der Reihe der Krankenzimmer gehörte ein durchgehender Balkon, der von Wind und Regen ungeschützt nur von außerhalb der Isolierstation zu betreten war. Eine Unterhaltung zu führen, stellte sich als unpersönlich und mühsam heraus und konnte nur durch das spaltbreit gekippte Fenster geführt werden. Persönliche Themen besprach man aber eh nicht, nur Mutters Gejammere füllte die Zeit aus. Vater machte immer den Eindruck, dass er schon an die nächste Sportschau dachte, und schnell wieder zum Fernseher und einer Flasche Bier zuzustreben gedachte. Thomas kam sich vor wie der bereits erwähnte Affe im Zoo. Viele Bekannte schreckten vor dem Besuch ab. Vaters Schwester hatte ein Baby geboren. In ihrer Vorstellungswelt war Thomas ein Bazillenmonster, ein Frankenstein. Erschrocken registrierte er, wie schnell der Kontakt zu vielen Personen einschlief. Noch jahrelang sahen sie immer das Schreckgespenst »TB« vor ihren Augen, wenn sie Thomas erblickten oder nur sein Name im Raum herumschwirrte.

Erst als nach einer Untersuchung der Arzt keine Ansteckungsgefahr mehr attestierte, durfte Thomas nach zwei Monaten und nur am Wochenende von Samstag Mittag bis Sonntag Abend, mit dem öffentlichen Bus nach Hause zu seinen Eltern fahren. Mutter drängte unmissverständlich darauf, dass er das Zimmer möglichst nicht verlassen sollte. Sie hatte während seiner wochenlangen Abwesenheit viele seiner Sachen aus dem Zimmer entfernt. Hätte sie seine Identität ebenfalls aus der Familie entfernen können, sie hätte es getan, der Moment zumindest hätte gepasst. Standen früher seine persönlichen Sachen auf dem Schrank, zierten jetzt geschmacklose Zierblumenvasen und geflochtene Porzellanschüsseln mit Dekorbemalung den Platz. Sie hätte aufgeräumt, sagte sie auf Thomas Nachfrage hin. Wo die Sachen geblieben wären, könne sie nicht sagen! Sie warf immer Dinge von ihm ohne Überlegung in den Müll, ohne ihn jemals zu fragen. Wenn Mutter spontan etwas ärgerte oder Sachen von Thomas sie störten, machte sie nicht viel Aufhebens und eliminierte es. Der größte Teil seiner Spielsachen war bereits kommentarlos in den Besitz seines Bruders übergegangen. Seine ganzen in den Jahren gesammelten Spezialspielteile befanden sich darunter, die er sich aber nach und nach zurückholte und sicher verwahrte. Einzig seine Bücher standen noch im Regal, an die hatte sich aus mangelndem Interesse niemand vergriffen. Während der Wartezeit auf einen REHA-Platz, konnte er sich mit ihnen die Zeit vertreiben. Er nutzte dies ausgiebig und vergrub sich in die unterschiedlichen Werke. Noch besaß er etliche Bücher, einige zusätzlich auszuleihen wurde unmöglich, seine »Bakterien« hätten sie ja verseuchen können, meinte Mutter! Sein knappes Tagegeld von der Krankenkasse nutze er für den Kauf von Jerry Cotton Heften, der immer mit seinem roten Jaguar E durch die Straßen von Manhattan brauste und mit seinem Kollegen Phil Decker die Ganoven reihenweise einkassierte.

Thomas Zimmer sah so clean aus wie das Krankenzimmer, als hätte er nie darin gelebt. Sie rannte nur mit Desinfektionsmitteln herum, wischte ständig Badezimmer und den Rest der Wohnung panisch hinter Thomas her. Sie

jammerte und beklagte, dass sie nicht verstehen könne, wie er an diese Krankheit gekommen sei, wo sie doch ständig alles sauber gehalten hätte! Außerdem hätte er es doch so gut bei ihr getroffen!
»Wo sich der Kerl bloß rumgetrieben hat!«, faselte sie im Bekanntenkreis mitleidheischend herum.

Thomas fühlte sich wie ein Aussätziger. Die mit Eiseskälte und spürbarer Lieblosigkeit ablaufenden Wochenenden hätte Thomas nach dem ersten »Besuch« seiner Eltern am liebsten wieder unterlassen. Sie führten mittlerweile ein Leben, in dem er keinen Platz mehr fand. Vater und Mutter waren sich einig, tuschelten oft vernehmlich miteinander und schlossen ihre früher kontroversen Schultern als Front gegen ihn. Verließ er für kurze Zeit das »Kinderzimmer« agierten sie wortkarg, ohne ihn wahrzunehmen, so lange weiter, bis er ging. Betrat er das Wohnzimmer, um ebenfalls eine Sendung im Fernsehen zu sehen, atmete Vater tief durch und schnaufte vernehmlich. Da lag er wieder in seinem Unterhemd, trank in kurzen Abständen geräuschvoll aus der Bierflasche und rülpste anschließend abstoßend laut aus. Thomas registrierte, dass sich auch der Geruch der Wohnung verändert hatte, etwas rauchgeschwängert, abgestanden, von Kohlgerüchen aus der Küche überlagert und von einem unangenehmen Schweißgeruch durchzogen.

Was war passiert? Hatten ihn die zwei Monate im Krankenhaus so verändert, dass er ein anderes Sozialgefühl entwickelt hatte? Vielleicht führte die gegenseitige Abneigung auch zu einem auseinanderdriften ihrer Welten? Ihre Abneigung beruhte mittlerweile auf Gegenseitigkeit. Wo sollte Thomas allerdings unterkommen? Er kannte keine andere Schlafstätte.

Man konnte es durchaus als Sehnsucht nach dem Krankenhaus bezeichnen, dass nach den häuslichen Erlebnissen ihn am Sonntagabend wieder zur Isolierstation fahren ließ.

Die Station dämmerte am Sonntagabend ruhig und beschaulich vor sich hin. Am Montag früh erfuhr er von den Schicksalen und der Kreislauf von Einlieferung, Dahinsiechen und Sterben begann auf's Neue.

Thomas hatte das Gefühl, dass der Samstag und der Sonntag dem *unauffälligen Sterben* dienten. Frisch bezogene Betten und gelüftete Zimmer lieferten auf einen Blick Zeugnis für das leidvolle Drama der gestorbenen Personen und dessen Familien, wenn diese überhaupt beim letzten Atemzug zugegen waren. Montag früh standen die Betten wieder für eine Neubelegung zur Verfügung.

Die Mottenburg

Nach seinem dreimonatigen Aufenthalt in der Klinik wartete Thomas bei seinen Eltern drei weitere endlose Monate auf seine Rehabilitationskur in einem Lungensanatorium. Dann endlich traf die Nachricht der BFA (Bundesversicherungsanstalt für Angestellte) ein, dass ein Rehaplatz für ihn im Harz endlich zur Verfügung stand. Die explosive Stimmung zu Hause drohte komplett aus den Fugen zu geraten. Vater machte mächtig Druck, er ärgerte sich schwarz über den »nichtsnutzigen« Kerl, der den ganzen Tag auf dem Sofa in seinem Zimmer lag, Musik hörte und las. Körperliche Arbeiten durfte Thomas nicht verrichten. Sein Vater schickte ihn aus reiner Boshaftigkeit für jede Kleinigkeit in den Keller bzw. in die Kneipe, um Zigaretten zu holen. Außer Haus mutierte Thomas zur »unerwünschten Person«. Dass nicht überall »Wanted - dead or alive«-Plakate mit seinem Foto wie im Wilden Westen an allen Wänden und Bäumen der Umgebung hingen, tendierte immerhin schon zum Fortschritt.

Das bevorstehende Datum für die Kur erleichterte die Situation etwas, löste die Spannung in der Familie ein wenig auf. Ende November packte er endlich seinen Koffer. Sein Namensschild hatte Mutter bereits frühzeitig und vorsorglich in seine Sachen gebügelt. Mit dieser Arbeit kannte sie sich bestens aus. Der Zug fuhr durch viele kleine Dörfer und an etlichen Milchkannen vorbei über Stunden in den Harz. Der erste Schnee hatte die bergige Landschaft zuckrig überstreut.

Das Sanatorium lag mitten in einem Wald auf einer Anhöhe. Es wirkte von Weitem wie ein verwunschenes Schlösschen in Transsilvanien. Kleine verschnörkelte Türmchen mit Zinnen schmückten das bräunliche Backsteingebäude. Ein moderner Anbau mit Patientenzimmern milderte den Frankensteineindruck etwas ab. So sah also die Mottenburg aus?

»Hast du auch die Motten?«. Mit dieser Frage begrüßten die Rekonvaleszenten den Neuankömmling.

Thomas bezog im Backsteinbau mit Blick in den Wald und auf den Schweinestall in einem geräumigen Zweibettzimmer ein

Bett. Gemütlich sah das Zimmer aus. Ein sympathischer Junge von siebzehn Jahren teilte das Zimmer mit ihm. Sie verstanden sich prächtig. Dessen Mutter schickte immer Versorgungspakete mit reichlich Köstlichkeiten aller Art, die er mit Thomas großzügig teilte. Wieder grunzten Schweine und Hähne krähten ihn allmorgendlich wach. Das Schlachten der Schweine verfolgte ihn. Im Januar des nächsten Jahres trieb der Hausmeister die Schweine unter lautem Geschrei in einen Anhänger und fuhr sie zum Schlachter.

Das Sanatorium stand einsam auf weiter Flur. In einiger Entfernung rauchten Schornsteine, ansonsten nur Natur und viel Wald, so weit das Auge reichte. Hier oben lag bereits kniehoch Schnee. Eine festgefahrene Eisschicht überdeckte die Straße. Ohne Schneeketten rutschten die Autos bei den Steigungen schnell in den Graben oder krachten an einen Baum. Viele, die es dennoch versuchten, schlitterten rückwärts wieder den Berg hinunter. Der Fußweg durch die vielen Kehren geriet mühsam und besonders abends bei Dunkelheit zog er sich endlos hin. Gott sei Dank kannten die örtlichen Taxifahrer das Dilemma und stellten sich zeitlich auf die Beförderung der Heimbewohner ein. Thomas dachte, dass die Einsamkeit jeden Gedanken an Flucht im Keim erstickte. Er hatte aber auch nicht vor zu fliehen. Wohin auch? Nach Hause? Wo sie aufatmeten, da er sich endlich vom Acker gemacht hatte. Niemand erwartete ihn zurück! Hoch in den Bergen wurde in den Fünfzigerjahren die sechsteilige Dramaserie aus dem Zeiten Weltkrieg »So weit die Füße Tragen!«, gedreht. Um das Mottenschlösschen herum hätten genug einsame Drehorte zur Verfügung gestanden.

Thomas erkundete erst einmal das Haus, schaute sich die Gemeinschafträume an und besonders das Personal. Nonnen zeigten sich noch nicht, nur zivile Mitarbeiter/-innen. Am ersten Abend wurde die für den Kuraufenthalt benötigte Ausstattung verteilt. Ein Stofftäschchen mit einem aufgeklebten Namensschild enthielt eine Stoffserviette, auf die tunlichst zu achten jeder ermahnt wurde, wöchentlich konnte die Serviette an einem bestimmten Tag an einem kleinen Ausgabefenster gegen eine saubere Serviette getauscht werden. Das Fensterchen erinnerte ihn an das Glasfenster in der Kneipe, an das Thomas immer klopfte, wenn er für seinen Opa einen Flachmann Schnaps holte.

Lungenkranken wurde ein besonders nahrhaftes Essen aufgetischt, das tatsächlich gut schmeckte. In Volkes Meinung kolportierten die Leute hinter vorgehaltener Hand, dass an TB Erkrankte ein triebhaftes, sexuelles gesteigertes Verlangen besaßen. Ein Gegenmittel zur Dämpfung des Triebes, damit keine wilden Kopulationsorgien in der Mottenburg ausbrachen, wurde angeblich dem Tee untergeschoben, der zu jeder Gelegenheit in reichlichen Mengen an jeder Ecke zur Selbstversorgung zur Verfügung stand. Dieser Tee besaß kurioserweise eine besondere Eigenschaft. Jeder männliche Patient lamentierte, dass er in der Tasse angeblich einen hellen, fast weißen Rand zu erkennen glaubte. Je öfter Tee nachgeschüttet wurde, umso deutlicher zeichnete sich dieser ab. Witze kursierten in der Runde. Das angeblich untergerührte Mittel, das der Triebdämpfung dienen sollte, hieß nur noch »Hängulienchen«. Jeder spottete und machte sich lustig über die angeblichen Folgen des Pulvers. Ob es wirklich etwas gebracht hat, mag stark bezweifelt werden. Lediglich eine Nebenwirkung zeigte sich, nach dem Teegenuss trocknete der Mund tatsächlich oder eingebildet aus. Alle Patienten führten es auf den angereicherten Tee zurück. Es kann aber auch an der trockenen Heizungsluft oder dem am Abend vorher in reichlichen Mengen genossenen Alkohol gelegen haben.

Bier und Schnaps eigneten sich eher dazu, die sexuelle Fummelei zu reduzieren, es wurde nämlich verbotenerweise in Mengen Alkohol konsumiert, schlichtweg richtig viel gesoffen. Die Läden im Kurort hatten sich entsprechend bevorratet. Im Heim selbst bestand offiziell striktes Alkoholverbot. Entsprechend hielt sich niemand daran.

Zu einem wichtigen Therapiepunkt zählte der Aufenthalt in frischer Luft. Etwas abseits des Haupthauses, mit Blick in die weite Harzer Berglandschaft, stand ein einem Carport ähnlichen, überdachter Liegeplatz. Jeweils zwei Stunden mittags, eingepackt in warme Pullover, dicke Socken und mit mehreren Decken umwickelt, lagen viele Patienten bei Wind und Wetter auf dem »Bock«. Die Temperaturen fielen in eisige Bereiche. Der Wind pfiff kalt und beißend von den Schneeflächen der umgebenden Berge hinunter. Flaschen mit allerlei Sorten Alkohol kreisten durch die Runde. Ausruhen bzw. Schlafen wurde empfohlen. So wenig sich die Personen auf dem »Bock« bewegten, hielt sich gerade bei den jungen Leuten das Schlafbedürfnis in Grenzen. Die Schnapsflasche drehte konstant die Runde, Witze und Dönekens erheiterten die Truppe und man traf Verabredungen für den Abend. Die kalten Temperaturen ließen sich derart gerüstet prima ertragen.

Abends wurde erst reichlich Tee getrunken, dann marschierte man ab ins Dorf in die Stammkneipe an die lange Theke. Die Musikbox trällerte Hits von Elvis Presley - Suspicious Minds; Shocking Blue - Venus; The Animals - House Of The Rising Sun; und anderen Rock- und Popgruppen rauf und runter. Zwei Stunden dauerte der Ausgang, dann gemeinschaftlich jeweils zu viert ein Taxi bestellt und fröhlich angeheitert zurück in die Mottenburg. Der normale Tagesablauf, den nur die knappen finanziellen Mittel regulierten.

Die Weihnachtsbeleuchtung erstrahlte im ganzen Dorf. Die Mottenburg leuchtete festlich dekoriert bereits von Weitem. Ein Traum von weißer Weihnacht stand bevor. Schöner anzuschauen wie jede kitschige Postkarte. Ein kleiner Kreis von Patienten verblieb im Haus, der Rest meldete sich für einige Tage zu ihren Familien ab. Die Kommunikation zwischen Thomas und seiner Mutter verlief ausschließlich über Postkarten. Sinnigerweise schickte sie farbige Fotokarten von unserem Dorf! Was sollte das? Für einen Brief oder ein Telefonat reichte es nicht. Thomas spürte, dass alles darauf hinauslief, dass er das Fest der Liebe nicht zu Hause verbrachte. Er wurde bockig und dachte sich, wenn sie ihn nicht haben wollten, dann eben nicht. Das Gemeckere und die vorgeschobene linkische Freude zuhause, im Angesicht der mickrigen, mit Lametta zugehangenen Weihnachtstanne, konnte er sich getrost ersparen. Als dann ein Paket mit Schinken, Salami, Fleischwurst, Brot, Schokolade und Persipanbroten eintraf, wusste Thomas endgültig die Signale zu deuten. Er überlegte: Nach den Erfahrungen des letzten halben Jahres, eine ruhige Zeit zu verbringen, wahrlich keine schlechte Alternative. Obwohl er eine gewisse Wehmut in sich verspürte, die rasch von seiner Vorfreude und Neugier auf die Festtage im Sanatorium verdrängt wurden. Also verbrachte er Weihnachten und Sylvester in der Mottenburg.

Was Weihnachten so ausmacht? Selbst die grantigsten Schwestern trugen ein mildes Lächeln durch die Tage. Natürlich wurde unter dem Weihnachtsbaum, einer fast zwei Meter hohen Edeltanne, die mit echten Kerzen, Kugeln, diversen Fabeltieren, Engeln und dem silbrig glänzenden Lametta feierlich dekoriert war, der halbe Vorrat an deutschen Weihnachtsliedern heruntergeträllert. Selbst tagsüber sorgte die feierliche Musik vom Band für gute Laune. Sogar der »Bock« wurde Thomas und den ca. sechs verbliebenen Patienten erlassen. Zu Essen gab es reichlich, es schmeckte hervorragend. Thomas musste immer an die leicht angekokelte und zähe Ente seiner Mutter denken, und kam zu dem Ergebnis, dass er es ganz gut getroffen hatte. Nach Neujahr trafen alle wieder im Heim ein, einige sahen etwas ramponiert aus, sie hatten wohl etwas zu viel mit ihren Freunden gefeiert.

Überwiegend junge Leute nahmen an der Reha teil. Thomas erinnerte sich, wie es den älteren Patienten vielfach auf der Isolierstation im Krankenhaus erging. Die Tuberkulose beschränkte sich nicht auf die Region der Lunge, auch andere Körperteile und Organe konnten von ihr betroffen werden. Viele kämpften bereits seit Jahren erfolglos gegen den Tuberkelerreger. Die körperliche Konstitution war ein entscheidender Faktor, um dem Bazillus etwas entgegenzusetzen. Im Alter brach die Infektion oft mit voller Wucht aus. Es dauerte nicht lange und bei den älteren Patienten veränderte sich ihr Zustand schnell und final. Die Tuberkulose mutierte hochgradig ansteckend, eine Genesung wurde immer unwahrscheinlicher, eine Reha-Maßnahme somit obsolet.

Die fortschreitende Medizin, eine bewusstere Hygiene und eine hochfertige Verpflegung reduzierten im Laufe der Jahre TB-Erkrankungen auf ein Minimum. Experten sahen sie als ausgemerzt an. Nur vereinzelt trat sie noch auf. Leider stellte es sich als Irrtum heraus. In weiten Teilen der Welt, insbesondere in den von Armut gezeichneten Ländern, ist die Tuberkulose wieder auf dem Vormarsch.

Wer in der Mottenburg über die Stränge schlug, speziell mit Alkohol erwischt wurde, durfte sich vom Arzt des Hauses eine Strafpredigt anhören, die mit der obligatorischen Drohung des Verweises aus der REHA endete. Letzteren Text las er immer vom Blatt ab, da er selbst es nicht für nötig hielt, sich diese unnötigen Wortpassagen einzuprägen. So richtig Ernst nahm diese Predigt niemand, auch nicht der Arzt selbst. Im Ernstfall mussten Berichte geschrieben, die BFA informiert und jede Menge sonstiger Schriftkram erledigt werden. Der Arzt, ein älterer, gütig ausschauender, ergrauter Herr, dem vom Typ her mehr gemächliche Arbeit lag, machte sich ungern zusätzliche Arbeit. Er appellierte lieber an die Einsicht seiner Patienten.

Trotz all dem Blödsinn, der inoffiziell die Kur bereicherte, diagnostizierte der Arzt die TB bei Thomas als ausgeheilt.

Nach drei Monaten Reha packte Thomas seinen Koffer und fuhr mit dem Zug durch die immer noch verschneite Landschaft dem heimatlichen Dorf zu. Nach einer »Eingewöhnungszeit« von zwei Wochen nahm er seine Vollzeitarbeit wieder auf. Latent lag daheim das Unaussprechbare in der Luft: *»Wann haut der endlich ab?«*.

Eine gallige Atmosphäre prägte den Alltag zwischen Thomas und seinen Eltern. Auf der Mottenburg wurde er respektvoller behandelt. Wenn er in das verkniffene und ständig schlecht gelaunte Gesicht seiner Mutter mit den kleinen gehässigen Augen schaute, fand er keine Liebe in ihr.

Abschied, Neuanfang, Therapie

Stichworte zum Kapitel:

Der endgültige Auszug aus seinem Elternhaus erfolgte nach einer langen, bedrückenden und belastenden Phase.

Thomas wurde ein sehr interessantes berufliches Angebot unterbreitet. Nach vielen Jahren zog er endgültig aus der elterlichen Wohnung in sein eigenes Zimmer in der Großstadt um, in der er arbeitete.

Die seelischen Verletzungen wollten nicht ausheilen und Thomas spürte, dass er qualifizierte Hilfe zur Bewältigung seiner psychischen Probleme benötigte.

Die Zeit nach der Tuberkulose - wie geht es weiter?

Vordergründig verlief Thomas Leben normal. Beruflich verbesserten sich die Chancen und Prognosen nach Ausheilung der Tuberkulose erheblich. Seine anerkannt herausragenden beruflichen Leistungen und sein Fleiß trugen entscheidend dazu bei, dass der Empfang im Betrieb nach erfolgter Rückkehr freundlich ausfiel. Das Kapitel »Abendgymnasium« legte er nun endgültig ad acta, da bereits die endgültigen Konsequenzen direkt nach der Diagnose seiner Krankheit keine andere Möglichkeit zuließ. Allein aus finanziellen Gründen kam eine Wiederaufnahme des Studiums nicht in Frage.

Seinen Opel Kadett hatte er bereits kurz nach Ausbruch der Krankheit verkauft. Die flüssigen finanziellen Mittel neigten sich dem Ende. Einen Teil des Verkaufserlöses legte er als eiserne Reserve zurück, der überschüssige Betrag ging Monat für Monat in die laufenden Ausgaben drauf. So schmolz auch der Rest des Geldes bis zum Ende der Kur wie Butter in der Sonne. Mutter zapfte weiterhin konsequent zu jeder sich bietenden Gelegenheit das Kostgeld ab. Sie hatte sich bereits an die laufenden Einnahmen als festen Bestandteil ihres monatlichen Budgets gewöhnt und verplant. Jetzt galt es für Thomas, sich wieder in das Berufsleben zu integrieren und finanziell ein Polster anzulegen.

Nach einigen Monaten erfolgte ein wichtiges Gespräch mit seinem Chef, in dem Thomas das Angebot unterbreitet wurde, den Aufbau und die Leitung eines nach damaligen Verhältnissen, hypermodernen Supermarktes von ca. 1000 qm in einer Großstadt zu übernehmen. Freudig nahm er dieses Angebot an. Bei genauerer Überlegung zeichnete sich eine komplette Lösung seiner Problematik ab. Mit dem Gehalt konnte er sich ein Zimmer oder eine kleine Wohnung leisten. Das Drama mit seinen Eltern ging somit langsam zu Ende. Ein halbes Jahr später, noch vor seinem einundzwanzigsten Geburtstag, übernahm er die Leitung des Supermarktes mit fast 50 Mitarbeiter/-innen. Die Arbeit erforderte den Großteil seiner Tageszeit und volle Konzentration. In der Woche arbeitete er von morgens 6.00 Uhr bis 20.00 Uhr am Abend und samstags von 6.00 Uhr bis 14.00 Uhr.

Mit der Übernahme der neuen Stelle in der ca. 40 km von seinem Heimatort entfernten Großstadt stand auch der endgültige Auszug aus der elterlichen Wohnung an.

Thomas suchte per Kleinanzeige eine kleine Wohnung, alternativ ein Zimmer mit Bad und Toilette. Bei einer müffelnden, fülligen, netten, humorvollen Dame, die mit ihrem einzigen Kleidungsstück, einem bequemen abgewetzten bunten Kittel mit darüber gebundener Schürze herumlief, mietete er in einer ruhigen Gegend ein Zimmer mit Bad bzw. Dusche. Ihre eigene Wohnküche machte einen schmuddeligen Eindruck. Ihr Gebiss klackerte beim Sprechen ständig aufeinander. Trug sie ihr Gebiss nicht, schrumpfte ihr Gesicht zu einer Grimasse zusammen. Thomas musste ihr dann besonders konzentriert zuhören, damit er auch alles verstand, bzw. nicht grinste oder lachte. Ihre Statur war im Laufe der Jahre gehörig auseinandergedriftet. Sie schlurfte nur noch kurze Wege in ihrem Haus und im kleinen verwilderten Garten herum, ihr Bewegungsapparat hatte bereits unter dem Gewicht Schaden genommen. So thronte sie die meiste Zeit, verschmitzt umherschauend, ohne jeglichen Halsansatz, auf ihrem breiten Lehnstuhl. Die Füße steckten in weichen Pantoffeln. Oft ohne Gebiss und mit ihrem etwas unordentlich zu einem grauen Dutt gedrehtem Haar, verbrachte sie die meiste Zeit mit der Beobachtung der Nachbarschaft.

Wie Frau und Haus müffelte auch Thomas Zimmer. Der jede Ecke des Hauses ausfüllende spezielle Duft, setzte sich aus Küchengerüchen, Körperausdünstungen und sonstigen undefinierbaren Geruchselementen zusammen. Die chemische Zusammensetzung wollte Thomas lieber nicht im Detail ergründen. Der Mief hatte sich, mangels Lüftung der Räume, zu einem regelrechten trägen Brei in allen Gegenständen des Haus festgesetzt. Schwappte das Aroma aus der Wohnetage der Dame die Treppe zu Thomas Zimmer hoch, blieb nur noch eins: Lüften und Raumspray! Ein vor die Tür gelegtes altes Handtuch dämmte als Zugluftdackel den Duftzuzug etwas ein.

Die Möbel des Zimmers stellten ein Sammelsurium aus etlichen Epochen des neunzehnten und zwanzigsten Jahrhunderts dar. Ein Spiegelschrank mit heranklappbaren Seitenflügeln und ein hohes Bett mit drei Matratzen und separaten Kopfkeil, ein rachitischer, in alle Richtungen verbogener Kleiderschrank und ein Tisch mit drei klapprigen Stühlen bildeten die Möblierung. An den Wänden klebten verblasste Tapeten mit großblumigem Muster. Der billige Teppich stellte die Krönung dar. Thomas saugte stundenlang die zusammengefallene und fußpilzverseuchte Oberfläche ab, bis der Flor sich wieder ein wenig vom Untergrund gelöst hatte. Ohne seine Birkenstock-Schlappen wagte er trotzdem nicht, darüber zu gehen. Nachdem er sich in einem Anfall von Wahnsinn die im Teppich hausenden Pilzarten und wuseligen Untermieter vorgestellt hatte, lief er nie wieder barfuß in seinem Zimmer herum.

Auf einem Zweiplattenkocher, der bei Betrieb regelmäßig die Sicherung raushaute, briet er sich gelegentlich ein Rührei oder versuchte sich an Pfannkuchen. Eine Dose Maggi Ravioli oder Gemüsesuppe aufzuhebeln stellte eine einfachere Alternative dar. Da Thomas allerdings morgens um sechs Uhr seine Arbeit begann und selten vor zwanzig Uhr beendete, störte ihn die antiquierte Ausstattung nicht besonders. Im Badezimmer erwärmte ein völlig verkalkter Uralt-Wasserboiler mühselig und launenhaft das Duschwasser. Wenn die Temperaturen es zuließen, wusch sich Thomas mit kaltem Wasser ab, alles andere dauerte zu lange. Im Sommer ging er nach seiner Arbeitszeit zum nahegelegenen öffentlichen Hallenschwimmbad, schwamm einige Runden und duschte.

Nachdem das Zimmer mit neuen Tapeten überklebt und gründlich gesäubert, halbwegs seinen Vorstellungen entsprach, holte Thomas seine persönlichen Sachen bei seinen Eltern ab, die alle in einem Koffer Platz fanden. Er setzte sich in den Zug und bezog das Zimmer. Ein merkwürdiger Abschied, der sich im Moment des Geschehens emotionslos abspielte.

Nach der Verabschiedung breitete sich ein nachdenkliches melancholisches Gefühl in ihm aus. Er spürte wehmütig die Veränderungen seines Lebens, denen er erwartungsvoll, aber irgendwie auch zögerlich entgegentrat. Ein weiterer Abschnitt seines Lebens begann. Das zerrüttete Verhältnis, die Lieblosigkeit und die Interesselosigkeit an seiner Person durch seine Eltern, die ständigen Demütigungen, Bestrafungen und seelischen Verletzungen konnten nicht restlos sein kindliches Gefühl zu ihnen auslöschen. Ein Kind ist anscheinend dazu verdammt, auch bei unwürdigster Behandlung immer noch einen Rest an Liebe für seine Eltern zu empfinden. Die Evolution hatte ein emotionales Konstrukt als Überlebensstrategie geschaffen, in dem der Zusammenhalt von Eltern und Kindern auch bei extremsten Beziehungsstörungen noch als stabile Verbindung einprogrammiert wurde. Damit erhöhten sich in früheren Jahrtausenden die Überlebenschancen für Kinder deutlich. Viele Anläufe hatte Thomas gestartet, um mit Mutter und Vater eine positive Beziehung zu leben. Als Kind strengte er sich an, ihnen zu gefallen, ihren Vorstellungen zu entsprechen, bis er sich vor ihrer Lieblosigkeit in seine »innere Welt« flüchtete. Die Gedanken, die Thomas während der gegenwärtigen Phase bewegten, intensivierten sich durch die Trennung, dem Auszug und der Ausgrenzung aus der Familie. Und irgendwie schmerzte es doch in seiner Seele.

Um den Kontakt zwischen ihnen nicht vollständig zu verlieren, startete Thomas eine letzte Aktion, um einen Ankerpunkt zu setzen. Er informierte sich, ob der Anschluss einer Telefonleitung bei seinen Eltern möglich war. An verschiedenen Punkten der Siedlung installierte die Post in den vergangenen Jahren Telefonverteilungskästen, von denen aus Anschlüsse die Häuser mit dem öffentlichen Netz verbanden. Thomas besorgte sich einen Antrag, ließ diesen, nach langen zähen Gesprächen mit Mutter und Vater, unterschreiben. Vater reagierte unwillig über das moderne Zeugs. Er kam ohne Telefon aus.

Thomas zahlte die Anschlusskosten und die monatlichen laufenden Telefonrechnungen noch ca. zwei Jahre weiter. Der Ablösungsprozess lief bei allen negativen Erlebnissen doch nicht so einfach ab, wie er es sich vorgestellt hatte. Das Telefon stellte eine imaginäre Sicherungsleine dar, die nie genutzt wurde. Seit der Zeit allerdings besaßen seine Eltern einen

Telefonanschluss. Thomas war beruhigt, er konnte jederzeit Kontakt aufnehmen, brauchte es aber nicht.

Die Handelsorganisation, die für den Inhaber den Markt konzipierte und einrichtete, verfügte über einen Stab von Spezialisten, ein sogenanntes Einrichtungsteam, das ausschließlich die Warenpräsentation festlegte. Die psychologischen Faktoren der Einrichtung interessierten Thomas besonders. In seiner knappen Freizeit las er die einschlägige Fachliteratur und informierte sich über Handelskonzepte und Hochschulstudiengänge, die sich speziell auf den Handel, deren betriebswirtschaftliche Inhalte und der Auswahl und Führung von Mitarbeitern fokussierten. Die Themen befeuerten seine Gedanken, die bald begannen, ein inneres Gedankengerüst nach dem Vorbild seiner »inneren Spielwelt« zu entwickeln.

Thomas neigte von seiner Ausrichtung her zum Entdecken, Entwickeln, Konstruieren und Forschen. Die langfristige Verwaltung eines Konstruktes mit weitgehend gleichbleibenden Anforderungen lag ihm nicht. In diesem Sektor erlahmte seine Kreativität, seine Ideen versiegten, da er sie eh nicht einsetzen konnte. Er erinnerte sich an seine »innere Welt«, an die Entwicklung seiner Spiele. Die Konzipierung und Weiterentwicklung stellte immer den wichtigsten Aspekt seiner Spiellandschaften dar. Selbstreflektierend fragte sich Thomas, wie weit eine durch seine persönliche Situation entstandene Programmierung seinen Lebensweg vorbestimmte und die daraus abgeleiteten Handlungspräferenzen einer stringenten Zwangsläufigkeit unterlagen. Hatte er eine persönliche Talentstrategie entwickelt?

Nach einiger Zeit schlichen sich bei der stets gleichen Arbeit und dem identischen Tagesablauf tatsächlich erste Spuren von Ermüdung, ja fast der Beginn von Langeweile ein. Bis zu diesem Zeitpunkt lernte er, was an handwerklichen Fähigkeiten zur Sicherstellung des wirtschaftlichen Erfolges eines Supermarktes als Voraussetzung erforderlich schien. Die Leistungen, die er erbrachte, zeigten beachtliche Erfolge. In diesem Alter eine Führungsposition zu bekleiden, bedeutete, bereits einen beruhigenden Abstand zu seiner sozialen Herkunft hinter sich gelassen zu haben. Thomas hätte sich bequem zurücklehnen können und auf der Stufe des gegenwärtigen Leistungsstandes mit den zu erwartenden Aufstiegschancen bis zum Rentenalter erfolgreich seinen Job ausgefüllt. Thomas Lebensdrehbuch sah einen Stillstand allerdings nicht vor. Sein Ehrgeiz führte zu einer ungeduldigen Einschätzung seinerseits, alles ging viel zu langsam. So temporeich wie er die »inneren Spiele« entwickelt hatte, mussten sich adäquat auch die beruflichen Perspektiven in einem gewissen Tempo vollziehen.

In seiner »inneren Welt« änderte Thomas bei Erreichung eines ausgereizten Spiels die Spielwelt - in der Realität bestanden andere Zwänge, ohne einen Konsens herbeizuführen, ging hier gar nichts. Die äußeren Einflüsse, die er nicht bestimmen konnte, und die Abhängigkeit von anderen Personen, von deren Einschätzung und Sympathiewerten, die eine erhebliche Unwägbarkeit bedeuteten, waren nicht zu unterschätzen. Thomas war dem freien »Spiel« des beruflichen Alltags, des kommunikativen Umgangs miteinander und der Notwendigkeit des Aushandelns von Kompromissen ausgesetzt. Und diese Situation war eine völlig andere als die in seinen »inneren Spielen«. Dort bestimmte er allein, er legte die Regeln fest, bestimmte über Entscheidungen, änderte Strategien und taktisches Vorgehen. Als Stellvertreter und etwas später in der Funktion des Supermarktleiters entschied er eigenverantwortlich, musste sich lediglich mit dem Inhaber abstimmen.

Mit dem Einrichtungsteam des neuen Marktes suchte Thomas Kontakt. Für den Einsatz seiner Mitarbeiter/-innen für die vorgegebene Massen-Warenplatzierung war ausschließlich er zuständig. Er beobachtete genau die einzelnen Mitglieder des Einrichtungsteams, wie sie miteinander kommunizierten, sich abstimmten. Er registrierte ihr Abstimmungsverhalten untereinander, wie sie die Aufgaben unter sich verteilten. Ihre Entscheidungen fielen immer mehrheitlich aus, auch wenn bei einem Teammitglied zu spüren war, dass es eine andere Tätigkeit vorgezogen hätte. Die Fragestellung, die ihn innerlich beschäftigte, ließ einen zwiespältigen Eindruck zurück. Würde er sich in solch ein Team integrieren können? Wie sähe es grundsätzlich mit seiner individualistisch geprägten Gesinnung in einem Unternehmen aus, in dem er mit vielen Kollegen/-innen auf gleicher Ebene zusammenarbeiten müsste. Wie reagierte er auf Entscheidungen, die mehrheitlich oder per Order Mufti getroffen, auch ihn tangierten, mit denen er sich aber nicht einverstanden erklärte, da er sie anders angehen oder bewerten würde? In Auseinandersetzungen bzw. Diskussionen über unterschiedliche Standpunkte einzusteigen kam in der Kindheit nicht vor. Mutter entschied letztinstanzlich sowieso immer alles so, wie es ihr gerade in den Kopf stieg. Eine Streitkultur kennenzulernen bzw. sich darin zu üben, Argumente auszutauschen und einen gesunden Kompromiss zu erzielen, dazu besaß er nicht die kommunikativen Werkzeuge. Zum weiteren wichtigen Merkmal wurde seine Empfindlichkeit hinsichtlich des »Vorwurfsinhaltes« einer Aussage. Thomas fühlte sich immer sofort angegriffen, war förmlich darauf trainiert, alles sofort negativ auf sich zu beziehen. Es perlte nichts an ihm ab, er sog quasi alles in sich hinein. Ein argumentativ neutraler Abstand zu Wortbeiträgen, die nicht ihn persönlich betraffen, sondern faktisch, sachlich ohne Ansehen der Person diskutiert wurden, fiel ihm ungemein schwer. Erschwerend kam Scham hinzu, wie bei einem »Erwischt werden«, etwas Unrechtes getan bzw. gedacht zu haben. *»So etwa tut (macht, denkt) man nicht, du solltest dich schämen!«*, hörte er vorwurfsvoll Mutter in seinem Kopf sprechen. Mit ihrer Hand wedelte sie eine abschätzige Bewegung, schüttelte missbilligend den Kopf und brachte durch ihren gehässigen Gesichtsausdruck ihre Abneigung über den dummen, unmöglichen Jungen zum Ausdruck.

Verließ Thomas also den Konsens mit möglichen Kollegen, würde seine Kraft und psychische Stabilität garantiert nicht ausreichen, diesen Disput durchzustehen. Seine Familie hatte ihn auf Opportunismus getrimmt, auf Gehorsam und Disziplin. In fast allen Belangen des täglichen Lebens verhielt er sich mutig und zupackend, im Zusammenleben mit anderen Personen innerhalb und außerhalb seines sozialen Rahmens aber zögerlich, anpassend und Konfliktvermeidend.

Letzteres mag auch als Grund gesehen werden, dass er innerlich weiter brannte. Das unausgesprochene Ziel sich durch

»Bildungsüberlegenheit« von jeglichen beruflichen Personen herauszuheben ist zum großen Teil auch das Motiv für das im Laufe seines Lebens immer stärker auftretende Bedürfnis nach mehr Bildung. Mehr Bildung setzte er gleich mit mehr hierarchischem Abstand, dass ein Mehr an Entscheidungskompetenz bei gleichzeitiger Reduzierung von Diskussionen, Disputen und Ärger bedeutete. In seinem Streben und Sehnen wünschte er sich nach dem »embryonalen Zustand« seiner »inneren Welt« zurück. So allerdings funktioniert das Leben nicht. Es ist nicht verwunderlich, dass seine psychischen Probleme weiterhin an ihm nagten. Zu diesem Zeitpunkt hätte seine Integration in ein Team von Spezialisten nicht lange funktioniert. Thomas spürte dies instinktiv, verblieb in seiner beruflichen Stellung und wählte daher einen anderen Weg.

Er suchte weiter nach Qualifizierungsmöglichkeiten und stieß auf das Schulungszentrum für den Einzelhandel in Neuwied. Dieses bot diverse Weiterbildungsmöglichkeiten an, deren Ausbildungsziele Thomas allerdings bereits deutlich überschritten hatte. Allein seine praktischen Erfahrungen hätten ihn eher als Dozenten als zum Schüler befähigt. Die Voraussetzung für eine Dozententätigkeit sah eine akademische Ausbildung zwingend als Grundlage an. Diese fehlende Befähigung nistete sich wie ein Dämon in seiner Seele ein. Er spürte nachdrücklich, dass er sich wieder dieser Thematik widmen musste. Leitende Positionen im mittleren Management des Handels erforderten zumindest eine abgeschlossene Fachschulausbildung, wenn nicht gar ein Fachhochschulstudium oder einen universitären Abschluss.

Als gebranntes Kind, nach den Erfahrungen der letzten Jahre, schätzte Thomas die finanzielle Sicherheit, die er nicht aufgeben wollte. Thomas nahm Kontakt mit diversen Redaktionen von Fachzeitschriften auf, bot Artikel zur Veröffentlichung an und schrieb bald ganze Artikelserien über aktuelle Themen des Handels in der auflagenstärksten Zeitschrift des Handels..

Das Sonderabitur

Thomas fand Informationen über eine Möglichkeit, das Abitur aufgrund eines Sondererlasses abzulegen. Zum Ende des Zweiten Weltkrieges, als die Nationalsozialisten die letzten Reserven mobilisierten und nicht davor zurückschreckten, selbst Jugendliche für eine aussichtslose Heimatverteidigung einzusetzen, konnten viele Schüler eines Gymnasiums ihr Abitur nicht mehr ablegen. Um den besonders begabten Schülern die Chance zur Abiturprüfung, und somit zum uneingeschränkten Hochschulstudium zu ermöglichen, wurde nach dem Krieg der - Erlass des Kultusministers des Landes Nordrhein-Westfalen - zur Grundlage, um allen befähigten Personen diese Chance nachträglich zu bieten. Eine abgeschlossene Berufsausbildung zählte als Voraussetzung für die Zulassung. Weiterhin forderte das akademische Prüfungsamt, dass der Bewerber eine eigenständige wissenschaftliche Arbeit in einem selbst gewählten Thema anfertigen musste, die dem Niveau einer universitären Diplomabschlussprüfung zu entsprechen hatte. Erst durch unabhängige Gutachten von zwei Hochschulprofessoren mit Benotung und Stellungnahme, ob der Kandidat über die Befähigung zum wissenschaftlichen Arbeiten verfügte, reichte Thomas seine Bewerbung ein. Erst nach dieser Vorbereitung erfolgte die Zulassung zur eigentlichen Prüfung. Thomas legte nach ca. 2 Jahren intensivem Lernen und nach diversen Fachprüfungen die abschließende Prüfung zur »uneingeschränkten Zulassung zum Hochschulstudium« mit Erfolg ab. Mit diesem Zeugnis in der Hand standen ihm alle universitären Wege offen.

Thomas studierte Betriebswirtschaft und Psychologie.

Die Psychotherapie

Nach fast einem Jahrzehnt belasteten Thomas die ungelösten Familienkonflikte und der Leidensdruck hinsichtlich seiner individuellen Schwierigkeiten immer noch erheblich. Er drehte wie in einem Hamsterrad immer an den gleichen Störungen herum, ohne einen Ausweg zu finden. Seine Gedanken kreisten mal enger mal weiter immer nur um das zentrale Problem: *»Warum war sein Leben so negativ verlaufen? Warum handelten seine Eltern so? Warum nur, warum ...?«*. Sein Leidensdruck drohte ihn zu zerreißen, es führte dazu, dass dieser Druck nur mit kompetenter Hilfe von außerhalb abgebaut werden konnte. Lange Zeit beschäftigte er sich theoretisch mit der umfangreichen Literatur zu dieser Thematik. Er las die Fälle, über die berichtet wurde, immer und immer wieder durch und suchte nach übereinstimmenden Faktoren, die seiner Problematik entsprachen. Keine dieser Erklärungsansätze zeigten sich für ihn praktikabel. Theoretisch mit fundiertem Wissen ausgestattet, stellte Thomas nach einiger Zeit fest, dass auf diese Art und Weise keine Lösung zu finden war.

Was für eine Person wichtig ist, muss nicht zwangsläufig für eine andere Person gelten. Das Studieren der Fachliteratur bedeutete noch nicht, dass Thomas sie auch verstanden und verinnerlicht hatte. Wer wirklich etwas in seinem Leben verändern will, muss die harte Arbeit und manchmal die nicht gern gehörte Wahrheit über sich selbst, lernen zu ertragen. Diese Akzeptanz ist aber unbedingte Voraussetzung für eine erfolgreiche Therapie. Allein auf sich gestellt ist das nicht zu schaffen. Wer jeden wissenschaftlichen Fachbegriff kennt, aber nicht mit einfachen Worten seine Schwierigkeiten erklären kann, wird ein Leben lang nach Erkenntnissen suchen und doch immer nur herumtheoretisieren. Eine Therapie ist eine praktische Angelegenheit. Wenn eine verändernde Erkenntnisübertragung in die Psyche hinein dauerhaft verankert werden soll, müssen die negativen Verletzungen und Erlebnisse analysiert und die sich ergebenden Veränderungen erinnerungsstabil abgespeichert werden. Das *»Warum, warum ist dies so?«*

zu begreifen, führt zum »*Darum ist das so!*«, und das macht keine Angst mehr. Diesen Weg zu gehen ist ein mutiger Weg.

Diesen Weg hatte Thomas noch vor sich. Die Anzahl seiner thematisch geordneten Fachbücher füllte einige Bücherregale. Am Anfang der Therapie schaute er noch regelmäßig zur wissenschaftlichen, theoretischen Bestätigung in die Bücher, dann nur noch vereinzelt, bis er merkte, dass die Beschreibungen und Definitionen von anderen Personen ihn wenig tangierten. Sie hatten nichts mit ihm zu tun, verwirrten und komplizierten nur den Ablauf. Von distanzierenden Konjunktiv-Aussagen wie: Ich müsste, ich könnte, ich sollte, ich dürfte, abgeleitet aus fachlicher Literatur, ließ er schnell ab. Nur die Konzentration ganz auf sich selbst mit allen Ausprägungen seiner Persönlichkeit brachten ihn weiter. Man muss anfangen, einfach den ersten Schritt gehen. Mit der Suche nach einem guten Therapeuten fing alles an.

Thomas studierte die unterschiedlichen Therapiemöglichkeiten und deren Auswahlkriterien, welche Therapie bei seinen psychischen Problemen den besten Erfolg versprach.

Er kontaktierte mehrere Analytiker im Umkreis, von denen die meisten aufgrund jahrelanger Wartezeiten absagten. Nach einiger Zeit des zermürbenden Suchens sorgte ein glücklicher Umstand dafür, dass er doch noch einen Psychoanalytiker fand, bei dem ein Patient in den nächsten Monaten die Therapie beendete. Nach einigen Gesprächsstunden fertigte dieser ein Gutachten über Thomas an und reichte ihn bei der Krankenkasse ein. Allein von der Vorstellung beflügelt, endlich die Möglichkeit zu erhalten, an seinen psychischen Problemen mit kompetenter Hilfe arbeiten zu können, überstand er die Wartezeit in hoffnungsvoller, froher Stimmung.

Der Analytiker, ein älterer, freundlicher, erfahrener, ehemaliger Chefarzt einer neurologischen Klinik, legte den Termin der regelmäßigen Therapie nach der Wartezeit fest.

Als Thomas vor Beginn der ersten Analysestunde auf die vor ihm stehende Couch schaute, fragte er brav, ob er seine Schuhe ausziehen sollte, da man sich ja nicht mit Schuhen auf eine

Couch legt. Der Analytiker schaute ihm gerade ins Gesicht, verneinte und fragte, ob Thomas ein Kissen für seinen Kopf benötigte. Also legte sich Thomas brav auf die Couch, ein Kissen stützte seinen Kopf. Das Leder der Couch roch noch angenehm nach dem Parfüm der Patientin vor ihm und vermittelte eine angenehme Kühle. An der Wand hing ein gerahmtes Bild mit Motiven von Salvador Dali. Über dem Zweig eines abgestorbenen Baumes hing wie erschöpft - das Bild dominierend - eine Uhr mit verbogenen Stunden- und Minutenzeigern, die schlaff nach unten durchhingen. Als endete die Zeit, hätte sich erschöpft. Mehrere Menschlein, als Strichmännchen angedeutet, hingen bauchüber, wie auf einer Wäscheleine, auf etlichen Ästen verteilt hinunter. Sie sahen dünn, strichartig, wie ausgedörrt aus. Den Boden bedeckten Steine, Sand, Felsen und vertrocknete Pflanzenskelette. Wolken schwebten über der surrealen Szene. Erwachsene und Kinder mit ausgestreckten Armen standen schemenhaft auf einer Wolke nebeneinander. Verlorene Zeit, erschöpfte Menschen, abgestorbene und unwirkliche Natur, und doch Hoffnung, Wolkenträume, ausgestreckte Hände, Menschen auf der Suche nach innerer Freiheit und sich selbst.

Nichts lief so ab, wie Thomas es sich vorgestellt hatte. Er wusste auch nicht so recht, wie er es anfangen sollte. Der Analytiker hatte bereits durch die Vorgespräche, in denen Thomas ihm gegenüber saß, einige Informationen aufgeschrieben, an die er jetzt anknüpfte und Fragen stellte, die Thomas nervös und fahrig beantwortete. Hatte er sich jemals ein ungefähres Konzept im Kopf festgelegt, vergaß er jetzt alles. Seine Gefühle übernahmen die Regie und kümmerten sich einen Dreck um Konzepte oder strukturiertes Vorgehen. Der emotionale Teil seiner Psyche hatte sich derart aufgestaut, dass es bald nur so aus ihm heraussprudelte. Geduldig hörte sich der Analytiker all die Erlebnisse, Handlungen und Auswirkungen an, die Thomas als Kind und Jugendlicher aus seiner Sicht erlebt hatte.

Mit exzessiver Fahrigkeit sprang Thomas in seinen Ausführungen konzeptionslos herum. Er versuchte, seine Gedanken zu sortieren. Was wollte der Analytiker von ihm hören? Wie konnte er einen Fundus an Grundwissen über seine Person und das Familienkonstrukt mitteilen. Hastig agierend plapperte er drauflos, sein Mitteilungsbedürfnis überschlug sich förmlich. »Bloß nicht den Kontakt, das Gespräch verlieren!«, dachte er angstvoll und überzog ihn mit einer Unmenge an Schilderungen aus seinem Leben. Wie ein Hase schlug er Haken und da er keine Reaktion spürte, rannte er verbal immer weiter, sinnbildlich in den Wald hinein, bis er sein Pulver verschossen hatte. Lediglich die regelmäßigen Atemzüge des Analytikers und das hörbare Kratzen des Kugelschreibers auf dem Papier zeigten an, dass er sich noch mit ihm beschäftigte. Die Worte, die er aufschrieb, hörten sich nur stichwortartig an. Lediglich kurze Lautäußerungen wie »ah, hm, ja«, bewiesen seine konzentrierte Anwesenheit. Generell drohte Thomas in einem Sumpf von Gefühlen zu ersaufen. Mit sanften Fragen holte ihn der Analytiker aus seiner Plapperei ab und lenkte das Gespräch von Thomas Panik weg.

Das Möbelstück »Couch« wurde nicht zum Ruhebett, kein Ort zum Ausheulen, sondern ein beinharter Arbeitsplatz, an dem die Fragen des Analytikers Thomas seelische Struktur behutsam aber konsequent aufweichten. Zuerst taktierte Thomas wie bei seiner Mutter lavrierend, um erst gar nicht in die Nähe von Ablehnung bzw. Bestrafung zu kommen. Es dauerte Monate, bis die Zeit der Reibung begann, auch kontrovers über Themen gesprochen wurde. Daraus ergab sich ein wichtiger Therapieansatz, der darin bestand, Vertrauen aufzubauen und seine Verlustangst zu überwinden. Durch die Gespräche reduzierte sich ein wenig seine Angst und letztlich aus der Therapie rausgeschmissen zu werden.

Thomas musste sich beherrschen und versuchte, seine Ausführungen wenigstens im Ansatz zu kontrollieren. Immer wieder brach die Angst durch, dass der Analytiker ihn nach einiger Zeit von der Couch und aus der Praxis warf, was zum zentralen Angstmotiv mutierte. Es brauchte viele Stunden, bis ihm klar wurde, dass die Therapiesituation und sein Verhältnis zum Analytiker sich anders als die Beziehung zu Mutter und Vater entwickelte. Im geschützten Therapieraum brauchte er sich nicht zu verstellen, brauchte keine Spielchen spielen, um

Zuneigung zu bekommen. Niemals ließ der Analytiker ihn allein, begleitete ihn auch bei den emotionalsten Ausbrüchen, ging nicht aus dem Raum, sagte nicht: »*Jetzt reicht's!*«, und brach als Konsequenz die Therapie ab.

Thomas lernte schmerzvoll, die Unabänderlichkeit seines eigenen Schicksals zu akzeptieren, die Bedeutung von Mutter und Vater richtig einzuordnen. Irgendwann trat der Zeitpunkt ein, ab dem sich das Vertrauensverhältnis so stabil zeigte, dass Stufe für Stufe die tief eingefrästen, substanziellen psychischen Verletzungen zum Gegenstand der Therapiearbeit emporgehoben wurden. Die harte Arbeit förderte gewaltige Gefühlsschübe aus dem Unterbewusstsein auf die Ebene der bewussten Wahrnehmung zur Aufarbeitung. Zusammenhänge, Verflechtungen und unbewusste Aktionen und Reaktionen konnten gemeinsam angesehen und analysiert werden. Der Analytiker ließ Thomas oft in seinem eigenen Saft schwitzen. Er gab keine vorschnellen analytischen Erklärungen ab, hinterfragte aber Thomas unklare Aussagen. Er drängte zu konkreten Formulierungen, um auf den Punkt zu kommen. Wischiwaschi-Aussagen hatten auch einen Grund, den es zu erforschen galt. Durch richtunggebende Fragen legte er eine Spur, der Thomas nachgehen konnte oder auch nicht. Begleitet, quasi unter Beobachtung gestellt, musste Thomas Erklärungen, Verbindungen, Motive und Lösungen weitgehend selbst herausfinden. Verirrte er sich in eine falsche Richtung, spielte unbewusst Spielchen oder drückte sich vor einem Thema, steuerten ihn Fragen wieder auf eine lösungsorientierte Schiene zurück. Alle Vorgänge, im Zeitraffer erzählt, dauerten in der Realität viele Wochen, Monate und Jahre.

Viele Stunden trug der Analytiker Thomas sinnbildlich durch die Therapie, wenn die Gefühle Thomas mal wieder zu ersticken drohten, Weinkrämpfe ihn schüttelten, Sprache versiegte. An manchen Tagen verbrachte er die Hälfte der Stunde in diesem emotional aufgelösten Zustand. Die Zeit bis zur nächsten Therapiestunde mutierte zur Panikzeit. Diese Phasen ertragen zu müssen, nicht ausbrechen zu können, trotz seelischer Panikattacken, gehörte zu den schwersten Arbeiten, die Thomas leisten konnte.

Nach einiger Zeit begriff er, warum der Analytiker bei den ersten Gesprächen darauf hingewiesen hatte, während der Therapie keine wesentlichen Veränderungen einzugehen, weder in Beziehungen, noch in anderen Bereichen. Die Therapie könnte direkte Auswirkungen auf sein Leben mit sich bringen, deshalb sollten alle Veränderungen mit ihm besprochen werden. Die meisten Analysestunden erschöpften Thomas, er fühlte sich ausgelaugt und abgeschlafft. Für diesen Tag hatte sich seine Energie aufgebraucht. Nur Routinearbeit, bei der seine Konzentration nicht besonders gefordert wurde, eignete sich noch für den Rest des Tages.

Es schmerzte sehr, den Hass und die Wut, die sich bei ihm aufgestaut hatten, zuzulassen, herauszuschreien, zu toben, sie zu verfluchen, ihnen die Pest an den Hals zu wünschen. Eine genetische Programmierung verhindert normalerweise, dass sich Kinder von ihren Eltern abwenden. Aber seine Eltern handelten nicht als die liebevollen, Vertrauen vermittelnden, ihn auf das Leben vorbereitenden, fördernden Eltern. Sie konnten mit Thomas nichts anfangen. Sie betrachteten ihn als suspekt, als eigensinnig und auch als Ursprung vieler ihrer eigenen partnerschaftlichen Probleme. Ihre Gleichgültigkeit ihm gegenüber weckte einen urgewaltigen Zorn auf sie.

So zogen sich Stunden, Monate und Jahre mit etlichen Pausen dahin. Es gab einfache aber auch unglaublich intensive Stunden. In einigen Phasen ging es derart an die Substanz, dass die Verzweiflung sich noch verstärkte. Oftmals sah er kein Licht am Ende des Tunnels. Thomas drehte sich im Kreis, fand keinen Ausweg, keine Lösung, keine Erklärung. Und dann wieder das befreiende Gefühl, einen gordischen Knoten zerschlagen zu haben. Machmal unterstellte Thomas dem Analytiker sadistische Züge, wenn er keine Erklärung seinerseits gab, sondern seine Fragen auf Thomas eigenes Herausfinden zurück fokussierte. Er schubste Thomas immer wieder in den Ring zurück, wich er mal wieder einem Thema aus oder sperrte sich gegen eine bestimmte Interpretation. Für manche Auflösung war die Zeit noch nicht reif, nicht genug umgewendet, der Lösungsansatz noch nicht zu greifen. Das Unterbewusstsein ist ein verlässlicher Unterstützer, es arbeitet weiter, auch wenn es scheinbar mit völlig anderen Gedanken beschäftigt ist. Dann plötzlich, wie eine Luftblase aus pustefix geblasen, blubbert und zerplatzt eine Erkenntnis nach oben und Hindernisse lösen sich auf, zeigen mit einer beglückenden Klarheit Zusammenhänge auf. In eine der ersten Stunden hat Thomas bezüglich seiner Beziehung zu seinem Vater, als seine Gefühle ihn tränenvoll übermannten, schmerzhaft ausgeführt: *»Er hätte mich besser in die Hecke gespritzt ...!«*. Diese Aussage zeigt sein damaliges Verständnis seiner gefühlten Wertlosigkeit von sich auf. Dann, nach Beendigung einer Stunde wieder in die Realität zu gleiten, so zu tun, als wäre alles in Ordnung, ist verdammt schwer. Derartige Stunden wirken nach, spülen eine Traurigkeit nach oben, die fast unerträglich ist. Während seiner Analyse lebte Thomas in diesem Spannungsfeld zwischen positiven Erkenntnissen und abgrundtiefen psychischen Löchern.

Bis zu dem Zeitpunkt, an dem Thomas sein Leben in seiner Unveränderlichkeit so akzeptieren konnte, wie es war, vergingen einige Jahre. Bis zu einem gewissen Punkt bestand die Notwendigkeit, seine Eltern zu neutralisieren, sie quasi als beeinflussungsunfähig zu neutralisieren. So grausam und unverständlich sich dies auch anhört, nur durch diesen Schritt konnte seine eigene Persönlichkeit ohne psychische Fesseln reifen und sich aus dem emotionalen Sumpf befreien. Nicht Schuldzuweisungen, sondern neutral angelegtes Verständnis für ihre Lebenssituation, die sie auch nicht freiwillig gewählt hatten, brachte Thomas endlich inneren Frieden. Die distanzierte Betrachtung seiner Kindheit und Jugend zeigte, dass Vergangenem nachzutrauern in die falsche Blickrichtung zeigt, da es nicht zu ändern ist. Wer immer nur den Blick nach hinten wendet, wird nicht erkennen können, was vor ihm auf dem Weg liegt. Was ist wichtiger?

Wenn andere Erwachsene über ihre glückliche Kindheit erzählen, sticht dies stets ein wenig in Thomas Herz. Wer Menschen aufmerksam zuhört, deren Kindheit nach der Beendigung des Zweiten Weltkrieges bis in die Sechzigerjahre hinein zurückliegt, registriert, dass eine erschreckend hohe Anzahl von ihnen noch heute unter psychischen Problemen leidet, deren Ursprünge in dieser Zeit entstanden sind. Zu viel ist in den Familien geschehen, für viele von ihnen bleibt die Sehnsucht nach einer erfüllten Lebensphase, die in der Vergangenheit liegt, für immer unerfüllt. Zwar haben sie einen pragmatischen Frieden mit der Vergangenheit geschlossen, nähern sie sich emotional den überdeckten Gefühlen, steigen die Erinnerungen wieder wie Phönix aus der Asche.

Mit einem Mix aus zufriedenen, aber auch traurigen Gefühlen steuerte Thomas Therapie auf die letzte Phase zu, wenn man überhaupt von einer »letzten Phase« sprechen kann.

Geduldig brachte er Thomas dazu, eigene Lösungen zu finden. Es ist beileibe nicht leicht zu ertragen über Erkenntnisse solange intensiv nachzudenken, bis eine verändernde Integration dieser Erkenntnisse in das eigene Gedankengut stattfindet. Thomas wurde wütend, blockte ab, sperrte sich, wollte Sachverhalte oftmals nicht akzeptieren. Der Analytiker motivierte Thomas mit viel Geduld und unendlicher Ausdauer, bis ein Gedankenknoten sich löste und eine befreiende und verstehende Lösung sein Handlungskonstrukt erweiterte.

Es hat Jahre gedauert, bis er distanzierten Frieden mit seinen Eltern und seinem bisherigen Schicksal schließen konnte. Thomas akzeptierte, dass seine Eltern einfach nur existierten, seine Zuneigung hatte er in den Jahren der Therapie vorübergehend auf den Analytiker übertragen. Bis er seelisch so erstarkte, dass er auch dies nicht mehr brauchte. Für seine Eltern hatte er keinen Respekt, nur noch verhaltene Zuneigung übrig. Sie hatten ihre Funktion als Eltern weitgehend für ihn verloren, lediglich eine existenzielle Akzeptanz bestand noch. Er brauchte nicht mehr mit ihnen streiten, sich nicht mehr mit ihnen auseinandersetzen.

Es kam der Zeitpunkt, an dem sich das Ende der Analyse ankündigte. Die Therapie endete nicht mit der letzten Stunde und einer von tiefer Dankbarkeit geprägten, emotionalen Verabschiedung. Sie wirkt nach, prägt ein ganzes Leben.

Epilog

Ein halbes Jahr nach dem Tod des Vaters läutete das Telefon. Thomas vernahm ein Schluchzen und leises Weinen. Er zögerte ein wenig, dann sprach er vorsichtig nach einer kurzen Phase des Erstaunens ins Telefon. Er erkannte die Stimme seiner Mutter. »Hallo Mutter?«.
»Hallo, mein Junge ...!«. Ihre Stimme vibrierte. Deutlich teilte sich Ihre emotionale Zerrissenheit durch den Hörer mit. Sie weinte heftiger und sprach schluchzend abgehackt: »Ich hab dich doch immer lieb gehabt ...!«.

Anmerkungen zum Aufbau der Erzählung

Die vorliegende Erzählung beschreibt das Leben von Personen der sozialen Unterschicht, die mit ihren überlieferten Erziehungsprinzipien im Umfeld der auslaufenden vierziger, bis in die sechziger Jahre hinein aufwuchsen, bzw. ihre Kinder erzogen. Nahrung, Wohnung und Arbeit machten den Dreisatz aus, in deren Ergebnis sich ihr Wunsch nach Frieden und Wohlstand nach dem Krieg summierte.

Die einzelnen Kapitel sind über weite Passagen chronologisch erzählt. Einige Erzählstränge hingegen wurden für ein besseres Verständnis zeitlich verändert, inhaltlich vorgegriffen bzw. später in einem anderen Zusammenhang erzählt. Als Autor verzichtete ich bewusst, so weit wie möglich, innerhalb der Kapitel den Erzählungen direkte Deutungen bzw. analytische Erklärungen abzugeben. Der Leser soll sich selbst eine Meinung bilden und seinen eigenen emotionalen Lebenserfahrungen Raum zur Reflexion geben.

Die Ereignisse haben sich, mit äußerster Sorgfalt recherchiert, an wahren Erlebnissen mehrerer real existierender Familien orientiert. Alle Namen, gleich ob mittlerweile gestorben oder lebend, sind von mir verändert worden. Die Örtlichkeiten gibt es, sie haben sich in den letzten Jahrzehnten allerdings gravierend verändert, sind somit nicht nachvollziehbar. Zumal die Geschichte in einem abgegrenzten räumlichen Bereich eines Dorfes angesiedelt ist. Die Schilderung des politischen, ökonomischen und dörflichen Lebens entspricht der Zeit, in der die Erzählung spielt.

Die Motivation zum Schreiben dieses Buches ist durch die vielen Gespräche und Kontakte während meiner beruflichen Praxis entstanden. Ich bin immer wieder von Teilnehmern meiner Seminare, Trainings und Beratungsstunden auf deren Beziehung zu ihren Vätern und Müttern angesprochen worden, die sie oft sehr verstörend erlebten. Es scheint ein Merkmal der Nachkriegsgeneration zu sein, dass viele ihre Erziehung als lieblos und teilweise gewalttätig erlebt haben. In Gesprächen mit Teilnehmern, die aus unterschiedlichen Gründen in Heimen leben mussten, berichteten die Teilnehmer von den gefühllosen und sadistischen Behandlungen, denen sie schutzlos ausgeliefert waren. Jedes Schicksal hat seine eigene Geschichte hervorgebracht. Viele Schilderungen flossen in Erzählstränge des Buches ein.

Die teilweise grammatikalisch und orthografisch unkorrekte Schreibweise in vielen Aussagen sind keine unbeabsichtigten Fehler, die sich eingeschlichen haben. Sie geben die originale, tatsächliche wortkarge Ausdrucksweise wieder, die dem alltäglichen Sprachstil der Personen entsprach.

Kontakt zum Autor:

Mail: norbert.berndt@gmx.de

Internet: www.norbertberndt.de